Christi Caldwell
Das Herz des Herzogs

amazon crossing

Das Buch

Nach dem tragischen Tod seiner Frau hat sich Jasper, Duke of Bainbridge, ganz in die Abgeschiedenheit seines Anwesens Castle Blackwood zurückgezogen. Als ein Freund ihn überredet, das selbst auferlegte Exil zu verlassen und mit ihm den Frostjahrmarkt auf der Themse zu besuchen, trifft er Katherine Adamson, die sogleich sein wohlgeordnetes Leben auf den Kopf stellt.

Lady Katherine Adamson mit ihren lästigen braunen Locken und den langweiligen weißen Rüschenkleidern hat bereits eine erfolglose Saison hinter sich. Nach dem Tod ihres Vaters musste sie die bittere Lektion lernen, dass Männer unzuverlässig sind, sodass sie beschlossen hat, sich nur noch auf sich selbst zu verlassen. Doch dann begegnet sie Jasper.

In dem verzweifelten Versuch, einer von ihrer Familie arrangierten Ehe zu entgehen, macht Katherine dem Duke of Bainbridge ein schockierendes Angebot – das er annimmt. Aber als Katherine beginnt, sich in Jasper zu verlieben, merkt sie, dass sie sich mehr wünscht als das leidenschaftslose Arrangement, auf das sie sich geeinigt haben. Und Jasper muss sich entscheiden, ob es ihm wichtiger ist, sein Herz zu schützen – oder um Katherines Liebe zu kämpfen.

Die Autorin

USA-Today-Bestseller-Autorin Christi Caldwell entdeckte die Welt der historischen Liebesromane durch Judith McNaughts »Sturm der Leidenschaft«. Eines Tages saß sie in ihrem Apartment an der University of Connecticut und beschloss, ihre Skripte beiseitezulegen, ihren Laptop zu holen und sich selbst an einem Roman zu versuchen. Sie glaubt fest daran, dass die besten Helden und Heldinnen die mit Fehlern sind, und sie genießt es sehr, sie ein wenig zu quälen, bevor sie sie mit einem wohlverdienten Happy End belohnt.

Christi Caldwell wohnt im Süden von Connecticut, wo sie ihre Zeit mit dem Schreiben von Historicals verbringt, ihren frechen sechsjährigen Sohn durchs Haus jagt und sich um ihre zwei Prinzessinnen in Ausbildung kümmert.

Christi Caldwell

DAS HERZ DES HERZOGS

Roman

Aus dem Amerikanischen von Maike Stein

amazon crossing

Die Originalausgabe erschien 2014 unter dem Titel
»For Love of the Duke« im Selbstverlag.

Der Abdruck der Übertragungen der Gedichte von William Wordsworth
erfolgt mit freundlicher Genehmigung von Dietrich H. Fischer.
Weitere Übertragungen und mehr Informationen über William Wordsworth
finden Sie auf seiner Website www.william-wordsworth.de.

Deutsche Erstveröffentlichung bei
AmazonCrossing, Amazon Media E.U. Sàrl
5 Rue Plaetis, L-2338, Luxembourg
Dezember 2015

Umschlaggestaltung: bürosüd° München, www.buerosued.de
Umschlagmotiv: bürosüd° München, www.buerosued.de
Lektorat: Agentur Libelli
Satz: Monika Daimer, www.buch-macher.de
Printed in Germany
By Amazon Distribution GmbH
Amazonstraße 1
04347 Leipzig, Germany

ISBN: 9-781-477-84976-7

www.amazon.com/crossing

*Mit größtem Dank an meinen Ehemann,
der akzeptiert hat, dass ich für drei Wochen am
Stück komplett abgetaucht bin, damit ich diese
Geschichte erzählen konnte.*

*Für Jill. Danke, dass dir alles aufgefallen ist,
was noch verbessert werden musste.
Du hast ein geniales Paar Augen!*

*Und für meine Leserinnen. Danke, auch wenn
mir Danke allein so unzureichend erscheint.*

Mit größtem Dank an meinen Ehemann,
der akzeptiert hat, dass ich für drei Wochen am Stück komplett abgetaucht bin, damit ich diese Geschichte erzählen konnte.

Für Jill. Danke, dass dir alles aufgefallen ist, was noch verbessert werden musste.
Du hast ein geniales Paar Augen!

Und für meine Leserinnen. Danke, auch wenn mir Danke allein so unzureichend erscheint.

TEIL I

Winter 1814

»Leid ist beständig, verworren und düster.
Und in seiner Natur unendlich.«

William Wordsworth

Kapitel 1

Lady Katherine Adamson wurde schon sehr früh klar, dass alle schlechten Ideen ihren Ursprung bei ihrer Zwillingsschwester hatten.

Zu viele Menschen nahmen an, dass Katherine, da sie ganze sechs Minuten und siebzehn Sekunden jünger war als ihre Schwester, deren Vorbild an damenhaftem Anstand und Schönheit nacheifern müsste.

Nur Katherine, so schien es, war bewusst, als welch schlechter Einfluss Anne sich über all die Jahre erwiesen hatte.

Sie seufzte. Und doch, trotz all der Jahre voller folgenreicher Fehlentscheidungen, ließ sie sich noch immer auf jede verrückte Idee ihrer Schwester ein. Das war schließlich, was man als Schwester tat, noch dazu als Zwillingsschwester.

»Er ist hier nicht, Anne«, sagte Katherine sanft. Ihr Atem stand als sichtbare Wolke in der kalten Winterluft.

Ihre Schwester wirbelte so schnell herum, dass ihr der Hut auf den goldenen Locken über eine Augenbraue rutschte. Sie schob ihn zurück und funkelte Katherine empört an. »Natürlich ist er hier. Das weiß ich aus glaubhafter Quelle. Die Zigeunerin hat den Anhänger einem Händler überlassen, der auf dem Jahrmarkt auf der Themse sein würde.« Sie starrte Katherine eindringlich an. »Ganz sicher hat sie damit den Frostjahrmarkt gemeint. Jetzt müssen wir nur noch den Händler finden und …« Sie redete weiter und zog Katherine mit sich mit.

Katherine passte sich Annes Schritten an. Gut zwei Wochen lang hatte sie sich bemüht, ihrer Schwester klarzumachen, welche Torheit es war, dem kleinen, herzförmigen Anhänger nachzujagen, den ihre ältere Schwester Aldora einstmals um den Hals getragen hatte. Aldora und ihre vier Freundinnen hatten den Anhänger zu einer Art Glücksbringer erhoben. Sie hatten geschworen, mit dem Schmuckstück könnten sie das Herz eines Herzogs erobern. Alle hatten sie schließlich die Liebe gefunden. Allerdings war nur eine von ihnen mit einem Herzog zusammengekommen. Schon das allein sollte Beweis genug für die Unwahrheit ihrer Behauptung sein, und doch …

»Ah. Dort wird er sein, ich weiß es«, rief Anne und blieb unvermittelt stehen. Siegesgewiss starrte sie auf das geschäftige Treiben des Frostjahrmarktes auf der gefrorenen Themse.

Katherine stolperte gegen sie. »Natürlich wird er dort sein«, sagte sie trocken.

Entweder hörte ihre Schwester den Sarkasmus in den fünf Worten nicht, oder er kümmerte sie schlicht nicht. Sie drehte sich um und schaute Katherine an, die Hände fest in ihren smaragdgrünen Mantel geklammert. »Ich spüre, dass er hier ist. Und sobald wir den Händler finden, der uns den Anhänger verkaufen wird, kann ich … ähm, können *wir* das Herz eines Herzogs erobern.«

Katherine verzog die Lippen zu einem spöttischen Lächeln. »Hat der Anhänger auch Einfluss auf die Eigenschaften des Herzogs? Wird er gut aussehen? Oder könnte er auch ein tatteriger, alter Lustgreis sein?«

Anne kräuselte die Nase. »Wieso um alles in der Welt sollte eine junge Dame sich einen tatterigen, alten Lustgreis wünschen?«

»In der Tat, wieso? Also ist es das Herz, das zählt? Oder der Titel?«

Anne legte den Kopf schräg, und wieder rutschte ihr der Hut über die Augen. Sie nagte an ihrer Unterlippe, dann sagte sie: »Nun, ich würde behaupten, beide sind gleich wichtig.«

Katherine atmete tief durch und zählte bis zehn, bevor sie sprach. »Anne, auf dem Heiratsmarkt gibt es nicht gerade ein Überangebot von jungen Herzögen.«

Ihre Schwester hob einen in weißes Ziegenleder gehüllten Finger. »Ah, aber wir benötigen ja auch kein Überangebot von Herzögen, Katherine. Wir brauchen nur zwei.«

»Aber …«

Anne stemmte die Hände in die Hüften. »Wenn dir alles so egal ist, kannst du den tatterigen, alten Lustgreis gerne heiraten. Ich aber werde das Herz eines gut aussehenden, jungen, freundlichen Herzogs erobern. Und jetzt komm.« Sie griff nach Katherines Hand.

Aber Katherine machte sich los und trat hastig einen Schritt zurück. Sie betrachtete die zugefrorene Themse mit den Zelten und Marktständen, zwischen denen Schlittschuhläufer hin und her glitten. Das Eis wirkte sicher. Und doch …

»Jetzt erzähl mir nicht, dass du immer noch Angst vor dem Wasser hast«, sagte Anne mit einem Unterton von Ungeduld in der Stimme. Sie stampfte in offensichtlichem Ärger mit dem Fuß auf.

Katherine schluckte. Sie wollte die beschämende Schwäche nicht eingestehen. Doch trotz all der Logik und Vernunft, derer sie sich rühmte, hatte sie nie die alles überwältigende Panik des Tages vergessen können, an dem sie in den Fluss beim Cottage ihres Vaters in Hertfordshire gefallen war. Sie war fast sieben Jahre alt gewesen, und der Schrecken dieser Momente, als das Wasser ihr in die Kehle drang, in ihren Lungen brannte, ihr in den Augen schmerzte, hatte sie immer noch im Griff.

Damals hatte sie zum letzten Mal in ihrem Leben einen Fuß in ein Gewässer gesetzt.

»Katherine?«, hakte ihre Schwester nach.

Sie atmete tief durch. »Geh du ohne mich. Ich warte hier.«

Das laute Gelächter von Frauen, in das sich das dunklere Lachen ihrer Begleiter mischte, die fröhlichen Geräusche vom bunten Treiben auf dem Eis umgaben sie.

Ihre Schwester runzelte die Stirn. »Du weißt, dass ich nicht ohne dich auf den Frostjahrmarkt gehen kann.« Sie blickte sich um. »Wir sind ohne die erforderliche Begleitung hier.«

Ja, und das war der andere Teil der verrückten Idee ihrer Schwester, diesem Zigeunerschmuck hinterherzujagen. Anne hatte die bemerkenswerte Begabung, ihrer beider Anstandsdame zu entwischen.

Doch Katherine konnte sich nicht dazu überwinden, die paar Schritte bis zum Fluss und auf das Eis zu gehen. Sie befeuchtete sich die Lippen. »Ich kann nicht«, flüsterte sie.

Eindringlich musterte Anne ihr Gesicht. Der Verdruss schien aus den hübschen blauen Augen ihrer Schwester zu verschwinden und einer momentanen Zerknirschtheit Platz zu machen. »Erst gestern haben sie einen Elefanten über das Eis geführt«, stieß sie hastig hervor.

Katherine schüttelte den Kopf. Selbst dieser Brauch, einen Elefanten vom einen Ende des Flusses bis zur Blackfriars Bridge zu führen, konnte ihre Ängste nicht beschwichtigen. Was, wenn das riesige Tier einfach nur Glück gehabt hatte und nicht auf die eine dünne Stelle getreten war? Was, wenn …?

»Bitte«, sagte Anne mit flehentlichem Blick.

Stets die Romantikerin, die Unerschrockenere von ihnen, war es Anne immer gelungen, Katherine in ihre verrückten Abenteuer mit hineinzuziehen. Denn wenn sie ehrlich mit sich war, musste Katherine sich eingestehen, dass sie sich danach sehnte, ebenso unbekümmert und abenteuerlustig zu sein wie ihre Schwester.

Und da es fast schon Weihnachtszeit war und die kühle, frische Winterluft sie mit Festtagsstimmung erfüllte, wagte sie sich einen Schritt aufs Eis. Ihr stockte der Atem …

Und nichts geschah.

Sie stieß die angehaltene Luft aus und machte noch einen Schritt. Dann einen weiteren. Jeder Schritt fühlte sich mehr und mehr wie eine Befreiung an.

Anne lachte. Sie nahm Katherines Hand und zog sie an ihre Brust. »Siehst du, Kat, da ist nichts, wovor du dich fürchten müsstest!« Sie hielt inne, zwang Katherine damit, ebenfalls stehen zu bleiben, und musterte die Friseur-, Fleischer- und Bäckerzelte entlang des gefrorenen Flusses.

Es mussten gut dreißig Zelte sein, wenn nicht sogar mehr. Als geborene Optimistin wandte sich Anne mit einem breiten Grinsen an Katherine. »Dann komm. Wenn wir hier rumstehen, finden wir den Anhänger nie.«

Sie bahnten sich ihren Weg zwischen den Pärchen hindurch, die übers Eis glitten, näher zu den Verkäufern, die lautstark ihre Waren anpriesen.

»Möchten die Damen vielleicht ein Bier?«, rief ihnen ein junger Händler mit einem pockennarbigen Gesicht zu. Mit einem breiten Grinsen, das alle Zahnlücken zeigte, streckte er ihnen zwei Bierkrüge entgegen.

»Nein, danke«, murmelte Katherine automatisch.

Ihre Schwester blickte sie vorwurfsvoll an. »Du bist so unhöflich, Katherine.«

Katherine blinzelte. »Ich bin nicht unhöflich.«

»Na, dann eben spröde.« Anne zeigte auf den jungen Mann in seinen ausgefransten Hosen, der am Eingang eines leuchtend purpurfarbenen Zeltes stand. »Der junge Mann versucht nur, seinen Lebensunterhalt zu verdienen, und du behandelst ihn herablassend.«

»Ich bin nicht herablassend.« Ein leicht rechtfertigender Ton hatte sich in Katherines Stimme geschlichen.

»Und das nur, weil er nicht so ordentlich aussieht wie die anderen Verkäufer.«

Der junge Mann schien Annes Worte, die sie nicht gerade leise gesprochen hatte, gehört zu haben, denn er neigte den Kopf zur Seite, und aus seinem Grinsen wurde ein Stirnrunzeln.

Katherine holte ein paar Münzen aus ihrem Retikül. »Hier, Sir. Zwei Bier, bitte«, sagte sie mit einem wütend funkelnden Blick zu Anne. Sie war ganz sicher nicht herablassend gewesen und bestimmt auch nicht unhöflich oder spröde. Ihr war nur der Leichtsinn der Handlung bewusst, wenn zwei unbegleitete, junge Damen in aller Öffentlichkeit alkoholische Getränke kauften.

Der Händler ließ sein Lächeln wieder sehen und reichte ihnen die zwei Krüge.

»Bitte sehr, die Damen.«

Katherine gab dem Mann die Münzen und nahm den Krug entgegen. Während sie sich vorsichtig ihren Weg über das Eis suchte, immer ihrer Schwester nach, die aufgeregt voranstürmte, kostete sie das Bier. Sie verzog das Gesicht ob des bitteren Geschmacks des Gebräus, aber dann probierte sie doch einen weiteren Schluck. Und noch einen. Und beim vierten war es gar nicht allzu bitter, eher schon süßlich und entschieden zu wohlschmeckend.

Anne blieb bei einem violetten Zelt mit schwarzen Streifen stehen. »Ich werde mit diesem Händler sprechen.« Sie zögerte und biss sich auf die Unterlippe.

Oje. Katherine kannte diese zögerliche Geste ihrer Schwester nur zu gut.

»Wir werden niemals mit allen Händlern sprechen können, bevor es dunkel wird.«

Die ersten Warnglocken meldeten sich in Katherines Kopf.

»Es wäre viel klüger, wenn …«

Die Glocken klangen lauter.

»… wir mit verschiedenen Händlern sprechen würden.«

Katherine trank einen weiteren Schluck und runzelte die Stirn, als sie bemerkte, dass ihr Krug leer war.

»Katherine?«

Sie riss den Kopf hoch und musterte ihre Schwester. Was hatte Anne gesagt? Sie wusste, es war um eine schlechte Idee gegangen, aber die Wärme, mit der das Bier sie erfüllte, hatte auch ihre Entschlossenheit schwinden lassen und ihr die Klarheit der Gedanken genommen, auf die sie immer so stolz war. »Äh, ja, hervorragende Idee«, sagte sie stattdessen.

Annes Augen weiteten sich, und ein Lächeln breitete sich auf ihrem Gesicht aus. »Wunderbar!« Sie deutete auf ein saphirblaues Zelt. »Dann mal los.«

Ohne abzuwarten, ob Katherine den knappen Instruktionen folgte, wandte Anne sich ab und betrat das violett-schwarz gestreifte Zelt.

Katherine blickte zwischen dem Zelt, in dem ihre Schwester verschwunden war, und dem saphirblauen hin und her. Sie seufzte. Ja, alle schlechten Ideen begannen mit ihrer Schwester. Die liebe Anne hatte sich irgendwie ihre Unschuld bewahrt. Auch mit neunzehn hegte sie noch mädchenhafte Hoffnungen und närrische Träume. Ihr war es gelungen, von den Sünden ihres Vaters unberührt zu bleiben … Sünden, die die Familie mittellos zurückgelassen und ihre älteste Schwester Aldora gezwungen hatten, sich auf dem Altar der Ehe für sie aufzuopfern. Zugegeben, letztlich hatte Aldora die wahre Liebe gefunden. Doch das war nebensächlich … Männer waren wankelmütige, unzuverlässige, unbeständige Kreaturen, denen man nicht trauen konnte. Leider ließ sich ihre schwärmerische Schwester viel zu leicht von dem Geschreibsel in ihren Schauerromanen verführen.

Eine Schneeflocke fiel herab und landete ihr auf der Nase. Katherine blickte in den grauweißen Winterhimmel, hinauf in das Heer der Schneeflocken, die auf den gefrorenen Fluss hinabtanzten.

Und genau in jenem Augenblick, erfüllt von der Wärme des Biers und der klaren, kalten Winterluft, verspürte sie eine ganz und gar uncharakteristische Leichtigkeit.

Plötzlich schien ihr das Eis, vor dem sie sich zuvor gefürchtet hatte, ein geradezu magisches Geschenk zu sein.

Katherine kehrte zu dem Bierverkäufer zurück. Sie gab ihm den leeren Krug und lehnte das Angebot eines zweiten Biers ab.

Sie drehte sich um, wollte gerade gehen … und prallte gegen eine feste, unnachgiebige Mauer.

Alle Luft strömte ihr aus den Lungen, und sie taumelte. Bei der abrupten Bewegung verrutschte ihr der Hut. Ihr Atem malte kleine weiße Wölkchen in die kalte Luft, während sie ihr Gleichgewicht wiederfand. Als sie die Kontrolle über ihre Atmung zurückgewonnen hatte, blinzelte sie einige Male und blickte zu dem Mann hoch, der ihr in den Weg getreten war.

Er war ein wahrer Hüne und starrte entlang seiner aristokratischen Nase auf sie hinab. Sein verächtlicher Blick aus den dunklen Augen warnte sie, sich ja nicht zu erdreisten, etwas zu sagen.

Also sagte sie etwas.

Sie warf den Kopf in den Nacken. »Entschuldigung.«

Der aufgeblasene Kerl richtete seine Aufmerksamkeit nach vorn und murmelte nicht mal eine Entschuldigung, ehe er weiterging. Sein Begleiter, ein schlanker Mann, lächelte ihr verlegen zu. In seinen Augen stand die Entschuldigung für den anderen.

Katherine nickte ihm kurz zu und drehte sich auf dem Absatz um, entschlossen, sich von dem garstigen Kerl nicht den wunderbaren Tag und die vorweihnachtliche Stimmung verderben zu lassen.

Sich nur zu bewusst, dass Anne und sie es an Anstand fehlen ließen, so wie sie hier unbegleitet umherspazierten, zog sie ihren schrecklichen braunen Samthut etwas tiefer in die Stirn. Sie rückte ihren grünen Musselinmantel zurecht und blickte sich um.

Doch die anderen Besucher des Markts eilten an ihr vorbei, lachten und kicherten, wenn sie auf dem Eis ins Rutschen gerieten und wieder Halt fanden, manchmal auch hinfielen. Händler, die lautstark anpriesen, was sich in ihren bunt leuchtenden Zelten verbarg, weckten die Aufmerksamkeit potenzieller Käufer. In diesem Augenblick begriff Katherine, dass niemand zwei unbegleitete junge Damen beachtete. Dafür waren alle viel zu gefangen von dem Trubel.

Obwohl sie die praktisch und rational veranlagte der beiden Zwillingsschwestern war, fühlte sie sich überwältigt von der Schönheit des Tages … und begab sich auf Entdeckungsreise. Sie schlenderte die lange Reihe der Zelte entlang, an dem saphirblauen vorbei, das Anne ihr zu erkunden aufgetragen hatte. Sie ging immer weiter bis zum Ende der Reihe, wo ganz am Rand des geschäftigen Treibens ein graues Zelt stand. Katherine fühlte sich davon angezogen, schätzte die Ernsthaftigkeit des etwas abseits stehenden, behelfsmäßigen Ladens.

Sie blieb daneben stehen und lugte hinein. »Hallo?«

Auf ihren Ruf antwortete Schweigen.

Ratlos wollte sie sich wieder dem geschäftigen Treiben auf dem Fluss zuwenden.

»Mylady?«

Katherine fuhr herum. Sie kniff die Augen zusammen, versuchte das Halbdunkel in dem kalten, einsamen kleinen Zelt mit Blicken zu durchdringen. »Guten Tag«, erwiderte sie.

Sie rieb die Hände aneinander, um sie zu wärmen, und blickte sich um. Plötzlich kam sie sich töricht vor, den Hirngespinsten ihrer Schwester nachgegeben zu haben, und wollte gehen.

»Kann ich Ihnen helfen, Mylady? Suchen Sie etwas Bestimmtes? Ein Geschenk für jemanden, vielleicht?«

Katherine schüttelte den Kopf. »Nein. Ich fürchte nicht.«

Die hagere alte Frau mit dem strähnigen Haar kam näher. »Wirklich nicht, Mylady?«

Mitleid erfüllte Katherine beim Anblick der armen Alten, deren zerlumpter brauner Rock und dünner Schal nur wenig Schutz gegen die Kälte boten. Sie griff in ihr Retikül und suchte nach ein paar Münzen, aber etwas in den Augen der Frau ließ sie innehalten, verriet ihr, dass, wie mittellos diese Frau auch war, sie kein Almosen annehmen würde. »Äh, ja. Also, ich meine, Sie könnten mir vielleicht doch helfen, etwas zu finden. Ich suche nach einem Geschenk für meine Schwester.«

Die Frau musterte ihr Gesicht aus schmalen braunen Augen. Sie nickte, ging zu einem der Tische, auf denen ihre Waren verstreut lagen, und nahm ein rosa Satinband, hielt es hoch. »Vielleicht ein neues Band für die Lady?«

Katherine schüttelte den Kopf und trat weiter in den Laden hinein. Anne hatte wahrlich genug Bänder.

Die Frau bewegte sich zum nächsten Tisch, auf dem Flitterkram und billiger Plunder lagen. »Ein Taschentuch dann?« Sie präsentierte ein Taschentuch, bestickt mit einem Muster aus roten, rosa und violetten Rosen.

Katherine griff nach dem Stoff, und die alte Frau gab ihn ihr.

Sie blickte auf das Taschentuch hinunter, drehte es in den Händen und blieb mit dem Blick an einer perfekt gestickten fuchsiafarbenen Rose hängen. Sie erinnerte sich an den Tag, an dem sie von Vaters Betrug erfahren hatten. Mutter hatte auf der schmiedeeisernen Bank im Garten gesessen und bittere, wütende Tränen geweint. Als sie Katherine bemerkte, hatte sie die Tränen rasch getrocknet. *Ich habe den Gärtner entlassen. Dumme, überflüssige Kosten, findest du nicht auch, Katherine?*

»Mylady?«

Der Stoff glitt ihr durch die Finger, flatterte zurück auf den Tisch. Katherine klärte mit einem leichten Schütteln ihren Kopf, befahl sich, die schmerzhaften Erinnerungen zu vergessen. »Äh, nein, nein, nichts mit Blumen.« Seit jenem Tag im Garten konnte sie die fröhlichen Blüten nicht mehr ertragen, waren sie doch nur eine Erinnerung an Vaters Versagen. Jener Tag hatte sie gelehrt, wie gefährlich die Liebe war.

Die Händlerin zog die Brauen zusammen und schien Katherines inneren Tumult nicht zu bemerken. Sie riss die Knopfaugen in ihrem faltigen Gesicht weit auf. Aus der vorderen Tasche ihrer Jacke zog sie eine goldene Kette. »Dann vielleicht ein goldenes Herz?«

Katherine betrachtete den Anhänger, und ihr stockte der Atem ob der Unwahrscheinlichkeit des Ganzen. Wortlos griff sie danach und musterte das Schmuckstück, drehte es in den Fingern hin und her. »Das ist perfekt«, sagte sie leise.

Die Händlerin schnaufte und hielt die Hand auf.

Katherine blickte verwirrt darauf. »Oh.« Sie griff in ihre Tasche und nahm einige Münzen heraus.

Die Augen der Frau weiteten sich angesichts des kleinen Vermögens, das Katherine ihr anbot.

»Es ist wirklich eine sehr schöne Arbeit«, murmelte Katherine. Es hatte eine Zeit gegeben, in der sie vor lauter Angst um die finanzielle Lage ihrer Familie wach gelegen hatte. Wenn sie einer anderen Frau diese Sorgen ersparen konnte, selbst für kurze Zeit, dann war ein Sovereign ein wirklich kleiner Preis für den Anhänger.

»Zu diesem Herz gehört eine Geschichte, Mylady.«

Katherine steckte das Herz in ihr Retikül. »Das glaube ich gern. Ich danke Ihnen.« Und bevor die Händlerin noch etwas sagen konnte, trat Katherine aus dem Zelt. Über die Jahre hatte sie sich von ihrer Schwester genug Unsinn über die Liebe angehört, da brauchte sie nicht auch noch die albernen Worte einer Fremden.

Ein kalter Windstoß erfasste sie. Sie rang nach Luft, als die Kälte ihr den Atem raubte. Das Retikül glitt ihr aus den kalten Fingern und schlitterte über das Eis.

»Verflixt«, murmelte sie und lief ihm nach. Sie tat einen Schritt, und die flache Sohle ihrer Ziegenlederstiefel rutschte auf den Schneeflocken, die den gefrorenen Fluss bedeckten, weg. Sie ruderte mit den Armen, um das Gleichgewicht zu halten, während sie von dem einsamen kleinen Zelt fortschlitterte, an ihrem Retikül vorbei und immer weiter.

Es gab ein unheilvolles Knacken.

Sie schluckte schwer. Das Herz stockte ihr in der Brust, und dann brach das Eis.

KAPITEL 2

Es gab nur wenig, was Jasper Waincourt, der achte Duke of Bainbridge, mehr hasste als die Weihnachtszeit. Er kniff den Mund zusammen, während er die Menschen betrachtete, die auf dem zugefrorenen Fluss fröhlich Schlittschuh liefen, sowie die anderen, die bei den mit unnötigem Tand überladenen Zelten und Buden ein und aus gingen.

Es gab nur wenig, was er mehr hasste als die Weihnachtszeit … aber die geistlosen Vergnügungen, die hier zuhauf genossen wurden, kamen nah dran.

Der Marquis of Guilford stieß ihm einen Ellbogen in die Seite. »Musst du so finster dreinblicken? Du wirst noch kleine Kinder verschrecken mit diesem eisigen, herzoglichen Blick.«

Jasper ging weiter. »Ich sehe hier keine kleinen Kinder.« Sein Tonfall war so barsch, dass selbst die meisten Erwachsenen dabei die Flucht ergriffen hätten.

Die beiden Männer kannten sich jedoch seit ihren frühen Jahren in Eton, und Jasper merkte sehr wohl, dass der Marquis of Guilford der Einzige aus seiner Bekanntschaft war, der sich nicht von ihm einschüchtern ließ. »Nun denn. Aber diese junge Frau hast du verscheucht.«

Jasper dachte an die unerschrockene Miss mit den feurigen Augen, die gegen ihn gestolpert war. »Sie hatte keine Angst.« Die junge Frau mit den braunen Locken kam ihm insgesamt nicht wie jemand vor, der sich leicht Angst einjagen ließ – was sie zu einer nur noch größeren Närrin machte. Sie hätte sich der Gefahr bewusst sein sollen, die damit einherging, seinen Weg zu kreuzen.

Guilford lachte leise und schlug Jasper hart auf die Schulter. »Komm schon, Bainbridge. Es ist fast Weihnachten, eine Zeit der Freude.« Er schaute Jasper lange an. »Du kannst nicht immer unglücklich bleiben.«

Doch Jasper war nicht immer unglücklich gewesen. Das war er erst seit drei, beinahe vier Jahren. Er ballte die Hände zu Fäusten und öffnete sie wieder, studierte abwesend das lärmende Treiben der Menschen auf dem Eis.

Der kühle Winterwind trug Gelächter zu ihm. Es umgab ihn, verspottete ihn, verhöhnte ihn, weil er auch einmal so glücklich und leichten Herzens gewesen war wie diese Dummköpfe auf dem Eis.

»Bainbridge«, sagte Guilford ruhig. Alle Fröhlichkeit war aus seiner Stimme verschwunden.

Jasper zuckte mit den Achseln. »Ist schon gut«, brachte er heraus.

In der Ferne klang erneut Gelächter auf, unterstrich seine Worte, strafte ihn Lügen.

Er spürte, wie sein Freund ihn anstarrte, und versteifte sich unter der Musterung. Schließlich sagte Guilford: »Es wird dir guttun, diesem trostlosen, dunklen Gemäuer, das du dein Zuhause nennst, mal zu entkommen.«

Die trostlose, dunkle Burg, auf die Guilford sich bezog, war Castle Blackwood, Jaspers Herzogssitz, eine Festung aus normannischer Zeit. Große Teile der ursprünglichen mittelalterlichen Anlage waren erhalten, einschließlich der fünf Türme.

Eindrucksvoll, düster und bedrohlich passte es bestens zu Jaspers schlechter Stimmung.

Er ballte die Hände zu Fäusten. So war es nicht immer gewesen. Es hatte einmal Lachen und Freude und Vergnügen innerhalb der Burgmauern gegeben.

»Bainbridge? Alles in Ordnung mit dir?«

Jasper schüttelte den Kopf. »Unfassbar, diese geistlosen Vergnügungen.« Sein Tonfall war hart und rau.

Guilford hatte wieder das übliche Grinsen aufgesetzt. Er schlug Jasper noch einmal auf die Schulter. »Vielleicht. Aber es ist Weihnachtszeit, und das ist die Zeit für geistlose Vergnügungen.«

Jasper schnaubte nur und ging widerwillig mit Guilford weiter. Den Blick fest nach vorn gerichtet, gönnte er den bunten Zelten und den eifrig zwischen ihnen umhereilenden, allen möglichen Krimskrams kaufenden Frauen nicht mal die flüchtigste Aufmerksamkeit.

»Bei Gott, Mann, musst du so finster dreinschauen?«

»Ja«, erwiderte Jasper kurz angebunden.

Sein Freund rieb die behandschuhten Hände aneinander, versuchte die kalten Finger aufzuwärmen. Geschah dem Kerl nur recht dafür, dass er ihn hier hinausgezwungen hatte.

»Ah, einen Moment.« Guilford blieb neben einem der Zelte stehen. Er nahm einige Münzen aus der Tasche und ging auf einen alten Mann zu. Die Münzen wechselten den Besitzer, und Guilford nahm dafür zwei Bierkrüge in Empfang.

»Ich will kein Bier«, knurrte Jasper, als sein Freund ihm einen der Krüge aufdrängte.

»Trink was. Wenn nichts anderes, so wird es dich immerhin wärmen.«

»Mir ist nicht kalt.«

Guilford lachte ungläubig. »Du bist immer kalt. Ein gefühlskalter, abweisender Mann, und das schon, solange ich dich kenne.«

Ja, Jasper war nie ein fröhlicher, unbekümmerter Junge gewesen. In eine Ehe ohne Liebe hineingeboren, in der beide Eltern untreu waren, hatte er für dieses inhaltslose Gefühl, das man Liebe nannte, stets nur Verachtung gekannt – bis er Lady Lydia Wilkes kennengelernt hatte. Mit ihrem Lächeln und ihren leuchtenden Augen hatte sie ihn gefangen genommen und sein eisiges Herz zum Schmelzen gebracht.

An seinem Auge zuckte ein Muskel. Und wie hatte er ihr dieses große Geschenk gelohnt? Indem er sie umgebracht hatte. O Gott, alles in ihm zog sich zusammen. Der Schmerz über ihren Verlust, von dem er geglaubt hatte, ihn mit ihrem kalten, toten Körper zusammen zu begraben, verspottete ihn für den Gedanken, er könnte ihn jemals überwinden.

Er schüttelte den Kopf. Er würde sich nicht der Melancholie hingeben. Lydia war … tot. Tot. Für immer fort. Er geißelte sich selbst mit der Erinnerung daran. Seine Lippen zuckten. Als könnte er das jemals wirklich vergessen.

Jasper hob den Bierkrug und leerte ihn in einem langen, langsamen Zug. Das Gebräu half nur wenig, das Eis, das jetzt durch seine Adern floss, zu schmelzen. Über den Rand des Kruges hinweg erspähte er die junge Frau, die gegen ihn gestolpert war. Mit dem unscheinbaren braunen Haar und den braunen Augen war sie das genaue Gegenteil von Lydias goldblonder Pracht und ihrer hellen Porzellanhaut. Nichts, aber auch rein gar nichts an diesem Weibsbild, das ihn mit wütend funkelnden Augen angestarrt hatte, war verführerisch.

»Sie ist ziemlich reizvoll«, murmelte Guilford neben ihm.

Jasper schüttelte entschieden den Kopf. »Kaum der Typ, den man auch nur entfernt als Schönheit bezeichnen würde.«

»Meine Güte, du bist ja noch schlechterer Laune als üblich«, tadelte ihn sein Freund.

Jasper gab den Bierkrug an den Verkäufer zurück und ging weiter.

Guilford eilte hinter ihm her. »Wollen wir uns die Waren der Händler näher anschauen?«

Wozu? Jasper hatte keine Familie. Als einzigem Kind des verstorbenen Duke und der Duchess of Bainbridge blieb ihm als letzter Verwandter ein Cousin vielfachen Grades väterlicherseits aus Northumberland. Ein größerer Gegensatz zu Guilford, der eine Mutter, drei Schwestern und einen Bruder hatte, hätte Jasper nicht sein können. Er deutete auf die Zelte. »Ich werde hierbleiben«, er verzog den Mund, »und den Leuten zusehen, während du dir den Plunder in den Zelten ansehen gehst.«

Guilford öffnete den Mund und schloss ihn wieder. Er schüttelte den Kopf, wodurch sein Hut verrutschte. Er rückte ihn wieder zurecht. »Ich werde nicht lange brauchen.« Mit diesen Worten begab er sich zu einem kanariengelben Zelt.

Jasper unterdrückte ein gelangweiltes Gähnen und betrachtete das Treiben weiterhin ohne jedes Interesse. Damen klammerten sich an die Arme ihrer Verehrer, während sie auf Schlittschuhen über den gefrorenen Fluss liefen. Händler, die den umherschlendernden Herrschaften lautstark ihre Waren anpriesen. Worte von Fremden, leer und bedeutungslos.

Sein Blick fiel auf die junge Frau, die ihn vor Kurzem fast umgerannt hätte. Sie kam aus einem grauen Zelt, das etwas abseits des allgemeinen Trubels stand. Eine plötzliche Böe wehte ihr den Hut vom Kopf, und der kalte Winterwind verwirbelte ein paar Strähnen ihrer braunen Locken. Sie fuhren ihr übers Gesicht, und mit ihren hohen Wangenknochen und den fast schon katzenartigen Augen erinnerte sie ihn irgendwie an eine Eisprinzessin. Ihm fiel ihr tadelnder Blick ein, und er runzelte die Stirn. Ja, Eisprinzessin war ein passender Name für die junge Frau.

Mit ihrem ernsten Gesichtsausdruck unterschied sie sich sehr von den jungen Damen, wie er sie vor drei Jahren gekannt hatte. Etwas fiel ihr aus den Händen und schlitterte über das

Eis. Gelangweilt davon, die junge Frau zu beobachten, sah Jasper zu dem Zelt hinüber, in dem Guilford verschwunden war.

Ein Schrei, der einem das Blut in den Adern gefrieren ließ, zerriss die frostige Winterluft. Der markerschütternde Schrei scheuchte die Turmfalken auf. Jasper bekam eine Gänsehaut. Mit der Intuition eines Mannes, der Schreckliches mit angesehen und erlebt hatte, blickte er sich nach der namenlosen Eisprinzessin um.

Für den winzigsten aller Augenblicke, der sich doch eine Ewigkeit hinzuziehen schien, stand die Zeit still. Jasper rannte auf das Loch im Eis zu. Im Geiste verfluchte er die Glätte, die ihn zwang, sein Tempo zu verlangsamen, dann warf er seinen Mantel beiseite, näherte sich den wild fuchtelnden Armen.

Auf dem Bauch liegend robbte er vorwärts. »Nehmen Sie meine Hand«, rief er, als die Frau mit dem Kopf die Wasseroberfläche durchbrach.

Sie rang keuchend nach Luft. Entsetzen verzerrte ihre Züge. Es war der Blick von jemandem, der dem Tod ins Auge geschaut hatte und wusste, dass dessen Sieg unausweichlich war.

Jasper fluchte. »Hören Sie mir zu«, fuhr er sie an.

Die braunen Augen fixierten ihn. Ihr durchnässter Hut hing ihr seitlich auf den wirren Locken. »Hilfe«, brachte sie heraus. Dann zogen ihre Röcke sie wieder unter Wasser.

In Jaspers Bauch krampfte sich alles zusammen, und mit einer weiteren Verwünschung rutschte er näher an das Loch. Das dünne Eis knackte unter seinem Gewicht. Verzweifelt streckte er eine Hand ins Wasser und bekam sie zu fassen. Er zog sie hoch.

»Hören Sie mir zu«, befahl er mit harter Stimme. »Wehren Sie sich nicht. Lassen Sie sich von mir rausholen.«

Entweder drangen die Worte oder der Tonfall durch ihre Furcht, beruhigten sie, denn die Panik begann aus ihrem Blick zu schwinden, und sie nickte.

Er zog stärker, und dann lag ihr schlanker Körper auf dem Eis.

Vor Anstrengung außer Atem bemerkte Jasper das Stöhnen des Eises, und er nahm alle Kraft zusammen, arbeitete sich weiter und weiter rückwärts, die junge Frau in ihren nassen Kleidern eng an seiner Brust.

Er brachte sie beide ans Ufer und brach dort zusammen, den leblosen Körper der jungen Frau auf sich. Er hörte ein Krachen und dann das laute Platschen, mit dem das Eis einbrach und in der Themse verschwand. Keuchend rang er um Luft und bemerkte schließlich die absolute Regungslosigkeit der Frau.

Seine Brust zog sich schmerzhaft zusammen, während er sie umdrehte. Schnell musterte er ihre bleichen Wangen und suchte nach einem Zeichen, dass sie atmete.

Energisch versetzte er ihr einen Schlag zwischen die Schulterblätter.

Bei Gott, er hatte sich nicht zu diesem höllischen Jahrmarkt schleppen lassen, um eine Frau vor dem Ertrinken retten zu müssen.

Noch ein Schlag.

Nur um zuzusehen, wie sie inmitten der geistlosen Vergnügungen starb.

Ein härterer Schlag.

Nicht noch eine Frau.

Noch härter.

Nicht noch einmal.

Ein Schwall Wasser kam aus ihrem Mund, und er drehte sie auf die Seite, während sie würgte und um Atem rang.

Jasper ließ sich auf den harten Boden fallen und streckte sich auf dem Rücken aus, starrte nach oben, beobachtete, wie die dicken, weißen Schneeflocken vom Himmel fielen. Für einen Moment schloss er die Augen, dann rollte er sich auf die Seite und betrachtete die keuchende Fremde.

Sie hatte die Knie eng an sich gezogen, die Arme über der Brust verschränkt. Ihr zierlicher Körper zitterte und bebte. Jasper fluchte.

Himmel, so wie es aussah, hatte die junge Frau den Sturz ins Wasser nur überlebt, um jetzt an Unterkühlung zu sterben.

Er blickte sich nach seinem Mantel um und entdeckte ihn auf der anderen Seite des großen Lochs im Eis. Als wollte ihn das Schicksal verspotten, versank der schwarze Stoff in just diesem Moment im Wasser. Seufzend schlüpfte er aus seinem leicht feuchten Rock und warf ihn der jungen Frau über. »Hier.«

Das Kleidungsstück, das ihr viel zu groß war, ließ sie noch winziger erscheinen. Sie schmiegte sich fest hinein.

»D-danke s-sehr«, stotterte sie zwischen klappernden Zähnen hervor.

Er winkte ab.

»D-das k-k-kann ich nie-niemals wiederg-gutmachen.«

Er betrachtete sie von oben bis unten. »Madam, Sie haben nichts, was ich will oder brauchen würde.«

Sie schien zusammenzuzucken, und er war nicht sicher, ob das an seinen Worten oder der Kälte lag, die ihren Körper schüttelte.

Etwas regte sich in ihm, etwas, das er tot geglaubt hatte – Gefühle. Schuldgefühl drückte ihn. Verdammt. Er wollte sich nicht deswegen schuldig fühlen, wie er die junge Frau behandelt hatte. Er wollte im Zusammenhang mit ihr überhaupt nichts fühlen. Teufel, er wollte für niemanden irgendetwas fühlen.

»Schon gut, schon gut.« Er rappelte sich auf und hielt ihr eine Hand hin. Sie musterte sie einen Moment, bevor sie sie ergriff.

Es durchzuckte ihn wie ein Blitz, und er ließ ihre Hand fallen, als hätte er sich daran verbrannt.

»Wo ist Ihre Anstandsdame?«

Sie schüttelte den Kopf. »I-ich habe nie-niemanden dabei.«

Mit einem neuerlichen Fluch sah er sich um.

»F-fluchen Sie im-immer in der G-Gegenwart von D-Damen?«, erkundigte sie sich kühl.

Ah, die Eisprinzessin war zurück. Wie er feststellen musste, zog er das scharfzüngige Frauenzimmer dem halb ertrunkenen Geschöpf, das er aus dem Fluss gezogen hatte, vor. »Junge Damen spazieren nicht ohne Begleitung in London herum.«

Sie zog die Augenbrauen zu einer geraden Linie zusammen und wandte sich ab.

Jasper folgte ihrem Blick, der über seine Schulter ging. »Verdammter M…« Er presste die Lippen aufeinander, als er sich an ihren Vorwurf von eben erinnerte. Eine Gruppe von Schaulustigen stand in der Mitte der Eisfläche, blickte von dem Loch zu ihm und weiter zu …

Der Eisprinzessin.

Er stand da und starrte sie an. Plötzlich traf ihn ihre Hilflosigkeit, die Verletzlichkeit unter der eisigen Fassade, wie ein Schlag. Wieder regte sich etwas in ihm. Jasper schüttelte den Kopf, vertrieb jedes Aufflackern von Gefühl. Einzig Logik und Vernunft bestimmten heutzutage noch über ihn.

Fakt. Die Frau war fast ertrunken.

Fakt. Er mochte zwar ein herzloser Mistkerl sein, aber er hätte sie nicht ertrinken lassen können.

Fakt. Sie war ein zierliches, zitterndes Häufchen Elend.

Fakt. Er musste sie umgehend nach Hause bringen, oder sie würde erfrieren.

Er spannte die Kiefermuskeln an. Und er hatte nicht all dieses Aufsehen erregt und sein eigenes armseliges Leben aufs Spiel gesetzt, um sie aus dem eiskalten Wasser zu retten, nur damit sie jetzt starb.

Jasper hob sie auf seine Arme.

»Wa-was ma-machen S-Sie da?«, quietschte sie. Es entging ihm nicht, dass sie sich eng an ihn schmiegte.

Er versteifte sich angesichts ihres anziehenden Körpers so nah an seinem. Ihre Haut an seiner ließ trotz der Kälte Hitze in ihm aufsteigen.

Er unterdrückte diese gänzlich unpassenden Sehnsüchte. Seit mehr als drei Jahren war er mit keiner Frau mehr zusammen gewesen. Das war eine rein körperliche Reaktion, nichts weiter.

»Ich bringe Sie nach Hause«, presste er zwischen zusammengebissenen Zähnen hervor.

Je schneller er sie wieder loswurde, desto besser würde es ihm gehen.

Kapitel 3

Katherines ganzer Körper schmerzte, als hätten sich scharfkantige Eisstückchen unter ihre Haut gebohrt. Die Kälte hielt sie gefangen, und sie fragte sich, ob sie erfrieren würde. In ihrem Kopf herrschte Chaos, ihr Gehirn war noch immer beeinträchtigt durch ihr Beinahe-Ertrinken und verhinderte jedes logische Denken.

Er hatte sie gerettet. Dieser ungeschlachte, finster blickende Hüne. Derselbe Fremde, der sie beinahe umgerannt hätte und sie so herablassend gemustert hatte, hatte sein Leben riskiert, um sie aus dem eiskalten Fluss zu ziehen.

Der abweisende Blick aus seinen Augen, der düstere Ausdruck auf seinen harten Zügen ließen sie vermuten, dass er seine Entscheidung bereits bedauerte.

»Ich bringe Sie nach Hause«, wiederholte er. Seine Stimme kam als ein Grollen heraus, das den meisten Kindern wohl Albträume verursachen würde.

Katherine schmiegte sich tiefer in die Falten seines ihr viel zu großen, schwarzen Rocks.

Einen Moment lang fragte sie sich, was ihm das Leben angetan, was ihn zu so einem Ekel gemacht hatte. Denn ganz sicher konnte niemand vorsätzlich so herzlos … so grundlos gefühlskalt sein.

»Hat das Eis Ihnen den Verstand eingefroren?«, fragte er sie barsch.

Sie schüttelte den Kopf, um ihre Gedanken zu klären. »I-ich k-kann hier nicht f-fort.«

Da war immer noch ihre Schwester Anne. Katherine schloss die Augen, als sie sich den Zorn ihrer Mutter vorstellte. Sie hätten Glück, wenn sie den Weihnachtsabend noch erleben würden. Andererseits hatte sie auch Glück, überhaupt noch zu leben, wenn man ihren Sturz in die Themse bedachte.

Der Mann drückte sie fest an seine harte Brust. Für einen Augenblick wichen alle Bedrängnisse des Tages in den Hintergrund. Annes und ihre heimlichen Bemühungen, ein albernes Schmuckstück zu finden, der alles überwältigende Schreck des brechenden Eises, ihr Versinken im bitterkalten Wasser … die Gewissheit, dass sie sterben würde. Die Arme dieses Fremden vermittelten ihr ein Gefühl von Sicherheit, wie sie es noch bei keinem Menschen erlebt hatte. Er trug sie zum Gehweg, und zwar so mühelos, als wäre sie eine Porzellanpuppe. Katherine schloss für einen Moment die Augen und schmiegte sich in die Wärme, die von seinem Körper ausging.

Sie kamen an einer Gruppe Schaulustiger vorbei, und Katherine blinzelte, erinnerte sich …

»Meine Schwester!«, rief sie. Sie konnte Anne nicht allein nach Hause gehen lassen.

»Wie alt ist Ihre Schwester?«, knurrte er.

»Neunzehn.«

»Dann kann sie den Heimweg sicherlich allein finden«, sagte er, ohne langsamer zu werden.

Katherine keuchte bei seiner herzlosen Antwort auf. »S-Sie sind e-ein M-Monster«, stammelte sie.

Zum ersten Mal, seit sie mit dem Mann zusammengestoßen war, erschien ein Lächeln auf seinem sonst so unnachgiebigen Gesicht. Es war düster, hart und bar jeglicher Freude, und seine

Kälte ließ sie ebenso erstarren wie das eisige Wasser der Themse. »Ja. Das bin ich.«

Er blieb neben einer schwarz lackierten Kutsche mit einem goldenen Wappen auf der Tür stehen. Das Wappen zeigte einen Löwen, der sich auf seine Hinterbeine erhob und ein Schwert zwischen den gefährlich gefletschten Zähnen hielt.

Der Anblick weckte ihre Bedenken, und sie drückte sich von ihm weg. Er *war* ein Monster.

Ein Diener in karmesinroter Uniform mit goldenen Verzierungen zog die Tür auf.

Das Monster lud sie ohne viel Federlesens im Inneren der Kutsche ab. Katherine landete auf einer dick gepolsterten roten Samtbank. Sie kroch ganz in eine Ecke des Gefährts und zog den Rock eng um sich.

»Lassen S-Sie m-mich. I-ich m-muss m-meine Schwester f-finden.«

Er stieg ein, und der zuvor großzügig bemessene Innenraum schien in seiner überwältigenden Gegenwart zu schrumpfen.

Die Tür schloss sich hinter ihm, und er nahm Platz, als wäre er König George selbst. Er verschränkte die Arme über der Brust und fixierte einen Punkt über ihrer Stirn. »Wo wohnen Sie?«

Sie blickte einen Moment auf die Kutschenwand, bis sie begriff, dass er tatsächlich mit ihr sprach. Er weigerte sich, ihr ins Gesicht zu sehen, als wäre sie Medusa … Sie presste die Lippen aufeinander. Nun, mit seiner unnachgiebigen Haltung und abweisenden Kälte hatte er sich schon lange vor ihrer Begegnung in Stein verwandelt. »Ich verlange …«

Sein starrer, harter Blick brachte sie zum Verstummen, und ihr stockte der Atem.

Vielleicht verfügte *er* über den machtvollen Medusenblick.

Sie befeuchtete sich die Lippen.

Und nannte ihm ihre Adresse.

Er gab sie in befehlsgewohntem Ton weiter, und die Kutsche setzte sich mit einem Ruck in Bewegung, in Richtung ihres Stadthauses in Mayfair.

Katherine schluckte, während die Kutschenräder über das Pflaster rollten. Sie wurden immer schneller, und ihr Herzschlag beschleunigte sich, bis ihr Puls ihr in den Ohren dröhnte. Ihre Schwester war allein … und doch vertraute sie darauf, dass Anne die Droschke zurück nehmen würde, die sie beide hingebracht hatte, bereits bezahlt war und auf sie wartete. Schließlich war Anne der führende Kopf hinter all den Plänen und Schwierigkeiten, in denen sie sich immer wiederfanden.

Die aufkeimende Panik darüber, sich mit einem Fremden allein in einer Kutsche wiederzufinden, verschmolz mit der gerade durchgestandenen Todesangst, und sie packte den Türgriff der Kutsche.

Er legte seine große Hand über ihre.

Katherine zuckte zusammen.

»Ich würde vorschlagen, den Griff loszulassen, Madam, es sei denn, Sie möchten den Tod durch Ertrinken gegen den unter den Rädern einer Kutsche eintauschen.«

Seine flache, gefühllose Stimme verriet nur Langeweile. Er hätte auch über das Wetter reden oder ihr Tee anbieten können.

Sie zog die Hand zurück, fühlte sich, als hätte seine Berührung sie verbrannt. »Sie sind ein M-Monster«, wiederholte sie.

Er befreite sich von den nassen Handschuhen und schlug sie gegeneinander. Wassertropfen spritzten auf die Innenwände der Kutsche. »Ihre Anschuldigung wird immer weniger originell und ein wenig ermüdend, Madam.«

In diesem Moment wurde Katherine klar, wie undankbar sie wirken musste. Der baumlange Fremde mochte zwar ein übellauniger Unhold sein, aber er hatte sie gerettet. Sie verzog die Lippen. Ob er das nun wirklich gewollt hatte oder nicht.

»Verzeihen Sie, ich habe mich noch gar nicht bei Ihnen bedankt.« Sie atmete tief durch. »Also, ich danke Ihnen. Dafür, dass Sie mich gerettet haben. Vorm Ertrinken«, schloss sie lahm.

Er hob gleichgültig eine Schulter. »Ich würde mir wohl kaum den Tag ruinieren, indem ich tatenlos zusehe, wie sie in der Themse untergehen.«

Vermutlich sollte sie empört sein, geschockt, angewidert angesichts dieser so herzlos vorgebrachten Worte … und doch ließ sie etwas in seiner Stimme aufhorchen. Es schien ihr, als legte er es geradezu darauf an, sie gegen sich aufzubringen. Anstelle von Empörung verspürte sie jedoch die ersten Regungen von Neugier, und sie fragte sich, was wohl geschehen war, das sein Herz so kalt hatte werden lassen.

Also ließ sie sich auf seinen unverhohlenen Versuch, sie zu provozieren, nicht ein. »Ich bin Lady Katherine Adamson.« Sie schwieg kurz. »Ich denke, ich sollte den Namen meines Retters erfahren.«

Eine Weile lang sagte er nichts, und sie dachte schon, er würde ihr gar nicht antworten. Sie seufzte und streckte eine Hand zum Fenstervorhang aus.

»Jasper Waincourt, der achte Duke of Bainbridge.«

Sie riss die Augen auf. »Sie sind ein Herzog«, platzte sie heraus.

Kühl zog er eine Augenbraue hoch und musterte sie. »Sie täten gut daran, keine Pläne in Hinsicht auf meinen Titel zu schmieden, Madam. Ich würde Sie nicht einmal heiraten, wenn Sie das letzte lebende weibliche Wesen im ganzen Königreich wären.«

Sie blinzelte. Was für eine Unverschämtheit. Sie zeigte mit einem Finger auf ihn. »Und Sie, nun, ich würde Sie nicht einmal heiraten, wenn Sie das letzte lebende männliche Wesen auf der Welt wären und der König persönlich es von mir verlangte, um mein Leben zu retten.«

Sein Mund zuckte. Aber dann bildeten seine Lippen wieder eine strenge Linie, sodass sie meinte, sich die leichte Andeutung eines Lächelns nur eingebildet zu haben. »Wie gut, dass wir da einer Meinung sind, Madam. Wir sind da«, sagte er.

Sie neigte den Kopf. Und dann kam die Kutsche auch schon mit einem Ruck zum Stehen.

Durch den abrupten und unerwarteten Halt wurde Katherine nach vorn geschleudert und landete würdelos an der Brust des Herzogs.

Es fühlte sich an, als wäre sie gegen eine Steinmauer gestoßen. Alle Luft wich aus ihren Lungen. Sie blickte zu ihm hoch und fand ihn gänzlich unbeeindruckt von der Tatsache, dass sie praktisch auf ihm lag.

Er gähnte.

Gähnte!

Der Rüpel hatte die Unverschämtheit, zu gähnen, als wäre dieser ganze Tag … langweilig.

Er setzte sie auf ihre Bank zurück und klopfte gegen das Dach.

Die Kutschentür schwang auf.

Sie funkelte ihr Gegenüber an. Sie war vollkommen durchgefroren. Sie glaubte nicht, dass ihre Zähne jemals wieder aufhören würden, aufeinanderzuschlagen. Und sie wusste, sie sollte wirklich dankbarer sein, wenn man bedachte, dass er Leib und Leben riskiert hatte, um sie aus dem Fluss zu ziehen, aber er war so … so *verdammt rüpelhaft*.

Und Katherine fluchte nicht.

Nicht, als sie herausgefunden hatte, dass Vater sie mittellos zurückgelassen hatte.

Nicht, als die Gläubiger jedes einzelne ihrer Bücher abgeholt hatten.

Nicht, als sie gezwungen gewesen waren, ihr Cottage in Hertfordshire Estate zu räumen, während Mutter nur dasaß, zuschaute und bittere Tränen vergoss.

Sie deutete mit einem Finger auf ihn. »Sie, Sir …«

»Euer Gnaden«, korrigierte er.

»Sind ein Monster.« Katherine lehnte sich vor und stach ihm mit einem zitternden, kalten Finger gegen die Brust. »Und ich weiß, dass ich mich wiederhole … und ich wiederhole mich nie. Niemals. Aber Sie sind garstig. Und abscheulich. Und wenn Sie Leib und Leben nicht hätten riskieren wollen, um mich zu retten, dann hätten Sie es eben nicht tun sollen.«

Sie ließ sich in die Kissen zurückfallen und atmete schwer, immer noch erschöpft von ihrer Beinahe-Begegnung mit dem Tod. »Nicht, dass es mir missfiele, gerettet worden zu sein«, stellte sie klar. »Denn im Gegensatz zu anderen garstigen, elenden Wesen freue ich mich am Leben.«

Der Herzog zog die dunklen Brauen zusammen und verengte die Augen zu Schlitzen. Wenn Katherine nicht gerade erst dem Tod entronnen wäre, hätte der Blick sie vermutlich wesentlich mehr eingeschüchtert. So jedoch war ihr kalt, und sie war hungrig und zu müde, um sich vom finsteren Blick eines Herzogs einschüchtern zu lassen. Seine Unhöflichkeit hatte ihre Geduld aufgebraucht.

»Sind Sie fertig, Madam?« Die Worte waren sanft, aber man spürte die Schärfe darin, glatt wie die Schneide eines Messers.

Sie schluckte und befreite sich aus seinem Rock. »Hier«, sagte sie. »Ich möchte Ihre Gastfr…« Ein Aufschrei entfuhr ihr. »Wa-was tun Sie da?«, stammelte sie, als er ihr den gründlich zerknitterten Rock wieder über die Schultern warf und sie einfach hochhob. »Euer Gnaden …« Er sprang aus der Kutsche, hielt sie, als wöge sie nicht mehr als ein Säugling.

Eine Ader pulsierte an seinem Auge. Er blieb stehen und musterte die stuckverzierten Stadthäuser.

Der Diener räusperte sich und deutete auf das bescheidene Haus mit der weißen Vorderseite, das sie jetzt ihr Zuhause nannte.

Der Herzog ging die Treppe hinauf und klopfte an die Tür.

»S-Sie k-können mich jetzt ab-absetzen, Euer Gnaden.«

Er betätigte erneut den Türklopfer.

»Ich habe gesagt …«

»Ich bin nicht taub, Madam.« Er hob gerade wieder die Hand, als die Tür plötzlich geöffnet wurde.

Der Butler ihrer Mutter riss die kleinen blauen Augen in dem alten, zerfurchten Gesicht weit auf. »Lady Katherine«, rief er.

Der alte Diener, der auf die siebzig zuging, hatte darauf bestanden, seinen Posten zu behalten. »Ollie«, murmelte sie.

Der Herzog blickte noch finsterer drein. »Darf ich eintreten?« Seine Stimme triefte vor Sarkasmus.

Oh, dieser Mistk… *Rüpel*, berichtigte sie sich still.

Ollie blinzelte. »Eintreten?«, wiederholte er mit schriller Stimme. »Äh, ja, natürlich, natürlich.« Er trat zur Seite und bedeutete dem Herzog, vorzugehen.

Seine Gnaden stürmte durch die Tür, als wäre er der Besitzer des bescheidenen Hauses.

Katherine blickte auf und schluckte, als sie sah, wie ihre Mutter die lange Treppe herabkam, umwogt von ihren burgunderfarbenen Röcken. »Ollie, was ist denn …?« Mutters Worte erstarben in einem Aufkeuchen. »Was ist geschehen?«, fragte sie in wohlmoduliertem Ton, wie es sich für eine Dame gehörte und zu ihrem ruhigen, gelassenen Schritt passte.

Katherine seufzte. Mutter bestand immer auf die Einhaltung der Etikette. Eine Lady durfte niemals rennen.

Nicht einmal, wenn die Tochter von einem Fremden ins Haus getragen wurde, tropfnass, verschmutzt und dem Tode nah.

»Ihre Tochter hat sich offenkundig eigenmächtig und unbegleitet auf den Frostjahrmarkt begeben, und als Lohn ihrer Mühen wäre sie fast in der Themse ertrunken.«

Nun, das war eine sehr methodische, gefühllose Wiedergabe ihres Tages seitens des Herzogs. Korrekt, aber unwillkommen.

»Mutter …«, setzte Katherine an.

Mutter brachte sie mit einem Blick zum Schweigen.

Katherine drückte sich enger an den Herzog, suchte Unterstützung am unwahrscheinlichsten Ort.

Er blickte entlang seiner Adlernase auf sie hinab. Ihr stockte der Atem, und zum ersten Mal sah sie ihn richtig an. Über eins neunzig groß, mit kräftigen, muskulösen Armen und einer breiten Brust war sein Körperbau so ganz anders als der der anderen Gentlemen der Oberschicht. Nach herkömmlichen Standards würde man ihn nicht als gut aussehend bezeichnen, das markante Gesicht würde als zu rau angesehen werden, die Lippen als zu hart, die …

Er hob eine Augenbraue.

Katherine spürte, wie die erste echte Wärme dieses Tages sie durchströmte, und das lag an der Hitze des Entsetzens, die ihre Wangen überzog. »Äh, nun …«

»Dürften wir den Namen des Gentlemans erfahren, der so selbstlos meine Tochter gerettet hat?«

Er verzog den Mund, und für einen kurzen Moment glaubte Katherine, er könnte die Aufforderung ihrer Mutter ignorieren, auf dem Absatz kehrtmachen und das Haus verlassen.

»Jasper Waincourt, achter Duke of Bainbridge.« Mehr kam nicht.

Keine Verbeugung. Keine höfliche Floskel. Nur fünf Wörter, eine Zahl in kaltem, gefühllosem Tonfall.

In diesem Moment schien ihm erst bewusst zu werden, dass er sie immer noch auf den Armen hatte. Sein Körper erstarrte, es fühlte sich an, als hätte er sich in Granit verwandelt. Er blickte sich um, als suchte er nach jemandem, der ihm seine Last abnehmen würde.

Katherine ärgerte sich. Es spielte keine Rolle, dass er sie unbedingt los sein wollte. Sie sollte sich wünschen, dass er so schnell wie möglich aus ihrer Eingangshalle verschwand.

Sie sollte das tun.

Und sie *tat* das auch.

Wie aufs Stichwort eilte ein hochgewachsener Diener herbei, um den Herzog von seiner Last zu befreien.

Der zögerte und betrachtete Thomas, den gut aussehenden Diener, finster, doch dann übergab er ihm Katherine.

»Euer Gnaden, gestatten Sie mir, Sie zum Abendes…«

»Nein.«

Ihre Mutter blinzelte einige Male. Doch als Countess of Wakefield war sie nicht leicht einzuschüchtern, nicht einmal von einem einflussreichen Standesgenossen, und blieb unbeirrt. »Sicherlich werden Sie uns erlauben, was die Höflichkeit …«

»Madam, das Einzige, was Sie für mich tun können, ist, ein wachsameres Auge auf Ihre Tochter zu haben.« Er deutete eine Verbeugung an. »Guten Tag«, verabschiedete er sich kurz angebunden, drehte sich ohne ein weiteres Wort um und entfernte sich Richtung Vordertür.

Ollie hatte die Geistesgegenwart, ihm zu öffnen, und so schritt der Herzog hindurch, ohne sein Tempo zu verlangsamen.

Hinter ihm schloss sich die Tür mit einem deutlich hörbaren Klicken.

Mutter riss die braunen Augen weit auf, was ihr das Aussehen einer Eule verlieh. »Unerhört …« Sie brach ab, weil sie keine Worte hatte für das Vorgefallene. Es kam sicherlich nicht jeden Tag vor, dass die Countess of Wakefield sprachlos zurückblieb.

Katherine starrte auf die Tür, durch die Jasper Waincourt, achter Duke of Bainbridge, soeben verschwunden war.

Unerhört, allerdings.

KAPITEL 4

Ein lautes Klopfen ertönte an der Tür von Jaspers Arbeitszimmer. Er hob nicht einmal den Kopf von dem Wirtschaftsbuch auf seinem Schreibtisch. »Herein«, rief er knapp.

Die Tür öffnete sich. »Euer Gnaden, der Marquis of Guilford wünscht Sie zu sprechen.«

»Ich empfange keine Besucher.« Jasper tauchte seinen Federhalter in die Tinte und markierte einige Spalten.

»Ich habe ihm bereits erklärt, dass Sie keinen Besuch empfangen.«

»Und ich habe erklärt, dass ich kein Besucher, sondern ein Freund bin«, erklang Guilfords Stimme gedehnt von der Schwelle.

Jasper tauchte erneut den Federhalter ein und markierte eine weitere Stelle. Er überflog die ersten drei Spalten und legte die Feder beiseite. »Was gibt's?«, fragte er ungeduldig und winkte den Butler fort. Der alte Diener verbeugte sich und verließ eilig den Raum.

Guilford schlenderte herein. Bei der Anrichte mit den Kristallkaraffen blieb er stehen. Er betrachtete verschiedene Flaschen und entschied sich für einen Brandy, schenkte sich ein Glas ein. Mit einer Ruhe, die einem Geistlichen gut zu Gesicht gestanden hätte, ging er auf den Schreibtisch zu und setzte sich auf den einzigen Stuhl davor, Jasper direkt gegenüber.

»Wirklich, Bainbridge«, sagte er nach mehreren Schlucken, »du fragst ›Was gibt's?‹, als hättest du nicht selbst für einiges Aufsehen gesorgt, mit deiner heroischen Rettung einer mysteriösen jungen Frau aus der Themse.«

Ein Knurren stieg tief aus Jaspers Kehle auf, und er griff wieder nach dem Federhalter. Wütend tauchte er ihn ins Tintenfass und vervollständigte die nächste Reihe der Tabelle. Das Letzte, was er wollte, war, zum Gegenstand des Geschwätzes der verdammten guten Gesellschaft zu werden. Er hatte gedacht, nach drei Jahren, in denen er als der Verrückte Herzog bekannt geworden war, wäre man über den Duke of Bainbridge und seine verstorbene Frau Lady Lydia hinweg.

Verstorben.

Tot.

Im kalten Grab, mahnte Jasper sich strafend.

Er nahm die Erinnerung an Lydias lächelndes Gesicht hin und ließ in seinem Inneren ablaufen, wie dieses Gesicht sich verzerrt hatte, als der Geburtsschmerz sie schier zerriss.

Der Federhalter in seiner Hand brach entzwei. Tinte lief über die zuvor makellose Seite. Jasper ließ die Feder fallen. »Ich habe noch keine Frage gehört«, fuhr er sein Gegenüber an. Er schätzte Guilford, aber oft genug wünschte er seinen einzigen Freund zum Teufel. Gerade jetzt zum Beispiel.

Guilford legte einen Fuß auf ein Knie. »Stell dir meinen Schreck vor, als du plötzlich verschwunden warst.« Er winkte ab. »Oh, ich habe für einen Moment in Erwägung gezogen, dass du dir noch ein Bier holen gegangen bist, habe dann aber gedacht, dass du nun wirklich nicht der Mensch bist, der sich Gefühlen hingibt, und sei es nur das, sich ein Gläschen zu viel zu gönnen.« Plötzlich lehnte er sich nach vorn. »Daher wirst du meinen Schock begreifen, als ich erfuhr, dass du in aller Öffentlichkeit dein Leben riskiert hast, um eine unbekannte Frau zu retten.«

Die Frau, Lady Katherine Adamson, drängte sich in seine Erinnerung. Mit ihren funkelnden Augen, ihren scharfen Worten … Seine erste Einschätzung war zutreffend gewesen – sie war keine große Schönheit. Und doch hatte sie etwas Faszinierendes an sich, diese Frau, die sich so gar nicht von ihm hatte einschüchtern lassen. Aber er ließ sich nicht von den Worten seines Freundes zu weiteren Äußerungen hinreißen. Stattdessen lehnte er sich in seinem Stuhl zurück und verschränkte die Arme.

Jeglicher Schwung schien aus Guilford zu weichen. »Verdammt, kann denn nichts, was ich sage, dich aus der Reserve locken?«

Jasper blickte ihn finster an. »Ist das dein Ziel? Mich aus der Reserve zu locken?« Da würde es sehr viel mehr brauchen als diese nutzlosen Bemühungen, seine Emotionen zu wecken. Wieder musste er an die Eisprinzessin Lady Katherine denken.

Und Sie, nun, ich würde Sie nicht einmal heiraten, wenn Sie das letzte lebende männliche Wesen auf der Welt wären und der König persönlich es von mir verlangte, um mein Leben zu retten. Ja, Lady Katherine war keine große Schönheit, mit den braunen Haaren, braunen Augen, dem Hauch von Sommersprossen auf den Wangen. Und doch … Ihre schlanke Gestalt, gut einen Kopf kleiner als er, besaß nicht zu verachtende Kurven, die sich wunderbar an ihn geschmiegt hatten. Angesichts des vor Kälte zitternden Körpers und der unkontrolliert aufeinanderschlagenden Zähne hatte er gedacht, dass sie so knapp dem Tod entronnen war, hätte ihren Kampfesgeist gedämpft. Stattdessen hatte ihr schnippischer Tonfall ihn an eine fauchende Katze erinnert, die sich in die Ecke gedrängt fühlte.

Guilford saß weiterhin schweigend da und schien ihn über den Rand seines teilweise geleerten Brandyglases hinweg zu studieren. Er nahm einen weiteren Schluck. »Wer war sie?«

»Wer war wer?« Jasper zog die Schublade des Schreibtischs auf. Er nahm einen neuen Federhalter heraus und prüfte die Spitze mit einem Finger.

Sein Freund knirschte so laut mit den Zähnen, dass Jasper es hören konnte. »Stell dich nicht so dumm.«

Jasper hielt den Blick auf das Rechnungsbuch vor sich gerichtet. Er schlug eine Seite um und tauchte den Federhalter in die Tinte. »Lady Katherine Adamson.«

Stille.

»Ah.«

Jasper biss die Zähne zusammen. Schweigend zählte er bis zehn, gebot sich verzweifelt, diesem »Ah« kein Futter zu geben. Und verlor. »Und?«, knurrte er. »Kennst du die Dame?« Er wusste nicht, warum es eine Rolle spielen sollte, falls dem so war. Es spielte keine, versicherte er sich. Es war gleichgültig, wer zum Teufel sie war.

Guilford stellte seinen Fuß wieder auf den Boden. Ein Lächeln spielte um seine Lippen. »Es gibt da eine ältere Schwester.« Er runzelte die Stirn. »Lady Aldora, glaube ich. Sie hat vor Kurzem Lord Michael Knightly geheiratet.«

Lord Michael Knightly. Der zweitjüngste Bruder des Marquis of St. James, von dem es hieß, er sei so reich wie Krösus und ein skrupelloser Geschäftsmann.

Jasper hatte schon von ihm gehört, irgendein Skandal verband sich mit seinem Namen. Aber der musste Jahre her sein, aus einer Zeit stammen, da ihn solcherlei Informationen noch interessiert hatten. Was nicht mehr der Fall war.

Außerdem kümmerte ihn Lady Aldora nicht.

Sein Freund musste den unausgesprochenen Gedanken gefolgt sein, denn er fuhr fort. »Soweit ich weiß, hat Lady Katherine eine Zwillingsschwester. Ein ganz bezauberndes Geschöpf, sehr viel schöner als die Dame, die du aus dem Fluss gefischt hast. Sie haben beide dieses Jahr ihr Debüt gehabt. Sind beide noch unverheiratet.«

Und Sie, nun, ich würde Sie nicht einmal heiraten, wenn Sie das letzte lebende männliche Wesen auf der Welt wären und der König persönlich es von mir verlangte, um mein Leben zu retten. Jaspers Lippen zuckten bei der Erinnerung an ihren Ausbruch.

»Ach, hast du da etwa gerade gelächelt, Bainbridge?«

Jasper knurrte. »Nein.«

Guilford leerte sein Glas und lehnte sich vor, stellte es heftig auf der Mahagoniplatte des Schreibtischs ab. Das gewohnte leichtherzige Lächeln war von seinem Gesicht gewichen, und stattdessen zeigte es einen mitleidigen Ausdruck, was weder gewünscht noch willkommen war. Diesen Ausdruck hatte Jasper auch vor drei Jahren schon gesehen. Er packte die Lehnen seines Stuhls so fest, dass seine Fingernägel Spuren ins Holz gruben.

»Sie würde nicht wollen, dass du so lebst, Bainbridge.«

Sein Griff wurde noch fester.

Guilford schien sich des Sturms, der in Jasper tobte, nicht gewahr zu sein, denn sonst hätte er es besser gewusst und geschwiegen.

Aber er machte weiter. »Lydia hat dich geliebt. Sie hätte gewollt, dass du glücklich bist.«

Jasper fixierte einen Punkt über Guilfords Schultern und knirschte mit den Zähnen. »Du maßt dir an, zu wissen, was Lydia wollen würde?« Nicht eine Seele hatte je eine andere so gut gekannt wie Jasper seine Ehefrau. Von ihrem Lächeln bis zu ihrem sanften Wesen kannte er sie besser als selbst die Linien auf seiner Handfläche.

Das Leder von Guilfords Stuhl protestierte knarzend, als er sich vorlehnte. »Dann verrate mir, Bainbridge, als jemand, der sie besser als jeder andere gekannt hat: Würde Lydia so kalt und grausam sein, zu wollen, dass du dein Leben als dieser harte, unnachgiebige, leere Mann verbringst, zu dem du geworden bist?«

»Geh zum Teufel«, fuhr Jasper ihn an.

Sein Freund neigte den Kopf. »Ich glaube, deine Reaktion mag als Antwort genügen.« Er stand auf und kramte in seiner vorderen Tasche herum. Er zog ein kleines Büchlein hervor, nicht größer als seine Handfläche, und ließ es auf Jaspers Tisch fallen. »Betrachte es als vorzeitiges Weihnachtsgeschenk«, murmelte er.

Jasper blickte darauf.

Es war Byrons »Childe Harolds Pilgerfahrt«.

»Das ist die Geschichte eines der Welt überdrüssigen Mannes, der nach Bedeutung in seinem Leben sucht«, erklärte Guilford.

»Ich lese keine …«

»Dichtung. Ich weiß. Aber das hast du mal. Und ich habe gedacht, es ist Weihnachten, eine Zeit der Hoffnung und des Neuanfangs, da findest du vielleicht zu deiner Liebe zum geschriebenen Wort zurück.« Als wollte er noch mehr sagen, öffnete Guilford den Mund. Doch dann deutete er nur eine knappe Verbeugung an. »Schönen Tag noch, Bainbridge. Ich sehe dich dann morgen.«

»Du musst nicht vorbeikommen«, knurrte Jasper, als sein Freund schon die Hand auf den Türgriff legte.

»Ich weiß. Aber das ist, was Freunde tun.« Er hielt inne. »Oh, und Bainbridge?« Er langte erneut in die Tasche seines Rocks und zog etwas heraus, warf den Gegenstand quer durchs Zimmer. Mit einem dumpfen Schlag landete er auf Jaspers Schreibtisch, verpasste nur um Haaresbreite das Wirtschaftsbuch. »Mir ist es gelungen, Lady Katherines Retikül zu retten. Vielleicht willst du es ja deiner Lady zurückbringen.«

»Sie ist nicht …«

Guilford verließ das Zimmer und schloss betont sanft die Tür hinter sich.

»Meine Lady«, beendete Jasper den Satz in die Stille hinein. Kurz musterte er die kleine hellgrüne Stofftasche, streckte die Finger danach aus und fing sich im letzten Moment. Mit einem Fluch schob er sie beiseite und griff stattdessen nach Byrons jüngstem Werk. Er drehte es in den Händen hin und her. Es hatte eine Zeit gegeben, da er alle Werke der romantischen Dichter gelesen und geschätzt hatte. Als er Lydia den Hof gemacht hatte, hatte er ihr Sonette vorgetragen, die von Liebe und Schönheit sprachen. Ihr Tod hatte ihm klargemacht, dass Sonette nichts als überspannte Worte waren, nicht mal die Tinte wert, mit der man sie geschrieben hatte.

Doch Guilford schien zu glauben, der Mann, der er einst gewesen war, steckte noch irgendwo in ihm. Nach Lydias Tod, als alle Diener in Furcht vor dem Verrückten Herzog geflohen waren, war allein Guilford standhaft an seiner Seite geblieben. Die einzige Konstante in Jaspers Leben, nachdem alle seine Freunde ihn aufgegeben hatten.

Und wie lohnte Jasper ihm diese Treue? Mit barschen Worten und schroffen Zurückweisungen.

Er ließ das Buch fallen und stand so schnell auf, dass sein Stuhl über die Dielen scharrte. Er begann auf und ab zu gehen. Guilford hatte es gewagt, ihn von Castle Blackwood fortzuzerren, und ihn hergeschleppt, mitten in die Freuden und Vergnügungen, denen sich die geistlosen Mitglieder der guten Gesellschaft hingaben. Sein Blick verirrte sich zu Lady Katherines Retikül, und er fluchte.

Warum hatte Guilford ihn nicht in seinem Elend auf dem Land allein lassen können? Dort wurde er nicht gezwungen, an irgendetwas anderes als an den Verlust von Lydia zu denken. Seine Angestellten, alles ehrerbietige Leute, wussten nur zu gut, wie sie ihm aus dem Weg gingen. Und nun hatte man ihn dazu genötigt, am Weihnachtstrubel auf der Themse teilzunehmen, und er hatte sich nicht eine Sekunde lang an die Zeit erinnert, in der Lydia in einer Lache ihres eigenen Blutes gestorben war.

Er strafte sich selbst, beschwor ihr Bild herauf, aber …

Er blinzelte.

Und Sie, nun, ich würde Sie nicht einmal heiraten, wenn Sie das letzte lebende männliche Wesen auf der Welt wären und der König persönlich es von mir verlangte, um mein Leben zu retten. Das Bild des temperamentvollen Geschöpfes, das er aus dem Fluss gezogen hatte, entstand in seinem Kopf.

Jasper fuhr sich mit einer Hand durchs Haar. In diesem Augenblick hasste er Guilford dafür, dass er ihn auf diesen verfluchten Jahrmarkt geschleppt hatte, und er hasste sich selbst dafür, dass er es zugelassen hatte, denn hätte er das nicht getan, würde er noch immer nichts von der Existenz der schnippischen Lady Katherine wissen, die sich in seine Gedanken drängte und ihn um die Erinnerung an Lydia brachte.

Er schob das Kinn vor. Falls sein Freund glaubte, er wäre nach London zurückgekehrt, um sich wieder den Lebenden zuzuwenden und sich an winterlichen Festivitäten zu beteiligen, wartete eine Enttäuschung auf ihn. Jasper hegte keinerlei Absichten, sich mit irgendwelchen Mitgliedern der guten Gesellschaft abzugeben.

Er nahm das Buch von seinem Schreibtisch und blätterte es durch. Sein Freund hatte es für richtig befunden, ihm das Werk eines romantischen Dichters zu schenken. Entweder war Guilford ein Dummkopf oder sich törichterweise nicht bewusst, dass das Letzte, was Jasper jemals zur Hand nehmen würde, das Gefasel eines romantischen Dichters war. Früher hatte er sich an den Werken von Blake und Byron erfreut. Aber nicht mehr. Nicht mehr, seit ihn das Leben die Gefahren der Liebe gelehrt hatte.

Er warf das Geschenk beiseite. Seit jener Nacht erlaubte er es sich zwar noch zu lesen. Doch seine Vorlieben hatten sich entschieden geändert. Ein hartes Lächeln trat auf seine Lippen. Und das Letzte, was er lesen wollte, waren Bücher über Romantik und Liebe.

Er ging zu der Anrichte mit den Kristallkaraffen, zog einen der Stöpsel heraus und goss mehrere Fingerbreit in ein Glas. Sollte er in London bleiben, hatte er nicht vor, sein früheres Leben wieder aufzunehmen.

Je schneller Guilford das begriff, desto besser wäre das für alle.

KAPITEL 5

»O du meine Güte, Katherine, willst du denn gar nichts davon erzählen!«

Katherine saß auf dem Fenstersitz, von dem aus sie in den Garten schauen konnte. Ihre Schwester kniete neben ihr und bedrängte sie um Einzelheiten, die Katherine nicht preisgeben wollte.

Sie schlang sich die Arme um die Taille, als sie das Entsetzen dieses Tages erneut durchlebte. »Da gibt es nichts zu erzählen, Anne.«

Ihre Schwester setzte sich mit raschelnden Röcken hin. »Unsinn«, sagte sie. »Du wärst beinahe ertrunken.«

»Weil ich auf diesem dummen Jahrmarkt war.«

»Was geschehen ist, tut mir unglaublich leid«, fuhr Anne fort. »Wenn du doch nur bei mir geblieben wärst, als ich …«

Katherine brachte sie mit einem Blick zum Schweigen.

Ihre sonst so geschwätzige Schwester hatte genug Verstand, diesen Satz unbeendet zu lassen.

Katherine sah wieder nach draußen und dachte an den Moment, als ihre schweren Röcke sie hinabgezogen hatten. Und dann war er plötzlich aufgetaucht. Ein rettender Engel – ein eher düsterer Engel, aber doch ein Engel. Der Duke of Bainbridge mochte ein nie lächelnder, rüpelhafter Grobian sein, aber er hatte sie gerettet, und dafür würde sie ihm ewig dankbar sein.

Ob er das nun wollte oder nicht. Ein Lächeln umspielte ihre Lippen. Sie vermutete, das Letzte, was dieser dunkle, kalte Herzog wollte, waren überschwängliche Dankbarkeitsbekundungen.

»Willst du nicht wenigstens etwas über den Herzog erzählen?«, bohrte Anne nach.

»Nein«, erwiderte sie automatisch. Sie musterte die Schneeflocken, die vor dem Fenster vorbeiwirbelten. Sie würde nichts über ihn sagen. Daran, dass er sie gerettet hatte, wollte sie sich immer erinnern, aber ansonsten würde sie jeden Gedanken an ihn und seine schroffe, gefühlskalte Art verbannen.

»Mutter hat erzählt …«

»Anne«, warnte sie.

»Mutter hat erzählt, es hätte einen Skandal um ihn gegeben.« Anne lehnte sich dichter zu Katherine und stützte die Hände auf der Fensterbank ab. »Sie sagt, man hätte ihn über Jahre den Verrückten Herzog genannt, und dann hätte man in der Gesellschaft ganz aufgehört, über ihn zu reden. Sie meinte, er wäre in den Ruinen seiner Burg verschwunden.«

Katherine vergrub die Hände im Stoff ihrer Röcke. Sie würde der völlig unangemessenen Vorliebe ihrer Schwester für Klatsch keine neue Nahrung geben. Sie würde nicht nachfragen. Die Angelegenheiten des Duke of Bainbridge gingen nur ihn allein etwas an.

Und doch …

»Was ist ihm zugestoßen?« Die Worte kamen ihr ungewollt über die Lippen.

In der Spiegelung der Glasscheibe konnte sie das Achselzucken ihrer Schwester erkennen. »Manche behaupten, er hätte seine Frau umgebracht.«

Katherine keuchte auf. »Anne«, rügte sie. »Rede nicht so.« Sie erinnerte sich der eisigen Fassade, mit der er sich umgab, der

Gleichgültigkeit in den hellgrünen Augen. Solch ein Mann war sicherlich zu Gewalt fähig. Und doch hatte derselbe Mann sein Leben aufs Spiel gesetzt, um ihres zu retten. Das war nicht die Tat von jemandem, der des Mordes fähig wäre.

Mit einem Rascheln ihrer blassrosa Röcke erhob Anne sich. Sie schien in Katherine eine gebannte Zuhörerin erkannt zu haben. »Das ist alles, was man weiß.« Sie klang wie ein Kind, dem man gerade gesagt hatte, es würde zu Weihnachten keinen Plumpudding bekommen. Sie stemmte die Hände in die Hüften. »Wie kann es sein, dass man behauptet, ein Mann hätte seine Frau getötet, und doch kennt niemand irgendwelche Einzelheiten?«

»Das reicht, Anne.« Solches Geschwätz würde sie nicht noch ermutigen.

»Na gut. Du bist heute wirklich eine Langweilerin, Katherine. Ich hab doch nur versucht, dir Gesellschaft zu leisten.«

»Du kannst mir bei meinem Ausflug in die Buchhandlung Gesellschaft leisten.«

Ein wenig damenhaftes Schnauben ertönte von ihrer Schwester. »Sei nicht albern.« Sie blickte aus dem Fenster. »Du willst dich in den Schnee hinauswagen …«

»Das kann man ja wohl kaum Schnee nennen. Das sind nicht mehr als ein paar Flocken.«

»Für ein paar öde Bücher mit …?«

»Sie sind nicht öde.«

»Gedichten.« Anne sprach weiter, als hätte sie nichts gesagt. »Du solltest wenigstens Worte über Liebe und …«

»Es reicht, Anne«, warf Katherine seufzend ein.

Ihre Schwester schüttelte die goldenen Locken. »Nun, ich jedenfalls werde mich lieber meinem Klavierspiel widmen.«

In allen einer Lady angemessenen Fähigkeiten, an denen es Katherine mangelte, schien Anne zu glänzen, insbesondere was das Singen und Musizieren anging. Und Mutter wies Katherine auf diese Unterschiede mit ermüdender Häufigkeit hin.

Sie schwang die Beine von der Bank, und ihre braunen Musselinröcke raschelten um ihre Knöchel. »Poesie ist Nahrung für die Seele.«

Ihre Schwester lachte auf. »Nicht die Gedichte, die du liest.«

Katherine presste die Lippen aufeinander. Nein, sie interessierte sich nicht für romantische Dichtung. Als junges Mädchen, während sie noch eine Gouvernante hatten, waren über Vaters Betrug und Aldoras verzweifelter Suche nach einem reichen, mit Titel versehenen Ehemann alle dummen Träumereien gestorben.

»Bist du dir sicher, dass du mich nicht beglei…?«

»Vollkommen.« Anne nickte entschieden. Dann hielt sie inne, und der Ausdruck in den sonst so fröhlich, sorglos blickenden himmelblauen Augen ihrer Schwester wurde ungewohnt ernst. Sie nahm Katherines Hände. »An diesem Tag hab ich …« Sie schüttelte den Kopf, und eine goldene Locke fiel ihr über ein Auge. »Ich habe die Schaulustigen gesehen, und ich habe es sofort gewusst. Ich …«

Katherine drückte ihr die Hände.

»Ich bin einfach nur glücklich, dass dir nichts Ernsthaftes zugestoßen ist. Ich wäre …«

Katherine nickte. »Ich weiß«, sagte sie ruhig. »Ohne dich wäre ich auch verloren.«

Ihre Schwester küsste sie auf die Wange und eilte aus dem Zimmer.

Katherine schaute ihr nach. Schon immer hatten sie die unheimliche Fähigkeit besessen, zu wissen, was die andere dachte, konnten jeden Satz der anderen beenden. Das trieb ihre Mutter an den Rand des Wahnsinns, und Katherine grinste bei dem Gedanken daran, wie sehr sie als Kinder die Arme damit gequält hatten.

Das Lächeln entgleiste, als sie überlegte, welch große Enttäuschung sie für ihre Mutter war, seit sie ihr Debüt gehabt hatte. Während Anne einen ganzen Schwarm von Verehrern besaß, alle von Rang und Namen, konnte sie selbst nicht einen einzigen vorweisen. Mutter hatte gehofft, dass Anne eine vorteilhafte Verbindung mit einem Herzog oder Marquis eingehen könnte, während sie bei Katherine schon froh wäre, wenn sie, nun, *irgendeine* Verbindung eingehen würde.

Bei ihren glanzlosen braunen Locken und den braunen Augen machte Katherine sich keine Illusionen über ihr Aussehen. Sie würde niemals die Art von Schönheit sein, die in einem Gentleman Bewunderung und Leidenschaft weckte.

Sie täten gut daran, keine Pläne in Hinsicht auf meinen Titel zu schmieden, Madam. Ich würde Sie nicht einmal heiraten, wenn Sie das letzte lebende weibliche Wesen im ganzen Königreich wären.

Sie schüttelte den Kopf. Als ob sie sich jemals dazu herablassen würde, solch einen unflätigen, abstoßenden Kerl zu heiraten. Die Worte ihrer Schwester über den Verrückten Herzog kamen ihr wieder in den Sinn, und sie hasste sich für den leichten Stich im Herzen. Es fiel schwer, sich den kalten, gefühllosen Herzog als einen Mann vorzustellen, der einmal zu mehr Emotionen als eisigem Spott fähig gewesen war, und doch musste der Duke of Bainbridge seine Frau wirklich geliebt haben, wenn er sich nach ihrem Tod komplett aus der Gesellschaft zurückgezogen hatte.

Sie hasste dieses Verlangen, mehr über ihn und sein Leid zu erfahren. Er bedeutete ihr nichts. Sie würde mit ihrem Leben weitermachen und den Duke of …

Katherine schluckte, denn zum ersten Mal in diesen zwei Tagen, seit sie in die Themse gefallen war, dachte sie an ihr verlorenes Retikül.

Der Anhänger!

Nicht, dass sie so töricht war, an die Kraft eines solchen Talismans zu glauben, aber ihre Schwester hatte dieses Schmuckstück getragen, sie und ihre Freundinnen hatten geglaubt, es würde ihnen Liebe bringen … und Katherine hatte es einfach auf dem Frostjahrmarkt verloren.

Sie schüttelte den Kopf. Anne wusste nichts von ihrem Fund bei der alten Händlerin, und sie durfte es auch niemals erfahren.

Die Tür ging auf, und Katherine konnte sich nur mit Mühe einen erschreckten Aufschrei verkneifen, als ihre Mutter ins Zimmer segelte. »Anne hat gesagt, du wolltest zur Buchhandlung.« Ihrem Tonfall war anzuhören, dass sie einen solchen Ausflug für ebenso unangebracht hielt wie einen Besuch bei den Gefangenen in Newgate.

Katherine nickte. »Ich wollte nur …«

»Du wirst einen Diener mitnehmen.«

»Natürlich«, murmelte Katherine.

Mutters Blick verfinsterte sich. »Ich glaube kaum, dass ›Natürlich‹ eine angemessene Antwort ist, wenn man deinen skandalösen Ausflug auf den Frostjahrmarkt bedenkt.«

Katherine biss sich fest innen auf die Wange, um nicht darauf hinzuweisen, dass das der verrückte Plan ihrer Schwester gewesen war. Schließlich hatte sie sich auf den Plan eingelassen … Das Vertrauen ihrer Schwester würde Katherine nicht missbrauchen – nicht mal, um Mutters Tiraden zu entgehen.

»Möchtest du sonst noch über etwas mit mir sprechen, bevor ich aufbreche?«

Angesichts dieses unverschämten Versuchs, das Gespräch zu beenden, verfinsterte Mutters Miene sich noch mehr.

»Ich wollte mit dir über Bertrand Ekstrom sprechen.«

Sofort breitete sich ein ungutes Gefühl in Katherines Magengrube aus. »Da gibt es nichts zu besprechen, Mutter«, murmelte sie und hoffte, ihre Worte würden ausreichen, dieses Thema zu beenden, obwohl sie wusste, dass ihr so viel Glück bei den Vorträgen ihrer Mutter nicht vergönnt sein würde.

»Ich habe große Hoffnungen für die Ehe, die Anne eingehen kann«, legte ihre Mutter los. Die Bedeutung war klar. Bei Katherine bestand kaum Hoffnung auf eine vorteilhafte Heirat. Bei Anne war das ganz anders. »Ich weiß nicht, warum du so schwierig bist. Wenn du ihn heiraten würdest, müssten wir uns keine Sorgen mehr um Bertrand machen.«

Katherine schloss die Augen und zählte bis zehn. Als sie sie wieder öffnete, fühlte sie sich immer noch nicht besser und zählte noch einmal bis zehn. »Es gibt auch noch Benedict.« Ihr Bruder, auch wenn er noch jung war, würde eines Tages die Verantwortung für die Grafschaft übernehmen. »Er ist der Erbe. Es gibt keinen Grund, sich deswegen zu sorgen.«

»Ach was.« Ihre Mutter wedelte mit einer Hand durch die Luft. »Hast du nicht begriffen, wie schnell sich Lebensumstände ändern können? Denk mal an die Sicherheit, die uns deine Heirat mit Bertrand geben würde.«

Sicherheit.

Darum also wollte Mutter, dass sie heiratete: eine Absicherung gegen einen möglichen Verlust des Familienbesitzes.

»Aldora und Michael würden nicht zulassen, dass uns ein Leid geschieht.« Ihre Schwester Aldora hatte aus Liebe geheiratet, aber auch das Glück gehabt, einen reichen Gentleman zu ehelichen – einen steinreichen.

»Falls Benedict etwas zustoßen sollte, würdest du also auf die Großzügigkeit deiner Schwester und ihres Ehemannes angewiesen sein wollen?«

Katherine zuckte zusammen. Sie blickte zu Boden. Lieber wäre es ihr, sich auf niemandes Großzügigkeit verlassen zu müssen, und doch, wie leichtherzig ihre Mutter darüber sprach, ihr Glück gegen eine Reihe von Was-wäre-wenns einzutauschen. Annes Zukunft würde sie niemals opfern. Nein, mit ihrer Schönheit und ihren Talenten würde Anne ohne jede Hilfe eine beeindruckende Verbindung eingehen.

Im Gegensatz zu Katherine, die auf die entfernte Verwandtschaft mit Bertrand angewiesen sein würde, einem Vetter dritten Grades, nur wenig größer als sie, dafür mit einem unübersehbaren Bauch und einer über der Brust gepolsterten Weste.

»Das kann ich nicht, Mutter.« Vielleicht wäre sie, wenn sie in wirklich elenden Umständen lebten, bereit, Glück und Zukunft zu opfern und einen entfernten Vetter zu heiraten, der eine Leidenschaft für Bücklinge und gekochte Eier hegte.

Ihre Mutter funkelte sie an. »Du willst wirklich so selbstsüchtig sein?«

Katherine stellte sich dem wütenden Blick ihrer Mutter. »Ich bitte darum, dass wir dieses Gespräch nach den Feiertagen führen.« Denn dann bestünde die Möglichkeit, dass ihre Mutter noch in weihnachtlicher Stimmung wäre und es vielleicht nicht über sich brächte, dieses Opfer von ihr zu verlangen. Falls sie es dennoch täte, wäre Katherine letzten Endes gezwungen, es ihr rundweg abzuschlagen.

»Wenn du mich jetzt entschuldigen würdest«, murmelte sie. Und bevor ihre Mutter protestieren konnte, flüchtete Katherine aus dem Zimmer. Mit langen Schritten eilte sie durchs Haus, entschlossen, sich so weit wie nur möglich von ihrer Mutter zu entfernen. Wenn sich die Countess erst einmal an etwas festgebissen hatte, ließ sie nur sehr selten wieder locker.

Sie erreichte die Eingangshalle, und der Butler Ollie grüßte sie mit einem Zwinkern seiner wässrigen Augen. »Ich habe mir die Freiheit genommen, die Kutsche für Ihren Ausflug vorbereiten zu lassen, Lady Katherine.«

Sie lächelte dem großen, hageren Diener zu. »Danke, Ollie.«

Er neigte den Kopf und hielt den Mantel für sie bereit.

Katherine schloss das Kleidungsstück am Kragen und griff nach dem grün gefütterten Samthut.

Mit Ausnahme der Haushälterin Isabel stand Ollie länger bei ihrer Familie in Lohn und Brot als irgendein anderer Dienstbote. Als sie gezwungen gewesen waren, Leute zu entlassen, waren nur Isabel und Ollie bei ihnen geblieben.

Sie standen Katherine so nah wie Familienmitglieder.

»Dürfte ich mir erlauben vorzuschlagen, dass Sie umgehend aufbrechen, Lady Katherine?«

Sie grinste. Es war klar, was er damit meinte. Die Countess war sicherlich nicht weit, und wenn es Katherine mit ihrem Ausflug zur Buchhandlung ernst war, beeilte sie sich besser.

»Sie dürfen ihr nicht verraten, wohin ich gehe«, sagte sie mit leiser Stimme. Es wäre eine Sache, wenn sie vorhätte, Bänder oder Stoffe zu kaufen, aber ein Ausflug zu einem abgelegenen Buchladen auf der Old Bond Street war etwas gänzlich anderes.

»Oh, ich bin mir sicher, die Countess wird keinerlei Einwände gegen Ihren Ausflug zur Schneiderin haben.«

»Der …« Der Butler zwinkerte ihr zu, und ihre Augen weiteten sich. »Oh, ah, ja, zur Schneiderin. Sicherlich. Na dann.«

Ollie hielt ihr die Tür auf, und Katherine trat hinaus in die wirbelnden Schneeflocken. Einen Moment lang schloss sie die Augen und genoss die Stille, die mit dem Schneefall einherging. Selbst das Rattern der Kutschenräder wurde durch den Schnee auf den Pflastersteinen gedämpft.

Katherine öffnete die Augen und hüpfte fast die Treppen hinab und in die Kutsche hinein. Leise dankte sie dem Fahrer und lehnte sich in ihrem Sitz zurück. Die Kutsche fuhr mit einem Ruck an.

In der Ungestörtheit ihrer eigenen Gesellschaft überdachte sie das Ersuchen ihrer Mutter, ein Ersuchen, das sie immer öfter äußerte und das den starken Beiklang eines Befehls hatte. Sie würde zusehen, dass Katherine Bertrand heiratete.

Sie vergrub die Hände in ihren Taftröcken, zerknitterte den Stoff.

Sie täten gut daran, keine Pläne in Hinsicht auf meinen Titel zu schmieden, Madam. Ich würde Sie nicht einmal hei-

raten, wenn Sie das letzte lebende weibliche Wesen im ganzen Königreich wären.

Der Spott des Herzogs hielt sich hartnäckig in ihren Gedanken.

Der Herzog mit seinen muskulösen, breiten Schultern und seinem hochgewachsenen Körper brauchte wahrlich keinerlei Polsterung, weder für seine Brust noch für etwas anderes. Und er würde auch nicht den Gestank von altem Fisch und gekochten Eiern verströmen. Nein, in seinem Atem hatte ein Hauch von Minze und Honig gelegen. Sie starrte aus dem Fenster, betrachtete die Gegend, die an ihr vorüberzog. Seltsam, zu denken, dass ein so harter und grausamer Mann nach etwas so zart Süßem wie Honig duftete.

Die Kutsche ratterte über die Straßen von London, bis sie vor Fedgewicks Buchhandlung zum Stehen kam. Der Fahrer hielt die Tür auf und half ihr beim Aussteigen.

Der Lakai sprang schon von seinem Platz hinten auf der Kutsche, aber sie winkte ab. »Ich werde nicht lang brauchen.«

Er zögerte.

»Machen Sie sich keine Sorgen, in diesem Geschäft gibt es kein dünnes Eis«, erklärte sie trocken.

Um die Lippen des jungen Dieners zuckte die Andeutung eines amüsierten Lächelns, und mit einer Verbeugung stieg er zurück auf seinen Sitz.

Katherine blickte erst nach links, dann nach rechts über die Old Bond Street. Es schien, als ließe sich ganz London von ein bisschen Schneefall einschüchtern. Sie hob eine behandschuhte Hand zum Himmel und fing eine dicke, weiche Schneeflocke auf. Solange sie zurückdenken konnte, hatte sie den Winter geliebt, das reine Weiß des Schnees und die Hoffnung, die Weihnachten symbolisierte.

Vom Winterwetter mit neuem Schwung erfüllt, ging sie zur Buchhandlung. Sie drückte die Klinke hinab und trat ein.

Der blecherne Klang einer kleinen Glocke ertönte, teilte dem Ladenbesitzer das Eintreffen von Kundschaft mit. Der Mann eilte mit einem Lächeln herbei.

»Willkommen, Mylady. Ich habe bereits eine neue Auswahl an Lektüre für Sie.« Der korpulente Mann mittleren Alters schob das Drahtgestell seiner Brille die Nase hinauf.

»Tatsächlich?« Katherine lächelte. Ihr Blick fiel auf jemanden am anderen Ende des kleinen Ladens. »Ich …« Die hochgewachsene Gestalt bewegte sich. »Ich …« Dieser Hüne war unverwechselbar.

Als spürte er ihren Blick, straffte er die Schultern, und über den Muskeln spannte sich der Stoff seines mitternachtsschwarzen Rocks.

Der Duke of Bainbridge drehte sich um. Er ließ seinen kalten Blick über sie wandern, musterte sie von Kopf bis Fuß.

Verdammt noch eins.

Kapitel 6

Verdammt noch eins.

Das konnte doch nicht wahr sein! Da wagte er sich hinaus unter die Lebenden und traf ausgerechnet *sie* wieder?

Jasper starrte hinüber zu Lady Katherine Adamson. Das war doch sicher kein Zufall, dass sie jetzt hier in diesen Buchladen kam, aber wie sollte sie von seinen Plänen für den Morgen erfahren haben? Ein illoyaler Diener vielleicht? Er würde sie alle entlassen.

»Lady Katherine Adamson«, zischte er.

Er rechnete damit, dass die Wut in diesen drei Worten sie in die Flucht schlagen würde. Stattdessen drückte sie das Rückgrat durch und hob leicht das Kinn. Unbeirrt starrte sie zurück.

»Euer Gnaden.« Es entging ihm nicht, dass sie auf einen Knicks verzichtete. Sie stand mit wütend funkelnden Augen und aufsässig geneigtem Kopf da.

Der Buchhändler blickte zwischen ihnen hin und her und räusperte sich. »Ähm, äh … E-entschuldigen Sie m-mich«, stammelte er.

Wenigstens besaß der kleine, rundliche Ladenbesitzer genug Verstand, sich zurückzuziehen.

Jasper widmete sich wieder der neuesten Ausgabe von Wordsworths Werk, das er in Händen hielt. Die Dielen knackten und knarzten, ließen ihn wissen, dass Lady Katherine ihren Platz am Eingang des Ladens verließ.

Abwesend starrte er auf das Buch in seiner Hand, während er über das unverschämte Frauenzimmer sinnierte. Zwei Tage lang hatte er sich keinen Gedanken an sie gestattet, hatte sich nicht an sie erinnern wollen, und er begriff nicht, warum sie noch immer so hartnäckig durch seinen Kopf geisterte. Der einzige vernünftige, schlüssige, überzeugende Grund, den er finden konnte, war die Tatsache, dass sie im Gegensatz zu allen anderen ganz und gar nicht eingeschüchtert von ihm schien.

Das trotzte jeder Logik und Vernunft und …

»Sie lesen Wordsworth?«

Jasper versteifte sich und packte das Buch fester. Mit einem Knurren stellte er es zurück ins Regal.

Er blickte auf sie hinab. Sie musterte ihn interessiert aus großen braunen Augen.

»Möchten Sie sich nicht um Ihre eigenen Angelegenheiten kümmern, Mylady?«

Lady Katherine ignorierte seine Frage. Sie griff an ihm vorbei und zog Wordsworths Gedichte wieder aus dem Regal. Sie schlug das Buch auf und durchblätterte die Seiten, hielt inne und …

»Was machen Sie da?«, schnauzte er.

»Lesen«, erwiderte sie, ohne den Blick von den Seiten zu heben.

Er blinzelte erstaunt. Die jungen Damen, an die er sich aus der guten Gesellschaft erinnerte, gaben keine unverschämten, einsilbigen Äußerungen von sich.

Sie ließ das Buch mit einem lauten Knall zuschnappen und drückte es sich an die Brust.

Jasper zählte bis zehn. Er wollte nicht fragen. Er wollte dem mutwilligen Funkeln in ihren braunen Augen keine Nahrung geben. Aber die verfluchten Worte entkamen dennoch über seine Lippen. »Was machen Sie jetzt?«

»Ich kaufe dieses Buch, Euer Gnaden.«

Jasper überprüfte schnell das Regal. Die einzige Ausgabe von »The Excursion« befand sich im festen Griff von Lady Katherines Händen. Er biss die Zähne zusammen. »Madam, Sie haben mein Exemplar genommen.«

Sie hielt einen Finger hoch. »*Sie* haben das Buch zurückgestellt, und *ich* kaufe es.«

»Junge Damen sind besser beraten, Byrons Geschreibsel zu lesen.«

»Ist das so, Euer Gnaden? Himmel, Sie sind wahrlich gut bewandert im angemessenen Benehmen junger Damen.«

Er kniff die Augen zusammen. Welche Sorte Dame wagte sich an einem verschneiten Tag hinaus, wieder einmal unbeaufsichtigt, betrat einen Buchladen und schnappte sich die einzige Ausgabe von Wordsworths neuestem Werk … und das auch noch einem Herzog vor der Nase weg?

Er machte einen Schritt auf sie zu. Sie blieb, wo sie war. Nur dass sie das Buch fest gegen ihre Brust presste, verriet ihre Nervosität.

Das lenkte Jaspers Aufmerksamkeit weiter hinab zu dem winzigen Spalt in ihrem smaragdgrünen Mantel, der wohlgerundete Brüste enthüllte. Fasziniert erstarrte er. Als er Lady Katherine Adamson gerettet hatte, war er sich des Gefühls ihres Körpers an seinem nicht bewusst gewesen. Ihm war so verflucht kalt und er war so wütend gewesen. Aber jetzt, in der nur spärlich beleuchteten Buchhandlung, musste er darum kämpfen, den Blick abzuwenden.

»Euer Gnaden?«

Mit einem Ruck konzentrierte Jasper sich wieder auf ihr Gesicht. Sie hob fragend eine Augenbraue.

Er schüttelte entschieden den Kopf und machte einen weiteren Schritt auf sie zu, bis sie nur noch wenige Zoll voneinander entfernt standen und sie gezwungen war, entweder zurückzutreten oder den Kopf in den Nacken zu legen, um seinem wütenden Blick zu begegnen.

Von einer eigensinnigen Frau wie Lady Katherine hätte er wohl erwarten sollen, dass sie den Kopf zurückwarf und seinen Blick direkt erwiderte.

»Ich weiß nicht, was für Spielchen Sie spielen, Madam. Ich schätze es ganz und gar nicht, dass Sie mir auf Schritt und Tritt folgen. Ich werde mir keine Falle stellen und mich zu einer Heirat zwingen lassen.«

* * *

Katherine riss die Augen weit auf, während sie dem mitleidlosen Blick aus den hartherzigen Augen des Duke of Bainbridge standhielt. Der herablassende Zug um seinen Mund, die Härte seines Blicks aus den blassgrünen Augen passten perfekt zu einem furchteinflößenden Herzog, der es gewohnt war, dass man jedem seiner Wünsche nachkam.

Die Absurdität seines Vorwurfs sollte sie eigentlich entrüsten. Sie suchte die angemessene Empörung aufzubringen, aber … »Sie denken, ich würde Sie heiraten wollen?«, platzte sie heraus. »Sie denken, ich würde Ihnen eine Falle stellen wollen?« Seine Behauptung war wirklich zu lächerlich. »Das ist doch sicherlich nicht Ihr Ernst?«

Seine Wangenmuskeln verspannten sich, die leichte Kerbe in seinem Kinn pulsierte kaum sichtbar, ein Zeichen seiner Erregung.

Es bewies auch, wie ernst er es meinte.

Katherine brach in Gelächter aus. Das Buch fiel ihr aus den Händen, und sie schlug sie sich vor den Mund, um ihrer Heiterkeit Einhalt zu gebieten. »T-tut mir l-leid. V-verzeihen Sie«, brachte sie zwischen den Lachanfällen heraus. Verzweifelt bemühte sie sich, ihre Ausbrüche unter Kontrolle zu bekommen, aber dann erhaschte sie einen Blick auf die immer verkniffener wirkenden Augen des Herzogs, und die Intensität ihres Gelächters verdoppelte sich. Sie fuhr sich mit einer Hand über die Augen, wischte die Spuren der Tränen fort, die ihr übers Gesicht liefen.

»Euer Gnaden«, setzte sie an. »Ich werde Ihnen auf ewig zu Dank verpflichtet sein, weil Sie mich auf dem Frostjahrmarkt gerettet haben, aber ich würde Sie trotz allem nicht heiraten. Niemals.«

Sie wollte ihm mit ihren Worten versichern, dass sie keinerlei Absichten auf ihn oder seinen Titel hegte. Sein Blick, der sich weiter verfinsterte, schien jedoch zu bedeuten, dass sie mit ihnen nur das Gegenteil erreicht hatte.

Sie beugte sich hinab und hob das Buch mit Wordsworths Gedichten auf.

»Sie finden meinen Vorwurf schwer zu glauben«, sagte er mit von einer unbekannten Empfindung belegter Stimme. »Sie haben nach Ihrem Debüt keinen Antrag erhalten«, stellte er klar, als ob Katherine eine Erinnerung daran bräuchte, noch dazu eine vom Verrückten Herzog.

Wut erfasste sie. Oh, diese Anmaßung! Wie konnten die Gerüchte um seine verstorbene Frau auch nur ein Fünkchen Wahrheit enthalten? Dieser grobe, hasserfüllte Klotz war nicht in der Lage zu lieben, konnte es niemals gewesen sein. »Mir ist vollkommen gleichgültig, ob ich eine Saison hatte oder zehn, ich würde mein Selbstwertgefühl nicht für einen Mann aufgeben, der schlecht über mich redet, bei jeder Gelegenheit auf mich herabschaut, der …« Sie runzelte die Stirn. »Woher wissen Sie, dass ich keinen Antrag erhalten habe?«

Er blinzelte, und ihr wurde bewusst, dass der sonst so unerschütterliche Herzog von ihrer Frage überrascht war. Hm, das war wirklich sehr interessant. Nicht mal ihr Fast-Ertrinken, seine knappe Rettungsaktion und die unbeaufsichtigte Kutschfahrt hatten ihn aus der Fassung bringen können. Und nun schien ihn diese eine Frage sprachlos zu machen.

Der Herzog fuhr sich über die Ärmel seines Mantels. »Das war schlicht eine Vermutung meinerseits.«

Katherine neigte den Kopf zur Seite. »Ja, aber Sie haben nicht zwei oder drei oder vier Saisons gesagt. Sie haben von meinem Debüt gesprochen.« Sie lächelte. »Jetzt erzählen Sie mir nicht, Sie hätten Nachforschungen über mich angestellt, Euer Gnaden?«

»Seien Sie nicht lächerlich«, erwiderte er barsch. »Ich stelle keine Nachforschungen über Leute an.« Er ließ den Blick über sie wandern. »Insbesondere nicht über unverheiratete junge Frauen.«

Seine Worte sollten eine Beleidigung sein, daran ließ der Tonfall keine Zweifel, und doch verharrte sein Blick länger, als der Anstand gebot, auf ihrem Busen.

Katherine war schon oft wegen ihrer unanständig üppigen Formen der Verzweiflung nahe gewesen. Ihre Mutter hatte sie sogar eine Weile dazu gezwungen, sie mithilfe von fest um den Körper gewickelten Leinenstreifen kleiner erscheinen zu lassen, bis Katherine eines Abends deswegen ohnmächtig geworden war. Doch etwas im Blick des Herzogs, diesem heißen, durchdringenden Starren, ließ sie zum ersten Mal ein kleines bisschen weibliche Macht fühlen. Was einfach lachhaft war. Der Duke of Bainbridge hatte nur zu klar gemacht, dass er sie ebenso wenig begehrte wie sie ihn.

Trotzdem genoss sie seine Aufmerksamkeit. Unter ihr spürte sie dieselbe betörende Macht, die Eva gespürt haben musste, nachdem sie Adam mit der sündigen Frucht aus dem Garten Eden verführt hatte.

»Brauchen Sie Hilfe, Mylady?«

Das unerwartete Auftauchen des Ladenbesitzers ließ sie zusammenzucken. Er blickte zwischen Katherine und dem Herzog hin und her. Ein leichter Ausdruck von Missfallen lag um seine dünnen Lippen.

Sie lächelte. »Nein, danke, ich habe alles, was ich brauche. Ich habe sogar die einzig verbliebene Ausgabe von ›The Excursion‹ entdeckt.«

Der Mund des Herzogs verzog sich zu einer schmalen Linie.

Als der Buchhändler in den vorderen Teil des Ladens zurückkehrte, zwinkerte Katherine dem Herzog zu.

Sie wollte schon an ihm vorbeigehen, als etwas sie innehalten ließ. Nur die schwächste Andeutung von etwas, das sich im Grün seiner Augen spiegelte, die jetzt die Farbe von Smaragden angenommen hatten, ein Aufschimmern eines Gefühls, dessen er sich wahrscheinlich nicht einmal selbst für fähig hielt.

Schmerz.

Der Verrückte Herzog.

Ihr Lächeln verschwand, als sie ihn sich als einen ganz anderen Mann vorstellte, als einen, der lächelte und scherzte, einen, der liebte. Und der in der Weihnachtszeit sicher sehr einsam war. Katherine blickte auf das Buch hinab und räusperte sich. »Hier.« Sie hielt es ihm hin.

Er stand stocksteif da, musterte sie mit einem unergründlichen Ausdruck. Katherine drückte ihm den Band in die Hände. »In Wahrheit war ich gar nicht so interessiert daran«, log sie. Sie hatte sich zwar schon seit geraumer Zeit darauf gefreut, Wordsworths neuestes Werk zu lesen. Doch dafür würde noch ein anderes Mal Zeit sein.

Sie bemerkte, wie sich seine Knöchel unter seinem harten Griff um den ledernen Einband weiß färbten. »Ich brauche kein …«

»Ich bin mir sicher, Sie brauchen gar nichts, Euer Gnaden. Aber manchmal ist es einfach schön, die Dinge zu bekommen, die man will.« Katherine deutete einen Knicks an und ging weiter die lange Regalreihe entlang. Die ganze Zeit über spürte sie, wie sein Blick ihr ein Loch in den Rücken brannte. Sie wagte einen kurzen Blick und fand ihn wie angewurzelt immer noch an derselben Stelle stehend, während er sie musterte, als wäre sie eine Kuriosität im Ägyptischen Museum.

Katherine zwang den Blick zurück auf die Bücher vor ihr. Nur damit sie etwas zu tun hatte, zog sie den ihr am nächsten stehenden Band aus dem Regal.

»Ich werde kein Mitleid von Ihnen akzeptieren«, sagte eine leise Stimme dicht an ihrem Ohr.

Katherine zuckte zusammen. Das Buch fiel zu Boden und landete auf den Spitzen ihrer Schuhe. Sie keuchte unwillkürlich auf, während sie die schmerzenden Zehen darunter wegzog.

Der Herzog fluchte. »Sind Sie verletzt?«

Sie verzog das Gesicht und verlagerte ihr Gewicht, um den pochenden Schmerz in ihrem Fuß zu mildern. »Ich habe einen Sturz in die Themse überlebt, ich denke, mit einem angestoßenen Fuß sollte ich umgehen können.«

Er grinste.

Ihr Herz schlug plötzlich schneller. Gute Güte, wenn er lächelte, verwandelte ihn das in einen wirklich bemerkenswert attraktiven Mann. Nach ihrem Debüt war sie im Royal Museum gewesen und hatte Michelangelos David betrachtet. Mit seinem Lächeln konnte der Herzog der Statue an Schönheit Konkurrenz machen.

Vielleicht war Wahnsinn ansteckend.

Er beugte sich hinab und hob das vergessene Buch auf. Er drehte es in den Händen, studierte den Titel wieder mit dem vertraut finsteren Ausdruck. Nur … um seine Mundwinkel zuckte es.

Katherine warf einen Blick auf den Titel und spürte, wie Hitze ihre Wangen flutete. »Ähm … äh … ich …« *Die Werke von Leigh Hunt?* Himmel, das war der Dichter, der auf Betreiben des Prinzregenten wegen Majestätsbeleidigung zu einer

Gefängnisstrafe verurteilt worden war. Da würde Katherine eine Menge zu erklären haben, sollte man in der feinen Gesellschaft denken, sie würde etwas so Skandalöses lesen.

Sie nahm das Buch von ihm entgegen und stopfte es sogleich in das überfüllte Regal zurück. »Leigh Hunt lese ich nicht«, sagte sie und hörte selbst den defensiven Unterton in ihrer Stimme.

Der Herzog neigte den Kopf. »Es würde keine Rolle spielen, wenn Sie das täten.«

»Oh, natürlich würde es das.« Sie konnte sich den Aufruhr nur zu gut vorstellen, wenn die gute Gesellschaft glaubte, der unauffällige Blaustrumpf der Adamson-Zwillinge würde eine solche Lektüre bevorzugen. »Nicht, dass ich das tue. Wirklich nicht.« Schnell biss sie sich auf die Innenseite ihrer Wange, damit sie nicht weiterredete. »Nun denn. Ich sollte mich auf den Weg machen.«

Bevor der Herzog noch etwas sagen konnte, drehte sie sich auf dem Absatz um und verließ fluchtartig den Laden. Wie ein weißes Laken bedeckte der Schnee die Pflastersteine, der Schnee, der in großen, flauschigen Flocken vom Himmel fiel. Eine süße, so gar nicht charakteristische Stille lag in der Londoner Luft. Katherine blickte sich nach ihrer Kutsche um.

Hinter sich hörte sie das leise Klingeln der Glöckchen aus dem Inneren des Buchladens, dann das Knirschen von Stiefeln auf dem frisch gefallenen Schnee.

Sie straffte den Rücken und widerstand dem Verlangen, über die Schulter hinter sich zu spähen. Sie musste gar nicht hinschauen. Das war er, sie spürte, wie er sie beobachtete, auf sie zukam … und obwohl sie das wusste, konnte sie sich seiner Ausstrahlung nicht entziehen.

Katherine keuchte auf, als der Herzog neben ihr stehen blieb. Sie presste eine Hand auf die Brust und fuhr zu ihm herum. »Müssen Sie immer …«

»Hier«, sagte er barsch.

Sie blinzelte, als sie das Päckchen in seinen Händen bemerkte.

»Nehmen Sie es«, befahl er.

Sie sah sich um, war sich nur zu bewusst, wie ungehörig es war, ein Geschenk von einem Gentleman anzunehmen, dazu noch in aller Öffentlichkeit. Nur dass die Straßen gespenstisch leer blieben, niemand spazierte vorbei. Sie nahm das von Papier umhüllte Päckchen von ihm entgegen und wickelte es aus.

The Excursion.

Ihr Herzschlag setzte aus und nahm dann sein ruhiges Tempo wieder auf. »Nein, das dürfen Sie nicht …«

Sie wirbelte herum und suchte nach dem Herzog, doch dank seiner langen Schritte war die Entfernung zwischen ihnen mittlerweile erheblich. Sein schwarzer Mantel schwang um seine kräftigen Beine, in einem scharfen Kontrast zur weißen Schneefläche.

Ihr Blick kehrte zu dem Buch zurück, das er ihr geschenkt hatte. Er war ein abscheulicher Rohling, und doch hatte er sie jetzt schon zwei Mal mit seiner Großzügigkeit schockiert. Zum ersten Mal, als er sein Leben aufs Spiel gesetzt hatte, um ihres zu retten, und nun zum zweiten Mal, mit diesem Geschenk der einzigen verfügbaren Ausgabe von »The Excursion«. Er kam ihr wie ein selbstsüchtiger, gefühlloser Adliger vor, und doch widersprach er mit unvermuteten Gesten dem Bild eines unhöflichen Grobians.

Katherine hasste es, dass sie nicht wusste, wie sie diesen Gentleman einschätzen sollte. Sie zog eine Welt vor, in der Schwarz Schwarz war und Weiß Weiß, in der keine Zwischentöne existierten. Der Verrat ihres Vaters hatte sie gelehrt, dass Männer am Ende immer selbstsüchtige Wesen waren, die eigene Bedürfnisse und Wünsche allen anderen voranstellten.

In ihrer eindeutigen Welt war der Herzog, mit seinem herrischen Verhalten und den kaltherzigen Worten, der verwerfliche Feind.

Doch in einer plötzlich uneindeutigen Welt hatte derselbe Herzog, der das teure Buch für sich gekauft hatte, es jetzt ihr geschenkt.

Sie fuhr mit den behandschuhten Fingern leicht über den Ledereinband des Buches. Als sie von der finanziellen Notlage ihrer Familie erfahren hatte, hatte sie nachts wach gelegen, und eine allumfassende Furcht hatte ihr die Brust zugeschnürt. In dieser schrecklichen Zeit hatte sie Trost in Wordsworths Gedichten gefunden. Die Sonette hatten ihr gezeigt, dass es, gleichgültig wie unsicher ihre Umstände waren und wie viel Furcht sie auch in sich trug, immer eine noch größere Verzweiflung gab als die eigene.

Beim Gedanken an den Duke of Bainbridge und alles, was er verloren hatte, vermutete sie stark, er würde diese größere Verzweiflung kennen. Als sie das Buch aus dem Regal genommen hatte, hatte sie gehofft, den kaltäugigen Herzog damit zu provozieren. Jetzt, wo sie es in Händen hielt und überdachte, was er getan hatte, wusste Katherine nur zu gut, dass es falsch von ihr wäre, das Buch zu behalten.

Da eilte der Diener auf sie zu und wollte ihr das Päckchen abnehmen. Sie hob eine Hand. »Stephens, ich muss noch einmal in den Buchladen. Ich muss eine Nachricht verfassen, und wenn ich damit fertig bin, müssen Sie dieses Päckchen an jemanden ausliefern.« Katherine übergab es ihm und kehrte in die Buchhandlung zurück.

In diesem Augenblick wurde Katherine klar, dass der Herzog nicht war, was er zu sein schien.

Und sie verstand nicht, warum dieser Gedanke sie so sehr erschreckte.

KAPITEL 7

Jasper stapfte durch den Schnee auf dem Gehsteig, kehrte zu seinem Stadthaus in der Mayfair Street zurück, trotz seines Besuchs in der Buchhandlung mit leeren Händen.

Er biss die Zähne so fest zusammen, dass ihm der Kiefer wehtat und der Schmerz bis hinauf in seine Schläfen fuhr.

Dieser Blick in ihren Augen war ihm so vertraut. Diese Augen, die ihn an belgische Schokolade denken ließen. Die Winterluft verschluckte den erbitterten Laut, der sich seiner Kehle entrang.

Was war nur mit ihm los?

Verflucht noch mal, er war der Duke of Bainbridge. Der Verrückte Herzog, wie die gute Gesellschaft ihn nannte. Er verfasste keine schwülstigen Gedichte über die Augenfarbe einer Frau. In einem anderen Leben, als er Lydia den Hof gemacht hatte, ja, da hatte er das getan. Aber nicht mehr. Er suchte Trost in ihrem Namen und schloss die Augen.

Wind kam auf, harsch und strafend, und er begrüßte die Gewalt des Wintersturms.

Jasper kniff die Augen fest zusammen, beschwor die Erinnerung an ihr Gesicht herauf. An ihre Augen. Sie waren blau gewesen. Doch er konnte den genauen Farbton nicht mehr vor sich sehen.

Als wollten sie seine Bemühungen verspotten, huschten ihm Lady Katherines braune Augen, voller Feuer und Leidenschaft, durch den Sinn.

Jasper schüttelte den Kopf und ging weiter.

Seine Faszination für Lady Katherine konnte er sich leicht erklären. Anders als die meisten, die sonst das Pech hatten, seinen Weg zu kreuzen, ließ sie sich nicht von ihm einschüchtern. Im Gegenteil, sie schien eher heilloses Vergnügen daran zu finden, ihn zu quälen.

Seit Lydias Tod, nein, seit er Lydia getötet hatte, waren die Leute klug genug gewesen, ihn zu meiden, mehr noch, ihn zu fürchten. Niemand wagte es, ihn anzusprechen. Und niemand provozierte ihn.

Doch Lady Katherine tat genau das.

Ja, er konnte sich seine Faszination für die junge Dame erklären. Was er sich hingegen nicht erklären konnte, war, was ihn dazu gebracht hatte, das verdammte Wordsworth-Buch zu kaufen und ihr hinterherzurennen wie ein unreifer Jüngling.

Über die Jahre hatte Jasper die vollkommene Kälte, die ihn ausfüllte, zu schätzen gelernt. Denn ein Mann ohne Herz würde nie wieder den unendlichen Schmerz des Verlustes von Frau und Kind ertragen müssen.

Dann war Lady Katherine in die Themse gefallen und hatte seine eisige Welt auf den Kopf gestellt.

Es schien, als sei sie jeglicher Täuschung unfähig, so wie sich jede Gefühlsregung offen auf ihrem Gesicht zeigte. Ihre Empörung, ihre Wut, Belustigung, Hoffnung, all das war deutlich in den anmutigen Linien ihres herzförmigen Gesichts zu erkennen. Es erinnerte ihn an die Unschuld, die er selbst einst besessen hatte, in einer anderen, einfacheren Zeit, an die Freude, die er gekannt hatte, bevor seine Welt zerbrochen war.

Und das ängstigte ihn zu Tode.

Endlich erreichte Jasper das stuckverzierte Stadthaus mit der kalten Ziegelfassade, die perfekt zur Trostlosigkeit seines Lebens passte. Er stieg die Treppe hinauf.

Ohne dass er anklopfen musste, wurde die Tür wie von Geisterhand geöffnet, und Jasper trat, ohne innezuhalten, ein. Er zog den Mantel aus und warf ihn dem wartenden Diener zu.

»Euer Gnaden«, begrüßte ihn der Butler mit einer tiefen Verbeugung.

Jasper nickte kurz und schritt weiter durch die langen Korridore. Vor der Tür zu seinem Arbeitszimmer blieb er kurz stehen, dann ging er hinein.

Mit dem Stiefelabsatz schlug er die Tür hinter sich zu. Panik schnürte ihm die Brust zu. Er zählte bis zehn, und als das nicht half, begann er von vorn. Seit Lydias Tod hatte ihm die Konzentration auf die Abfolge dieser kleinen Zahlen geholfen, sich von allen unerwünschten Gedanken oder Gefühlen abzulenken.

Er stellte sich an den Mahagonitisch mit Intarsien aus Rosenholz und griff nach einer Karaffe mit Brandy. Nachdem er ein Glas randvoll mit der bernsteinfarbenen Flüssigkeit gefüllt hatte, trug er es zu einem der Fenster. Er starrte hinaus in den heftiger werdenden Sturm, auf die Schneeflocken, die vor der Glasscheibe herumwirbelten. Langsam nahm er einen Schluck.

Nach London zu kommen war der Gipfel der Dummheit gewesen. Er hatte Guilford erlaubt, ihn zu diesem Besuch zu überreden. Da sich die meisten Mitglieder der guten Gesellschaft für die Weihnachtszeit auf ihre Landsitze zurückgezogen hatten, würden Jasper die scheelen Seitenblicke und die gehässig geflüsterten Bemerkungen erspart bleiben, die sie von sich gaben, wenn sie über den Verrückten Herzog tratschten. Letztendlich war er zu feige gewesen, sich den Erinnerungen zu stellen, die in den Burgmauern lebten.

Jemand klopfte an die Tür seines Arbeitszimmers.

»Herein«, rief er, den Blick immer noch auf die Straße draußen gerichtet.

Die Tür ging auf.

Dann hörte er das leise Geräusch von Schritten. »Euer Gnaden, ein Päckchen wurde für Sie abgegeben.«

Jasper versteifte sich.

Ein Päckchen?

»Euer Gnaden?«, fragte der Butler zögerlich.

»Legen Sie es auf den Schreibtisch.« *Und verschwinden Sie.* Die Worte hallten durch seinen Kopf, doch er sprach sie nicht aus und starrte in sein Brandyglas. Er wollte heute verflucht noch mal keinerlei Gesellschaft. Unwillig blinzelte er, als der volle Farbton der Flüssigkeit ihn an ein feuriges Paar brauner Augen erinnerte. »Himmel«, fauchte er und leerte das Glas in einem langen Zug, begrüßte das Brennen in seiner Kehle.

Er stellte das leere Glas auf einem Tisch ab und schaute zu dem Päckchen auf seinem Schreibtisch.

Die Verpackung, jetzt feucht von frisch geschmolzenem Schnee, war ihm vertraut.

Er zögerte, dann ging er mit großen Schritten zum Schreibtisch. Er nahm das Päckchen und löste das samtene Band, mit dem es zusammengehalten wurde.

»The Excursion«.

Er blätterte durch die Seiten des Buchs.

Ein Zettel fiel heraus.

Jasper Waincourt, der achte Duke of Bainbridge, der kalte, herzlose Mann, zu dem er nach Lydias Tod geworden war, würde sich nicht einen Deut um den verfluchten Inhalt des Briefes scheren. Dieser Jasper wäre zum Kamin gegangen und hätte den Brief ungelesen den Flammen überantwortet.

Der Jasper Waincourt, der den Frostjahrmarkt besucht und eine junge, unbegleitete Dame gerettet hatte, bückte sich und faltete den Zettel auf.

Euer Gnaden,

ich weiß, Sie empfinden meine Gesellschaft als unangenehm, was mir nur recht ist, denn auch ich bin nicht gerade angetan von Ihrem missbilligend verzogenen Antlitz.

Jasper lächelte und las weiter.

Ich bin Ihnen jedoch auf ewig dankbar für meine Rettung. Auch wenn Sie das nicht sind. Dankbar, dass Sie mich gerettet haben, meine ich.

Das ließ Jasper innehalten.

Die junge Dame könnte sich nicht mehr irren. Es wäre ein schwarzer Tag gewesen, wenn das Licht in Lady Katherines Augen für immer von dem eisigen Flusswasser ausgelöscht worden wäre. Das Papier verknitterte in seinen Händen, und er zwang sich, seinen Griff zu lockern. Er wollte nicht darüber nachdenken, warum ihm das so viel ausmachen sollte. Es war einfach so.

Ich weiß Ihre Großzügigkeit zu schätzen, mit der Sie mir heute Nachmittag die einzige Ausgabe von »The Excursion« überlassen haben. Auch wenn es anders ausgesehen haben mag, ich wollte Sie nicht einfach nur ärgern. Ich hege tatsächlich große Bewunderung für Wordsworths Werk. Obwohl ich zugeben muss, dass es mir großes Vergnügen bereitet hat, Sie zu necken.
Aber ich schweife ab …
Ich hoffe, Sie können die Lektüre dieser Seiten so genießen, wie sie genossen werden sollte.

Ihre
Lady Katherine Adamson

Jasper betrachtete das Papier, als wollte er mehr darauf finden als – er tippte mit dem Finger auf das Pergament, während er zählte – zehn … Er blinzelte überrascht. Sie hatte zehn Sätze auf das Papier gebracht.

Genau die Zahl, die ihm über die Jahre immer wieder die erhoffte Ablenkung gebracht hatte.

Er begab sich zum Kamin und hielt das Papier über das Feuer. Der Rand des dicken, elfenbeinfarbenen Büttenpapiers färbte sich schwarz und kräuselte sich.

Jasper fluchte und erstickte mit der Hand die Flammen. Die Tinte, die Lady Katherine benutzt hatte, verwischte sich, aber sie blieb lesbar.

Mit dem Brief in der Hand ging er wieder zu seinem Schreibtisch, zog den gepolsterten Lederstuhl zurück und setzte sich.

Es wäre verrückt, der jungen Lady einen Brief zukommen zu lassen. Jasper scherte sich keinen Deut um Schicklichkeit. Die gute Gesellschaft konnte zum Teufel gehen.

Es war sein Wunsch, diesen Brief zu schreiben, und das allein sollte ihm schon einen Platz im Tollhaus sichern.

Doch man nannte ihn nicht umsonst den Verrückten Herzog.

Aus der obersten Schreibtischschublade nahm er ein Blatt Papier. Dann griff er nach einem Federhalter, tauchte ihn ins Tintenfass und begann den Brief an Lady Katherine.

Die Feder kratzte in einem verstörend lauten Rhythmus über das Papier. Jasper tauchte die Spitze erneut in die Tinte.

Es klopfte an der Tür.

»Herein«, rief er, ohne aufzuschauen.

Was zum Teufel wollte sein Butler jetzt wieder? »Ist die verfluchte Königin von England zu Besuch gekommen?«, erkundigte er sich voller Sarkasmus.

»Ich muss sagen, ich bin noch nie mit der Königin von England verwechselt worden. Das ist mal was Neues.«

Jaspers Kopf schnellte so heftig nach oben, dass er sich den Nacken verriss. »Guilford.« Er rieb sich die schmerzenden Muskeln.

Sein Freund schlenderte zu dem Tisch mit den Kristallkaraffen und schenkte sich einen Brandy ein. Mit dem Glas in der Hand kam er zum Schreibtisch und nahm gegenüber von Jasper Platz. Sein Blick fiel auf das leere Brandyglas. Seine Augen wurden schmal, und sein forschender Blick schwenkte zu dem fast fertigen Brief hinüber.

»Was machst du da?« Guilford verrenkte sich den Hals in dem offensichtlichen Versuch, Jaspers private Korrespondenz zu lesen.

Nicht, dass Lady Katherine seine Privatsache war. Das war sie nicht.

Sie war …

Eine anziehende, feurige Frau.

Wo zum Teufel war jetzt dieser Gedanke hergekommen?

Eins. Zwei. Drei. Vie…

»Bainbridge, ich habe gefragt, ob es dir gut geht.«

»Fantastisch«, beschied er Guilford knapp.

»Denn du wirkst nicht so mürrisch wie üblich. Oh, keine Sorge, du bist immer noch ziemlich garstig, nur nicht ganz so garstig wie sonst.«

Jasper hatte genug von dieser herablassenden Behandlung durch seinen Freund. Er ließ den Federhalter fallen. »Was willst du?« *Er* wollte nichts anderes, als den anderen Mann verschwinden zu sehen, damit er sich wieder dem Brief an Lady Katherine widmen konnte.

Guilford legte einen Fuß über ein Knie. »Ich wollte eine Einladung aussprechen, dich einladen, dich meiner Familie zur Weihnachts…«

»Nein«, schnitt Jasper ihm das Wort ab. Er feierte Weihnachten nicht. Diese verfluchte Jahreszeit verkörperte Geburt und Leben. Er verzog den Mund angesichts der bitteren Ironie, dass Lydia und sein Kind ausgerechnet zu dieser Zeit aus dem Leben gerissen worden waren.

Guilford redete weiter. Entweder bemerkte er Jaspers inneren Aufruhr nicht, oder er war ihm gleichgültig. »Außerdem wollte ich in Erfahrung bringen, ob du der jungen Dame das Retikül zurückgegeben hast.«

Das Bild von Lady Katherine, wie sie am heutigen Nachmittag ausgesehen hatte, mit ihrem spitzbübischen Lächeln und dem ungezwungenen Lachen, schoss ihm durch den Kopf. Es schien, als wäre die Eisprinzessin aufgetaut, und an ihrer Stelle stand nun ein lebhaftes Wesen, das weiterhin Chaos und Verwüstung in seinem Leben stiftete. Guilfords Nachfragen wollte er um keinen Preis ermutigen. »Welche Dame?«, grummelte er.

Sein Freund grinste. »Erzähl mir nicht, du hast noch eine andere junge Dame außer Lady Katherine Adamson heldenhaft gerettet?«

»Ich habe …«

»Mir ist nur aufgefallen, dass du, seit du deine Lady Katherine getroffen hast, nicht mehr so übel gelaunt wie sonst scheinst.«

»Sie ist nicht *meine* Lady Katherine.« Jasper sprach mit zusammengebissenen Zähnen. »Mach nicht mehr aus dem, was auf dem Frostjahrmarkt passiert ist, als es war.« Er nahm den Federhalter auf und fuhr fort, den Brief an Lady Katherine zu formulieren. Guilford gegenüber wagte er nicht auszusprechen, dass die junge Frau mit dem beherzten Wesen, seit der Zufall sie an der Themse zusammengeführt hatte, beständig in seinen Gedanken war. »Die Angelegenheiten der Dame gehen nur sie etwas an.«

»Oh?« Guilford nahm einen Schluck. »Ich hatte angenommen, du wärst neugierig, was sie betrifft.«

Jasper begann zu zählen. Er würde seinem Freund nicht nachgeben. Jasper war auf nichts neugierig, insbesondere nicht auf heiratsfähige junge Dinger mit spitzer Zunge. »Warum sollte ich mich für die Angelegenheiten der jungen Dame interessieren?« Er stellte die Frage sowohl Guilford als auch sich selbst.

Guilford schob das Glas zwischen seinen Händen hin und her. »Nun denn, dann sollte ich wohl nicht erwähnen …« Er nahm einen weiteren genüsslichen Schluck, absichtlich langsam.

Jasper legte die Hände auf dem Schreibtisch zusammen. »Was?« Die eine kurze Frage kostete ihn den hart erkämpften Anschein von Desinteresse, was die Dame betraf.

»Gerüchten nach ist ihre Mutter, die Countess of Wakefield, eifrig bemüht, die Ehe zwischen Lady Katherine und Mr Bertrand Ekstrom anzubahnen.«

Jaspers Augenbrauen senkten sich. Welche Eltern kämen auf die Idee, ihre Tochter mit Bertrand Ekstrom zu verheiraten? Jasper kannte den verabscheuungswürdigen Fiesling aus seiner Zeit in Oxford. Es war kein Geheimnis, dass der Mistkerl unnatürliche Neigungen im Schlafzimmer hatte. Diesem Gedanken auf dem Fuße folgte die übelkeiterregende Vorstellung davon, wie Bertrand Ekstroms kurze, dicke Finger Katherines Handgelenke an Bettpfosten fesselten und …

Der Holzgriff des Federhalters in seiner Hand brach.

Guilford runzelte die Stirn. »Geht es dir gut?«

Nein, es ging ihm nicht gut, und er wünschte sich, sein Freund würde ihn seinem Elend überlassen. Jasper riss die Schreibtischschublade auf und griff nach einem neuen Federhalter.

Guilford fuhr mit einer ausholenden Handbewegung fort. »Es sieht so aus, als wäre Ekstrom der nächste Erbe für den Grafentitel, hinter Lady Katherines jüngerem Bruder.« Er runzelte die Stirn. »Der ist gerade mal dreizehn oder vierzehn, glaube ich.«

Jasper hätte seine eigene schwarze Seele dem Teufel verkauft für einen einzigen weiteren Atemzug seines Sohnes. Und Lady Katherines Mutter war bereit, ihre Tochter nur als zusätzliche Absicherung zu einem Leben zu verdammen, in dem sie Ekstroms Perversitäten ausgesetzt wäre?

In diesem Augenblick wallte etwas in ihm auf, das er lange für tot gehalten hatte: Mitleid für Lady Katherine. So eine lebhafte, mutige Frau verdiente etwas Besseres als eine habgierige Mutter, die bereit war, das Glück ihrer Tochter zu opfern.

Guilford musste gemerkt haben, dass er in Jasper einen aufmerksamen Zuhörer gefunden hatte, denn er setzte in leisem Ton hinzu: »Ich habe gehört, Ekstrom verwendet gern heißes Wachs zum Verbrühen …«

Zorn senkte sich wie ein roter Nebel vor Jaspers Augen angesichts der Vorstellung, Katherines Haut könnte von dem widerwärtigen Mistkerl verletzt werden. Er zwang sich, ruhig zu atmen. »Ich weiß, was du versuchst.«

Denn letztendlich bedeuteten ihm Lady Katherine und ihre Zukunft nichts. Jaspers Zukunft beinhaltete niemanden, und das war wesentlich sicherer, als sich um das Schicksal einer jungen Dame zu sorgen.

Sein Freund lehnte sich nach vorn. »Ach ja, und was versuche ich?«

»Die Dame ist für mich ohne Bedeutung«, log er. Sie hatte Bedeutung. Ob Jasper das nun wollte oder nicht. Vielleicht war es das Band, das entstanden war, als er sie aus dem Fluss gezogen und Wasser aus ihren Lungen gepresst hatte, bis sie wieder atmete. Das würde sein Interesse an ihrer Zukunft erklären. Ihr glockenhelles Lachen oder das schelmische Lächeln sollten bedeutungslos sein … Seine Faszination für diese Eigenschaften ließ sich viel schwerer erklären.

Guilford trank seinen Brandy aus und stellte das leere Glas auf Jaspers Tisch ab. »Du willst ein Leben leben, in dem niemand von Bedeutung ist, Bainbridge. Du willst durchs Leben gehen, kalt, gefühllos, unberührt. Das …«, er schüttelte den Kopf, »nun, das ist wirklich ein trauriges Leben.«

Jasper sprang auf. »Was willst du von mir?«

»Ich will, dass du dich wieder den Lebenden zuwendest«, antwortete Guilford wie aus der Pistole geschossen. Er stand auf und erwiderte Jaspers Blick. »Ich weiß nicht, ob du ein ernsthaftes Interesse an Lady Katherine hast. Ich weiß nicht, ob nach Lydias Tod irgendeine junge Dame jemals wieder dein Herz erobern kann. Aber ich würde mir wünschen, dass du wenigstens versuchst, ein bescheidenes Glück zu finden.«

Jasper wartete auf das vertraute Gefühl, dieses Gefühl, als hätte man ihn in den Bauch getreten, wie jedes Mal, wenn er den Namen seiner Frau hörte.

Es kam nicht.

Was ihm den Atem nahm. Er klammerte sich an die Kante des Schreibtischs.

Guilford sah nach unten und sagte lange nichts. Sie standen einander gegenüber, gefangen in einem stummen, unausgesprochenen Kampf. Sein Freund brach das Schweigen. Er deutete auf Jaspers Schreibtisch. »Ich weiß, dass ein Gentleman keinen Brief schreibt an, wie hast du das ausgedrückt? Eine Dame ohne Bedeutung für dich?«

Jasper öffnete den Mund, um etwas zu sagen, aber er brachte kein Wort heraus.

Guilford neigte den Kopf. »Wenn du mich bitte entschuldigen würdest.« Er ging Richtung Tür.

Das Zischen und Knacken des Kaminfeuers füllte die Stille. »Ich will deine Hilfe nicht, Guilford«, rief Jasper ihm hinterher.

Sein Freund drehte sich mit einem Lächeln zu ihm um. »Zu deinem Glück ist mir das egal, Bainbridge.« Er schloss die Tür hinter sich.

Jasper starrte noch darauf, als Guilford schon lange fort war. Er setzte sich wieder und sah blicklos auf den Brief, den er verfasst hatte. Guilford war sein letzter Freund in der Welt, aber wie sehr er den Mann doch im Moment verabscheute. Wie konnte Guilford sich unterstehen, ihn nach London zu locken, und, was noch viel schlimmer war, ihn dazu zwingen, sich dem zu stellen, was er bis zu diesem Augenblick geleugnet hatte: Er, Jasper Waincourt, der achte Duke of Bainbridge, war … einsam.

Er blinzelte und blickte auf den Brief hinab, den er an Katherine geschrieben hatte. Guilford hatte recht. Gentlemen schrieben keine Briefe an Damen, die ohne Bedeutung für sie waren.

Er nahm das dicke, angesengte elfenbeinfarbene Pergament und zerknüllte es.

Kapitel 8

Es gab die Zeit, da Wiese, Fluss, des Waldes Saum,
auch wenn es ungewöhnlich nicht,
was ich da konnte schaun,
gekleidet schien mir in ein Himmelslicht,
in Glanz und Frische wie im Traum.
Doch jetzt ist alles anders, als es früher war,
wohin ich mich auch wenden mag,
zur Nacht, am Tag,
die Dinge kann ich nicht mehr sehn, wie ich sie einmal sah.

Die Worte beschworen die Erinnerung an den Duke of Bainbridge herauf, während Katherine dachte, dass sie beide so unterschiedlich gar nicht waren. Das Leben hatte sie beide auf tief greifende Weise verändert.

Es klopfte an der Tür. Sie blickte auf.

Der Butler räusperte sich. »Ein Brief für Sie, Mylady.«

Die Blicke ihrer Mutter und ihrer Schwester richteten sich auf Katherine.

Anne legte ihren Stickrahmen zur Seite und trat näher an Ollie heran. Sie verrenkte sich den Hals, in dem offensichtlichen Bemühen, das Wachssiegel auf dem Pergament zu erkennen.

Mit einem Stirnrunzeln zog der Butler das Silbertablett mit dem Brief näher an sich.

Katherine wurde warm ums Herz angesichts seiner Verteidigung ihrer Privatsphäre.

Mutter richtete ihre Aufmerksamkeit wieder auf ihren Stickrahmen, in dessen Mitte ein farbenfroher Pfau thronte. »Wer hat dir da geschrieben, Katherine?«

Katherine biss sich auf die Zunge, um sich davon abzuhalten, darauf zu verweisen, dass sie das noch nicht wissen konnte. »Ich bin mir nicht sicher, Mutter«, murmelte sie und nahm, mit einem Lächeln für Ollie, die Nachricht entgegen. Er nickte kaum merklich und zwinkerte ihr schnell zu.

Sie blickte auf den Brief mit dem vertrauten Siegel. Ein Wappen mit einem Löwen darauf, der sich auf die Hinterbeine stellte. Ihr blieb fast das Herz stehen.

»Von wem ist er, Katherine?«, fragte ihre Schwester mit hartnäckiger Neugier.

»Benedict«, erwiderte sie umgehend.

Anne warf ihr unter gerunzelten Augenbrauen einen Blick zu, der klar besagte, dass sie um die Lüge wusste.

Katherine stand auf. Sie hatte es plötzlich eilig, der Neugier ihrer Schwester zu entkommen, nicht dass ihre Mutter sich noch von der Stickerei ablenken ließ, der sie sich gerade wieder gewidmet hatte. »Wenn ihr mich bitte entschuldigt. Ich fürchte, ich spüre, wie sich eine Migräne anbahnt.«

Ihre Schwester gab sich keinerlei Mühe, das so gar nicht damenhafte Schnauben zu verbergen, das sich ihr entrang.

Katherine eilte aus dem Zimmer und durchs Haus nach oben zu ihren eigenen Gemächern. Schnell vergewisserte sie sich mit einem Blick zurück, dass ihre Schwester ihr nicht gefolgt war, dann schlüpfte sie hinein.

Sie zog die Tür zu und schloss ab.

Sie lehnte sich mit dem Rücken gegen das Holz und musterte den Brief. Der Duke of Bainbridge schien ihr nicht die Art von Gentleman zu sein, die Briefe an eine junge Dame schrieb, mit der er nicht verwandt war. Ihre Lippen verzogen sich amüsiert. Ganz im Gegenteil. Sicherlich würde er lieber alle weiblichen Geschöpfe, verheiratete wie unverheiratete, zum Teufel schicken, und das mit Freuden.

Katherine schob einen Finger unter das Siegel und faltete das Schreiben auf.

Mylady,

ich habe sehr wohl verstanden, dass Sie mein, wie Sie es ausdrückten, missbilligend verzogenes Antlitz nicht gern um sich haben, dennoch wäre es nachlässig von mir, wenn ich Ihnen nicht schriebe und Ihnen nicht sagte, dass ich sehr wohl dankbar bin. Dankbar, Sie gerettet zu haben, meine ich.

Katherine lächelte und las weiter.

Erlauben Sie mir, Ihnen meinen demütigsten Dank auszudrücken für die Überlassung der einzigen Ausgabe von Wordsworths neuestem Werk. Trotz meines missbilligend verzogenen Antlitzes an jenem Tag war ich ganz und gar nicht unerfreut über Ihre Großzügigkeit. Auch ich hege tatsächlich große Bewunderung für Wordsworths Dichtung. Ich hoffe, Sie werden mir gestatten, Ihnen Ihr Exemplar wieder zurückzugeben, sobald ich es beendet habe, sodass auch Sie sich an den Zeilen erfreuen können.

Gezeichnet
Bainbridge

Postskriptum
Den Worten in Ihrem Brief habe ich entnommen, dass es Sie sehr amüsiert hat, mich aufzuziehen. Es sei Ihnen vergeben.

Ein lautes Lachen entrang sich Katherine, und sie presste die Fingerspitzen auf den Mund.

Es schien ganz so, als hätte sie noch etwas über den Duke of Bainbridge gelernt – offenbar hatte er doch Sinn für Humor.

Katherine faltete das Schreiben wieder zusammen und drückte es an ihre Brust, während sie über die Bedeutung seiner Worte nachdachte. Wenn der Herzog tatsächlich der grausame, herzlose Grobian wäre, als der er sich seit ihrem ersten Zusammentreffen präsentiert hatte, dann wäre er sicherlich nicht zu solchen Worten fähig, wie er sie ihr geschickt hatte. Außerdem würde so ein abgestumpfter Abklatsch eines Mannes sich nicht dazu herablassen, Gedichte zu lesen oder mit einem Brief seine Dankbarkeit auszudrücken oder sie mit ihren eigenen Worten zu necken.

Sie trat an ihren Frisiertisch und zog die oberste Schublade auf, legte das Schreiben des Herzogs hinein und schloss sie wieder. Dann erstarrte sie.

Was für eine Tollheit war das? Seinen Brief aufbewahren? Das war nichts, was eine junge Dame aufbewahren würde, es sei denn, es gäbe einen Grund dafür.

Und den gab es nicht. Es gab keinen Grund, den Brief zu behalten.

Außer …

Katherine seufzte und ließ sich auf dem Mahagonistuhl nieder. Sie nahm einen Federhalter und ein Blatt Papier aus ihrem Frisiertisch und betrachtete es, während sie an ihrer Lippe nagte.

Euer Gnaden,

ich fühle mich unendlich geehrt …

Ihr entfuhr ein undamenhafter Fluch. Sie zerknüllte das Papier und warf es auf den Boden.

Sie tauchte den Federhalter in die Tinte und startete einen neuen Versuch.

Euer Gnaden,
mit großer Freude erwarte ich die Rückgabe von …

Aufseufzend lehnte Katherine sich auf dem Stuhl zurück und warf auch diesen begonnenen Brief zur Seite.

Warum fiel es ihr so schwer, die richtigen Worte für ihn zu finden?

Sie begann erneut.

Euer Gnaden,
ich danke Ihnen für die unerwartet freundlichen Worte. Ich bin froh, dass Sie froh sind, dass ich nicht in der Themse ertrunken bin.

Sie verzog das Gesicht, schrieb aber weiter.

Auch muss ich mich bedanken für Ihr großzügiges Angebot von Wordsworths Buch. Ich wäre Ihnen zutiefst dankbar, wenn Sie es, nachdem Sie es gelesen haben, tatsächlich mit mir teilen würden.

Mit höchster Wertschätzung
Lady Katherine

Postskriptum
Es liegt mir fern, Sie bei der Lektüre zur Eile zu drängen, doch meine Familie verlässt in sechs Tagen die Stadt, um Weihnachten auf unserem Landsitz zu verbringen, und es wäre mir sehr willkommen, wenn ich mir mit Wordsworths Werk die lange Fahrt in der Kutsche vertreiben könnte.

Wieder und wieder las Katherine, was sie zu Papier gebracht hatte, dann faltete sie das Schreiben sorgfältig zusammen.

Es klopfte an der Tür.

Katherine sprang auf. Schnell stopfte sie den Brief in die Schublade des Frisiertischs.

Wieder klopfte es.

Die Stoffschuhe an ihren Füßen machten ihre Schritte so gut wie unhörbar, als sie zur Tür eilte.

Sie schloss auf und öffnete. Ein Schrei entfuhr ihr, und sie legte sich eine Hand auf die Brust, über ihr rasend schnell schlagendes Herz. »Anne, du hast mir einen Schrecken eingejagt.«

Ihre Schwester stürzte ins Zimmer. Sie schloss die Tür hinter ihnen und sperrte sie ab.

»Mutter will dich mit Vetter Bertrand verheiraten«, sagte sie ohne jede Einleitung.

Katherine stockte das Herz und schlug dann schmerzhaft weiter. Sie hatte angenommen, Mutter würde die Angelegenheit mit Bertrand Ekstrom wenigstens über die Weihnachtszeit ruhen lassen. Sie hatte gehofft, dass Mutter mit dem Anfang einer neuen Saison ihre eher geringen Erwartungen für Katherine ablegen würde, um ihr zu erlauben, eine Verbindung einzugehen mit … mit … nun, jedem anderen als Vetter Bertrand.

»Du kannst ihn nicht heiraten«, sagte Anne ausdruckslos. Sie begann, auf und ab zu laufen. »Keine von uns kann ihn heiraten.«

»Mutter würde es nicht wagen, dich mit Bertrand zu vermählen«, sagte Katherine, unfähig, die Verbitterung zurückzuhalten, die ihren Tonfall färbte.

Ihre Schwester blickte sie an. »Nun, sie sollte es auch nicht wagen, dich mit ihm zu verheiraten. Es gibt keinen Grund dafür. Benedict ist jetzt Earl, und Aldoras Mann unterstützt uns mit einer großzügigen Summe.« Sie schüttelte den Kopf. »Nein, nein. Eine Heirat mit ihm kommt einfach nicht infrage.« Sie blieb mitten im Schritt stehen und deutete mit einem Finger in die Luft. »Wir müssen nur einen anderen Ehemann für dich finden.«

Ein Lachen entrang sich Katherine. »Das klingt bei dir, als wollten wir Moorhühner jagen.« Ihre Schwester war voller Fantasie und Hoffnungen, doch auch eine hoffnungslos gefährliche Romantikerin.

Anne zog die Nase kraus. »Das ist ein ziemlich grauenvoller Vergleich.« Sie schüttelte den Kopf. »Das wäre also abgemacht. Wir werden einen Ehemann für dich finden.«

»Oh, und wo sollen wir deiner Meinung nach diesen unverheirateten Gentleman finden?«, spottete Katherine.

Ungebeten tauchte das Bild des Duke of Bainbridge mit den markanten Zügen, den festen Lippen und der hochgewachsenen, gebieterischen Gestalt in ihrem Kopf auf.

Annes Augenbrauen zogen sich mit einem Ruck zusammen. »Was ist?«, fragte sie mit der Intuition einer Zwillingsschwester, die bemerkt hatte, das mehr hinter Katherines unausgesprochenen Worten steckte.

Ich weiß nicht, was für Spielchen Sie spielen, Madam. Ich schätze es ganz und gar nicht, dass Sie mir auf Schritt und Tritt folgen. Ich werde mir keine Falle stellen und mich zu einer Heirat zwingen lassen.

Das waren weder die Worte eines Mannes, der sie gerne heiraten würde, noch die eines Gentlemans, den sie heiraten wollen sollte. Nein, Katherine glaubte nicht, dass sie je eine Liebesheirat eingehen würde. Sie hatte sich schon vor langer Zeit mit der harten Realität eines Arrangements zwischen ihr und einem geeigneten, hinreichend langweiligen Gentleman abgefunden. So war ihre Welt nun einmal. Aber sie sah sich auch nicht mit einem kalten, herablassenden Mann wie dem Herzog verheiratet.

Sie schüttelte den Kopf. All diese wirren Gedanken waren nur aus ihrer Verzweiflung geboren.

Anne keuchte auf. »Es gibt einen Mann, der dein Interesse geweckt hat.«

Katherine spürte, wie sich Hitze über ihren Hals und ihre Wangen ausbreitete. Entschieden schüttelte sie den Kopf. »Nein. Nein. Ganz und gar nicht. Da ist keiner. Niemand«, beharrte sie, während ihre Schwester sie weiter eindringlich musterte.

Anne tippte sich nachdenklich mit einem Finger gegen die Lippen. »Wir müssen nur den Anhänger finden. Wenn wir ihn haben, musst du dich nicht mehr mit Mutters Bemühungen zwischen dir und diesem verabscheuungswürdigen Bertrand Ekstrom abgeben.«

Ein heftiges Schuldgefühl wallte in Katherine auf, als sie an den Anhänger in ihrem Retikül dachte, das sie auf dem Frostjahrmarkt verloren hatte. Auch wenn sie nicht an die Kräfte des Anhängers glaubte, hieß das noch lange nicht, dass ihre Schwester es nicht tat. Aldora glaubte, er hätte sie zu ihrer wahren Liebe, zu Michael Knightly, geführt, und jetzt glaubte Anne, der Anhänger könnte auch ihr den Weg zu ihrem zukünftigen Ehemann zeigen.

In Annes Augen stand dieses gewisse Leuchten, von dem Katherine schon vor langer Zeit gelernt hatte, dass es Schwierigkeiten bedeutete.

»Nein«, sagte sie nachdrücklich.

»Ich habe gar nichts gesagt«, beschwerte Anne sich.

»Du wolltest sagen …«

»Dass wir noch einmal auf den Frostjahrmarkt gehen sollten«, beendete Anne den Satz für sie.

Schon bei dem Gedanken daran, auf die Themse zurückzukehren, breitete sich Übelkeit in Katherine aus. Sie zerknüllte den Stoff ihres einfachen blauen Kleides und schüttelte entschieden den Kopf.

Anne gestikulierte wild. »Wir konnten nicht mal mehr als eine Handvoll der Zelte nach dem Anhänger absuchen, der uns zum Herz eines Herzogs führen wird.«

Katherine würde etwas wesentlich Mächtigeres brauchen als einen dummen Talisman, um einen Heiratskandidaten zu finden. »Nein.«

»Aber …«

»Ich habe Nein gesagt, Anne.«

»Bitte.« Anne warf den Kopf zurück. »Ich versuche nur, dir zu helfen, Katherine.«

Sofort verspürte Katherine Reue. Die Gesellschaft betrachtete Anne als eine der Unvergleichlichen, nahm sie darüber hinaus aber kaum wahr. Katherine hingegen wusste, dass sich unter dem Äußeren, das die Welt zu sehen bekam, eine gute und loyale Seele verbarg. Anne würde für das Glück ihrer Geschwister sogar das eigene hintanstellen.

Katherine blickte hinab auf ihre Schuhe. »Es ist unwahrscheinlich, dass ich jemanden in den zwei Wochen vor Weihnachten finde«, murmelte sie.

Wieder sah sie vor ihrem inneren Auge den Herzog, wie er gestern ausgesehen hatte, als der schwarze Mantel um seine muskulösen Beine geschwungen war.

Anne schnaubte. »Sicherlich nicht, wenn du hier drin bleibst und Gedichte liest.«

Katherine brachte ein kleines Lächeln für ihre Schwester zustande. »Danke, Anne.«

In den hübschen blauen Augen ihrer Schwester lag ein ungewohnt ernsthafter Ausdruck. »Ich will nur, dass du glücklich bist.«

»Ich bin glücklich«, sagte Katherine. Sie hörte selbst den defensiven Ton in diesen drei Worten.

»Na gut, dann will ich eben, dass du an die Liebe glaubst.«

Katherine verfiel in Schweigen und wandte den Blick ab. Es hatte einmal eine Zeit gegeben, da hatte sie an die Liebe geglaubt. Jetzt wusste sie, Liebe war nur ein dummer Traum naiver junger Mädchen. Die Welt, der sie angehörten, war gemacht aus vorteilhaften Verbindungen und familiären Beziehungen. Diese Welt maß Gefühlen wie Liebe keinen Wert zu.

Mutter hatte Vater bis zur Verzweiflung geliebt. Er hatte ihr diese Liebe damit vergolten, dass er sie auf dem Land zurückgelassen hatte, während er nach London gefahren war und sich den Verlockungen des Glücksspiels hingegeben hatte. Am Ende hatte er fast das gesamte Familienvermögen und den nicht an den Titel gebundenen Landbesitz dazu verspielt … und den guten Ruf der Familie für seine eigenen, beschämenden Interessen riskiert.

Wenn das Liebe war, verzichtete Katherine gern darauf.

»Bestimmt sind nicht alle Männer so selbstsüchtig wie Vater«, murmelte Anne.

Katherine biss sich auf die Innenseite der Wange, um sich davon abzuhalten, Anne eines Besseren zu belehren und ihre kindlichen Vorstellungen zu zerstören. Anne war sich der schlimmen Zustände nicht bewusst gewesen, und Katherine konnte jetzt kaum damit anfangen, über die grässliche Angst zu sprechen, die sie in diesen unsicheren Jahren geplagt hatte.

»Katherine?«, hakte Anne nach.

Sie schüttelte den Kopf. »Vergib mir. Ich hab mich in Tagträumen verloren.«

Ihre Schwester seufzte. »Nun denn. Ich werde dich für den Moment nicht weiter damit behelligen, aber glaube nicht, dass das das Ende der Diskussion ist.«

Katherine lächelte angesichts der Entschlossenheit im Blick ihrer Schwester. So wie sie sie kannte, hatte sie bereits eine Liste möglicher Ehemänner zusammengestellt.

Warum konnte Katherine sich nur einen einzigen Namen auf dieser noch ungeschriebenen Liste vorstellen?

KAPITEL 9

Mylady,

ich habe die Lektüre von Wordsworths neuestem Werk fast beendet. Wenn Sie noch Wert darauf legen, den Band vor Ihrem Aufbruch aufs Land zu erhalten, werde ich ihn Freitagmorgen auf meinem täglichen Spaziergang im Hyde Park entlang des Serpentine River bei mir tragen. Sollten Sie nicht erscheinen, werde ich dem Buch dauerhaft einen Platz in meinem Regal einräumen.

~ B

Katherine starrte auf die Nachricht, die sie vor ein paar Tagen erhalten hatte, und spähte dann durch die dicht vom weißgrauen Morgenhimmel fallenden Flocken in die Ferne. Sie stapfte durch den hoch liegenden Schnee. Obwohl die Londoner Straßen ungewöhnlich leer gewesen waren, war die Kutsche durch das schlechte Wetter nur langsam vorangekommen. Jetzt beschleunigte sie ihre Schritte und fragte sich, ob der Duke of Bainbridge des Wartens müde geworden und gegangen war oder …

»Mylady, es ist schierer Wahnsinn, bei diesem Wetter unterwegs zu sein«, meldete sich ihre Zofe Sara mit einem leicht flehentlichen Unterton in der Stimme zu Wort.

Katherine verlangsamte ihr Tempo für einen Moment und spähte hinter sich. Sara hatte sich tief in ihren braunen Mantel gewickelt, und ihre Zähne schlugen in der Stille des Wintermorgens laut aufeinander.

Katherine zog ihren eigenen Mantel enger um sich. »Es wird nicht lange dauern. Ich gehe nur ein paar Schritte entlang des Serpentine River. Du kannst hierbleiben. Der Park ist leer, mir wird schon nichts geschehen«, fügte sie hinzu, als ihre Zofe den Mund schon zum Protest öffnete.

Damit machte Katherine auf dem Absatz kehrt und stapfte weiter durch den Schnee. Ihre zweckdienlichen schwarzen Stiefel knirschten auf der pulvrig weichen Masse, die den Boden bedeckte. Sara hatte recht – es war schierer Wahnsinn, bei diesem Wetter draußen unterwegs zu sein, und doch wollte Katherine unbedingt Wordsworths neuestes Buch haben. Am in der klirrenden Kälte gefrorenen Serpentine blieb sie stehen und starrte auf das Eis.

Hier ging es nicht um ihren Wunsch nach einem Buch.

Obwohl sie sich darauf freute, es zu lesen.

Aus irgendeinem unerklärlichen Grund, der jeder Logik widersprach, derer sie sich rühmte … wollte Katherine den Duke of Bainbridge sehen. Sie steckte die behandschuhten Hände unter den dicken Schal und rieb die kalten Finger aneinander in dem Versuch, sie wieder zu wärmen.

Er war nicht hier.

Sie schnaubte.

Warum sollte er sich in solch einem Wetter auch hinauswagen?

Sie runzelte die Stirn. Er hätte so viel Anstand haben können, eine Nachricht zu schicken, sie über seine geänderten Pläne zu informieren.

»Sind Sie verrückt?«

Katherine schrie auf und fuhr so hastig herum, dass sie ausrutschte und dem Duke of Bainbridge in die Arme fiel.

Er schloss sie reflexartig um sie und wartete, bis sie das Gleichgewicht wiedergefunden hatte.

Katherine schluckte und blickte nach oben, weiter und weiter bis zu seinen ausdruckslosen grünen Augen. Ihr stockte der Atem. Die Farbe rief ihr die sanften Hügel und Weiden um ihren Familienlandsitz in Leeds in Erinnerung.

Doch er gab sie nicht frei. Er hielt sie weiterhin in einer höchst unschicklichen, aber sehr beschützenden Umarmung fest. Trotz der Kälte des Wintertages verspürte Katherine eine unerklärliche Wärme, und zwar dort, wo ihre Körper sich berührten. Die Wärme breitete sich aus, schmolz alle Kälte hinweg und ersetzte sie durch eine höchst köstliche Hitze.

Dann sprach er. »Was haben Sie sich dabei gedacht, in diesem Sturm hier herauszukommen?« Seine Worte wirkten ebenso kalt und glatt wie die Eiszapfen, die von der Berg-Ulme unweit von ihnen hingen.

Katherine blinzelte. »Sie haben gesagt, ich sollte Sie hier treffen, wenn ich Ihre Ausgabe von …«

»Sicherlich haben Sie mehr Verstand, als Gott einem Kind gegeben hat, Madam, um sich nicht so einem Wintersturm auszusetzen«, fuhr er sie an. Er gab sie abrupt frei und trat von ihr zurück. Sein Blick glitt über die weite Leere um sie herum. »Unbegleitet noch dazu.« Letzteres brummelte er mehr in sich hinein.

Katherine runzelte die Stirn und zählte bis fünf in dem Versuch, nicht die Beherrschung zu verlieren.

Als ihre Bemühungen nicht fruchteten, zählte sie bis zehn.

Zwischen seinen mitternachtsschwarzen Brauen bildete sich eine Falte, was ihn wie den Teufel selbst wirken ließ, der in der weißen Reinheit des Schnees spielte. »Was machen Sie da?«

»Ich zähle«, erwiderte sie knapp.

Seine Augen wurden schmal. »Sie zählen.«

»Ja. Das beruhigt mich, wenn ich …«

Das Kinn des Herzogs sank nach unten, während er seine Brauen bis zum Haaransatz hochzog.

Sie schaute ihn fragend an. »Was um Himmels willen ist mit Ihnen los?«

Er schloss den Mund so fest, dass sie hörte, wie seine Zähne aufeinanderschlugen. Das würde ihm höllische Kopfschmerzen einbringen. Was ihm nur recht geschähe, dem unerträglichen Klotz!

»Nichts«, knurrte er. Doch sein Ton machte deutlich, dass es ganz gewiss nicht *nichts* war, was sein herzogliches Missfallen geweckt hatte.

Katherine machte einen Schritt auf ihn zu. »Auch Sie sind in diesem Sturm unterwegs«, entgegnete sie. Er wich vor ihr zurück.

Sie machte einen weiteren Schritt auf ihn zu. Dieses Mal blieb er wie angewurzelt stehen. Die Spitzen ihrer Stiefel berührten die Spitzen seiner Stiefel. Katherine bohrte ihm einen Finger in die Brust. »Außerdem haben *Sie mir* eine Nachricht geschickt und meine Anwesenheit verlangt.«

»Ich …«

Sie drohte ihm mit dem Finger. »Nein, Euer Gnaden.« Wenn er nicht so groß gewesen wäre, hätte sie vermutlich ihr Missfallen wirkungsvoller zum Ausdruck bringen können. So begnügte sie sich damit, mit dem Finger ungefähr auf Höhe seines Halses herumzufuchteln. »Sie hätten eine neue Nachricht senden können, um mir mitzuteilen, dass Sie unser Treffen zu verschieben wünschen. Das wäre der Ritterlichkeit eines Gentlemans angemessen gewesen.«

Er senkte den Kopf, und ein Hauch von Minze, gemischt mit etwas überraschend Süßem, einem Hauch von Schokolade, der in seinem Atem lag, strich über ihre Wangen. Feuer flammte in seinen tiefen grünen Augen auf, und mochte Gott ihr beistehen, angesichts der Wildheit, die sie in ihnen sah, glaubte sie für einen Moment, er würde sie küssen. Und was noch törichter war, war ihr verzweifelter Wunsch, er *möge* sie küssen.

»Haben Sie mich gehört?«, knurrte er.

Katherine blinzelte zu ihm hoch. Nun, vielleicht hatte er doch keinerlei Absicht, sie zu küssen. Ein Gentleman würde nicht so kalt und moduliert sprechen, wenn er beabsichtigte …

»Mylady?«

Katherine räusperte sich. »Äh, was sagten Sie?«

»Haben Sie Watte in den Ohren?«

Wahrscheinlicher war, dass sie Watte im Kopf hatte, vermutete sie.

»Ich habe eine Nachricht geschickt.«

Er hatte eine Nachricht geschickt? Unmöglich.

»Ich habe keine erhalten«, sagte sie in leicht abwehrendem Tonfall, denn wenn er eine Nachricht geschickt hatte und sie verrückt genug gewesen war, sich trotzdem in dieses eisige Wetter hinauszuwagen, nun, dann ließ sie das wahrlich wie eine komplette Närrin aussehen.

Er senkte den Kopf, und eine Strähne schwarzen Haars fiel ihm über die Stirn. »Wollen Sie mich einen Lügner nennen?«, zischte er.

Seltsam, diese eine Strähne ließ ihn so viel sanfter, so viel weniger reserviert erscheinen als den Mann, der sie aus der Themse gefischt hatte. Katherines Finger verlangten danach, sie zurückzustreichen, diese Locke, so schwarz, dass sie ein Anflug von Blau durchzog, wie den Himmel um Mitternacht. Sie schluckte. Ihr Blick fiel auf die sanfte Einkerbung in der Mitte seines markanten Kinns.

Himmel, sie wollte sich auf die Zehenspitzen stellen und die harten Konturen seiner Lippen erforschen. Langsam wurde ihr bewusst, was sie da gerade dachte. Doch sie wollte es.

»Das würde ich nicht wagen«, flüsterte sie. Denn es wäre der Gipfel an Unziemlichkeit und Verrücktheit, diesen strengen, finster dreinblickenden Gentleman zu küssen. Damen küssten Gentlemen nicht.

Er nickte knapp. »Ich nehme Anschuldigungen gegen meine Ehre nicht auf die leichte Schulter.«

Wovon sprach er da, zum Teufel?

»Auch Sie sind in diesem Sturm unterwegs«, sagte sie.

Er blickte sie finster an. »Ich bin keine unverheiratete, unbegleitete …«

»Ich bin nicht ohne Begleitung.«

»Junge Dame«, beendete er seinen Satz.

Ihr Blick fiel auf seinen festen Mund. Er war ganz sicherlich keine junge Dame. Katherine befeuchtete sich die Lippen. Er hatte unmissverständlich klargemacht, dass ihre Gesellschaft hier unerwünscht war. Sie sollte sich abwenden und gehen.

Was war es nur an ihm, was sie hier festhielt?

* * *

Wie er so auf dem gefrorenen Weg neben dem Serpentine stand, mitten in dem immer stärker werdenden Schneefall, während der beißende Wind ihn umtoste, kam Jasper zu einer höchst unerwünschten, unwillkommenen, schwindelerregenden Erkenntnis.

Er wollte Lady Katherine küssen.

Er betrachtete ihr fein geschnittenes, herzförmiges Gesicht, die fast schon katzenartigen braunen Augen. Und plötzlich kamen ihm die Augen, die zuvor einfach nur braun gewesen waren, vor wie der erlesenste Brandy, warm und unergründlich.

Jaspers Körper erwachte unter der Hitze seiner neuen Wahrnehmung von ihr.

Er sagte sich, seine Reaktion auf sie wäre rein körperlich.

Er sagte sich, sie wäre ein Verrat an Lydia und der Erinnerung an sie.

Doch mieser Kerl, der war, konnte er nicht die nötige Willenskraft in sich finden, sich abzuwenden und Lady Katherine zu verlassen.

»Euer Gnaden?«, wisperte sie.

»Jasper«, erwiderte er mit rauer Stimme. Gott stehe ihm bei, er musste seinen Namen aus ihrem Mund hören, um sich selbst daran zu erinnern, wenn auch nur für den Moment, dass er lebendig war.

Ihre seelenvollen braunen Augen weiteten sich. »Euer Gnaden?«

»Ich heiße Jasper.«

Sie neigte den Kopf in einem hinreißenden Winkel, und ein winziges Teil seines gequälten, steinharten Herzens fügte sich wieder in die Form zusammen, die es einst besessen hatte. »Jasper«, flüsterte sie, als würde sie seinen Namen auf ihren Lippen kosten.

Ein primitives Knurren formte sich in ihm, wanderte hinauf in seine Brust, über seine Lippen, und er presste einen harten, unnachgiebigen Kuss auf ihren Mund.

Ihr Körper versteifte sich an seinem, und er glaubte, sie würde sich aus seiner Umarmung lösen.

Von der Frau, die ein eisiges Bad in der Themse überlebt hatte, hätte er mehr erwartet.

Katherine stellte sich auf die Zehenspitzen und neigte ihren Kopf, gestattete ihm besseren Zugang. Sie seufzte, und er ließ seine Zunge über ihre Lippen und in ihren Mund gleiten.

Sie schmeckte nach Tee und Minzblättern, und er wollte in ihrer Süße versinken. Sie vergrub die Hände in seinem Haar und zog sanft daran. Er stöhnte und wurde hart. Zu lange hatte er keine Frau mehr gehabt. Es war nur sein Körper, der nach der Erleichterung suchte, die man ausschließlich zwischen den Schenkeln einer Frau finden konnte.

Redete er sich ein.

Wieder und wieder.

Die Worte wurden zu einem Singsang. Einer Litanei.

Lügner.

Er schob seine Hand unter ihren smaragdgrünen Mantel und fand darunter die Rundung ihres Busens. Durch den Stoff ihres Wollkleides neckte er die empfindsamen Knospen. Sein Körper schmerzte unter dem Verlangen, sie auf den Schnee zu betten, wie die Eisprinzessin, für die er sie zuerst gehalten hatte, sie von dem Mantel zu befreien und ihren üppigen Brüsten mit Blicken zu huldigen.

Sie stöhnte und schmiegte sich enger an ihn.

Derart ermutigt, löste Jasper sich von ihrem Mund. In wortlosem Protest keuchte sie auf, und ihre Finger wollten ihn wieder zu sich ziehen.

Doch Jasper verlangte es nach der seidigen Haut ihres Halses. Er berührte sie mit den Lippen dort, wo er den flatternden Pulsschlag spüren konnte. Sie schrie auf, und ihre Knie gaben nach.

Jasper fing sie auf, drückte sie eng an sich und fuhr mit seinen Liebkosungen fort.

»Jasper«, seufzte sie an seinem Mund.

O Gott, der Klang seines Namens, eine atemlose Beschwörung, die drohte, ihn jede Kontrolle verlieren zu lassen.

Mit den Lippen kostete er die zarte Haut an ihrem Hals, und ihr Seufzen wurde zu einem heiseren, tiefen Stöhnen. Er strich ihr über den Rücken bis zu der sanften Rundung ihrer Hüften und zog sie an sich. Seine Männlichkeit drängte gegen ihren Bauch.

Sie warf den Kopf zurück.

Ein kalter Windstoß fuhr zwischen sie. Er löste einige Strähnen ihrer dunkelbraunen Locken aus ihrer Frisur. Sie fielen ihr bis über die Schultern. Er nahm eine zwischen Daumen und Zeigefinger, atmete den Frühlingslavendelduft ein, der so gar nicht zur Weihnachtszeit passen wollte.

Leidenschaft glomm in ihren Augen … und riss ihn in die Wirklichkeit zurück.

Jasper gab die Haarsträhne frei und trat einen Schritt zurück. Das Grauen über sein Handeln, sein abgrundtiefer Verrat an Lydias Andenken, durchzuckte ihn, stahl ihm den Atem.

Katherine schloss für einen Moment die Augen, während der Schnee ihre geröteten Wangen umtanzte.

Er wandte sich von ihr ab und kämpfte gegen den Drang, sie wieder in die Arme zu ziehen und weiter ihren Mund zu erforschen, bis sie vor Leidenschaft zittern würde.

Mit einer behandschuhten Hand fuhr Jasper sich durch die Haare. Die abrupte Bewegung ließ Schneeflocken von seinem Kopf fallen. Er starrte über den Fluss. Seit Lydias Tod hatte er über drei Jahre gelebt, drei Jahre und dreihundert… In seinem Kopf drehte sich alles.

Waren es dreihundertdreiundfünfzig Tage?

Oder dreihundertvierundfünfzig?

Panik stieg in ihm auf, hämmerte auf ihn ein, während er sich mit der übelkeiterregenden Wahrheit konfrontiert sah: Er hatte die Zahl vergessen, die Anzahl der Tage, die seit Lydias Tod vergangen waren.

Alles in ihm zog sich zusammen. Wie hatte das in dieser kurzen Zeit geschehen können?

Sanfte Finger berührten ihn an der Schulter. »Jasper?«

Er schloss die Augen. Was hatte ihn geritten, dass er ihr erlaubt hatte, seinen Namen zu benutzen? Nein, das war keine Erlaubnis gewesen … er hatte es ihr mehr oder weniger befohlen. Schierer Wahnsinn. Seine Lippen zuckten. Wie passend für den Verrückten Herzog.

Der Klang seines Namens auf ihren Lippen, ausgesprochen mit ihrer leicht heiseren Stimme, traf sein Gewissen wie ein Peitschenhieb.

Jasper öffnete die Augen und starrte blicklos über den Fluss. »Meine Frau ist tot.«

Katherine kam näher. Schweigend stellte sie sich vor ihn. Der Stoff ihres Mantels strich über seine Beine.

Er starrte über ihren samtverbrämten Hut, der immer noch schief auf ihrem Kopf thronte.

»Das tut mir so leid«, sagte sie leise. Eine Brise fing die Worte ein und trug sie zu ihm.

»Ich will dein Mitleid nicht.« Selbst in seinen Ohren klangen die Worte hohl. Er wusste nicht mehr, was er wollte.

»Ich bemitleide dich nicht, Jasper.«

Er blickte hinunter. Ein kleines Lächeln umspielte ihren Mund.

»Du bist nicht die Art von Mann, die man bedauert.«

Er spannte die Kiefermuskeln an und blickte weg. Nein, er war ein herzloser, seelenloser Mistkerl.

Was hatte diese kleine und doch so unerschrockene Frau an sich, das Teile von ihm zum Leben erweckte, die er so verzweifelt hatte begraben wollen?

»Ich hasse Wasser.«

Jasper blinzelte. Er blickte sie wieder an.

»Ich hasse Wasser«, sagte sie erneut. »Als Kinder haben wir die meiste Zeit im Cottage meiner Familie in Leeds verbracht. Mit sieben Jahren sind meine Schwester und ich oft auf eigene Faust losgezogen. Wir sind überall herumgestromert. Es hat meine Mutter schier zur Verzweiflung getrieben.«

Seine Mundwinkel zuckten nach oben, als er sich an sein erstes Zusammentreffen mit ihr erinnerte. Es schien ganz so, als hätte sie sich seit ihren Kindheitstagen kaum geändert.

Während sie fortfuhr, bemühte sich Jasper, der seltsamen Wendung ihrer Gedanken zu folgen. »Ich bin der jüngere Zwilling.« Ja, das hatte Guilford erwähnt. Sie hob kurz die Schultern. »Ich habe mich immer mehr als ältere Schwester gefühlt.

Anne ist von Anfang an die versponnene, fantasievolle Schwester gewesen. Ich wollte sie stets beschützen.«

Er dachte an das erschreckte, panische Leuchten in ihren Augen, als er sie aus dem Fluss gezogen hatte, betrachtete ihren heutigen Ausflug in den Hyde Park inmitten eines Wintersturms. »Und wer beschützt dich, Katherine?«

Sie öffnete den Mund. Dann schloss sie ihn wieder. Ihre Stirn legte sich in Falten. »Seit mein Vater gestorben ist, hat sich meine Schwester Aldora als so etwas wie die Beschützerin meiner Familie gefühlt.« Ein trauriges kleines Lächeln trat auf ihre Lippen. »Aber sie hat vor drei Jahren geheiratet und verbringt jetzt die meiste Zeit auf dem Land.« Sie schüttelte den Kopf. »Doch das ist ohne Belang.«

Er verbiss sich ein Lächeln. »Dein Hass auf Wasser«, erinnerte er sie an die frühere Aussage.

»Ah, ja. Ich hasse Wasser. Einmal haben Anne und ich an dem Fluss gespielt, der an das Grundstück meines Vaters angrenzte. Annes hübscher, rosa Lieblingshut mit elfenbeinfarbenen Bändern fiel ins Wasser. Sie hat verzweifelt geweint, also bin ich auf einen Baumstamm gestiegen, der über den Fluss gefallen war.«

Jaspers Bauchmuskeln spannten sich an. Er ahnte, welche Richtung ihre Geschichte nehmen würde. Auch wenn er lieber nicht an eine junge Katherine Adamson denken wollte, die im Wasser unterging. Nicht, nachdem er sie aus der Themse gerettet hatte und sich der alles überwältigenden Panik bewusst war, die sie in diesen Momenten ergriffen hatte.

»Ich bin hineingefallen«, sagte sie. »Die Strömung war schnell und sehr stark. Sie riss an meinen Röcken und zog mich nach unten.«

Das Bild, das sie malte, weckte alle Beschützerinstinkte in ihm, die er für tot gehalten hatte.

»Ich war mir sicher, ich würde sterben.« Sie klang, als würde sie zu niemandem im Besonderen mehr sprechen. »Meine Schwester hat es geschafft, einen langen Stock ins Wasser zu halten, und ich konnte danach greifen. Sie hat mich an Land gezogen.«

Wie stark sie gewesen war, schon als kleines Kind, dass sie sich gegen die Panik hatte wehren und sich selbst hatte retten können.

Jasper war damals fünfzehn Jahre alt gewesen. Er wünschte sich, er hätte dort sein können, so wie er es vor fünf Tagen gewesen war. Er wünschte sich, er wäre da gewesen und hätte sie aus dem Fluss gefischt und ihr die Angst nehmen können.

»Mein Punkt ist der, Jasper«, fuhr sie fort. »Ich verabscheue Wasser. Es ist unberechenbar und gefährlich, und es versetzt mich in Angst und Schrecken.« Sie drehte die Handflächen nach oben. »Aber ich kann nicht den Rest meines Lebens damit verbringen, es zu vermeiden.«

»Du bist auf dem Frostjahrmarkt fast ertrunken«, fühlte er sich verpflichtet anzumerken.

Sie nahm seine Hand und drehte sie herum. Er erstarrte.

»Aber das bin ich nicht, Jasper. Das Leben ist schrecklich und ungerecht und furchteinflößend. Aber all das sind keine Gründe, das Leben nicht zu leben.« Ihre Finger berührten seine behandschuhte Hand. »Du bist nicht gestorben, Jasper. Du hast überlebt.«

Seine Hand schloss sich reflexartig um ihre. Er hatte überlebt, während Lydia gestorben war. Mit seinem Begehren nach seiner Frau, seinem Verlangen nach einem Erben hatte Jasper sie umgebracht, mit seinen selbstsüchtigen Bedürfnissen und herzoglichen Verpflichtungen. Über drei Jahre lang hatte er sich für dieses ungeheure Verbrechen bestraft.

Erst jetzt, nach Katherines sanft gesprochenen Worten, gestand er sich die Wahrheit ein: Lydia war fort, und keine noch so große Selbstgeißelung würde sie zurückbringen.

Und in diesem Moment hasste er Katherine dafür, dass sie ihm die Augen für seine Misere geöffnet hatte. »Du musst gehen«, befahl er harsch.

Sie legte den Kopf zur Seite.

»Geh, hab ich gesagt«, zwang er über seine verkniffenen Lippen. Sie musste verschwinden. Er wollte, dass diese Frau, die sein wohlgeordnetes Leben auf den Kopf gestellt hatte, ging und ihm so erlaubte, wieder zu dem gefühlstoten Mann zu werden, der er diese drei, fast vier Jahre lang gewesen war.

Katherine nickte. Zwei rote Flecken zeichneten sich auf ihren Wangen ab. Sie knickste. »Euer Gnaden«, murmelte sie.

Er verachtete sich für das schmerzhafte Verlangen, sie erneut seinen Namen aussprechen zu hören.

Katherine machte Anstalten zu gehen.

»Ihre Begleitung«, rief er aus.

Sie runzelte die Stirn, ihr Gesichtsausdruck blieb ruhig und ernst, die braunen Augen blickten kühl und reserviert – die Eisprinzessin war zurück. »Sie müssen sich um mich keine Sorgen machen, Euer Gnaden.«

Nein, das musste er nicht.

Dennoch tat er es.

Katherine knickste erneut und eilte davon. Er starrte ihrer schnell kleiner werdenden Gestalt hinterher, bis sie nichts weiter war als ein winziger Fleck in seinem Blickfeld.

Er dachte an die Geschichte, die sie ihm erzählt hatte, an das kleine, unbeschützte Mädchen, das gegen die Strömung kämpfte. Seufzend machte er sich daran, der eigensinnigen jungen Frau zu folgen, die heute immer noch Schutz brauchte.

KAPITEL 10

Nach einer langen Kutschfahrt durch die tief verschneiten Straßen Londons kam Katherine endlich zu Hause an. Voll ängstlicher Erwartung stieg sie die Eingangstreppe hinauf. Vielleicht würde sie ihrer Mutter nicht gleich begegnen … Vielleicht …

Ollie öffnete die Tür. Sie atmete erleichtert auf und ging mit einem leise gemurmelten Dank an den alten Diener hinein.

Sie löste den Verschluss ihres Mantels und reichte ihm das durchnässte Kleidungsstück. »Danke«, sagte sie, als er es ihr abnahm. Sie schüttelte die vom Schnee feucht gewordenen Röcke aus, und die Flocken schmolzen auf dem Marmorboden, nur Wassertropfen blieben zurück. »Ich …« Ihr fehlten die Worte, als sie dem missbilligenden Blick ihrer Mutter begegnete.

Mutter stand in der Eingangshalle, die Hände in die Hüften gestemmt. Anne hielt sich hinter ihr und schüttelte mitfühlend den Kopf.

Katherine seufzte. »Mutter …«

»Wo bist du gewesen?«, fragte ihre Mutter scharf. »Erst gehst du ohne jede Aufsicht zum Frostjahrmarkt und ertrinkst fast.«

Tut mir leid, bedeutete ihr Anne wortlos.

»Dann kommst du mit dem Verrückten Herzog hier an …«

Katherine ballte die Hände zu Fäusten. »Er ist nicht verrückt.« Er war verletzt und gezeichnet und auf ewig verändert vom Verlust seiner Frau. Doch der Schmerz, den er in sich trug, machte ihn nicht zu einem Verrückten.

»Unsinn.« Mutter wischte die Worte mit einer Handbewegung fort. »Du bist zum letzten Mal einfach so auf und davon, Katherine.« Ein harter Unterton lag in den Worten, ein unausgesprochener Befehl.

Katherines Magen zog sich zusammen. »Mutter …«

»Ich werde mich mit deinem Onkel unterhalten. Du brauchst einen Ehemann, der dich im Zaum halten kann.«

Anne keuchte auf. »Mutter, nein.«

Mutter fuhr fort, als hätte Anne sie nicht unterbrochen, als würde Katherines Herz nicht vor Angst rasen. »Deine Handlungen werden noch alle Chancen deiner Schwester zunichtemachen, eine vorteilhafte Verbindung einzugehen.«

Die Chancen ihrer Schwester.

Nicht Katherines.

Alle erwarteten, dass die schöne, lebhafte, vollkommene Anne für sich einen Ehemann mit einem angemessenen Titel an Land ziehen würde. Die Erwartungen für Katherine jedoch waren bei Weitem nicht so hoch. Im Vergleich zu denen für ihre Schwester waren sie eher trostlos.

»Wohin bist du in diesem Sturm gegangen?«

Angesichts der Wahrheit fiel Katherine nichts ein. Sie konnte schlecht sagen, dass sie unterwegs gewesen war, um den Herzog zu treffen. Ihr Blick fand den ihrer Schwester, und das, was in den blauen Augen aufblitzte, sah verdächtig nach schlechtem Gewissen aus.

Also steckte Anne hinter Jaspers verschwundener zweiter Nachricht. Natürlich.

Sie lächelte ihrer Schwester sanft zu.

Anne hatte Katherine schon zu so manch verrückter Unternehmung mitgeschleppt, die letzte davon war ihr unbeaufsichtigter Ausflug auf den Frostjahrmarkt gewesen. Die Entscheidung, sich dem Sturm und Mutters Zorn zu stellen, war Katherines eigene gewesen.

»Geh auf dein Zimmer«, beschied ihre Mutter ihr knapp und riss Katherine damit in die Gegenwart zurück. »Ich werde mit dir allein sprechen.«

Sie bekam ein knappes Nicken zustande und marschierte hoch erhobenen Hauptes an ihrer Mutter vorbei, die Treppe hinauf, den Flur entlang in die Sicherheit ihres Zimmers. Sobald sie drinnen war, schloss sie die Tür hinter sich und lehnte sich gegen das hölzerne Türblatt, fand in der harten Oberfläche eine Stütze.

Er hat mich geküsst.

Ihre Augen schlossen sich. Und sie hatte ihn mit einem verzweifelten Verlangen zurückgeküsst, das sie zuvor nie gekannt hatte.

Katherines kindliche Vorstellungen von romantischer Liebe waren über die Jahre verschwunden, ersetzt durch die Logik einer Frau. Der einzige Traum, den sie sich noch gestattet hatte, war der eines abgesicherten Lebens, verheiratet mit einem Mann, der nicht auch noch das letzte ihrer Besitztümer verspielen würde, sondern stattdessen für sie sorgen, ihr Kinder schenken und vielleicht ruhige Lesestunden am Kamin zu schätzen wissen würde.

Bis zu seinem Kuss.

Der eine Kuss Jasper Waincourts, des achten Duke of Bainbridge, und seine heißen Liebkosungen hatten alles infrage gestellt, was sie geglaubt hatte, für sich selbst zu wollen. Er hatte in ihr eine brennende Leidenschaft geweckt, derer Katherine sich nicht für fähig gehalten hätte. Seine hitzigen Berührungen hatten ihre Haut verbrannt und sie irgendwie und unwiderruflich verändert, auf eine Art, die ihr Furcht einflößte – eine Art, über die sie nicht nachzudenken wagte.

Denn sie könnte nicht, würde niemals einen mitleidlosen, kalten Mann wie den Herzog heiraten. Sein Kuss mochte sie dahinschmelzen lassen, aber er hatte es eindeutig ausgedrückt: Alle seine Güte und Sanftheit waren mit seiner Frau gestorben.

Jasper könnte nie der Mann sein, der neben ihr saß und friedlich ein Buch las, mit der Schar ihrer Kinder zu Füßen.

Es klopfte an der Tür.

Katherine zuckte erschreckt zusammen. Sie hätte ihre Zeit nicht damit verschwenden sollen, über Jasper nachzugrübeln, sondern sich besser eine Erwiderung auf Mutters Vorhaltungen einfallen lassen. Sie atmete tief durch und wandte sich um.

Ihre Mutter öffnete die Tür und segelte ins Zimmer. Sie musterte Katherines feuchte Erscheinung mit einem harten Blick und verkniffenem Mund.

Aber sie sagte nichts.

Was alles noch entsetzlicher machte. Mutter war nie um Worte verlegen.

»Mutter«, setzte Katherine an. »Es tut mir leid, dass ich bei diesem Wetter unterwegs gewesen bin. Mich hat es nach einem Spaziergang verlangt, und die frische Luft ist gut für die Gesundheit.«

Schweigen.

Katherine knüllte den Stoff ihrer Röcke zwischen den Händen zusammen und trat von einem Fuß auf den anderen. Es schien, als wäre ihre Lage um einiges schlimmer, als sie gedacht hatte.

»Du musst heiraten, Katherine.«

Sie hatte das Gefühl zu fallen. Sie fuhr sich mit der Zunge über die Lippen. Mutter war hartnäckig, und wenn sie einen Entschluss gefasst hatte, ließ sie sich von ihrem Kurs nicht mehr abbringen.

Mutter würde dafür sorgen, dass sie Bertrand Ekstrom heiratete.

Das sprach Bände dafür, wie wenig Vertrauen ihre Mutter in Katherines Fähigkeit setzte, selbst einen Ehemann zu finden.

»Ich werde …«, begann Katherine ruhig.

»Bertrand heiraten«, brachte ihre Mutter den Satz für sie zu Ende.

Katherine schüttelte energisch den Kopf. »Ich hatte gerade mal eine Saison.« Sie biss sich auf die Innenseite der Wange, um sich davon abzuhalten, darauf hinzuweisen, dass auch Anne eine zweite Chance bekommen würde. Niemals könnte sie Anne den besonderen Platz, den sie im Herzen ihrer Mutter einnahm, übel nehmen, selbst wenn es wehtat. »Ich werde ihn nicht heiraten.«

»Du bist neunzehn …«

»Fast zwanzig«, stellte Katherine klar.

»Und nicht dazu berechtigt, eigene Entscheidungen zu treffen, bevor du fünfundzwanzig bist.«

Katherine sprach durch zusammengebissene Zähne. »Er ist ein abstoßender Mann, Mutter.« Zu seinem dicken Bauch und dem brutalen Zug um den Mund hatte Bertrand Ekstrom auch noch ein grausames Glitzern in den zu kleinen Augen.

Jasper kam ihr in den Sinn. Schroff und befehlsgewohnt, war nichts Weiches an dem Herzog, und doch wusste sie mit der Intuition einer Frau, dass er sie niemals verletzen würde. Es kribbelte sie am ganzen Körper bei der Erinnerung an seine kühnen, aber doch zärtlichen Liebkosungen.

»Er ist der Nächste in der Erbfolge hinter Benedict. Nach dem Tod deines Vaters hast du doch sicherlich begriffen, dass das Leben für Frauen unsicher ist. Wir müssen alles in unser Macht Stehende tun, um unsere Sicherheit zu garantieren. Dein Bruder ist erst dreizehn. Er hat noch viele Jahre vor sich, bevor er heiraten kann, und was, wenn er keinen Sohn bekommt?«

Katherine biss sich auf die Lippen, damit ihr nicht entschlüpfte, wie egal es ihr war, ob Benedict eines Tages einen oder auch keinen zukünftigen Erben hervorbrachte.

»Ich werde ihn nicht heiraten. Wir leben nicht im Mittelalter, Mutter.«

»Deine Schwester war bereit, ihr Glück für das der Familie zu opfern.«

Doch letztendlich hatte Aldora das nicht tun müssen. Sie hatte die Liebe mit Mr Michael Knightly gefunden, einem obszön reichen Mann, der allerdings als zweitgeborener Sohn keinen eigenen Titel besaß. Sein Vermögen hatte sie alle aus der finanziellen Misere gerettet, in der sie gesteckt hatten, und das hatte Mutter über die Enttäuschung hinweggetröstet, dass Aldora nicht den Titelerben geehelicht hatte.

Jetzt war es offenbar Mutters dringlichstes Anliegen, die Familienerbfolge durch die Ehe zwischen einer ihrer heiratsfähigen Töchter und dem Vetter, der erben würde, falls Benedict versagte, abzusichern.

»Mutter, können wir das bitte nach den Festtagen besprechen?« Wenn sie sie schon nicht von ihrem Kurs abbringen konnte, dann würde es ihr vielleicht wenigstens gelingen, dieses Gespräch bis nach den Weihnachtstagen aufzuschieben.

Ihre Mutter verzog den Mund. Katherine dachte schon, sie würde auf einer Fortsetzung bestehen, aber dann nickte ihre Mutter. »Also gut.« Mit einem weiteren kurzen Nicken ließ sie Katherine mit ihren verzweifelten Gedanken allein.

Katherine seufzte erleichtert auf, und ihre Lider senkten sich. Mutter würde sich nicht beirren lassen, so viel war klar. Nichts konnte sie von ihren Absichten für Katherine abbringen, außer …

Wir müssen schlicht einen anderen Ehemann für dich finden.

Anne hatte recht.

Nur wo sollte sie in so kurzer Zeit einen Ehemann …

Kurzer …

Ihre Augen flogen auf. Nein, das war purer Wahnsinn.

Er hatte eindeutig klargemacht, dass er kein Interesse an einer Heirat hatte, weder mit Katherine noch mit einer anderen Frau. Er war kalt. Zynisch. Reserviert.

Sie begann, auf und ab zu laufen.

Mit seinem Titel war er nur einen Schritt von königlichem Adel entfernt und ganz klar nicht daran gewöhnt, dass man seine Wünsche ignorierte. Er war, wenn man den Berichten glauben durfte, ebenfalls reich wie Krösus.

Jasper Waincourt, der achte Duke of Bainbridge, war außerdem auch ein extrem logisch vorgehender Mann.

Wenn es ihr gelang, ihn mit Argumenten zu überzeugen, würde er erkennen, dass eine Verbindung zwischen ihnen für sie beide vorteilhaft sein könnte, nein, sein *würde*. Es wäre nichts anderes als eine geschäftliche Übereinkunft zwischen einem Gentleman und einer Lady.

Es gäbe keinerlei Erwartungen bezüglich einer emotionalen Verbindung.

Es gäbe keine Zuneigung.

Die Verbindung wäre ausschließlich auf einem für beide Seiten vorteilhaften Vertrag gegründet.

Sie würden beide ihre eigenen Leben weiterleben.

Sie würde ihm die nötigen Erben schenken, und ihr – ihr Herz flatterte unter der aufblühenden Hoffnung – nun, ihr würde eine Ehe mit Bertrand Ekstrom erspart bleiben, und sie wäre frei von Mutters strengem Regiment.

Sie könnte ihre Tage damit verbringen, so viel zu lesen, wie sie wollte, unbeaufsichtigte Spaziergänge unternehmen, wenn ihr der Sinn danach stand, alles, ohne das strenge Missfallen ihrer Mutter zu fürchten.

Plötzlich voller Aufregung, eilte Katherine zu ihrem kleinen Mahagonischreibtisch und griff nach einem Blatt Papier.

Sie nahm einen Federhalter zur Hand und tunkte ihn in das gläserne Tintenfass.

Euer Gnaden,

mir ist bewusst geworden, dass ich es versäumt habe, mir Wordsworths Werk von Ihnen geben zu lassen. Ich möchte Sie bitten, sich mit mir, wenn sich das Wetter gebessert hat, am selben Ort im Hyde Park zu treffen.

Auf immer die Ihre
Katherine

Sie las sich das Schreiben mehrmals durch und faltete es dann zusammen, bevor sie noch der Mut verließ. Sie trommelte mit den Fingern auf die Schreibtischoberfläche. Damit sie ihm ihren Vorschlag unterbreiten konnte, musste sie sichergehen, dass er sich mit ihr traf, denn falls er entschied, ihr aus dem Weg zu gehen und Wordsworths neuestes Buch für sich zu behalten, nun, dann würde sie ihm ihren Plan nicht darlegen können. Sie griff nach einem neuen Blatt Papier.

Von den ganzen Zweifeln und Unsicherheiten wurde ihr beinahe schlecht, aber sie schob sie beiseite. Er war ein Mann der Logik. Sie würde ihn mit Vernunftgründen überzeugen können.

Die Alternative durfte nicht geduldet werden.

Kapitel 11

Jasper saß am Frühstückstisch, mit einem Teller mit Speck und Eiern vor sich, und trank Kaffee. Er zog eine Grimasse angesichts des bitteren Gebräus und griff nach der Morgenausgabe der *Times*.

»Ich kann nicht verstehen, wie du dieses schreckliche Zeug trinken kannst.«

Jasper blickte zur Tür.

Guilford stand auf der Schwelle. »Ich hoffe, ich störe dich nicht. Ich habe mir die Freiheit genommen, mich selbst einzulassen.« Er zog die Handschuhe aus und schlug sie gegeneinander.

Jasper blickte über den Rand seiner Tasse hinweg zu ihm. Er trank einen weiteren Schluck. »Guilford«, grüßte er.

Guilford zog die roten Augenbrauen hoch.

Jaspers Blick verfinsterte sich. »Was?«

Sein Freund warf die Handschuhe auf den Tisch und ging zur Anrichte hinüber. Er lud sich einen Teller voll mit Bücklingen, einer Scheibe Rinderbraten und warmem Brot. Dann nahm er Jasper gegenüber Platz und schüttelte den Kopf. »Ich kann deine bemerkenswerte Wandlung nicht fassen.«

Jasper griff nach der Zeitung und schlug sie auf, um Guilford nicht noch zu ermutigen.

Leider ließ Guilford nicht locker.

»Seit über drei Jahren hast du mich entweder mit einem Grummeln, einem ›Geh zum Teufel‹ oder auch mit ›Was willst du hier?‹ begrüßt.«

Noch auf der anderen Seite des Tisches konnte Jasper das rhythmische Klopfen hören, mit dem Guilford auf seine Armlehne trommelte. Er biss die Zähne zusammen und studierte die aufgeschlagene Seite, suchte nach einer Nachricht, die ihn von Guilford ablenken würde. Er schüttelte die Zeitung.

»Darf ich annehmen, das liegt an einer gewissen jungen Dame?« Guilford neigte den Kopf.

»Das darfst du nicht«, presste Jasper durch zusammengebissene Zähne heraus.

Er wollte verflucht sein, wenn er erwähnte, wie Katherine sich in seine Gedanken gestohlen hatte oder wie sich ihre Lippen anfühlten oder die sanften Kurven ihrer Hüften oder …

»Also *geht* es um eine bestimmte Dame.«

Jasper senkte die Zeitung und bedachte Guilford mit einem finsteren Blick. »Ich habe nicht gesagt, dass es um Katherine ginge.«

Guilford lehnte sich in dem schwarzen Bergère-Stuhl zurück. Er trommelte weiter auf die Armlehnen. »Ahh, aber Lady Katherine habe ich gar nicht erwähnt.«

Himmel.

Jasper hob die Zeitung und starrte auf die Seite.

Es scheint, als hätte man einen Lord B und eine Lady M ertappt, als …

Er warf die Ausgabe der *Times* zur Seite.

Der Klatsch der guten Gesellschaft interessierte ihn nicht im Geringsten. »Was hat dich hierhergeführt?«

Guilford griff nach Messer und Gabel und zerteilte mit großer Sorgfalt eine Scheibe kaltes Roastbeef. Er steckte sich ein Stück davon in den Mund, kaute es gründlich. »Ich habe weitere Informationen über die geplante Heirat zwischen Bertrand Ekstrom und deiner Lady Katherine bekommen.«

Jasper fluchte. »Sie ist nicht meine … Was hast du erfahren?« Er sagte sich, dass er nur aus vagem Interesse an der Frau, die er gerettet hatte, nachfragte. Doch als Guilford sich mit der weißen Leinenserviette übertrieben gründlich die Lippen abtupfte, wollte er ihn über den verdammten Tisch zerren und ihn schütteln, bis er die Worte ausspuckte.

»Es scheint«, fuhr Guilford fort, »als hätte Lady Katherines Mutter mit dem Vormund ihrer Tochter darüber gesprochen, die Heirat mit Ekstrom nach den Feiertagen zu arrangieren.«

Jasper runzelte die Stirn und gab die vorgetäuschte Gleichgültigkeit auf. »Warum sollte sie ihr nicht erlauben, während der Saison eine Verbindung einzugehen?« Die junge Lady konnte sicherlich eine bessere Partie machen als Bertrand Ekstrom. Er dachte an das Gefühl ihrer vollen Brüste, daran, wie sich die Spitzen durch den Stoff gedrückt und nach seiner Berührung verlangt hatten. Seine Bauchmuskeln spannten sich. Sie könnte es viel besser treffen. Sein Inneres verkrampfte sich. Warum drehte sich ihm bei der Vorstellung von ihr mit einem anderen der Magen um?

Guilford zuckte die Achseln. »Ich glaube, er steht als Erbe für die Grafschaft gleich hinter dem Bruder der jungen Dame, und der ist noch ein kleiner Junge.«

Also musste Katherines Glück hinter einer ganzen Reihe von Was-wäre-wenns zurückstehen. Jasper umklammerte die Armlehnen seines Stuhls.

Er nahm seine Gabel und spießte ein Stück Schinken auf. Letztendlich war es ihm egal, wen die Lady heiratete. »Sie geht mich nichts an.« *Sie geht mich nichts an. Sie geht mich nichts an.* Es war eine Litanei, die er sich selbst nicht abnahm.

Guilford schnaubte. Er tat das offenbar auch nicht. Sein Freund setzte schon zum Sprechen an, als es an der Tür klopfte.

Ein Lakai näherte sich mit einem Silbertablett, auf dem ein Brief lag. Als er die klare, elegante Handschrift erkannte, schlug Jaspers Herz in einem befremdlichen Rhythmus.

Er nahm den Brief entgegen, faltete ihn auf und hatte Guilford schon vergessen.

Euer Gnaden,

mir ist bewusst geworden, dass ich es versäumt habe, mir Wordsworths Werk von Ihnen geben zu lassen. Ich möchte Sie bitten, sich mit mir, wenn sich das Wetter gebessert hat, am selben Ort im Hyde Park zu treffen.

Auf immer die Ihre
Katherine

Enttäuschung machte sich in ihm breit. Ihre Nachricht umfasste gerade mal zwei Sätze. Er runzelte die Stirn und drehte das Papier um, betrachtete dann wieder die Vorderseite. Direkt und doch ausgesucht höflich, fehlte dem Brief dieses Mal jede typische Neckerei, wie er sie inzwischen schon von ihr erwartete. Er wusste nicht, was er von dieser Nachricht halten sollte …

Ein zweiter Lakai trat ein, ebenfalls mit einem Silbertablett.

Jaspers Stirnrunzeln vertiefte sich, und er griff nach dem Schreiben darauf.

Jasper,

würdest Du dich bitte dazu herablassen, eine Nachricht zu schicken, dieses Mal in Bezug auf meine Bitte um ein Treffen im Hyde Park? Ich fürchte, meine Mutter war ziemlich ungehalten, und das zu einem Zeitpunkt, wo ich mir ihre Verärgerung kaum erlauben darf.

Eine ungeschriebene Erwähnung von Ekstrom. Er fasste das Pergament so fest, dass er das Papier zerknitterte. Jasper zwang sich weiterzulesen.

Wenn Du ein Mann von Ehre bist, dann wirst Du zu Deinem Wort stehen und mir Deine Ausgabe von Wordsworths Werk zukommen lassen.

Sein Blick verfinsterte sich noch mehr. Dieses unverschämte Frauenzimmer. Man hatte ihn verrückt genannt, einen kaltherzigen Mistkerl, aber niemand hatte es je gewagt, seine Ehre in Zweifel zu ziehen.

Keineswegs möchte ich Deine Ehre anzweifeln. Auch wenn ich nachvollziehen kann, dass man die oben stehenden Worte so interpretieren könnte.

Seine Lippen zuckten.

Aber ich muss dringend um ein Treffen mit Dir bitten. Und dieses Buch erhalten.

Auf immer die Deine
Katherine

Etwas an diesen beiden abschließenden Sätzen ließ ihn innehalten. Der letzte Satz schien fast wie ein nachträglicher Einfall, hastig aufs Papier gekritzelt.

Ich muss dringend um ein Treffen mit Dir bitten.

Das waren kaum die Worte einer Frau, die nur nach einem Gedichtband verlangte.

Guilford lachte leise. »Ich würde meinen Landsitz in Sussex für das Wissen um den Inhalt dieser Briefe eintauschen.«

Jasper faltete die beiden Schreiben zusammen und steckte sie in die Vordertasche seines Rocks. »Geh zum Teufel«, brummte er und griff nach dem Kaffee. Schnell nahm er einen Schluck. Das inzwischen erkaltete Gebräu schmeckte noch bitterer, und er verzog das Gesicht.

Guilford seufzte. »Hat diese Korrespondenz vielleicht etwas mit deiner Lady Katherine zu tun?«

»Sie ist nicht meine …« Jasper schüttelte den Kopf und trank noch einen Schluck. Er würde sich von seinem Freund nicht zu weiteren Worten verleiten lassen.

Lady Katherine Adamson ging Guilford nichts an.

Jasper zuckte zusammen, als ihm klar wurde, dass sie *ihn* hingegen sehr wohl etwas anging. Seine Rettungsaktion, dann das Zusammentreffen im Buchladen, gefolgt von ihrem Austausch über Wordsworth und dem Treffen im Hyde Park, hatten sie zu mehr als einer Fremden gemacht.

Seine Kaffeetasse zitterte, und etwas vom Inhalt schwappte über den Rand. Ein livrierter Diener eilte herbei, um die Flüssigkeit aufzuwischen.

Jasper beachtete ihn nicht. Unfähig, auch nur einen zusammenhängenden Gedanken zu formen, drehte sich ihm der Kopf.

Seit Lydias Tod hatte er alles getan, um sich von der Welt abzuschotten. Er hatte die mitleidvollen Blicke ignoriert, hatte seinen Namen nicht von Fremden geflüstert hören wollen, die vom Tod seiner Frau auf eine makabre Art fasziniert waren.

Und doch war es Lady Katherine Adamson in nur einer Woche gelungen, seine Schutzwälle zu überwinden und zu ihm vorzudringen, sodass er sich nun um ihr Wohlergehen sorgte. Mehr als das konnte es nicht sein. Das würde er nicht gestatten. Sie bedeutete ihm nichts.

Nichts …

Er hatte beschlossen, nie mehr etwas anderes zuzulassen.

»Dir könnte wesentlich Schlimmeres widerfahren als eine Heirat mit Lady Katherine Adamson«, unterbrach Guilford seine Gedanken.

Jasper erstarrte. Er kniff die Augen zusammen. »Heirat?« Vielleicht war es Guilford, der den Titel Mad Marquis verdiente. »Ich habe keinerlei Absicht, wieder zu heiraten.« Er konnte keiner anderen Frau die Hölle zumuten, die Lydias Tod bedeutet hatte. Er schloss die Augen, und Übelkeit stieg in ihm auf, als er an das Blut dachte. Da war so viel davon gewesen, eine leuchtend rote Lache auf dem zuvor makellos weißen Laken. Nur dass sich in seinen Gedanken dieses Mal das Gesicht von Lydia wieder und wieder in ein anderes verwandelte. In das eines kleinen Plagegeistes mit braunen Haaren und braunen Augen.

Er biss die Zähne fester zusammen, um die Übelkeit niederzukämpfen. Er zählte bis zehn, dann öffnete er die Augen. Nein, er würde nicht noch eine Frau dazu zwingen, nicht einmal für den Fortbestand seines Titels.

Die Beine von Guilfords Stuhl scharrten über den Dielenboden. Er stützte die Ellbogen auf den Tisch, lehnte sich vor. »Dir ist doch bewusst, dass du deinen herzoglichen Verpflichtungen nachkommen musst.«

Jasper schob das Kinn vor. Seine herzoglichen Verpflichtungen konnten ihm gestohlen bleiben. Alles, was die ihm eingebracht hatten, waren eine tote Frau und ein totes Baby.

»Bist du deswegen heute Morgen hergekommen, Guilford? Um dich zu erkundigen, welches Interesse ich an Lady Katherine habe?«

»Nun …«

»Ich habe ihr geholfen, sie aus dem Fluss gezogen. Darüber hinaus habe ich nur sehr geringes Interesse an Lady Katherine Adamson. Meine Frau ist tot. Tot.« Ihr Körper ruhte in dem kalten Grab auf dem Friedhof seiner Familie.

»Aber Lady Katherine ist sehr lebendig«, erwiderte Guilford ruhig. Er schob den Stuhl zurück und winkte dem Diener ab, der schon herbeieilen wollte. »Mir ist egal, ob du Lady Katherine den Hof machst oder einer Kurtisane oder irgendeiner namenlosen Frau. Du musst begreifen, dass du überlebt hast, Jasper«, betonte Guilford und benutzte dabei ausnahmsweise seinen Vornamen. »Und ganz egal, in wie viel Leid du dich verkriechst, das bringt dir Lydia nicht zurück.«

Jasper starrte auf seinen Teller, blinzelte nicht einmal, während er sich der Wahrheit von Guilfords Worten stellte. Nichts würde Lydia jemals zurückbringen, und bis er Katherine getroffen hatte, hatte er auch seine Seele für tot gehalten.

Er hatte sich nicht für fähig gehalten, je wieder Lust oder Leidenschaft oder Begehren zu empfinden. Dann hatte er Katherine in den Armen gehalten und erfahren, dass er sehr wohl immer noch ein lebendiger, atmender Mann war. Er wartete auf das stechende Gefühl der Schuld.

Aber es kam nicht.

Guilford erhob sich und rückte die Aufschläge seines blauen Rocks zurecht. »Willst du wissen, was ich für mehr als einen seltsamen Zufall halte?«

Jasper starrte ihn einfach nur an.

»Du hast deine verdammte Burg seit fast vier Jahren nicht verlassen. Abgesehen von meiner Wenigkeit hast du kaum das Wort an jemanden gerichtet. Wie wahrscheinlich ist es da, dass du zu einer Veranstaltung wie dem Frostjahrmarkt …«

»Du hast mich gezwungen …«

»Du bist der Duke of Bainbridge. Niemand *zwingt* dich zu irgendetwas. Es war dir vorherbestimmt, Lady Katherine zu treffen. Da bin ich mir sicher. Wenn du mich jetzt entschuldigen würdest, ich habe eine Verabredung mit Gentleman Jackson.« Mit einer knappen Verbeugung verließ Guilford das Frühstückszimmer.

Wieder allein, nahm Jasper die zwei Schreiben von Katherine zur Hand. Von dem teuren Papier stieg leichter Lavendelduft auf, schien ihm berauschend wie ein Aphrodisiakum.

Die Dame war eine Bedrohung für die Schutzwälle, die er um sein Herz errichtet hatte. Es wäre das Klügste, ihre Briefe zu verbrennen, ihre Bitte zu ignorieren und auf seinen Landsitz zurückzukehren, zu vergessen, dass es da jemals eine lebhafte, bezaubernde Dame mit dem Namen Katherine gegeben hatte.

Doch seit er Lady Katherine Adamson getroffen hatte, hatte Jasper sich alles andere als klug verhalten.

KAPITEL 12

Übelkeit drehte Katherine den Magen um, während sie über die gefrorene Fläche des Serpentine River schaute.

Jasper hatte sich einverstanden erklärt zu kommen.

Er hatte versprochen, sich früh am Morgen, um genau fünf Minuten nach sechs, mit ihr zu treffen, wenn der Park noch ruhig war und sich am Nachthimmel noch keine helleren Ränder zeigten. Oh, seine Worte waren alles andere als poetisch gewesen.

Mylady,

Sie können mich an dem Ort erwarten, wo wir uns zuletzt getroffen haben, um exakt fünf Minuten nach sechs Uhr. Ich schätze Pünktlichkeit. Das Buch ist Ihres.

Bainbridge

Bainbridge. Nicht Jasper. Nicht der Mann, der sie in die Arme genommen hatte, dessen Berührungen sie förmlich hatten dahinschmelzen lassen. Sie wusste nicht, was sie sich von einem Brief von ihm erwartet hatte. Vielleicht, etwas … etwas …

Weniger Präzises.

Sie wusste nicht, warum sie erwartet hatte, er würde sich anders geben als der berechnende, unbeugsame Mann, als der er sich bislang gezeigt hatte.

Katherine legte eine behandschuhte Fingerspitze an die Lippen.

Es war »Der Kuss«, wie sie ihn bei sich nannte, der für den verrückten Plan verantwortlich war, den sie ihm vorschlagen wollte. Wenn er sich denn an das hielt, was er ihr geschrieben hatte.

»Mylady.«

Katherine keuchte auf und fuhr herum. Schnee knirschte unter ihren Stiefelabsätzen.

Ihr Blick traf auf Jaspers, und sie schluckte. »Sie.«

»Ja, ich«, murmelte er. Sein nüchterner Tonfall verriet nichts von seinen Gedanken.

»Sie sind gekommen.« Ihre Wangen brannten. »Das ist …« Ihr Blick fiel auf das Buch in seinen Händen. »Oh, Sie haben es dabei.«

Er hielt es ihr hin, und Katherine nahm es. Sie musterte das in Leder gebundene Buch mit der Goldschrift.

»Ich bin ein Gentleman, der zu seinem Wort steht, Mylady.«

Katherine schaute zu ihm hoch, ständig so ernst, immer stirnrunzelnd, und doch vermittelte seine stoische Ruhe ein Gefühl von Vertrauen. Das war kein Mann, der das Vermögen seiner Familie verschleudern würde, sie verarmt und der Gnade der Gläubiger und der verabscheuungswürdigeren seiner Standesgenossen ausgeliefert zurücklassen würde, die ihre Schulden einforderten.

Auch darum war er für sie die perfekte Partie.

Er deutete eine Verbeugung an und machte auf dem Absatz kehrt.

Panik stieg in ihr auf. »Sie gehen schon?« Ihre Stimme war nicht mehr als ein hohes Quietschen.

Er drehte sich wieder zu ihr um, sein schwarzer Mantel stand offen, ließ seine langen, kräftigen Beine sehen. Ihr Mund wurde trocken. Junge Damen sollten so etwas wie den Umfang des Schenkels eines Mannes nicht bemerken, auch nicht das Spiel seiner Armmuskeln oder … Sie schluckte hastig.

»Mylady?«

Sie drängte ihre unangemessenen Überlegungen beiseite.

»Äh … Sie gehen schon?«

Jasper zog kühl eine schwarze Augenbraue hoch. »Ich glaube nicht, dass es für mich noch einen Grund gibt zu bleiben.«

Dieses ehrliche Eingeständnis tat weh, mehr, als sie sich wünschte. Sie wollte sein ungewöhnlich gutes Aussehen nicht bemerken, oder seine ehrenhaften Eigenschaften, wenn er es verschmähte, sie wahrzunehmen.

»Ähm …« Sie befeuchtete sich die Lippen, während der Plan, den sie ersonnen und der sie dazu gebracht hatte, ihm zu schreiben und um seine Anwesenheit zu bitten, ihr immer absurder vorkam. Hatte sie sich den Kuss vor zwei Tagen nur eingebildet?

Nur … ihr Körper brannte immer noch bei der Erinnerung an seine Berührung.

Nein, das war keine Einbildung gewesen.

»Mylady?«, hakte er nach. Ein Unterton von Ungeduld lag in der Frage.

Katherine zuckte zusammen. »Katherine.«

Er runzelte die Stirn.

»Ich meine nur, angesichts unseres ersten Treffens, und dann unseres zufälligen Wiedersehens im Buchladen, und dann das letzte Mal im Hyde Park, als wir uns gek…« Wieder hob er eine Augenbraue. Sie wedelte mit einer Hand. »Ich meine, als wir uns *unterhalten* haben. Wir haben an jenem Tag miteinander gesprochen«, verbesserte sie sich. Wenn der Kuss für ihn so wenig erinnerungswürdig war, nun, dann würde sie nicht so dumm sein, diesen Teil ihres Treffens zu erwähnen – auch wenn es der leidenschaftlichste Augenblick ihrer neunzehn, fast zwanzig Jahre gewesen war. »Also …«

»Mylady?«

Sie stampfte mit dem Stiefel auf. »Ich wollte nur sagen, dass Sie mich Katherine nennen sollten wegen … wegen unserer Freundschaft.« Voll schmerzhafter Scham ballte sie die Hände zu Fäusten.

Seine grünen Augen verdunkelten sich zu der Farbe von Jade. Er machte einen Schritt auf sie zu, und sie wich schnell einen zurück. Er näherte sich weiter, und Katherine ging hastig rückwärts, bis die Absätze ihrer Stiefel den Rand des gefrorenen Flusses erreichten.

Sie spähte über ihre Schulter, und ihr drehte sich der Magen um, als sie realisierte, wie gefährlich nah sie dem Eis gekommen war. Der Besuch des Frostjahrmarktes hatte bewiesen, dass man selbst gefrorenem Wasser nicht trauen konnte.

Als sie den Kopf wieder nach vorn wandte, stand er gerade mal eine Handbreit vor ihr. Katherine schnappte nach Luft und stolperte.

Seine Arme schossen vor, und er packte sie, hielt sie fest.

»Danke«, murmelte sie, hasste, wie atemlos das eine Wort klang.

Er neigte den Kopf. »Ist es das, was wir sind, Katherine? Freunde?«

Sie wäre eine Idiotin, wenn sie den Spott in den Worten nicht gehört hätte. Plötzlich war sie sich seiner Nähe viel zu bewusst. Zögernd trat sie zur Seite und schuf etwas mehr Abstand zwischen ihnen beiden.

Er kam ihr nach. Ein Jäger, der seine Beute verfolgte.

Vorsichtig schritt Katherine über den schneebedeckten Weg und hob den Kopf. »Ja. Ich habe das zumindest angenommen. Sie kommen mir nicht wie ein Mann mit vielen Freunden vor, daher sollten Sie Freundschaft da annehmen, wo sie Ihnen angeboten wird.« Seine Augen wurden noch schmaler, bis sie nur noch zwei dunkle Schlitze waren. Sie befeuchtete sich erneut die Lippen und wich noch einen Schritt zurück. Zwar war sie sicher, dass er sie nicht verletzen würde, doch der finstere Blick hätte selbst den erfahrensten Infanteristen verunsichert. »Als Ihre …«

»Freundin?«, ergänzte er, seine Stimme trockener als ein sprödes Blatt im Herbst.

Sie nickte entschieden. »Ja, als Ihre Freundin habe ich gedacht, ich sollte einen Vorschlag zur Lösung Ihres Dilemmas machen.«

Seine Lippen zuckten. Sie kniff die Augen zusammen und musterte ihn genauer. Oder hatte sie sich die kaum wahrnehmbare Bewegung nur eingebildet? Oder vielleicht war es purer Zufall gewesen …

»Mir war nicht bewusst, dass ich in einem Dilemma stecke.«

Katherine kehrte mit einem Ruck in die Gegenwart zurück. Sie nickte, langsamer dieses Mal. »Oh, aber das tun Sie.«

Er verschränkte die Arme vor seiner breiten Brust.

Ihr Blick senkte sich, und sie schluckte, als sie sich erinnerte, wie sich seine heißen, starken Hände auf ihrem Körper angefühlt hatten. Herzöge sollten steinalt und voller Falten sein und ein Monokel tragen. Ja, mit Sicherheit besaßen alle von ihnen ein Monokel. Ganz sicher sollten Herzöge *nicht* Hünen sein, deren Muskeln sich unter dem schwarzen Stoff ihrer Kniehosen spannten.

»Ist Ihnen zu warm, Madam?«

Katherine blinzelte. »Wie bitte?«

Jasper deutete auf sie. »Sie fächeln sich Luft zu, Mylady.«

Sofort hörte Katherine damit auf und starrte ihre Hand an, als gehörte sie einer anderen. »Katherine«, ermahnte sie ihn. Sie ließ die Hand sinken. »Immerhin sind wir …«

»Freunde«, beendete er den Satz für sie.

Etwas an der Art, wie er das Wort aussprach – eine seidige Liebkosung, die sich wie geschmolzene Lava über sie ergoss –, breitete sich in ihrem Bauch aus, eine kleine Flamme, die wuchs und sich zu einem Flächenbrand ausweitete. Es schien, als wäre ihr doch warm.

»Ja.« War diese atemlose Stimme wirklich ihre? Sie schien eher zu den leichtfertigen Frauenzimmern mit rot geschminkten Lippen und gewagten Ausschnitten zu gehören.

Sein Körper erstarrte, und sie vermutete, er war der gleichen Meinung. »Ja?«, wisperte er.

Oh, gute Güte, so hatte sie sich den Verlauf dieses sehr direkten, sehr sachlichen Gesprächs nicht vorgestellt. Katherine nickte langsam. »Ja, wir sind Freunde.«

Sein Blick blieb auf sie gerichtet, ohne ein Blinzeln, unergründlich. »Als meine Freundin sollten Sie mich vielleicht über dieses Dilemma aufklären, in dem ich stecke«, schlug er ironisch vor.

Katherines Mund wurde trocken. Tief atmete sie durch und redete schnell weiter, bevor aller Mut sie verlassen würde. »Euer Gnaden, würden Sie mir die Ehre erweisen, mich zu heiraten?«

* * *

Jasper legte den Kopf schief und musterte die reizende Lady Katherine … nein, nur Katherine, da sie ja nun *Freunde* waren. Mit gerade mal siebenundzwanzig Jahren hielt er es für unwahrscheinlich, dass seine Ohren ihm einen Streich gespielt hatten. Womöglich war sie in den Augen der Gesellschaft noch verrückter als er selbst, denn Jasper war sicher, dass Lady Katherine Adamson ihm eben einen Heiratsantrag gemacht hatte.

Er nahm seinen schwarzen Hut vom Kopf und schlug ihn gegen seinen Oberschenkel.

Katherine räusperte sich. »Ich … äh … Werden Sie? Mich heiraten, meine ich, Euer Gnaden?«

Er hörte mit der geistesabwesenden Geste auf und setzte sich den Hut wieder auf. Es schien, als hätte er tatsächlich richtig gehört.

Trotzdem, das verlangte nach einer Erklärung.

»Haben Sie mir gerade einen Heiratsantrag gemacht, Mylady?«

»Katherine«, berichtigte sie ihn und nickte. Die abrupte Bewegung ließ den schmucklosen, braunen Hut auf ihrem Kopf verrutschen. Einige der braunen Haarsträhnen fielen ihr über die Wangen.

Jasper juckte es plötzlich in den Fingern, die seidigen Locken zurückzustreichen, sie ihr hinter die Ohren zu stecken.

Er schüttelte den Kopf. Was zum Teufel war mit ihm los?

»Und ja, das habe ich.« Sie machte einen Schritt auf ihn zu, sich offenbar gar nicht seiner gesteigerten Wahrnehmung ihrer schmalen, schlanken Gestalt bewusst. »Werden Sie mich heiraten?«, fragte sie zum dritten Mal.

Er öffnete den Mund zu einer Antwort, doch nichts kam heraus. Schnell schloss er ihn wieder. Sicherlich scherzte sie?

Aber da ihm die Worte fehlten, sagte er nichts.

Katherine nagte an ihrer Unterlippe und hob die behandschuhten Hände. »Natürlich nur als Lösung für Ihr Dilemma.«

Jasper verschränkte die Arme vor der Brust. »Ah, ja, mein Dilemma. Klären Sie mich über dieses Dilemma auf.«

Ihre Augen blitzten, und seine Antwort schien ihr neue Energie zu geben, denn sie begann vor ihm auf und ab zu gehen. Ihre Stiefel hinterließen Abdrücke in dem zuvor unberührten Schnee. »Nun, als Herzog sind Sie sich bestimmt Ihrer herzoglichen Verpflichtungen bewusst.«

Sein Körper erstarrte. Sicherlich wollte sie damit nicht andeuten, was er glaubte, dass sie andeutete? Das Blut strömte in das betreffende Organ, als er an eine ganz bestimmte herzogliche Verpflichtung dachte. »Oh, und die wären?«, brachte er heiser hervor.

Sie blickte zu ihm hoch. »Nun, die Sache mit einem Erben, natürlich.«

Jaspers Augen schlossen sich. Gütiger Gott, sie hatte tatsächlich gemeint, was er geglaubt hatte. Welche unschuldige Lady machte einem Herzog einen Heiratsantrag und sprach dabei von der Pflicht, einen Erben zu zeugen? Er wartete auf die vertrauten Anzeichen der Qual und Schuld bei der bloßen Erwähnung eines Babys. Stattdessen entstand ein verbotenes Bild in seinem Kopf. Katherine, ausgestreckt auf seidigen Laken, ihre vollen, braunen Locken, die sich über seine nackte Haut ergossen, ihre üppigen Brüste entblößt, damit er sie verwöhnen konnte. Er zählte bis zehn.

Sie blieb stehen. »Zählen Sie, Jasper?«

Nicht Euer Gnaden.

Jasper.

Wieder zählte er bis zehn.

»Das tue ich.«

»Oh.« Sie legte die Finger an den Kuppen aneinander. »Soll ich fortfahren?«

»Bitte, tun Sie das.«

Entweder bemerkte sie den Sarkasmus in diesen Worten nicht, oder er war ihr egal.

Katherine begann erneut, auf und ab zu gehen. »Nun, das Leben in London oder die Saisons sind Ihnen gleichgültig, was sehr gut ist, denn mir geht es genauso. Sie werden sich nicht die Mühe machen müssen, Ihr Anwesen zu verlassen und nach London zu reisen, um sich an dem ganzen Heiratszirkus zu beteiligen. Wir können heiraten und ganz einfach unsere Freundschaft fortsetzen.«

»Weil wir Freunde sind?« Seine Lippen zuckten wieder.

Sie blickte ihn finster an, machte keinerlei Anstalten, die Missbilligung in ihren hübschen braunen Augen zu verstecken. »Würden Sie mich freundlicherweise ausreden lassen?«

Er bat sie mit einer Geste, weiterzusprechen. »Natürlich, Mylady. Fahren Sie fort.«

»Katherine«, korrigierte sie. »Wenn wir verheiratet sind, sollten Sie mich bei meinem Vornamen nennen.« Wieder nahm sie ihre Unterlippe zwischen die Zähne. »Oder wenigstens hoffe ich, dass wir nicht so ein korrektes englisches Paar werden, das einander mit den Titeln oder Nachnamen anspricht. ›Mr Waincourt‹«, sagte sie in Imitation einer anständigen, matronenhaften, älteren Frau. »›Mrs Waincourt‹«, sagte sie dann, mit tieferer Stimme. In ihrem Versuch, wie ein Mann zu klingen, kamen ihre Worte als ein heiseres Flüstern heraus, das eher ins Schlafzimmer gehörte.

Er schluckte. Ungebeten wanderte sein Blick auf ihre Lippen, und er versuchte das Verlangen zu unterdrücken, ihr diesen dummen braunen Hut vom Kopf zu reißen, zur Seite zu werfen und ihren Mund zu erobern.

Sie nagte noch immer an der vollkommenen Rundung dieser Unterlippe, eine Geste, die auf ihn berauschender wirkte als der hochprozentigste Alkohol. »Obwohl ich vermute, das wären dann ›Euer Gnaden‹ und ›Euer Gnaden‹.« Sie krauste die vorwitzige kleine Nase. »Das ist ganz und gar nicht liebenswert.«

Jasper ließ den Blick über ihr Gesicht gleiten und bemerkte zum ersten Mal, dass *sie* liebenswert war, von den nervösen kleinen Gesten bis zu ihrer direkten Art, selbst bis zu diesem idiotischen braunen Hut, den sie trug, seit er sie aus der Themse gefischt hatte.

Sie blinzelte zu ihm hoch. »Ähem.« Sie hüstelte. »Ich sagte: Ähem.«

»Steckt Ihnen etwas in der Kehle, Mylady?« Er beherrschte sich, ließ sich keine Spur von Belustigung anmerken.

Mit finsterem Blick sah sie zu ihm hoch. »Ich heiße Katherine. Und nein, mir steckt nichts in der Kehle. Ich habe nur diskret versucht, Ihre Aufmerksamkeit zu gewinnen.«

»Ich würde meinen, wenn Sie das erklären müssen, waren Ihre Bemühungen vergeblich.«

»Ganz entschieden.« Sie nickte und tippte mit der Stiefelspitze auf den Boden. »Also dann, was nun? Werden Sie mich heiraten oder nicht?«

»Meine Antwort wäre: … oder nicht.« Obwohl Jasper zum ersten Mal in nahezu vier Jahren ganz und gar hingerissen war. Und wenn er ein heiratswilliger Mann wäre, was er eindeutig nicht war, dann wäre er mit Freuden auf ihr Angebot eingegangen.

Katherine wippte auf ihre Fersen zurück. Sie sah so niedergeschlagen aus, dass er fast die Worte zurückgenommen und Ja gesagt hätte.

»Oh.« Sie blinzelte, und ihre großen braunen Augen verliehen ihr das Aussehen einer Eule. »Nun, so habe ich mir das bestimmt nicht vorgestellt.«

Ein kalter Windhauch wehte ihr eine braune Locke über Wange und Mund. Als hätten sie ihren eigenen Willen, streckten sich seine Finger danach, um die Strähne zurückzustreichen, so wie er es hatte tun wollen, seit er Katherine am Ufer des gefrorenen Flusses getroffen hatte. »Und wie haben Sie es sich vorgestellt?«, fragte er sanft.

Ihre seelenvollen Augen begegneten seinem Blick, und die tiefe Traurigkeit, die er darin sah, traf ihn hart. Seit dem Moment, in dem er Katherine Adamson getroffen hatte, war sie feurig gewesen, wütend, spöttisch, geistreich, aber nie traurig. Das sollte ihn allerdings nicht weiter berühren.

Und doch tat es das.

»Katherine?«

Sie blickte über den Fluss. »Nun, Sie wären natürlich herablassend und voller Spott gewesen, was Sie ja auch waren.«

Er versteifte sich angesichts ihrer schlechten Meinung von ihm. Es spielte keine Rolle, dass er nahezu vier Jahre darauf verwandt hatte, sich in die Rolle des gefühllosen Grobians einzufinden. Aber es gefiel ihm nicht, dass Katherine ihn so sah. Sie fuhr fort. »Sie hätten natürlich gefragt, welche Vorteile Ihnen eine Heirat mit mir bringen würde.«

Wieder stellte er sie sich ausgestreckt auf seinem Bett vor. »Oh, und was wären diese Vorteile einer Heirat mit Ihnen?« Seine Stimme kam ganz verquer heraus.

Katherines Augen leuchteten auf, und die Traurigkeit darin verblasste. Sie hob einen Finger und nahm Wordsworths Buch in die andere Hand. Sie griff in ihr Retikül und zog ein Blatt Papier heraus. Das hielt sie ihm hin.

Er runzelte die Stirn. »Was ist das?«

»Eine Liste mit allen Vorteilen einer Heirat mit mir.«

Jasper starrte darauf, las die Überschrift.

Gründe für eine Heirat mit Lady Katherine

»Es ist keine besonders intelligente Überschrift«, fuhr Katherine hastig fort. »Aber es ist natürlich nicht die Überschrift, die wichtig ist, es kommt auf den Inhalt der Liste an.«

Das Papier zitterte in Jaspers Hand.

Katherine schaute ihn besorgt an. »Geht es Ihnen gut?«

Jaspers Schultern bebten, und ein seltsamer Druck baute sich in seiner Brust auf, immer weiter, bis etwas Fremdes aus ihm herausbrach – Gelächter. Eingerostet und heiser vom langen Nicht-Gebrauch. Es hallte durch die Stille des Parks.

Sie entriss ihm die Liste. »Sie müssen mich nicht auslachen.«

Jasper hielt sich die Seiten, während er das erste Mal seit über drei Jahren lachte. Er lachte, bis ihm Tränen aus den Augen liefen, das Gefühl ebenso befremdlich wie befreiend. Nie hätte er gedacht, dass er jemals wieder lachen würde.

Als er sich schließlich beruhigte, streckte er eine Hand nach der Liste aus. »Darf ich?« Er entwand sie ihr.

Sie griff danach, doch er hielt das Papier außerhalb ihrer Reichweite. »Offenbar ist Ihnen nicht bewusst, wie unhöflich es ist, einer Lady etwas aus den Händen zu reißen.«

»Offenbar«, murmelte er. Er musterte die Liste.

Ich bin bewandert in Poesie. Das stimmte.

Ich kann London nicht leiden. Nun, da waren sie einer Meinung.

Ich brauche keine große Garderobe oder elegante Schmuckstücke. Er hatte genug Geld, um sie täglich mit Diamanten und Saphiren zu überhäufen, wenn sie das wünschte.

Ich kann so viele Kinder bekommen, wie gewünscht werden. Sein Blick verharrte auf diesem Punkt. Die Bilder von Katherines für ihn entblößter, seidig glatter Haut veränderten sich zu einem Bild von ihr, auf dem Bett liegend, blicklos, das Bett durchtränkt von ihrem Blut, während sie ihr Leben für eines dieser Kinder gab. Übelkeit stieg in ihm auf. Er zerknüllte das Papier in seiner Hand.

»Sie hätten es nicht gleich zerknittern müssen«, beschwerte Katherine sich und entwand es seinem Klammergriff, sich anscheinend gar nicht der Hölle bewusst, die Jasper in jenen Momenten durchlitt. »Ich bin mir sicher, es gibt noch andere Gründe.«

»Und was ist mit Ihnen, Mylady? Ich kann mir nicht vorstellen, dass dieser Vertrag auch für Sie vorteilhaft wäre. Welche Verzweiflung treibt eine Lady dazu, einen Gentleman zu fragen, der so … wie haben Sie das ausgedrückt? … herablassend und voller Spott ist? … ob er ihr Ehemann wird?«

Schmerzhafte Demütigung leuchtete aus Katherines Augen, und Jasper, der sich für innerlich tot gehalten hatte, durchbohrten Schuldgefühle wie mit Messern.

Verärgert stopfte sie die Liste in ihr Retikül. Durch ihre abrupten Bewegungen fiel Wordsworths Werk zu Boden. »Es war dumm von mir zu fragen.« Sie sprach so schnell, dass ihre Worte ineinanderflossen und sich verhedderten. »Ich weiß nicht, welcher Wahn mich dazu gebracht hat, etwas so Törichtes zu tun, wie Sie um …«

Jasper küsste sie.

Am Rande seines Bewusstseins registrierte er, wie ihr das Retikül entglitt und mit einem dumpfen Laut im Schnee landete. Er umfasste ihre Hüften und zog sie an sich, sodass sein Glied sich an ihren weichen Bauch schmiegte. Sein Mund übte sanften Druck aus, bis ihre Lippen sich öffneten und er mit seiner Zunge hineingleiten und sie kosten konnte. Sie schmeckte nach Zimt und Minzblättern, und er wollte sich auf immer in ihr verlieren.

Katherine stellte sich auf die Zehenspitzen und schlang ihm die Arme um den Nacken. Ihr voller Busen presste sich an seine Brust. Sie stöhnte, und er schluckte diesen Laut, umschloss ihr Gesäß, zog sie enger an sich.

Das entfernte Echo des Schreis eines Turmfalken durchbrach die Stille, lauter als jeder Pistolenknall. Jasper riss seinen Mund von ihrem. Sein Atem ging schnell und keuchend, und er konnte sich kaum davon abhalten, sie wieder in seine Arme zu ziehen.

Ihre dichten Wimpern hoben sich. »Nun«, sagte sie atemlos. »Ich glaube, das können wir dann auch noch meiner Liste hinzufügen.«

Da brach die Realität wieder über ihn herein.

Ja, die Liste.

Katherine musste etwas auf seinem Gesicht bemerkt haben, denn sie räusperte sich. »Ich sollte dann wohl gehen.« Sie bückte sich, um das Buch und ihr Retikül aufzuheben.

Er sollte sie gehen lassen. Es wäre klug, sie einen Knicks machen, sich umdrehen zu lassen und zu vergessen, dass sie sich je auf dem Frostjahrmarkt getroffen hatten. Bei dem Gedanken, sie nie wiederzusehen, riss etwas in ihm. Sie machte einen Schritt von ihm fort. »Sie haben noch nicht gesagt, was die Vorteile daran wären, mich zu heiraten, Katherine.«

Die Spitze ihres Stiefels verharrte über dem Boden. Sie setzte sie ab und betrachtete ihn behutsam, als hätte er eine Falle aufgestellt, in die zu treten sie um jeden Preis vermeiden wollte.

»Also, ich hasse Locken.«

Jasper runzelte die Stirn. »Wie bitte?«

»Und Kleider immer nur in Elfenbein und mit zu viel Spitze.« Sie wedelte mit der Hand. »Mutter besteht darauf, dass ich sie trage, weil es einer Debütantin angemessen ist. Es wäre so schön, kräftige Farben zu tragen. Es würde mir gefallen, mich in ein Seidenkleid aus tiefstem Saphirblau zu hüllen. Als Ihre Ehefrau, denke ich, hätte ich große Freiheiten, was die Wahl meiner Garderobe angeht.«

»Zweifellos«, pflichtete er ihr ernst bei. Wenn Katherine seine Ehefrau wäre, würde er die beste Schneiderin anstellen, damit sie auswählen könnte, was immer sie an Stoffen und Spitze begehrte.

Sie zog die Brauen zusammen. »Machen Sie sich wieder über mich lustig?«

»Nicht mal im Traum«, erwiderte er trocken. »Sie würden mich also heiraten, damit Sie schöne Kleider tragen könnten?«

Sie schüttelte den Kopf, und eine ihrer braunen Locken löste sich. »Sie missverstehen mich, Euer Gnaden. Die Art oder Qualität von Stoffen könnte mir nicht gleichgültiger sein. Ich will nur selbst darüber entscheiden dürfen. Es ist ermüdend, durchs Leben zu gehen, wenn alle Entscheidungen für einen getroffen werden. Es mag unbedeutend scheinen, die eigene Kleidung auszuwählen, und doch ist es ein Luxus, der mir nicht vergönnt ist. Stattdessen muss ich tun, was meine Mutter für passend hält, egal wie glücklich oder unglücklich mich das macht.«

Japser wusste nicht, ob Katherine sich dessen bewusst war, doch irgendwann in all diesen Worten hatte sie aufgehört, von Kleidern zu sprechen, und stattdessen über Bertrand Ekstrom geredet.

Das war auch genau der Moment, in dem er wusste, dass er sie heiraten würde.

»Was noch, Katherine?«, fragte er sanft.

»Ich glaube nicht, dass Sie Ihr Vermögen verschleudern würden.« Sie blickte hinab auf den Schnee. »Ich halte Sie für einen Gentleman, der seine Familie nicht verarmt und der Gnade entfernter Verwandter ausgeliefert zurücklassen würde.«

»Und das ist Ihnen geschehen, Katherine? Ihr Vater hat Ihre Familie verarmt zurückgelassen?«

Sie schloss den Mund, die Lippen zu einer geraden, irgendwie rebellischen Linie verzogen.

Es fühlte sich an, als presste ihm ein Schraubstock das Herz zusammen, das er für tot gehalten hatte. Nur wenn es tot wäre, sollte er diesen dumpfen Schmerz nicht empfinden, wenn er sich eine junge Katherine vorstellte, verarmt, verzweifelt und auf die Gnade anderer angewiesen. Wenn ihr Vater nicht tot wäre, hätte er das Gesicht des Mistkerls nur zu gern mit Fäusten bearbeitet.

Die arme Katherine.

Sie funkelte ihn wütend an. »Ich will Ihr Mitleid nicht.«

Sie besaß mehr innere Stärke und Mut als so mancher Mann, den er in seinem Leben getroffen hatte. »Ich würde es nicht wagen, Sie zu bemitleiden«, murmelte er. Jasper glaubte nicht, dass er eine andere Dame kannte, die so kühn war, einen Heiratsantrag zu machen, um sich vor den Machenschaften ihrer Mutter zu retten.

Katherine musterte sein Gesicht, als ob sie die Ernsthaftigkeit seiner Worte prüfen wollte, und er hasste den Gedanken, dass seine starke, lebhafte Katherine so einen vorsichtigen Blick aufsetzte. Sie nickte zurückhaltend. »Nun, dann. Noch einmal danke für das Buch.«

Sie machte Anstalten, an ihm vorbeizugehen, aber er stellte sich ihr in den Weg.

Ihr Atem bildete kleine, weiße Wölkchen in der Winterluft. Sie verlagerte das Gewicht von Buch und Retikül. »Gibt es noch etwas?« Ihre Worte klangen verärgert.

Ihre unkontrollierte Reaktion auf ihn hatte etwas so Liebenswertes.

Wieder rutschte ihr das Buch aus den Händen und fiel in den Schnee. Der arme Wordsworth würde sich fürchterlich aufregen, wenn er sehen könnte, in welchem Zustand sein in Leder gebundenes Werk war.

Jasper spürte, wie sich ein Grinsen auf seine Züge legte.

»Ja«, sagte er.

Sie fluchte undamenhaft, als sie sich bückte und das Buch aufhob. »Ja, was, Euer Gnaden?«

»Ja, Jasper«, berichtigte er. »Und ja, ich werde dich heiraten.«

KAPITEL 13

Nachdem er sichergestellt hatte, dass Katherine gut zu Hause angekommen war, wurden Jasper die Auswirkungen des Geschehenen klar, und das fühlte sich an, als hätte jemand einen Berg aus Steinen auf seiner Brust abgeladen. Mit sich drehendem Kopf und Krämpfen im Bauch suchte Jasper zum ersten Mal seit vielen Jahren den Rat eines anderen.

Er verschränkte die Hände hinter dem Rücken und lief auf dem Aubusson-Teppich im Arbeitszimmer des Marquis of Guilford auf und ab.

Rat zu suchen war eine Sache, dieses delikate Thema anzuschneiden eine vollkommen andere.

Guilford lehnte mit der Hüfte an seinem großen Mahagonischreibtisch. »Ich muss sagen, dieser Besuch ist eine ziemliche Überraschung.«

Jasper funkelte ihn an und lief weiter.

Welcher Anfall von Wahnsinn hatte ihn dazu gebracht, Katherines Antrag anzunehmen? Er war so hingerissen gewesen, so verzaubert von ihrem Anblick mit diesem dummen Hut und der absurden Liste, dass seine Einwilligung ihm einfach über die Lippen gekommen war.

Die Folgen einer Ehe mit … nicht nur mit Katherine, mit irgendeiner Frau, hatte er nicht bedacht.

Er würde nicht riskieren, sich auf Gefühle einzulassen, und er würde ganz sicherlich nicht riskieren, mit irgendeiner Frau einen Erben zu zeugen. Nein, nicht mit irgendeiner Frau.

Abrupt blieb er in der Mitte des Raums stehen.

Mit Lady Katherine Adamson.

Jasper fuhr sich mit dem Handrücken über die Augen.

Himmel.

»Ich wage mal die Vermutung, dass etwas geschehen ist, das dich aus deiner Höhle gelockt hat?«

Oh, etwas war ganz sicherlich geschehen.

»Ich habe einer Heirat mit Lady Katherine Adamson zugestimmt.«

Sein Freund schaute ihn verblüfft an. »Wie bitte?«

Jasper fing wieder an, auf und ab zu gehen. »Heirat. Mit Katherine … Lady Katherine«, verbesserte er sich. Er winkte mit einer Hand ab. »Ich weiß, was du denkst.«

Guilford schnaubte. »Oh, da wäre ich mir nicht so sicher.«

Jasper biss die Zähne aufeinander angesichts des offen gezeigten Humors seines Freundes. Wie schön, dass wenigstens einer von ihnen die Situation so verdammt witzig fand. In Wahrheit war es ein verfluchter Albtraum. Er würde Katherine auf keinen Fall heiraten können.

Da war zum einen die Sache mit den Kindern.

Und ihr verfluchtes Lächeln. Und ihre kleinen braunen Locken.

Und …

Lydia.

Wieder erstarrte er, getroffen von der Erkenntnis, dass er nicht an Lydia gedacht hatte. Was geschah mit ihm?

»Also hast du ihr einen Heiratsantrag gemacht?«

Jasper blickte auf. »Nicht direkt«, murmelte er.

Guilford kratzte sich an der Stirn. »Wie bitte? Ich dachte, du hättest gesagt …«

»Dass ich den Antrag der Lady angenommen habe.«

Ungläubiges Lachen füllte den Raum. Guilford stieß sich vom Schreibtisch ab und schlenderte hinüber zu der Sammlung von Kristallkaraffen auf dem Tisch in der Mitte des Zimmers. »Soll ich etwa glauben, Lady Katherine hat dir einen Antrag gemacht? Lady Katherine hat *dir* einen Antrag gemacht?«

In Jasper sträubte sich alles. Was war so verdammt komisch daran, dass Lady Katherine an ihm interessiert war?

Guilford musste der Richtung seiner Gedanken gefolgt sein. »Ich muss schon sagen, das ist das erste Mal, dass ich von einer Lady höre, die einen Gentleman um seine Hand gebeten hat.« Er füllte ein Glas einige Fingerbreit und hielt es Jasper hin.

Jasper winkte ab. »Ich kann sie nicht heiraten.«

Das Glas stoppte auf halbem Weg zu Guilfords Mund. Er ließ es neben sich sinken. »Erzähl mir nicht, du würdest nicht zu deinem Antrag stehen …«

»Es war ihr Antrag«, würgte Jasper hervor. Und dann: »Nein, natürlich nicht«, seufzte er. Er mochte ein kaltherziger Mistkerl und innerlich wie tot sein, aber er war immer noch ein Gentleman. Die Lady jetzt nicht zu heiraten wäre der Gipfel an Ehrlosigkeit.

Guilford hob das Glas und prostete ihm zu. »Tja, dann sind wohl Glückwünsche angesagt.«

Jasper knurrte und nahm sein Auf und Ab wieder auf. »Ich kann sie nicht heiraten«, sagte er mehr zu sich selbst.

»Ich glaube, du hast eben selbst schon angemerkt, dass es dafür etwas zu spät ist.«

Jasper ging zu den Kristallkaraffen und griff nach der, die ihm am nächsten stand. Er füllte ein Glas bis zum Rand.

»Hochprozentiges? Nun ja, es ist ein außergewöhnlicher Tag. Was darf ich als Nächstes erwarten? Pferde, die über den Serpentine River fliegen?«

Jasper leerte das Glas in einem Zug. Von dem Brennen in seiner Kehle verzog er das Gesicht. Whiskey. Er hatte verdammten Whiskey gewählt.

Immerhin schien ihm das dem Tag angemessen.

Es würde auch nicht helfen, darauf hinzuweisen, dass er in den Tagen, seit er Katherine kennengelernt hatte, mehr Alkohol getrunken hatte als in den vergangenen vier Jahren. Guilford genoss all das hier jetzt schon viel zu sehr.

»Sie hatte eine Liste«, sagte Jasper schließlich.

Über den Rand seines Glases hinweg grinste Guilford noch breiter. »Eine Liste?«

Jasper griff nach einer anderen Karaffe, einem Brandy. Er schenkte sich großzügig ein und nahm einen langen Schluck. »Eine Liste«, erklärte er und gestikulierte mit dem Glas. »Du weißt schon, eine Liste. Etwas, das man zusammenstellt …«

Guilford lachte. »Ich weiß, was eine Liste ist. Reiß dich zusammen. Was für eine Liste?«

Gründe für eine Heirat mit Lady Katherine.

Die Ereignisse der jüngsten Vergangenheit waren ein Desaster, wie man es auch drehte und wendete. Katherines Antrag und seine Einwilligung würden die sorgfältig geschützte Welt, die er für sich errichtet hatte, kippen lassen.

Und doch …

Er lächelte bei der Erinnerung.

Guilford erstickte fast an einem Schluck Brandy. »Ist das ein Lächeln?« Er blickte hinüber zu den großen, vom Boden bis zur Decke reichenden Fenstern und kniff die Augen zusammen. »Ganz sicher gibt es da draußen fliegende Pferde. Kann gar nicht anders sein.«

Jasper setzte das Glas so hart ab, dass etwas von der Flüssigkeit über den Rand spritzte und auf dem Tisch landete. Er hatte genug davon, dass Guilford sich auf seine Kosten amüsierte.

Er blickte ihn finster an, bis das Grinsen vom Gesicht seines Freundes verschwand.

»Es war eine verdammte Liste mit den Gründen für eine Heirat mit der Dame.«

Guilford presste die Lippen aufeinander. Doch das leichte Zittern verriet die Anstrengung, die es ihn kostete, das Lachen im Zaum zu halten. »Das muss dann eine recht beeindruckende Liste gewesen sein.«

Ich kann so viele Kinder bekommen, wie gewünscht werden …

Jaspers Augen schlossen sich, als er sich das Gewicht ihrer Brust in seiner Hand vorstellte, die Spitze dieses Hügels … Nicht zum ersten Mal fragte er sich, welche Farbe diese kostbare Spitze haben mochte. Er würde wetten, sie war von zartestem Rosa wie …

»Bei allen Heiligen, du bist ja vollkommen hin und weg von ihr.«

Jasper kehrte mit einem Ruck in die Gegenwart zurück. Ihm wurde der Kragen eng, und er zerrte an seinem hastig gebundenen Halstuch. Himmel, er war der Duke of Bainbridge. Er wurde nicht rot vor Scham, und ganz sicher nicht wegen einer Lady, die gerade mal ihre erste Saison hinter sich hatte.

»Ich bin nicht hin und weg. Ich bin …« Er suchte nach Worten. »Einfach nur von Mitleid für ihre Lage getrieben.« Sowohl in seinem Kopf als auch in seinem Herzen klang das nach einer Lüge.

»Mitleid?«, hakte Guilford nach. Er verschränkte die Arme vor der Brust. »Tja, dann, lass mal hören. Was würde den trübseligen, zurückgezogenen, allmächtigen Duke of Bainbridge dazu bringen, seinen Schwur, unverheiratet zu bleiben, zu brechen …« Er zog eine Augenbraue hoch. »Was hast du gesagt? Mitleid?«

»Da ist die Sache mit Ekstrom.«

Guilford blinzelte überrascht. »Du würdest sie wegen Bertrand Ekstrom heiraten?«, fragte er voller Skepsis.

Die Wahrheit war, als er da am Fluss gestanden und Katherine mit großen braunen Augen zu ihm aufgeblickt hatte, war Bertrand Ekstrom das Letzte gewesen, woran er gedacht hatte. Jetzt weckte der Gedanke an sie mit diesem widerwärtigen, abstoßenden Lustmolch tief in ihm eine Bestie, die aus Guilfords Arbeitszimmer stürmen und Ekstrom zur Strecke bringen wollte.

»Es ist für uns beide vorteilhaft«, rang Jasper sich zu einer ungefährlichen Antwort durch.

Sein Freund ließ die Reste der bernsteinfarbenen Flüssigkeit in seinem Glas kreiseln. »Wie praktisch für euch beide.«

Mit ihrer Direktheit und ihrer Unerschrockenheit kam ihm Katherine Adamson sehr viel praktischer vor als alle anderen Frauen, die er bislang kennengelernt hatte, Lydia eingeschlossen. Als seine Gemahlin hatte sie ihre ganze Aufmerksamkeit ihrer Garderobe und der Beaufsichtigung der Hausangestellten gewidmet. Darüber hinaus konnte er sich nicht vorstellen, dass die sanftmütige, einfühlsame Lydia die Heiratspläne ihrer Eltern für sie zunichtegemacht hätte, indem sie selbst kühn einem Gentleman einen Antrag machte.

Guilford stellte sein Glas hart auf dem Tisch ab. »Es wäre nachlässig von mir, wenn ich es versäumen würde, dich darauf hinzuweisen, dass Lady Katherines Absichten, dich zu heiraten, nicht nur praktischer Natur sind. Keine junge Lady würde deine harte, übellaunige Art ertragen, wenn da ihrerseits keine Gefühle im Spiel wären.«

Langsam sickerten die Worte in Jaspers Gedanken. Er überlegte kurz und schüttelte dann entschieden den Kopf. »Pah, du bist verrückt. Katherine ist praktisch veranlagt. Sie hat nichts weiter als eine Vernunftehe vorgeschlagen.«

Sein Freund schnaubte. »Blödsinn. Ich wette, du musst dich auf einiges gefasst machen, wenn du die Verbindung in diesem Glauben eingehst.«

Jaspers Kiefer verhärtete sich. Er würde sich nicht mit Guilfords unsinnigen Vermutungen abgeben. Mit der Ausnahme von zwei Küssen, zwei leidenschaftlichen Küssen, die ein Feuer heftiger Lust in ihm entfacht hatten, und das Verlangen, sie …

Er schüttelte den Kopf so heftig, dass ihm eine Haarsträhne über ein Auge fiel. Verärgert strich er sie zurück. »Ich will diese Angelegenheit nicht weiter diskutieren.«

Guilfords Grinsen wurde noch breiter. »Darf ich dich darauf hinweisen, dass du mich um meine Meinung ersucht hast?«

»Nein, das habe ich nicht«, sagte Jasper harsch.

»Hast du nicht?«

»Habe ich nicht«, bestätigte Jasper.

»Warum dann …«

»Ich bin nur vorbeigekommen, um zu fragen, ob du mein Trauzeuge sein willst.« Es würde kein Aufgebot bestellt werden. Jaspers nächster Besuch würde dem Vormund der Lady gelten, dem er formell den Antrag machen würde, und dann würden sie heiraten. Er hatte keinerlei Verlangen danach, sich den neugierigen Augen der guten Gesellschaft auszusetzen. Sie würden heiraten, sich nach Kent zurückziehen und mit ihren jeweiligen eigenen, getrennten, gut geordneten Leben fortfahren.

Guilford musterte sein Gesicht, und dann kam ein langer, gequälter Seufzer über seine Lippen. »Dieser Ausdruck in deinen Augen gefällt mir nicht. Als dein Freund muss ich sagen, dass das eine grauenhafte Idee ist. Man erlaubt keiner Lady, einen Antrag zu machen, und heiratet sie dann aus Vernunftgründen. Ja, eine furchtbare Idee. Schrecklich. Absolut entsetzlich. Ganz und gar verrückt.«

Jasper biss die Zähne so fest zusammen, dass sie knirschten. »Wirst du als Trauzeuge zur Verfügung stehen?«

»Natürlich werde ich das.« Guilford kam zu ihm und schlug Jasper auf den Rücken. »Glückwunsch, mein Freund. Und viel Glück.«

Als Jasper sich verabschiedete, fürchtete er, dass er weit mehr als nur Glück brauchen würde.

Kapitel 14

Jawohl, des Lebens Wirklichkeiten, kalt
und so gemein, so willig, zu betrügen,
so knausrig auch mit ihrem Maß an Güte
– kaum dass wir's sagen, sind wir ungerecht –
zu mir sind sie spendabler doch gewesen
als je zu hoffen, nicht so zaghaft wie
mein Wunsch, – doch das ist jetzt Vergangenheit …

Katherines Blick hing an den Worten vor ihr. Sie verlagerte das Gewicht des Buchs, das sie von Jasper bekommen hatte. Die Worte waren düster, die Bedeutung freudlos.

Und sie hatte zuvor immer den Gedichten den Vorzug gegeben, die von der Fehlbarkeit der Liebe und der Welt um einen herum sprachen, denn sie *wusste* um die Fehlbarkeit der Liebe und der Welt um *sie* herum.

Warum also grübelte sie über sieben Zeilen nach, verzweifelte an deren Freudlosigkeit? Welche große Veränderung war im Universum vor sich gegangen, dass sie sich danach sehnte, sich in die sanftmütige Heiterkeit und den Optimismus von Byrons Sonetten zu flüchten?

»Du starrst diese Seite jetzt schon seit einer Stunde an«, rief Anne vom Klavier herüber.

Katherine schrak zusammen, und das Buch fiel auf ihren Schoß. »Doch ganz sicher nicht eine Stunde lang.« Sie schlug es entschlossen zu.

Anne fuhr fort, die eindringlichen Passagen von Dibdins berühmtem »Tom Bowling« zu spielen. Sie wackelte mit den Augenbrauen. »Oh, aber ganz sicher. Ich habe Stücke von Händel und Corelli und Gluck …«

»Lass gut sein, Anne.« Katherine legte das Buch neben sich aufs Sofa.

Ihre Schwester grinste und spielte fehlerlos weiter. Ihre geübten Finger flogen meisterhaft über die Tasten.

Katherine dachte an die eher armselige Liste, die sie Jasper gegeben hatte, und verzog das Gesicht. Kaum eine damenhafte Begabung, die sie als Ehefrau empfehlen würde, hatte darauf gestanden. Anne hingegen könnte gleich mehrere Blätter mit ihren Talenten und Fertigkeiten füllen. Diese Unterschiede zwischen ihnen hatten Katherine nie gekümmert – bis jetzt. Jetzt wünschte sie sich, sie hätte nicht diese krausen braunen Locken und den auffälligen Mangel an Begabung, was das Klavierspiel anging und das Sticken und die Aquarellmalerei und …

»Du bist schon wieder so ernst geworden.«

Katherine fuhr über das beschädigte Leder des Buchrückens. Mehrmaliges Landen im Schnee bei ihrem letzten Zusammentreffen mit Jasper hatte den Ledereinband hoffnungslos ruiniert. »Bin ich das?«, murmelte sie abgelenkt. Drei Tage war es her, dass sie sich gesehen hatten.

Drei Tage, seit sie ihm diese dumme Liste gegeben hatte.

Drei Tage, seit er ihren Heiratsantrag angenommen hatte.

Und seitdem hatte sie kein Wort von ihm gehört. Kein Brief. Kein Besuch.

Sie sprang auf und begann hin und her zu laufen.

Bestimmt hatte sie ihn mit ihrem Ersuchen im Hyde Park schockiert. Vielleicht war er einfach nur zur Besinnung gekommen und wollte schlicht weitermachen, als hätte dieses spezielle Gespräch niemals stattgefunden. Dann müsste sie den entsetzlichen Bertrand heiraten. Ihr Magen zog sich schmerzhaft zusammen, und sie wollte dem entsetzlichen Bertrand die Schuld daran geben, aber sie wusste, es war der Gedanke daran, dass Jasper seine Meinung geändert hatte, der diese Schmerzen auslöste.

»Du scheinst ziemlich aufgewühlt.«

Katherine blickte zu ihrer Schwester. »Ich bin nicht aufgewühlt.« Nur von Panik erfüllt bei der Aussicht, Bertrand Ekstrom heiraten zu müssen.

»Es liegt an Bertrand, nicht wahr?« Anne hörte auf zu spielen. Sie schob den Hocker von ihrem Klavier weg. »Wir müssen nur diesen Anhänger finden …«

»Der Anhänger wird gar nichts bewirken, Anne. Das ist nichts als ein dummer, kindischer Wunschtraum.«

Anne runzelte die Stirn. »Aber Aldoras und Michaels …«

»Aldoras und Michaels Hochzeit hatte nichts mit diesem dummen Tand zu tun!« Ihre heftig hervorgestoßenen Worte hallten von den Wänden des Salons wider. Ihre Kehle schloss sich reflexartig. Oh, wie sie Anne um ihre Unschuld beneidete. Anne glaubte an Träume und Wünsche und magische Schmuckstücke, die hoffnungsvolle Damen von gierigen Zigeunern erwarben.

In Annes hellblauen Augen blitzte es verletzt auf, und sie hob leicht das Kinn. »Ich weiß, wofür du mich hältst, Katherine. Du und Aldora. Ihr glaubt, ich bin versponnen und habe nur Stroh im Hirn.«

Von plötzlichen Schuldgefühlen überwältigt, schüttelte Katherine den Kopf. »Niemals.« Sie hatte Anne stets als die Schwester gesehen, die sie vor dem Leid beschützen musste, das ihrer Familie von einem verschwenderischen Vater beschert worden war, aber nie als eine hirnlose Idiotin.

Ihre Schwester fuhr fort, als hätte sie nichts gesagt. »Ihr habt beide geglaubt, ich wäre mir unserer finanziellen Schwierigkeiten nicht bewusst. Ihr habt immer geglaubt, ich wäre irgendwie immun gegen unsere entsetzliche Lage.«

Katherine starrte ihre Schwester erschrocken an, aber Anne machte weiter. »Ich bin nicht dumm oder …«

»Ich halte dich nicht für dumm …«

»Hirnlos«, sagte Anne mit mehr Gefühl im Blick, als Katherine je in ihren sanften Augen gesehen hatte. »Ich bin vielleicht versponnen. Und vielleicht träume ich von der Liebe und vom Glücklichsein bis ans Lebensende, aber das macht mich nicht dumm.« Sie legte den Kopf zur Seite. »Nun, es mag dumm wirken, aber ich glaube, es ist eher hoffnungsvoll. Ich bin voller Hoffnung, dass es Männer gibt, die gut sind und nicht das Vermögen ihrer Familie verschleudern und sie verarmt zurücklassen und sie zum Verkauf all ihrer Habe zwingen und zur Entlassung all ihres Personals.«

Katherine studierte das Gesicht ihrer Schwester, und die Schuldgefühle in ihr wuchsen noch, als sie sich der Wahrheit stellte: Sie hatte Anne keineswegs vor der entsetzlichen Lage ihrer Familie beschützt, nicht mehr, als Aldora sie beschützt hatte. Die Selbstsucht ihres Vaters hatte sie alle getroffen.

Plötzlich wünschte sie sich, sie hätte den Herzanhänger, wünschte sich, sie könnte ihn ihrer Schwester geben, die an die Liebe glaubte, und … Katherine blinzelte verwirrt …

»Was ist?«, fragte Anne.

… und ihr wurde klar, dass auch sie an die Liebe glaubte. Sie liebte Jasper Waincourt, den achten Duke of Bainbridge, nicht. Das konnte sie nicht. Das würde sie nicht. Nicht, wenn er ein Mann war, der nicht fähig war, sie ebenfalls zu lieben.

»Katherine?«, hakte Anne nach.

Nein. Sie schätzte seine Direktheit, seine Liebe für Poesie und seine leidenschaftliche Umarmung. Mehr war da nicht.

Mehr konnte da nicht sein.

»Es tut mir so leid, Anne.« *Dass ich dich nicht beschützt habe, meine Angst nicht mit dir geteilt habe, dass ich den Herzanhänger verloren habe, den Aldora und ihre Freundinnen getragen haben.*

Anne umschloss ihre Hände und drückte sie sanft. »Dafür gibt es keinen Grund. Wenn du vielleicht in Erwägung ziehen würdest, mich noch einmal auf den Frostjahrmarkt zu begleiten und nach dem …«

Katherines Auflachen schnitt die Worte ihrer Schwester ab.

»Was?«, verteidigte sich Anne. »Wir werden den Anhänger nur finden, wenn wir danach suchen.«

Sie würden ihn nicht finden, weil Katherine ihn bereits verloren hatte. Was noch schlimmer war: Sie war zu feige, Anne das zu gestehen.

»Träumst du denn gar nicht von der Liebe, Katherine?«

»Dafür bin ich viel zu praktisch veranlagt«, antwortete sie leise. Sie hatte davon geträumt. Ein Mal. Damals, als sie ein naives, dummes Mädchen von fünfzehn Jahren gewesen war. Jetzt, da sie eine Frau von fast zwanzig war, eine Frau, die nicht einen Verehrer hatte, oder auch nur einen Heiratsantrag, und die den Duke of Bainbridge dazu hatte überreden müssen, sie zu heiraten, existierte dieser Traum von Liebe nicht mehr, nicht für eine Frau wic sie.

»Nun, das ist wirklich sehr traurig.«

Katherine öffnete den Mund, als ein spitzer Schrei ihre Erwiderung verhinderte.

Die Tür flog auf.

Katherines und Annes Blicke richteten sich gleichzeitig dorthin.

Mutter stand da, die Hand erhoben, darin ein Blatt dickes Pergament. »Das ist doch nicht zu fassen«, rief sie.

Katherine und Anne wechselten einen Blick. Mutters theatralische Auftritte würden meist besser auf die Bühne passen, aber wenn sie dermaßen außer sich war, mied man sie am besten.

Sie stürmte ins Zimmer. Ihre tiefroten Satinröcke schlugen ihr gegen die Beine. Sie blieb vor ihnen stehen und streckte ihnen den Brief entgegen.

»Ein Brief«, rief sie aus. »Die … die … Unverfrorenheit dieses Mannes. Er wagt es, mich auf diese Weise zu benachrichtigen.«

»Mutter«, hob Katherine an.

Ihre Mutter brachte sie mit einem einzigen düsteren Blick zum Schweigen. »Kein Wort, Katherine. Das ist allein dein Fehler. Es spielt keine Rolle, dass er ein Herzog ist. Er ist ein schändlicher, skandalöser Mann. Der Verrückte Herzog«, murmelte sie.

Katherines Herz schlug schneller. Er hatte mit ihrem Vormund gesprochen. Er musste mit ihm gesprochen haben. Es gab keinen anderen Grund für Mutters Wut.

Mutter fuchtelte mit dem Papier herum. »Er hat sich jahrelang nicht in der Gesellschaft blicken lassen, und dann auch noch all diese grässlichen Gerüchte darüber, dass er seine Frau umgebracht hat.« Sie schüttelte sich.

Katherine erstarrte. Zorn erfasste sie. Wie konnte ihre Mutter es wagen? Jasper war genauso wenig zu einem Mord fähig, wie sie Flügel bekommen und davonfliegen könnte. »Das ist ungerecht, Mutter. Er hat seine Frau nicht umgebracht.«

»Weißt du denn überhaupt, was damals geschehen ist?«, erwiderte ihre Mutter scharf.

Katherine ließ sich auf ihre Fersen zurückfallen … denn, nein, das wusste sie nicht. Aber sie wusste mit Sicherheit, das, was immer Jaspers Frau zugestoßen war, nicht seine Schuld war. Sie war sich ganz sicher. »Das weiß ich nicht. Aber genauso wenig weiß das der Rest der guten Gesellschaft.«

»Du verteidigst ihn auch noch!« Mutter rang die Hände und zerknüllte den Brief. »Oh, warum, warum, warum bist du nur auf diesen Markt gegangen? Wenn du das nicht getan hättest, dann hätte er nicht um deine Hand angehalten, und dein Onkel hätte nicht Ja gesagt.«

Anne keuchte auf. Ihre Augen weiteten sich, und sie blickte zu Katherine, sah überrascht und verletzt aus. Katherine schaute weg. Als Zwillingsschwestern teilten sie so gut wie alles. Ihre Treffen mit Jasper hatte sie jedoch nicht erwähnt. Das war ihr einfach zu … zu … persönlich vorgekommen.

»Dieser Unmensch will nicht einmal das Aufgebot verlesen lassen, das zu einer anständigen Hochzeit gehört. Er besteht auf einer umgehenden Heirat. Er will uns nicht einmal genug Zeit lassen, dass deine Schwester und ihr Ehemann herkommen können.« Sie warf die Hände in die Luft.

»Oh«, sagte Katherine verwirrt. Über die Details ihrer Hochzeit hatte sie noch gar nicht nachgedacht. Wenigstens eine private, kleine Feier mit ihrer Familie hatte sie sich vorgestellt. Sie verspürte einen leichten Stich in der Brust. Was hatte sie erwartet? Dies war eine Vernunftehe, mehr nicht. Doch … in einem winzigen Teil ihres Herzens hatte sie von etwas anderem geträumt als einer hastigen Hochzeit, bei der nicht einmal alle ihre Geschwister zugegen sein konnten.

Mutter sank auf das ihr am nächsten stehende Sofa. Sie vergrub das Gesicht in den Händen und schüttelte den Kopf hin und her. »Jetzt ist Annes Saison hoffnungslos ruiniert.«

Katherine ballte die Hände zu Fäusten. Ja, denn das war immer Mutters erste Sorge gewesen, dass Anne die bestmögliche Verbindung einging. Als würde sie den unterschwelligen Schmerz spüren, griff Anne nach ihrer Hand und verwob ihre Finger mit Katherines. Leicht drückte sie sie und schenkte Katherine ein mitfühlendes Lächeln.

»Oh, ich bin mir sicher, dass eine Verbindung zu einem Herzog unserem Ansehen in der Gesellschaft nicht schaden wird, Mutter«, sagte Anne. Sie gab Katherines Hand frei und nahm ihrer Mutter den Brief ab. Sie überflog das Schreiben und riss die Augen auf.

»Was?« Katherine wollte danach greifen, doch Anne hielt es von ihr weg und las weiter.

Mutter beachtete Anne gar nicht. »Dein Onkel hat nichts weiter als den Titel des Herzogs in Betracht gezogen. Da bin ich mir sicher.«

»Ich würde wagen zu behaupten, dass er auch die sehr großzügigen Bestimmungen des Ehevertrags in Betracht gezogen hat«, murmelte Anne.

Katherine griff wieder nach dem Blatt. Ihr Herz raste. Dieses Mal überließ Anne ihr das Schreiben.

Sie begann zu lesen, und ihr stockte prompt der Atem.

Er setzte ihr zwölfhundert Pfund jährlich als Nadelgeld aus? Bei allen Heiligen.

»Das ist ein kleines Vermögen.« Anne hatte die Augen immer noch weit aufgerissen.

Sie sollte auch ein Landhaus in Kent bekommen.

Anne fuhr sich über die Stirn. »Alles Geld aus deiner Mitgift soll an dich gehen, falls ihm etwas zustoßen sollte.« Sie schüttelte den Kopf. »Ich wage mal zu sagen, das ist sehr großzügig, Mutter.«

Großzügig? Katherine schluckte trocken. Großzügig? Durch seine großherzige Geste hatte Jasper sichergestellt, dass sie niemals so von ihrem Ehemann abhängig wäre, wie Mutter es gewesen war.

»Mir ist gleichgültig, ob er ihr die Krone der Königin versprochen hat«, rief Mutter aus. »Der Mann hat seine Frau umgebracht. Das macht doch sicher einer von euch etwas aus, oder?«

Es klopfte an der Tür.

Drei Paar Augen richteten sich dorthin.

Katherine drehte sich der Magen um. *Ach du meine Güte.* Ihre Zehen in den elfenbeinfarbenen Stoffschuhen krümmten sich.

Der Butler räusperte sich, die schmalen blauen Augen hatte er weit aufgerissen, und sein Gesicht war bleich. »Äh, der Duke of Bainbridge für Lady Katherine.«

Jaspers beeindruckende Gestalt füllte den Türrahmen. Neben dem hünenhaften Herzog schien der schmächtige Butler nichts weiter als ein Flackern in seinem Schatten zu sein. Jaspers Blick wanderte kurz zu ihr. Der Ausdruck auf seinem Gesicht wies die Härte und Unergründlichkeit auf, die sie so gut von ihm kannte.

Die Scham über den Ausbruch ihrer Mutter verschmolz mit dem Schmerz über die hässlichen Dinge, die Mutter und alle in der Gesellschaft diesem großzügigen, wenn auch kaltherzigen Gentleman unterstellten. Die Gesellschaft kannte ihn nicht als den Mann, der den eigenen Tod riskiert hatte, um sie aus den eiskalten Untiefen der Themse zu retten. Sie kannten den Mann nicht, der die freudlosen Worte Wordsworths zu schätzen wusste. Und sie wussten ganz bestimmt nicht, dass er sich selbst geopfert hatte, um den unscheinbaren Blaustrumpf Katherine Adamson zu heiraten und sie so vor Bertrand Ekstrom zu retten.

Sein Blick glitt von Katherine zu ihrer Mutter, die er damit an Ort und Stelle bannte.

Sie erblasste und kam eilig auf die Füße, schaute nervös umher. Zum ersten Mal in ihrem Leben bekam Katherine ihre Mutter als verunsichertes, stammelndes Bündel Hilflosigkeit zu sehen. »Äh, w-willkommen, E-Euer Gnaden. Tee?«, brachte sie hervor.

Jasper hob eine mitternachtsschwarze Braue.

»Äh, d-das heißt …«, Mutter zerknüllte den Stoff ihrer Röcke in ihren Händen, »ich w-wollte sagen …«

»Ich glaube, meine Mutter möchte Ihnen Tee anbieten, Euer Gnaden«, sagte Anne und lächelte freundlich.

Dem Himmel sei Dank für Anne. Sie war das Sinnbild damenhafter Eleganz und Anmut.

Leider schien es, als bliebe ihr zukünftiger Ehemann gänzlich unbeeindruckt vom sanften Charme ihrer Schwester. Jasper blickte sie von oben herab an und schwieg weiterhin.

Es entging Katherine auch nicht, dass er auf eine Verbeugung verzichtete.

Annes Lächeln schwand.

Katherine blickte zwischen den beiden hin und her, während ihr bewusst wurde, wie wichtig es für Jasper und ihre Schwester war, einander zu mögen.

Sie durchquerte rasch den Raum. »Euer Gnaden«, sagte sie.

Mit einem Blick ließ er sie erstarren … und alle Worte erstarben auf ihren Lippen.

Das war ganz eindeutig kein Mann, den es drängte, sie zur Frau zu nehmen. Das war das kaltherzige Biest, das sie nach ihrer Rettung aus der Themse hart zurechtgewiesen hatte.

Mehrere Schritte von ihm entfernt kam sie zum Stehen, hasste die Unsicherheit, die in ihr aufstieg. Der Jasper, den sie kennengelernt hatte, verunsicherte sie nicht auf diese Weise. Er lachte. Wenn auch etwas eingerostet und harsch, aber er lachte. Und er sprach mit sanfter Stimme.

Mutter schien sich wieder zu fassen. Sie hob das Kinn und räusperte sich. »Euer Gnaden, darf ich Ihnen …?«

»Einen Augenblick allein mit Lady Katherine«, unterbrach er sie mit tiefer, dunkler Stimme.

Mutter erblasste und brachte ein flüchtiges Nicken zustande. »S-sehr w-wohl. Komm mit, Anne.« Sie packte Anne am Arm und führte sie aus dem Zimmer, als wäre sie ein Erzengel und müsste ihre Tochter vor einem dunklen Dämon retten.

Die Tür fiel hinter ihnen zu, und Katherine stand stocksteif da, in der Mitte des Zimmers, allein mit dem dunklen Dämon. Sie faltete die Hände vor sich. »Jasper«, sagte sie ruhig.

Er schwieg.

Katherine nagte an ihrer Unterlippe. Seine Augen wurden schmal, als er die gedankenverlorene Geste bemerkte.

Sie hörte damit auf. »Hör zu, du hast keinen Grund, so ein Griesgram zu sein.«

Er schnaubte, verriet aber sonst kein Zeichen einer Reaktion auf ihre Worte.

»Anne war perfekt höflich …«

»Und deine Mutter?« Seine Stimme war scharf wie die Schneide eines Messers.

Katherine ging weiter auf ihn zu, bis sie nur mehr eine Handbreit voneinander entfernt standen. »Ich würde dir niemals die Vergehen deines Vaters oder deiner Mutter vorwerfen.«

Er richtete sich kerzengerade auf. Seine Schultern unter dem schwarzen Mantel versteiften sich.

Ein heftiges Gefühl flammte in seinen Augen auf, und Katherine trat hastig einen Schritt zurück. Plötzlich kam ihr wieder der unfassbare Vorwurf ihrer Mutter gegen Jasper zu Bewusstsein. Katherine wusste mit Sicherheit, dass die Worte nicht stimmten. Jasper konnte niemals eine Gewalttat begehen, schon gar nicht gegen eine Frau … doch seine harten Augen und die Anspannung auf seinen Zügen würden auch den mutigsten Gentleman innehalten lassen.

Ihr kam der Gedanke, dass sie nichts über Jaspers Eltern wusste und dass sie diese gerade recht herzlos beleidigt hatte. »Ist deine Mutter …?«

»Tot«, sagte er ausdruckslos.

Ihr Herz zog sich aus Schmerz für ihn zusammen. »Das tut mir leid.«

Er biss die Zähne zusammen. »Kein Mitleid.«

Nur das. Zwei Worte. Ein kalter Schauer lief ihr über den Rücken. Was für ein Mann war er, dass er so gefühllos über seine Eltern sprechen konnte?

Er strich ihr mit den Fingerspitzen über die Wange, und sie zuckte zusammen.

Ein kühles Lächeln trat auf seine Lippen. »Was? Bedauerst du deinen Antrag bereits, Katherine?«

Sie zögerte. »Natürlich nicht.« Doch selbst er schien die Unsicherheit in ihrer Antwort zu bemerken.

Er legte die Hand um ihren Nacken, und Wärme strömte aus von dort, wo er ihre Haut berührte, und lief durch ihren ganzen Körper. Ihr Herz flatterte wild in ihrer Brust angesichts seiner berauschenden Nähe.

Jasper senkte den Kopf, bis ihre Lippen sich fast berührten. »Nicht mal nach den Anschuldigungen deiner Mutter gegen mich?«

Einen Moment lang stockte ihr das Herz. Etwas an seiner Frage forderte sie dazu auf, nachzuhaken, und mochte Gott ihr gnädig sein für ihre Feigheit, denn obwohl es sie danach verlangte, die Einzelheiten über den Tod seiner Frau zu erfahren, konnte sie sich nicht dazu durchringen, die nötigen Worte auszusprechen.

Er berührte mit einem Finger ihre Nasenspitze. »Komm schon, Katherine. Ich würde denken, du bist begierig, die Einzelheiten zu erfahren. Was? Schweigen?« Er schnalzte mit der Zunge. »Wie enttäuschend, wo ich doch gelernt habe, Kühnheit von dir zu erwarten.«

Katherine machte einen Schritt zurück, legte etwas Abstand zwischen ihn und sich. Sie sehnte sich nach dem Gentleman, der ihr die einzig verbliebene Ausgabe von Wordsworths Buch überlassen hatte. Das war nicht dieser … dieser Fremde gewesen.

Schließlich gewann ihr Wunsch, die Geheimnisse seiner Vergangenheit zu erfahren. Sie atmete tief durch. »Was ist deiner Frau zugestoßen?«

KAPITEL 15

Ah, da war sie wieder, die unerschrockene, wissbegierige Frau, als die er sie seit dem Frostjahrmarkt kennengelernt hatte.

Seit er in den Salon gekommen war, hatte sie ihn mit derselben Vorsicht betrachtet, die er von den Mitgliedern der guten Gesellschaft kannte und erwartete. Aber nicht von ihr. Nicht von Katherine.

Jasper schritt zum Fenster hinüber und zog die Vorhänge zurück, um auf die geschäftigen Straßen Londons zu schauen. Etwas an dem Zögern in ihren braunen Augen, in der Andeutung von Missbilligung in ihrer Stimme traf ihn. Er packte die Kante der Fensterbank. Verflucht sollte er sein, weil ihn das kümmerte.

»Ich muss zugeben, ich bin immer noch enttäuscht, Katherine.«

Im Glas der Fensterscheibe konnte er sehen, wie sie nervös von einem Fuß auf den anderen trat. »Euer Gnaden?«

Mit ihren verräterischen Gesten ließ Katherine jedes unausgesprochene Wort hören, jedes Gefühl sehen. Sie täte gut daran, die Spieltische zu meiden.

Gemächlich drehte er sich um und stand ihr gegenüber. »Du willst doch sicherlich die Frage stellen?«

Ihre Brust hob und senkte sich in einem langsamen Rhythmus. Sie hielt seinem Blick stand. »Und welche Frage wäre das, Jasper?«

Ein freudloses Lachen entrang sich seiner Brust, bitter und verärgert, selbst in seinen eigenen Ohren. »Komm schon, Katherine. Bestimmt bist du neugierig genug, dem Mann, den du heiraten wirst, die eine Frage zu stellen. Willst du nicht wissen, ob die Gerüchte wahr sind? Hat der Verrückte Herzog seine Frau umgebracht?«

Schnell schüttelte Katherine den Kopf. »Ich höre nicht auf den Tratsch der Leute, Jasper.« Sie faltete die Hände. »Ich weiß, dass du niemanden verletzen kannst.«

Er hatte Lydia umgebracht, als hätte er ihr einen Dolch ins Herz gestoßen.

Der bittere Schmerz traf ihn neuerlich, als würden sich Tausende verrostete, schartige Messer in seine Brust bohren. Katherines Stimme und ihr offener Blick sprachen von ihrer Überzeugung. Oh, wie fehlgeleitet sie in ihrem Vertrauen war. Guilfords Worte kamen ihm wieder in den Sinn. *Keine junge Lady würde deine harte, übellaunige Art ertragen, wenn da ihrerseits keine Gefühle im Spiel wären.*

Je eher er seiner zukünftigen Frau die Illusionen über ihn austreiben konnte, desto besser für sie beide.

»Ich fürchte, in diesem Punkt liegst du falsch.«

Katherines schmale, schlanke Gestalt erstarrte. Dann ließ sie die Arme sinken, sodass sie unbeholfen an ihren Seiten hingen. »Das kann ich nicht …« Er machte einen Schritt auf sie zu. Sie fuhr sich mit der Zungenspitze über die Lippen. »Ich kann nicht …«

»Du kannst was nicht?«, flüsterte er seidenweich. »Das glauben?«

Sie spähte über die Schulter zur Tür, und Jasper nahm an, sie versicherte sich ihrer Fluchtroute. *Gut, Katherine, das ist klug.*

Du solltest auf dem Absatz kehrtmachen und rennen, so schnell und so weit deine Schuhe dich von mir wegtragen. Du hättest Glück gehabt, wenn dich irgendein anderer Gentleman an diesem Tag auf dem Frostjahrmarkt gerettet hätte.

Katherine sah ihn wieder an. »Nein, Jasper«, sagte sie schließlich, mit diesem unangebrachten Vertrauen in ihn. »Ich glaube nicht, dass du deine Frau umgebracht hast.«

»Oh, da irrst du dich.« Er nahm eine ihrer braunen Locken und hielt sie zwischen Daumen und Zeigefinger.

Katherine zuckte zurück, als würde seine Nähe ihr körperliche Schmerzen bereiten.

»Soll ich dir von dem Blut und den Schreien erzählen?«, zischte er.

Sie schlug seine Hand weg. »Hör auf damit«, befahl sie. Sie presste sich die Hände auf die Ohren. »Ich glaube dir nicht. Wenn du mich nicht heiraten willst, dann sag es. Erzähl nicht diese … diese grässlichen Lügen.« Ihre Stimme bebte vor Furcht. Sie stand ihr in den Augen und ließ sie am ganzen Körper zittern.

Er umfing ihre Handgelenke und zog ihr sanft die Hände von den Ohren weg. »Es sind keine Lügen.« Wenn sie ihn heiraten wollte, dann sollte sie wissen, was für ein Monster sie zum Mann nahm.

Katherines Atem ging schnell und schwer, als wäre sie eine weite Strecke gerannt. Wenn sie klug wäre, *würde* sie weit weg rennen, weg von diesem Raum, weg von ihm.

Sie riss ihre Hände zurück, und für einen Moment glaubte er schon, sie würde fliehen. Er hätte seine kühne, unbeugsame Katherine besser kennen sollen.

Sie verschränkte die Arme vor der Brust und schlug mit dem Fuß einen schnellen, ungeduldigen Rhythmus auf den Holzfußboden. »Also, dann. Erzähl mir die Einzelheiten, Jasper. Ich will sie wissen. Ich verdiene es, sie zu wissen.«

Ja, das tat sie.

»Ich habe meine Frau geliebt«, sagte er ohne weitere Einleitung.

Katherines Lippen öffneten sich ein wenig, aber dann schien sie sich dessen bewusst zu werden und schloss sie entschieden.

»Möchtest du die Einzelheiten hören, Katherine?«, stichelte er.

* * *

Katherine gefror das Herz. Sie mahnte sich, weiter zu atmen.

Ich habe meine Frau geliebt.

Natürlich hatte er das. Jaspers Rückzug aus der Gesellschaft und die Abgeschiedenheit, in der er sein Leben verbrachte, zeugten von der Liebe zu der Frau, die seine Ehefrau gewesen war. Aber bislang hatte sie nur Vermutungen anstellen können. Das Wissen darum vergrößerte ihren Schmerz über seine Gleichgültigkeit ihr gegenüber nur.

Wollte sie die Einzelheiten hören? Lieber würde sie sich die Wimpern einzeln ausreißen lassen, als in allen Details zu erfahren, was er für die Frau empfunden hatte, die seine Ehefrau gewesen war. Es war selbstsüchtig und falsch ... aber sie konnte diese hässlichen Gefühle ebenso wenig einstellen wie das Atmen.

Stattdessen sagte sie: »Ja, Jasper, erzähl mir die Einzelheiten.« *Weil ich nicht genug bekommen kann von Schmerz und Leid.*

»Sie hieß Lydia, und sie war die schönste Frau, die ich jemals gesehen hatte. Ihr Haar hatte die Farbe von gesponnenem Gold, und ihre Augen waren wie das tiefste und blaueste Meer.« Er ging zum Fenster zurück, seine Haltung aufrecht und stolz.

Während er auf die Straße hinabstarrte, still und schweigend, zog sich ihr Herz zusammen. Das Bild, das er so poetisch von seiner Ehefrau ... nein, von *Lydia* malte, war das einer Frau, die romantische Worte in dem jetzt so kalten, gefühllosen Jasper hervorrief. Lydia, die große Schönheit und sicherlich ein Diamant reinsten Wassers. Nicht wie Katherine mit ihren albernen braunen Locken und den matten braunen Augen, die niemals große Gefühle in einem Gentleman wecken würde.

Sie sank auf den nächsten Stuhl.

Jasper spähte über die Schulter zu ihr und ließ den Blick gleichgültig über ihre stille Gestalt gleiten. »Ich habe ihr den Hof gemacht. Ich habe mich in sie verliebt. Die Art von Liebe, über die einfältige Dichter schreiben.«

O Gott, warum brach ihr das Herz? Sie schluckte gegen die aufwallenden Gefühle an.

Er fuhr fort. Sie musste ihn weder fragen noch drängen. Jasper hatte sich von ihr zurückgezogen, zu diesem Ort in sich selbst, wo er geweilt hatte, als sie ihn zum ersten Mal auf dem Frostjahrmarkt getroffen hatte.

»Sie hat London geliebt, so wie auch ich die Stadt vor langer, langer Zeit geliebt habe. Ich habe mich dort so wohl gefühlt.«

Noch etwas, das sie nicht über ihn gewusst hatte. Sie hatte angenommen, dass seine Abwesenheit von London in all diesen Jahren an seinem Abscheu für diese überfüllte, schmutzige, von Klatsch und Tratsch lebende Welt lag. Doch nein, dieses selbst auferlegte Exil war in seiner Liebe für Lydia begründet.

Katherine umklammerte die Armlehnen ihres Sessels. Es schien, als hätten sie noch weniger gemein, als sie je vermutet hatte.

Jasper schüttelte leicht den Kopf. »An dem Tag, an dem ich erfahren habe, dass Lydia mein Kind unter dem Herzen trägt, habe ich darauf bestanden, dass wir uns auf meinen Landsitz zurückziehen. Und diese acht Monate waren die glücklichsten meines Lebens.«

O Gott, bestimmt konnte er hören, wie ihr das Herz brach. Warum? Warum sollte dieses verfluchte Organ zersplittern, wenn sie ihn nicht liebte? Sie konnte ihn nicht lieben. Nicht diesen … Fremden, der immer noch um seine verstorbene, perfekte Ehefrau trauerte.

»Es war ein Sonntag, als sie einen stechenden Schmerz verspürte. Ich bestand darauf, dass sie sich ausruhen sollte. Ich habe nach einem Arzt geschickt, aber ich habe mich weiter um die Geschäfte des Anwesens gekümmert, während sie in der Einsamkeit ihrer Gemächer gelitten hat.« Sein Gesicht verzog sich in solchem Schmerz, dass Katherine den Blick abwandte. »Das ist der Mann, den du heiraten wirst.«

»Was ist passiert?« Kam dieses Flüstern wirklich von ihr?

Sein glühender Blick richtete sich auf sie. »Willst du das wirklich hören, Katherine?«

Schnell schüttelte sie den Kopf. »N…«

»Der Arzt rief mich.«

In seinen Augen lag der Ausdruck eines Mannes, der mit allen Feuerqualen der Hölle in Berührung gekommen war und für immer von ihren Flammen gezeichnet bleiben würde. »Willst du wissen, wie sie drei Tage lang geschrien hat, bis ihre Stimme erst heiser und dann still wurde von all den verdammten Schreien voller Angst und Qual, die ihre Kehle wund machten?«

Wieder schüttelte Katherine den Kopf. »Nein …«, rief sie und sprang auf, erfüllt von dem Bild von ihm an der Seite seiner Frau, die darum kämpfte, ihrer beider Kind zu gebären.

»Oder möchtest du von mir hören, wie sie mit ihrem letzten Atemzug ein kleines, blau angelaufenes Baby auf die Welt brachte?«

Ein Muskel zuckte in seinem Augenwinkel, und sein hartes Gesicht verschwamm vor ihrem Blick. Sie fuhr sich mit einer Hand über die Augen und wurde gewahr, dass sie wegen des Schmerzes weinte, den er erlitten hatte, wegen des Verlustes seiner Liebe und wegen des kleinen Babys. Verärgert wischte

Katherine über die Spuren ihrer Verzweiflung. Jasper würde ihr Mitleid nicht wollen.

Wie erwartet, betrachtete er kurz ihre tränenüberströmten Wangen, und als er ihr in die Augen sah, lag ein steifes, grausiges Lächeln auf seinen Lippen.

»Oder hättest du es lieber, wenn ich dir davon erzählte, wie ich dieses Baby gehalten habe, das zwei Tage lang um sein Leben gekämpft hat, mit jedem keuchenden Atemzug?«

Bei dem herzzerreißenden Bild, das er malte, schloss sie die Augen.

»Möchtest du hören, wie er sich an mich schmiegte und dann seinen letzten Atemzug tat?«

Katherine bemühte sich, gegen den schmerzvollen Kloß in ihrer Kehle anzuschlucken. Sie zwang sich, Jasper anzusehen. Er stand stocksteif da, die Trauer in jede Linie seines Gesichts eingegraben, als hätten sich diese Jahre zurückliegenden Momente gerade erst abgespielt.

In diesem Augenblick, als sie sich die Tiefe ihrer Gefühle für diesen Mann eingestand, begriff Katherine, dass sie auf ihn verzichten würde, wenn sie Lydia und dieses namenlose Baby zurückbringen könnte – selbst wenn das hieß, er wäre nicht da gewesen, um sie auf dem Frostjahrmarkt zu retten.

»Es tut mir so leid, Jasper.« Sie wollte, dass er die Tiefe der Aufrichtigkeit dieser sechs Worte hörte.

Seine Kiefermuskeln zuckten. »Du und die Gesellschaft fragt euch, ob ich meine Frau ermordet habe.« Seine langen Schritte überwanden die Entfernung zwischen ihnen. Direkt vor ihrem Sessel blieb er stehen, sodass sie gezwungen war, sich den Hals zu verrenken, um zu ihm hochzuschauen. »Und die Wahrheit ist, das habe ich, Katherine. Ich habe sie so sicher umgebracht, als hätte ich sie erschossen.«

Katherine sprang auf. »Das hast du nicht.« Ihre Stimme zitterte vor Gefühl. Sie berührte seine Wange. Als wäre der

Schmerz über seinen Verlust nicht schon genug gewesen, hatte er sich auch noch mit dem höhnischen Geflüster und den absurden Anschuldigungen der Gesellschaft plagen müssen. Den Verrückten Herzog nannten sie ihn. Seine einzige Verrücktheit hatte darin bestanden, so sehr zu lieben.

Er zuckte vor ihrer Berührung zurück, und sie ließ beschämt die Hand fallen.

»Willst du mich immer noch heiraten, Katherine? Willst du mich heiraten, jetzt, wo du weißt, was für ein Monster ich bin?«

Sie betrachtete ihn, und ihr zog sich das Herz zusammen. *Oh, Jasper.* Er hatte so sehr geliebt, dass ihn der Schmerz des Verlusts in diese dunkle, leere Hülle von einem Mann verwandelt hatte. Sie konnte sich genauso wenig von ihm abwenden und gehen, wie sie sich die eigene Hand abschneiden könnte. »Ja, das will ich«, sagte sie leise.

Jaspers Blick versenkte sich in ihren, glitt über ihr Gesicht. Er lehnte die Stirn gegen ihre. »Dann bist du eine Närrin«, flüsterte er rau.

Vielleicht war sie das. Aber seit dem Moment, in dem sich seine Hand um ihr Handgelenk geschlossen und er sie keuchend und verzweifelt aus dem eisigen Wasser der Themse gezogen hatte, waren ihre Leben unwiderruflich miteinander verbunden, und sie war die Seine geworden, so wie er der Ihre war.

Sie schlang die Arme um seine große Gestalt und legte die Wange an seine Brust. Sie lauschte dem festen, schnellen Schlag seines Herzens, der harte Rhythmus gedämpft unter ihrem Ohr. Seine Arme hingen zu beiden Seiten hinab, und er hob sie leicht an, als wollte er sie umarmen. Doch dann ließ er sie wieder fallen.

Katherine schob sich leicht von ihm fort. Sie stellte sich auf die Zehenspitzen und drückte die Lippen auf seine.

Jaspers Muskeln spannten sich unter seiner schwarzen Kleidung, und er zog sie an sich. Sein Mund presste sich auf ihren, wieder und wieder. Schnell, hart und voller Zorn kostete er sie. Es war kein sanfter Austausch, sondern heftige Leidenschaft, neben der das gewaltigste Sommergewitter harmlos wirken würde.

Sie öffnete ihre Lippen und gewährte ihm Einlass. Seine Zunge glitt herein, besitzergreifend und suchend, und sie erwiderte seinen Kuss.

Er legte die Hände an ihren Hals und neigte ihren Kopf, damit er sie noch hingebungsvoller küssen konnte.

Katherine stöhnte, und alle Kraft verließ sie, bis sie nur noch von seinen Armen aufrecht gehalten wurde. Er drückte sie an sich, und seine Brust war ihr Anker.

Sein Kuss war, was Dichter dazu brachte, romantische Worte auf Papier zu verewigen, und Frauen dazu verführte, allen Anstand zu vergessen, und junge Damen dazu brachte, alle Vorsicht in den Wind zu schlagen.

Ein atemloser Schrei entrang sich ihr, als er ihre Brust umfasste, und er schluckte den Laut mit seinem Mund. Seine Lippen lösten sich von ihren, und sie vergrub die Hände in seinen schwarzen Haaren und zog daran, in dem verzweifelten Versuch, seinen Mund zurück auf ihren zu bringen.

Ihrer Anstrengung blieb der Erfolg versagt, und er setzte seine Eroberung fort. Er hauchte Küsse von ihrer Schläfe bis hinab zu der empfindlichen Stelle hinter ihrem Ohr.

Ein atemloses Kichern entwich ihr.

Jasper lehnte sich zurück und blickte sie fragend an.

»Das hat gekitzelt«, erklärte sie und wollte nichts anderes, als den Kopf in den Nacken zu legen, damit er weitermachen konnte.

Jasper berührte die empfindsame Stelle mit einer Fingerspitze und senkte dann die Lippen erneut auf ihre Haut.

»O Jasper«, flüsterte sie mit einem hingehauchten Lachen.

»Bist du immer noch sicher, dass du mich heiraten willst?«, fragte er wieder. Eine Spur von Unsicherheit lag in der Frage, und ihr Herz tat einen Sprung angesichts dieses Risses in der kalten Maske, die er über die Jahre perfektioniert hatte.

War er verrückt? Seine heiße Berührung brachte sie dazu, von ihm und ihrer gemeinsamen Zukunft zu träumen, einer Zukunft, in der diese Küsse nicht nur Küsse sein würden, einer Zukunft, in der er ihr die Wahrheit hinter allen Geheimnissen zwischen Mann und Frau zeigen würde.

Sie legte eine Hand an seine Wange. »Ich würde keinen anderen Mann lieber heiraten wollen.«

Sein Blick verbrannte sie, bohrte sich mit schwindelerregender Intensität in sie, und mit einer Leichtgläubigkeit, die eigentlich naiven Debütantinnen hätte vorbehalten sein müssen, wartete Katherine mit angehaltenem Atem darauf, dass er etwas Ähnliches erwiderte.

Doch die Erwiderung kam nicht.

Stattdessen …

Er nickte kurz. »Sehr gut. Dann wird die Hochzeit in einer Woche stattfinden.«

Jasper trat von ihr zurück, verbeugte sich hastig und verließ den Salon, als wäre darin ein Feuer ausgebrochen.

Katherine starrte auf den leeren Durchgang, noch lange nachdem er verschwunden war. Sie schlang die Arme um sich, wie um sich selbst Halt zu geben. Jasper hätte nicht eindeutiger sein können, nicht einmal, wenn er die Worte zu Papier gebracht hätte. Sein Interesse an ihr war rein praktischer Natur. Es gab keine berauschenden Gefühle, kein sehnsüchtiges Verlangen auf seiner Seite – nicht für sie. Vielleicht waren all diese aufwühlenden Gefühle mit seiner Lydia begraben worden.

Sie grub die Nägel in die Haut ihrer Unterarme.

Nur … sein Kuss, seine Berührungen brachten sie zum Träumen, ließen sie wagen, daran zu glauben, dass er mit der Zeit etwas für sie empfinden würde, so wie sie für ihn empfand.

Es klopfte an der Tür, und Katherine schaute ausdruckslos zur Tür, wo ihre Schwester den Kopf hereinstreckte. Ein breites Lächeln lag auf ihren porzellanzarten Wangen. »Hallo.« Sie spähte in den Raum, als müsste sie sich versichern, dass Katherine allein war. »Darf ich reinkommen?«

Katherine nickte, dankbar für die Anwesenheit ihrer Zwillingsschwester.

Anne trat ein und schloss die Tür hinter sich. »Mutter ist außer sich.«

Katherine dachte an die gehässigen Anschuldigungen, die Mutter bei Jaspers Ankunft vorgebracht hatte. Sie sollte sich schämen und sonst nichts.

Anne zog Katherine zu dem taubenblauen Samtsofa. »Setz dich«, befahl sie, als spräche sie mit einem kleinen Kind.

Katherine sah mit einem leichten Lächeln zu ihrer Schwester hoch. Obwohl sie ein paar Minuten älter war, hatte Anne nie wie die Ältere von ihnen gewirkt. Immer zu einem Lächeln bereit, brachte Anne sie beide ständig in alle möglichen Schwierigkeiten. In diesem Augenblick jedoch war sie, mit ihrem ernsthaften Gesichtsausdruck und ruhigen Auftreten, ganz sicher die ältere Schwester. »Also als ich vorgeschlagen habe, dass wir einen Ehemann für dich finden, damit du diesem grässlichen Bertrand Ekstrom entkommst, habe ich mir nicht mal im Traum vorgestellt, du könntest jemand noch Schlimmeren finden.«

Katherine schüttelte den Kopf. »Nein, Anne. Er ist … er ist …«

»Er ist was?« Anne runzelte die Stirn.

Tapfer. Verletzt. Stark. »Er ist ein guter Mann«, beendete Katherine den Satz dürftig.

Anne lehnte sich auf dem Sofa zurück. »Er ist ein sehr gestrenger Gentleman. Von meinem Ehemann würde ich mir wünschen, dass er viel lächelt und nicht immer so ernst ist wie der Herzog.« Ein lang gezogener Seufzer kam über Annes anmutig geformte Lippen. »Ich könnte niemals jemanden verachten, der dich so heldenhaft gerettet hat wie der Herzog. Aber darüber hinaus scheint es wenig zu geben, was für ihn spricht.« Sie zog die Nase kraus. »Obwohl das *sehr* für ihn spricht.«

Einmal, Katherine und Anne waren noch kleine Mädchen von gerade mal sieben oder acht gewesen, waren sie durch die Wälder auf dem Landsitz ihres Vaters gestreift. Dort waren sie auf einen Fuchs gestoßen. Eins seiner Vorderbeine hatte sich in einer Falle verfangen und war hoffnungslos gebrochen und blutig gewesen. Das Tier hatte die Lippen zurückgezogen und gefaucht und nach ihnen geschnappt.

Katherine biss sich auf die Innenseite ihrer Wange, um nicht zu erklären, dass Jasper dieser verängstigte, verletzte Fuchs war. Sie liebte ihre Schwester und vertraute ihr vorbehaltlos, aber sie konnte trotzdem nicht Jaspers Privatsphäre verletzen und seine Vergangenheit ausplaudern.

»Du darfst ihn nicht heiraten, außer wenn du es wirklich willst«, fuhr Anne fort. »Es wird nicht leicht sein, mit den bevorstehenden Feiertagen, aber wir müssen jemanden finden, der dich sowohl vor Bertrand als auch vor dem Duke of …«

»Ich habe ihn gebeten, mich zu heiraten.«

Die ruhig ausgesprochenen Worte ließen ihre Schwester verstummen. Anne riss die Augen so weit auf, dass sie aussah wie eine Nachteule. Sie öffnete den Mund, doch Katherine kam ihr zuvor.

»Ich konnte Bertrand nicht heiraten, und der Herzog wird gut zu mir sein. Er wird mir meine Freiheit zugestehen und …« Ihr gingen die Worte aus, denn sie war sich ganz und gar nicht sicher, welche Art von Ehe sie führen würden. Bestimmt würde es nicht die große Liebe sein, die ihn mit seiner ersten Ehefrau verbunden hatte.

Anne trommelte mit den Fingern auf die Armlehne des Sofas. »Ich muss zugeben, als ich von dem Herz eines Herzogs für jede von uns geträumt habe, hatte ich eine ganz andere Vorstellung davon. Ich habe dich mir nicht verheiratet vorgestellt mit so einem Mons… äh, schwierigen Gentleman«, korrigierte sie sich hastig, als Katherine sie tadelnd anblickte.

Und wie sie so dort saß und ganz ehrlich mit sich war, konnte Katherine sich eingestehen, wenn auch nur sich selbst gegenüber, dass auch sie sich etwas anderes als eine Vernunftehe für sich gewünscht hatte.

Kapitel 16

Als Katherines Vater, der Earl of Wakefield, gestorben war, hatte die Trauer wie eine dicke Wolke über dem Haushalt gehangen. Kurz nachdem sie von seinem plötzlichen Tod erfahren hatte, war sie in seinem Arbeitszimmer gewesen, hatte auf einem lederbezogenen Ohrensessel gehockt, während die goldene Uhr auf dem Kaminsims leise und stetig tickte. Sie erinnerte sich immer noch an das Gefühl der Leere an diesem düsteren Tag.

Während sie in der Mitte ebenjenes Zimmers stand, überlegte Katherine, wie sehr jener Tag diesem glich – ihrem Hochzeitstag. Sie warf einen Blick zur Seite, zu Jasper. In dem üblichen schwarzen Rock, den schwarzen Kniehosen mit der strahlend weißen Weste darüber und den schwarz glänzenden Reitstiefeln gemahnte er Katherine an Luzifer, den gefallenen Engel, der aus dem Himmel verbannt worden war.

Seine Schultern versteiften sich, als spürte er ihr Starren, aber sein Blick ruhte weiterhin auf dem kleinen Vikar, der die Zeremonie leitete.

Ihr Blick glitt von ihm zu Anne und ihrer Mutter, die auf dem braunen italienischen Ledersofa Platz genommen hatten. Ihre Mienen zeigten schmerzvolles Bedauern.

»Madam«, erklang Jaspers Stimme neben ihr.

Katherine zuckte zusammen, und Hitze stieg ihr in die Wangen, als ihr klar wurde, dass es Zeit war, das Ehegelöbnis zu sprechen, das ihr Schicksal auf ewig an das dieses düsteren, praktisch fremden Mannes knüpfen würde. Ihr Mund wurde trocken, als ihr die Folgen dieses Gelöbnisses bewusst wurden. Wenn sie Jasper heiratete, würde sie für immer an ihn gebunden sein. Die so gut wie begrabenen Hoffnungen, die sie sich gerade erst eingestanden hatte, regten sich, Bilder von einem Gentleman, der sie liebte und ihr Gedichte vorlas, während zu ihren Füßen ihre Kinder spielten.

Sie sprang auf und fühlte sich wie ein Vogel, der sich zur Flucht bereit machte.

Der Gentleman neben Jasper hustete in seine Hand.

Katherine blickte zum Marquis of Guilford. Er erwiderte ihren Blick und lächelte freundlich. Etwas in seinen Augen, eine stille Ermutigung, das Versprechen, dass ihre Entscheidung an diesem Tag nicht die falsche war, gab ihr Kraft.

»Ich, Katherine Adamson …« Sie machte weiter, sprach die althergebrachten Worte.

Jasper runzelte die Stirn, und sie fragte sich, ob er einen Rückzieher von ihr erwartet hatte. Er wusste offenbar nicht, dass sie eine Frau mit zu viel Ehrgefühl war, um ihren Bräutigam sitzen zu lassen.

Dann, in Anwesenheit ihrer Mutter, ihrer Schwester, des Marquis of Guilford, aber in Abwesenheit ihres Bruders Benedict sowie ihrer Schwester Aldora und deren Ehemann Michael, wurde Lady Katherine Adamson die Duchess of Bainbridge. Sie dachte, sie sollte etwas fühlen … irgendetwas. Die Aufregung einer frischgebackenen Ehefrau oder zittrige Nervosität. Nicht diese … diese … Leere.

Jasper und sie mussten etliche Unterschriften leisten, was sie schweigend taten. Die einzigen gelegentlichen Äußerungen kamen vom Marquis of Guilford und richteten sich an den Vikar.

Sie musterte ihren Ehemann, der sich über ein Stück Pergament beugte und seinen Namen an die erforderlichen Stellen setzte. Er ließ den Federhalter auf den Schreibtisch fallen. »Erledigt«, sagte er ruhig.

Erledigt.

Nein, das stimmte nicht wirklich – das war erst der Beginn des Rests ihres Lebens.

Er hielt Katherine einen Arm hin. Sie starrte ihn an, blinzelte nicht einmal und legte ihre Finger auf seinen Ärmel.

Mutter kam hastig auf die Füße, ein brüchiges Lächeln auf den Lippen. »Der Koch hat ein köstliches Hochzeitsmahl vorbereitet …«

»Nein«, sagte Jasper rau.

Mutter blinzelte. »Euer Gnaden.«

»Es wird kein Hochzeitsfrühstück geben. Schnee liegt in der Luft, und wenn wir meinen Landsitz noch heute erreichen wollen, müssen wir umgehend aufbrechen.«

Katherine ließ die Hand von seinem Arm fallen. Sie legte den Kopf zur Seite, während sie sich bemühte, Jaspers Worte zu begreifen. Wenn sie sich die Zeit nach der Hochzeit vorgestellt hatte, hatte sie gewusst, dass sie zusammenleben würden, und das vermutlich auf seinem Landsitz, wenn man seine kürzlich eingestandenen Gefühle London gegenüber bedachte.

»Aber es ist fast Weihnachten«, brach es aus ihr heraus. Fünf Augenpaare richteten sich auf sie, und Panik machte sich in ihr breit. »Ich habe gedacht, wir würden Weihnachten mit meiner Familie verbringen«, sagte sie schnell. »Aldora und …«

Jasper zog die Brauen zusammen. »Aldora?«

O Gott, er ist immer noch ein Fremder für mich, so wie ich eine Fremde für ihn bin. Er hat noch nicht einmal meine Schwester kennengelernt. »Und Michael. Und dann ist da auch noch Benedict, der bald ankommen wird.«

Der Marquis of Guilford sah sie voller Mitleid in den warmen blauen Augen an, doch die freundliche Geste verstärkte nur ihre Panik.

»Das stimmt doch, Mutter, oder?« Katherine fuhr herum zu ihrer Mutter und Schwester. »Benedict sollte längst hier sein, und bestimmt ist er enttäuscht, wenn wir nicht über Weihnachten hier sind.«

»Nein«, beharrte Jasper unnachgiebig. »Mein Kutscher hat Instruktionen, sich bereitzuhalten. Wir brechen sofort auf.«

Anne schien die Verzweiflung, die in Katherine aufstieg und sie zu überwältigen drohte, zu spüren. Sie schlug die Hände zusammen und strahlte Jasper an. »Ich habe eine fantastische Idee. Was, wenn wir euch über die Weihnachtszeit Gesellschaft leisten und dann …«

»Nein«, unterbrach Jasper sie. Die Ader an seinem Hals pochte. »Keine Gesellschaft.«

»Ich verstehe das nicht«, flüsterte Katherine. Sie zuckte zusammen, als die Worte in die Stille des Zimmers fielen und die unfreiwilligen Zeugen ihrer Verzweiflung sie weiter anstarrten.

Jasper fuhr über seine makellos weißen Handschuhe. »Wir brechen jetzt auf.«

Das war alles. Keine freundliche Antwort. Keine geduldige Erklärung.

Sie schloss die Augen. *Lieber Gott, was habe ich getan?*

Als sie die Augen wieder öffnete, sah Jasper sie an. Für einen flüchtigen Moment entdeckte sie Wärme in den unergründlichen Tiefen seiner grünen Augen. Doch es musste eine Täuschung gewesen sein, ein Flackern des Kaminfeuers, das für dieses Aufleuchten verantwortlich war, denn sie blinzelte nur ein Mal, und schon war der kühle, spöttische Ausdruck zurück, den sie so gut kannte.

Katherine blickte sich um, doch da war niemand, der ihn zur Vernunft bringen könnte. Er war der allmächtige, grausame

Duke of Bainbridge, ganz klar daran gewöhnt, dass ihm jeder Wunsch, jedes Begehren erfüllt wurde.

Sie keuchte auf, als Anne sich ihr in die Arme warf. Ihre Schwester drückte sie fest und streichelte ihr beruhigend über den Rücken. »Seit dem Moment, als er die Nachricht geschickt hat, um euer Treffen im Park abzusagen, habe ich gewusst, dass er für dich bestimmt war, Katherine. Ich bin mir nur nicht sicher gewesen, ob *du* das gewusst hast.«

Überrascht lehnte Katherine sich zurück.

Ihre Schwester musste den Schock auf ihrem Gesicht gesehen haben, denn sie drückte ihre Schultern. »Ich habe gedacht, so ein bisschen Schnee sollte dich nicht von deinem Ausflug abhalten.«

Anne küsste sie auf die Wange. »Denk immer daran, er hat dich gerettet. Es gibt ganz sicher etwas Gutes in ihm«, wisperte sie ihr ins Ohr.

Ja, das wusste sie, und doch erfüllte sie der Gedanke, mit ihm auf seinem Landsitz zu leben, allein, abgeschnitten von ihrer Familie, mit Schrecken. Sie erwiderte die Umarmung ihrer Schwester fest und verabschiedete sich dann von Mutter.

Sie gingen durch das Haus zur Eingangshalle, wo Ollie ihnen die Tür aufhielt. Der Butler neigte den Kopf und öffnete den Mund … Vielleicht um dem frisch verheirateten Paar seine Glückwünsche auszusprechen? Doch Jasper legte ihr eine schwere Hand auf den Rücken und steuerte sie vorwärts. Sie blickte unwillig zu ihm auf, aber ihn schien ihr Missfallen nicht zu kümmern.

Sie schritten über den schneebedeckten Boden zur Kutsche. Jasper winkte den Lakaien zur Seite und half ihr beim Einstiegen, ehe er ihr folgte. Der Kutscher schloss hinter ihnen die Tür.

Während Katherine ihrem neuen Heim entgegenfuhr, fühlte sie sich, wie Andromeda sich gefühlt haben musste, als sie an den Fels gefesselt gewesen war und auf Erlösung durch einen mächtigen Rächer gehofft hatte.

Sie presste sich in eine Ecke der Kutsche und starrte Jasper an. Sein Blick blieb auf einen Punkt über ihrer Schulter gerichtet, sein Kiefer hart und unbewegt. Er hätte auch aus Stein gemeißelt sein können, so wenig Gefühl verriet er.

Ehemann. Er ist mein Ehemann.

Entschlossenheit stärkte Katherine das Rückgrat. Wenn er dachte, er könnte sie mit seiner Schroffheit und Kälte einschüchtern, dann würde er mit ihr als Ehefrau eine bittere Enttäuschung erleben. Sie funkelte ihn an.

»Du führst dich auf wie ein gemeiner Rohling«, sagte sie heftig.

Wenigstens sah er sie jetzt an.

* * *

Jasper starrte auf diese kleine Frau, die sich für immer an ihn gebunden hatte.

Seine Ehefrau.

O gütiger Gott im Himmel. Er hatte sich geschworen, nie wieder zu heiraten, sich gelobt, sich nie wieder in die Hände einer Frau zu begeben, die ihn denselben alles betäubenden Schmerz spüren lassen könnte, den er bei Lydias Tod erlebt hatte.

Diesen ganzen Tag über und auch während der kurzen Zeremonie hatte er das leichte Zittern von Katherines Händen wahrgenommen, den Anflug von Panik in ihren Augen gesehen, und ihm war bewusst geworden, dass diese Frau ihm gehören würde.

Bis dass der Tod euch scheidet.

Und dann, als er dort gestanden hatte und ihm diese unheilvollen Worte durch den Kopf gegangen waren, hatte er sich das Leben in der Hölle vorgestellt, in der es nicht mehr

Lydias lebloser Körper war, den er in den Armen hielt, sondern Katherines. Eis breitete sich über seinen Rücken aus, ließ ihn erstarren und innerlich kalt werden. Sie würde nicht sterben. Das würde er nicht zulassen.

»Hast du mich gehört?«, erkundigte sie sich leicht ungeduldig. »Ich habe gesagt, du bist ein gemeiner Rohling.«

Sie hatte absolut recht. Er war ein gemeiner Rohling, ein grausames Monster, und er hatte schon vor langer Zeit vergessen, wie man sich unter Menschen bewegte.

»Ich bitte um Entschuldigung«, sagte er, sich selbst mit diesem Zugeständnis ebenso überraschend wie sie.

Ihr blieb der Mund offen stehen.

Jasper beugte sich vor und berührte sanft ihr Kinn.

Katherine schloss abrupt ihre Lippen. »Also«, sagte sie und rutschte auf der Bank hin und her. »Äh, dann, also … Danke.«

Jasper lehnte sich zurück …

»Aber das heißt nicht, dass ich dir dein Verhalten vergebe.«

Seine Mundwinkel zuckten. »Mir vergeben?«

Sie nickte. »Es ist fast Weihnachten.«

Das wusste er. Drei Jahre lang, dreihundertvierundsechzig Tage lang war ihm die Bedeutung dieses Datums bewusst gewesen. Nur bedeutete es für ihn nicht Geburt und eine Zeit der Hoffnung, sondern die trostlose Leere des Todes. »Das weiß ich, Katherine. Ich feiere Weihnachten nicht.«

»Das ist lächerlich.« Sie verdrehte die Augen zum Dach der Kutsche.

Der Wind heulte, als hätte die Erinnerung an Lydia auch die Elemente traurig gemacht. Jaspers trübe Gedanken hallten durch die Stille, die nur durchbrochen wurde vom Rattern der Räder der Kutsche, die Schnee und Kies auf dem Weg aufwühlten.

Die Ironie des Ganzen entging ihm nicht. Morgen war der Jahrestag von Lydias Tod, und er sollte ihn mit seiner neuen Braut feiern.

Katherine, die sich seiner finsteren Gedanken scheinbar nicht bewusst war, fuhr fort: »Weihnachten sollte eine Zeit der Freude und des Friedens sein. Du hast dich viel zu lange vor der Welt verschlossen. Lass uns nach London zurückkehren, meine Familie besuchen und mit ihnen zusammen feiern.«

Ein harsches, hässliches Lachen entrang sich seiner Brust. »Geht es hier darum, Katherine? Geht es dir wirklich um mich? Oder darum, zu bekommen, was du dir wünschst? Versuchst du mich einfach nur geschickt um den Finger zu wickeln, damit du deinen Willen durchsetzt?«

Sie gab ihm eine Ohrfeige. So hart, dass sein Kopf zurückschnellte.

Er bewegte die Kiefermuskeln. Himmel, sie könnte es mit den meisten Männern aufnehmen, die er in seinem armseligen Leben kennengelernt hatte.

Alle Farbe wich ihr aus den Wangen. Ihre Haut wurde so weiß wie der frisch gefallene Schnee auf der Landschaft, durch die sie fuhren. »B-Bitte v-verzeih«, stammelte sie.

Die Erkenntnis nahm ihm den Atem. Er blinzelte fassungslos.

Sie hat Angst vor mir.

Das machte ihn wütender als der verdiente Schlag.

Seine gefühllosen Worte waren unverzeihlich.

Er winkte ihre Entschuldigung fort. »Das hatte ich verdient.«

Sie befeuchtete sich die Lippen. »Das hattest du.«

»Ich weiß«, erwiderte er. »Darum habe ich es gesagt.«

»Stimmt.« Katherine verstummte und wandte ihre Aufmerksamkeit dem Fenster zu. Der Wind pfiff um die Kutsche, rüttelte an den schwarz lackierten Türen. Ihre langen, zarten Finger schoben den roten Samtvorhang zur Seite, und sie blickte hinaus.

Jasper musterte ihr Spiegelbild in der von Eis überzogenen Glasscheibe.

»Aldora«, flüsterte sie.

Er legte den Kopf schräg. »Wie bitte?«

Ihr Blick blieb aus dem Fenster gerichtet. »Mir ist bewusst geworden, wie wenig wir voneinander wissen, Jasper. Aldora. Sie ist meine Schwester.«

Das wusste er. Guilford hatte von der ältesten Schwester und ihrem Mann gesprochen. Aber Jasper würde sich nicht so weit erniedrigen, zuzugeben, dass er ihr Leben und ihre Familie recht ausführlich mit seinem engsten Freund und Vertrauten besprochen hatte. »Und Michael?«, fragte er, obwohl er den reichen jungen Lord, mit dessen Namen ein Skandal verknüpft war, sehr gut kannte.

»Ist Aldoras Ehemann. Sie hatte die Absicht, seinen Bruder zu heiraten, den Marquis of St. James, weil unsere Familie …« Ihre Worte verloren sich.

Jasper verbat sich, nachzuhaken. Seine Heirat mit Katherine war eine reine Vernunftehe, mehr nicht. Die Details ihres Lebens sowie die ihrer Familie sollten keine Rolle spielen. Wenn er sich auf diese Einzelheiten einließe, würde ihr Leben sich nur noch enger mit seinem verflechten. »Weil eure Familie …?«

Katherine grub die Hände in den Stoff ihres smaragdgrünen Musselinmantels. »Mein Vater war ein Taugenichts. Tag und Nacht hat er an den Spieltischen verbracht und getrunken und alles verspielt, was nicht zum Erbteil gehörte.«

Ah, darauf hatte sie sich bereits bei ihrem Heiratsantrag bezogen. Ihn erfüllte dieselbe eisige Wut wie damals, als sie sich so erniedrigt hatte, sich ihm anzubieten, einem herzlosen Mistkerl – der einzige Weg für sie, den habgierigen Plänen ihrer Mutter zu entgehen.

»Vor fast vier Jahren ist er plötzlich an einem Schlaganfall gestorben.« Als seine Welt auseinandergebrochen war, war auch Katherines in Stücke gegangen. Er versuchte, sie sich vorzustellen, ein Mädchen, das gerade dabei war, zur Frau zu werden, das zusehen musste, wie alle ihre irdischen Besitztümer verkauft wurden, um für die Sünden ihres Vaters zu bezahlen.

Katherine blickte ihn an. »Dann klopften die Gläubiger an unsere Tür.«

Sein Magen zog sich zusammen. Er wünschte sich, er hätte sie damals gekannt, wünschte sich, er hätte die Gläubiger stillschweigend bezahlen und ihr das Grauen ersparen können, ohne jede finanzielle Sicherheit hinausgeworfen zu werden.

»Sie haben Annes Klavier und sogar ihre Bänder mitgenommen. Sie haben alle beweglichen Güter beschlagnahmt. Meine B… Sie haben alles mitgenommen«, lenkte sie wieder ab, als würden ihre eigenen materiellen Verluste sie beschämen.

Ich werde dich mit allem und jedem überhäufen, was dein Herz begehrt.

»Aldora ist die Älteste, und daher musste sie eine gute Partie machen, um uns alle vor dem Ruin zu bewahren.« Sie kaute auf ihrer Unterlippe, wie sie es so oft tat, wenn etwas sie aufwühlte. Auch wenn er vieles über ihr Leben nicht wusste, so kannte er die kleinen Zeichen, mit denen sie sich verriet, umso besser.

»Aldora hatte von ihren Freundinnen einen Schmuckanhänger geschenkt bekommen, ein simples Herz aus Gold, das sie von einer Zigeunerin erstanden hatten und das sie angeblich zum Herzen eines H…«, das Rot auf ihren Wangen vertiefte sich noch, »äh, zu einem guten Mann, der sie lieben würde, führen sollte.«

Ihre verräterische Reaktion ließ vermuten, dass mehr hinter ihrem plötzlichen Unbehagen steckte. »Aldora hat geglaubt, nach den skandalösen Umständen, in die wir geraten waren, und in unserer schrecklichen finanziellen Lage könnte nur ein reicher Lord mit einem Titel unserer Familie wieder Hoffnung auf Sicherheit geben.« Sie löste die Bänder ihres Huts und nahm das lächerliche Ding ab. Sie warf ihn quer durch die Kutsche, sodass er mit einem dumpfen Aufprall zu seinen Füßen landete. »Ich hasse diesen Hut«, murmelte sie.

Und Hüte. Er würde die beste Putzmacherin beauftragen, eine unbegrenzte Anzahl von Hüten zu entwerfen, aus denen Katherine dann wählen könnte. Einen für jeden Tag des Jahres.

»Ich gehe davon aus, dass sie nicht den Marquis geheiratet hat?«

Katherine lächelte breit. »Sie hat seinen Bruder geheiratet.« Sie fuhr mit einer Hand durch die Luft. »Es gab da irgendeinen Skandal im Zusammenhang mit ihrem Ehemann Michael, aber das hat keine Rolle gespielt. Aldora hat ihn geliebt.«

Das Rot auf ihren Wangen vertiefte sich zu der Farbe von reifen Sommerbeeren, und Jasper verspürte plötzlich heftiges Verlangen.

Er verlagerte sein Gewicht auf dem Sitz. »Und was ist mit dir, Katherine? Sicherlich hast du doch auch von Liebe geträumt?« *Oder wenigstens von mehr als diesem kalten, rein vernunftbegründeten Vertrag, den du mit mir eingegangen bist.*

Sie hob eine Schulter. »Vielleicht früher, als ich jünger war. Ich bin fast zwanzig und sehr viel vernünftiger.«

Jasper hatte Liebe und großen Verlust erlebt, doch der Gedanke, dass seine tapfere, mutige, geistreiche Katherine niemals die Liebe kennenlernen sollte, schnitt ihm so scharf ins Fleisch, als würde man ihm eine Klinge in den Körper stoßen.

Nur … als er sie sich gleich darauf mit einem namenlosen, sorglosen Mann vorstellte, der lachen und lieben konnte, dankte Jasper mit jeder Faser seines selbstsüchtigen Wesens der Tatsache, dass sie ihm gehörte.

»Du hast mir auch nichts von deiner Familie erzählt, Jasper.« Ihre sanft gemurmelten Worte drangen in seine Gedanken. »Hast du Brüder oder Schwestern?«

Jasper bückte sich und hob ihren Hut auf. Er musterte den elfenbeinfarbenen Spitzenbesatz. »Ich habe weder Brüder noch Schwestern.« Seine Kindheit war einsam gewesen. In den Mauern von Castle Blackwood hatte es weder Gelächter noch Freude gegeben.

»Was ist mit deiner Mutter und deinem Vater?«

»Sie sind t…«

»Tot. Ich weiß.« Sie lehnte sich vor und nahm ihre Kopfbedeckung zurück. »Ich würde denken, es gibt mehr über die Menschen zu sagen, die dir das Leben geschenkt haben.«

Oh, er könnte jede Menge über sie sagen, aber nichts davon war angemessen für die Ohren einer Lady. »Meine Eltern waren kalte, selbstsüchtige Menschen. Es war eine Verbindung, die sich auf ihrer beider Stellung in der Gesellschaft gründete.« Die Ehe seiner Eltern war voller Skandale gewesen. Sowohl seine Mutter als auch sein Vater hatten ihre Affären sehr öffentlich ausgelebt.

Katherine legte ihren Hut auf dem Schoß ab und spielte mit den Bändern, die von der elfenbeinfarbenen Kreation herabhingen. »Bestimmt gab es so etwas wie Zuneigung zwischen ihnen«, protestierte sie. »Auch wenn die Ehe meiner Eltern von ihren Vätern sorgfältig arrangiert wurde, so hat meine Mutter meinen Vater doch sehr geliebt.«

Ein raues Auflachen entrang sich ihm. »Meine Eltern haben einander verabscheut. Mein Vater hatte eine Geliebte nach der anderen, meine Mutter einen Liebhaber nach dem nächsten. Ich versichere dir, zwischen ihnen gab es nur wenig Zuneigung.«

Ihre Augen weiteten sich. »Oh«, hauchte sie, während das Rot auf ihren Wangen sich vertiefte.

Süße Katherine. Sie sprach von Logik und Pragmatismus und den Vorzügen einer Ehe, die auf Vernunft gründete, aber trotzdem war sie immer noch hoffnungslos unschuldig, und der Gedanke daran versetzte ihm einen heillosen Schrecken.

Plötzlich unbehaglich angesichts der intimen Richtung, die ihr Gespräch genommen hatte, räusperte Jasper sich. »Du solltest dich ausruhen. Der Schnee wird unsere Fahrt nach Castle Blackwood verlangsamen.«

Sie spähte hinaus. »Erzählst du mir davon?«

Er seufzte. Bei ihrer Hartnäckigkeit hätte er erwarten müssen, dass seine Worte das Gegenteil auslösten. »Es ist kalt. Dunkel. Weitläufig.« Freudlos. Für eine viel zu kurze Zeit hatte Lachen von den Burgmauern widergehallt. Jetzt gab es nur das Echo von Lydias Qual und seiner Verzweiflung.

Katherine zog die Nase kraus. »Das klingt nicht gerade nach einem behaglichen Heim.«

»Ich habe nie behauptet, das wäre es.«

Sie spitzte die Lippen. »Nun, jetzt hast du mich dort.«

Und dieses Mal schien es, als hätten seine lakonischen Antworten ihrem Fragenstrom Einhalt geboten.

Ihn verlangte es nach Stille. Warum also verspürte er diesen Anflug von Bedauern, als sie die Arme verschränkte, die Augen schloss und sich von ihm weglehnte – der Verlust zugleich körperlich und doch auch mehr.

Er zog seine Taschenuhr hervor und sah auf die Zeiger. Bei diesen Wetterbedingungen würden sie in einem Gasthaus einkehren müssen. Einstweilen war er in der mit einem Mal viel zu kleinen Kutsche mit seiner neuen Ehefrau, ihrem schlanken Körper und diesen sündigen Brüsten eingeschlossen.

Ein leises Schnarchen kam über ihre Lippen. Jasper steckte seine Taschenuhr wieder ein.

Er lauschte auf das leise Ansteigen und Abfallen ihres Atems. Nur … er blinzelte durch die Dunkelheit … und grinste. »Täuschst du vor zu schlafen, Katherine?«

Sie schüttelte den Kopf. »Äh … nein. Also …« Ihre Lippen formten sich zu einer rebellischen Linie. Sie drückte sich tiefer in ihre Ecke.

Er beugte sich vor und zog sie auf seinen Schoß.

Sie schrie auf. »Wa-was machst du da?« Sie rutschte vor und zurück.

Jasper stöhnte, als sein Glied sich regte. »Halt still.« Verlangen war aus dem heiseren Befehl herauszuhören.

Abrupt erstarrte sie. »Tut mir leid. Ich wollte dir nicht wehtun.«

O bei allen Heiligen, sie war wirklich unschuldig. Er zählte bis zehn.

Katherine stieß ihm einen Ellbogen in den Bauch, und er ächzte. »Hast du mich gehört? Ich habe gesagt, es tut mir leid, dass ich dir wehgetan habe.«

Er schloss die Augen und zählte erneut bis zehn. Welcher Wahnsinn hatte ihn dazu gebracht, sie mit ihrem wunderbar fraulichen Körper auf seinen Schoß zu ziehen? Wo nichts als die dünnen Stoffe ihrer Kleider sie voneinander trennte?

»Jasper …?«

»Verdammt noch mal, ich habe dich gehört.« Er holte tief Luft und dämpfte seinen Tonfall. Er öffnete die Augen, auf den verletzten Ausdruck in ihren braunen Augen gefasst. »Umpf.« Alle Luft wich aus seinen Lungen, als sie ihm die Faust in den Magen rammte.

In der kurzen Zeit, die sie nun verheiratet waren, hatte sie ihm eine nicht zu verachtende Ohrfeige versetzt, ihm den Ellbogen in die Seite gestoßen und ihm jetzt einen Hieb verpasst, auf den Gentleman Jackson selbst stolz gewesen wäre. Er hatte ein wirklich blutrünstiges Weibsbild geheiratet.

Katherine wand sich in dem offensichtlichen Versuch, sich von ihm loszumachen. Doch ihre Bewegungen brachten nur die zarten Rundungen ihrer Pobacken in engeren Kontakt mit seinem steinharten Glied. Wäre sie eine andere, eine reifere, erfahrenere Frau gewesen, hätte er angenommen, ihre stimulierenden Bewegungen wären Absicht.

Aber nicht einmal der Verrückte Herzog konnte die Wut, die in den Augen seiner Ehefrau aufblitzte, mit Leidenschaft verwechseln. Falls da doch noch Zweifel gewesen wären, hätten ihre nächsten Worte alle Ungewissheit beseitigt.

Sie stieß ihm einen Finger gegen die Brust. »Lass uns da ganz klar sein, Euer Gnaden.« *Ah, jetzt waren sie also wieder bei »Euer Gnaden«.* »Du bist derjenige, der uns das üppige Hochzeitsfrühstück versagt hat, das meine Mutter hat vorbereiten lassen. Du bist derjenige, der es nicht erwarten konnte, zu seiner«, sie hob spöttisch die Hände und senkte die Stimme, »*kalten, dunklen, weitläufigen* Burg zu kommen.« Sie hob die Augen zur Decke des Gefährts. »Kalt, dunkel und weitläufig«, murmelte sie, als würde sie zu sich selbst sprechen. »Wer beschreibt so sein Zuhause?« Wieder stieß sie ihm den Finger gegen die Brust. »Mehr noch, wer würde schon gern in einem Haus leben, das kalt, dunkel und weitläufig ist?«

Jasper öffnete den Mund, verstummte jedoch unter ihrem finsteren Starren. Gute Güte, mit diesem vorwurfsvollen Blick konnte seine Ehefrau der strengsten Matrone bei Almack's Konkurrenz machen.

»Und solltest du es vergessen haben, Euer Gnaden, du warst es, der mich zu sich gezogen und sich auf den Schoß gesetzt hat.« Sie wackelte mit ihren runden Pobacken, und er ließ den Kopf zurückfallen und sandte ein stummes Gebet um Geduld himmelwärts.

Ach, das Leben hätte ihn gelehrt haben müssen, dass es keinen Gott gab, nicht einmal einen, der sich solch kleiner Gefallen annähme. Katherine wand sich weiter auf seinem Schoß und fiel mit einem überraschten Aufschrei nach hinten.

Der Musselinstoff ihres Umhangs und ihre Satinröcke stülpten sich über ihren Kopf.

»Verdammt noch eins«, fluchte sie und versuchte, wieder hochzukommen.

Jasper schluckte, zwar wusste er, dass es der Gipfel der Unhöflichkeit für einen Gentleman war, ihr nicht sofort aufzuhelfen, aber er verharrte wie erstarrt, da ihr Körper vor seinem hungrigen Blick entblößt war: die schmalen Knöchel, die schlanken Beine mit den aufreizenden Schenkeln, die dazu geschaffen waren, sich um die Taille eines Mannes zu schlingen, fordernd …

Er stöhnte.

Katherine schlug mit flachen Händen auf ihre Röcke ein, zog sie zurecht und bedachte Jasper mit einem finsteren Blick. »Du stöhnst? Ich bin es, die hier auf dem Boden der Kutsche hockt.«

Er beugte sich über sie. »Muss ich darauf hinweisen, *Euer Gnaden*«, Katherines Augenbrauen senkten sich, »dass du dich selbst in diese Lage gebracht hast?«

»Nun …«, sagte sie und stieß die Luft aus.

Jasper griff hinab, zog sie sanft auf die Füße und platzierte sie auf den Kissen auf dem Sitz ihm gegenüber, in sicherer Entfernung …

Seine Augen glitten tiefer, während er an ihre jetzt bedeckten, gertenschlanken Glieder dachte. Eine etwas sicherere Entfernung, immerhin.

Er lehnte den Kopf an die Rückseite seines Sitzes und starrte hinauf zur Decke des Gefährts. Das würde eine sehr lange Reise werden.

KAPITEL 17

Katherine gähnte und presste sich die Hände ins Kreuz. Sie reckte die verkrampften Muskeln und war sich dabei bewusst, dass Mutter entsetzt wäre angesichts dieser unschicklichen Zurschaustellung von körperlichem Unbehagen. Sie starrte auf das schneebedeckte Schild, das neben der Tür des Gasthauses hing.

Fire and Brimstone.

Feuer und Schwefel, was für ein grässlicher Name für eine Wirtschaft, und ganz bestimmt nicht die Art von Unterkunft, die sich eine junge Dame für ihre erste Nacht als verheiratete Frau vorstellte.

Jasper berührte ihren unteren Rücken, und sie schrak zusammen.

»Geht es dir gut, werte Gemahlin?«

Gemahlin.

Dieses eine Wort, in dem seidigen, wohlklingenden Bariton gesprochen, wärmte sie mehr als ein loderndes Feuer an einem Wintertag.

Sie ermahnte sich, dass ihr Ehemann sicherlich an kultiviertere, weniger naive junge Damen gewöhnt war, und schüttelte ihre Locken. »Natürlich, sehr gut.«

Er ging zum Gasthaus, und sie starrte ihm hinterher.

Es schien, als bräuchte er einen Moment, bis er merkte, dass sie ihm nicht folgte. Er spähte zurück, und in seinen grünen Augen, die in ihr die Sehnsucht nach Frühling weckten, lag eine Frage.

»Ich habe gelogen«, gab sie zu. Sie deutete auf das Schild. »Feuer und Schwefel, Jasper? Das ist ein schrecklicher Name für ein Gasthaus. Man … man könnte es ebenso gut ›Hölle und Verdammnis‹ nennen.«

Zuckten seine Lippen? Amüsierte er sich? *Oh, dieser Schuft.* »Von dir als gebildeter Frau würde ich annehmen, dass du keine voreiligen Schlüsse ziehst.«

Also gut. Er hatte ja recht, in dieser Hinsicht. Sie beschleunigte ihre Schritte und hakte sich dann bei ihm ein.

Die angespannten Muskeln unter seinem Mantel zogen sich bei ihrer Berührung zusammen. Ein Lächeln breitete sich auf ihrem Gesicht aus. Ihr stoischer Ehemann mochte ja kühle Gleichgültigkeit zur Schau stellen, was sie anging, aber sein Körper verriet ihn immer wieder und enthüllte, dass er ihr gegenüber keineswegs so gleichgültig war, wie er sich gab.

Sie betraten das Gasthaus. Katherine schüttelte ihre Röcke aus und bemerkte sogleich die absolute Stille in der spärlich beleuchteten Wirtschaft.

Sie erstarrte und blickte auf. Das Gasthaus war gut gefüllt … und aller Augen waren auf sie und Jasper gerichtet.

Ein ziemlich kleiner, glatzköpfiger Mann eilte auf sie zu. »Kann ich Ihnen behilflich sein …?«

»Der Duke und die Duchess of Bainbridge. Wir brauchen Unterkunft für die Nacht.«

Die ruhig gesprochenen Worte hallten nichtsdestotrotz wie ein Donnerschlag durch den stillen Raum.

Die Augen des Wirtes weiteten sich, und er verbeugte sich tief. »Euer Gnaden, es ist mir eine Ehre. Wie viele Zimmer soll ich …«

»Zwei«, unterbrach ihn Jasper.

Der Wirt nickte. »Ich habe zwei freie Zimmer, und zur Stärkung kann ich Ihnen Rinderbraten mit Kartoffeln anbieten. Und einen Krug Bier.« Er zeigte auf einen abseitsstehenden leeren Tisch in der Ecke der Wirtschaft.

Zwei Zimmer?

Zwei.

Wie: mehr als eins.

Sie schüttelte den Kopf. Ihr Ehemann verhielt sich einfach nur wie ein Gentleman und stellte ihr ein Zimmer zur Verfügung, damit sie sich vorbereiten konnte auf … auf …

Katherine fächelte sich die Wangen und schaute sich in dem gut gefüllten Schankraum um. Ihr Blick fiel auf eine vollbusige Schankmagd, die einen Bierkrug und einen leeren Humpen trug und die sogleich ihren Blick auf Jasper richtete.

Katherine ballte die Hände zu Fäusten.

Jasper sah sie an. »Alles in Ordnung, Katherine?«

Sie verzog den Mund.

Mit Ausnahme der brennenden Eifersucht, die ihre sonstige Gelassenheit zerstörte, war sie vollkommen in Ordnung.

Sie nickte und folgte Jasper und dem Wirt nach oben. Er führte sie einen schmalen Gang entlang und blieb neben einer Tür stehen. »Euer Gnaden«, murmelte er zu Katherine gewandt und hielt ihr die Tür auf.

Sie spähte hinein.

Ja, sie hatte wahrlich gelernt, keine voreiligen Schlüsse zu ziehen … und doch, in dieser Hinsicht schien es, als wäre »Feuer und Schwefel« wirklich der angemessene Name. Eine bunte, wenn auch leicht fadenscheinige Tagesdecke lag, an einer Ecke zurückgeschlagen, auf dem breiten Bett in der Mitte des Zimmers. Der Nachttisch mit einem angebrochenen Bein und ein kleiner, stark zerkratzter Toilettentisch waren ansonsten die einzigen Möbelstücke.

Ihr wurde bewusst, dass Jasper und der Wirt sie erwartungsvoll ansahen. »Ganz entzückend«, sagte sie zu dem Besitzer, der sie anstrahlte.

»Lassen Sie bitte ein Bad für Ihre Gnaden vorbereiten und eine Mahlzeit.«

Katherine wurde warm ums Herz, als ihr Ehemann diese Rücksicht für sie zeigte, und sie sah dem davoneilenden Wirt nach.

Allein in dem zu kleinen Zimmer, wurde ihr plötzlich bewusst, dass diese winterkalte, sternenlose Nacht tatsächlich ihre Hochzeitsnacht war. Der Mund wurde ihr trocken, und sie blickte zu ihrem Ehemann hoch.

»Brauchst du sonst noch etwas, Katherine?«

Sie schüttelte den Kopf. Wenigstens *glaubte* sie, dass sie sonst nichts brauchte. Bis auf ein sehr verwirrendes Gespräch mit ihrer Mutter über männliche Ausstattung und ehefrauliche Pflichten hatte sie kaum eine Vorstellung von dem, was sie im Ehebett erwartete.

Oh, Aldora, warum bist du nicht früher nach London gekommen? Katherine seufzte. Natürlich mussten ihre Schwester und ihr Schwager die Bedürfnisse der kleinen Lizzie bedenken, ihrer jetzt zwei Jahre alten Tochter. Und doch wäre es sehr hilfreich gewesen, wenn Aldora zur Verfügung gestanden hätte für ein … ein … Gespräch darüber, was diese Nacht bringen würde.

»Katherine?«, erkundigte sich Jasper sanft.

Sie zuckte zusammen. »Nein. Nichts. Ich brauche nichts. Gar nichts. Bis auf das Bad, natürlich, und die Mahlzeit, die du bestellt hast.« Katherine biss sich nervös auf die Innenseite ihrer Wange und zwang sich zum Schweigen.

Einen Moment lang ruhte sein Blick auf ihrem Gesicht, dann verbeugte er sich knapp und ging.

Sie starrte auf die Tür, die er hinter sich geschlossen hatte. Sie legte den Mantel ab und warf das Kleidungsstück in Richtung Bett. Aber der smaragdgrüne Musselinstoff landete mit einem geräuschvollen Flattern in einem Haufen auf den stark zerkratzten Holzdielen.

Sie strich über die Vorderseite des Kleides, das sie zu ihrer Hochzeit getragen hatte.

Lady Katherine, Duchess of Bainbridge.

Der Titel einer Herzogin mochte für viele große Bedeutung haben, aber Katherine beeindruckte er nicht weiter. Sie war noch immer dieselbe Frau, die sie gewesen war, bevor sie das Ehegelöbnis im Arbeitszimmer ihres Zuhauses abgelegt hatte. Nein, ihres früheren Zuhauses.

Allerdings, sie fing ihre Unterlippe zwischen ihren Zähnen ein, würde sie sich vielleicht anders fühlen, sobald Jasper zurückkam und die Ehe vollzog.

Sie sank auf die Matratze, und das alte Bett knarrte protestierend.

Jasper hatte darauf bestanden, dass sie ihre Zofe zurückließen, und jetzt fragte sie sich, ob ihr Ehemann sie selbst entkleiden wollte.

Oje. Plötzlich von nervöser Erwartung überkommen, fächelte Katherine sich Luft zu.

Sie setzte sich auf. Und wartete auf die Rückkehr ihres Ehemanns.

* * *

Jasper hatte fast zwei Stunden damit verbracht, das gute Bier des Hauses zu genießen und den Rinderbraten der Wirtschaft zu essen.

Die Schankmagd blieb an seinem Tisch stehen. »Möchten Sie noch etwas, Euer Gnaden?«, murmelte sie in einem heiseren Flüsterton, der sinnliche Freuden versprach. Sie hielt den Bierkrug hoch über ihre üppigen Brüste, die über die Ränder des Ausschnitts ihrer weißen Bluse quollen.

Jasper schüttelte den Kopf und starrte wieder auf den Tisch.

Seit Lydia hatte er keine Frau gehabt, und das unverhohlene Angebot der zu üppig ausgestatteten Bedienung weckte in ihm keinerlei Verlangen, wie er es erwartet hätte.

Stattdessen wanderten seine Gedanken zu der schlanken, energischen Frau, die jetzt in einem der oberen Zimmer war.

Jasper winkte die Schankmagd wieder zurück und bedeutete ihr, sein Glas erneut zu füllen.

Sie beugte sich vor. »Gibt es sonst noch etwas, das ich für Sie tun kann, Euer Gnaden?«, flüsterte sie.

Einen Moment lang betrachtete er sie. Die meisten Männer, insbesondere Männer, die seit fast vier Jahren ohne Frau gewesen waren, hätten sich von ihrer wohlgerundeten Gestalt und den anzüglich gehauchten Worten verführen lassen.

Aber ihn hatte eine Art Wahn im Griff, in dem alles, was er wollte, alles, wonach es ihn verlangte, seine frisch angetraute Ehefrau war. Er schüttelte den Kopf und nahm einen tiefen Schluck. Sie stolzierte davon.

Was hatte Lady Katherine Adamson mit ihm gemacht? Nein, nicht Lady Katherine Adamson. Ihre Gnaden, die Duchess of Bainbridge.

Er trank sein Bier aus und saß auch noch da, als die letzten Gäste entweder den Weg aus der Tür oder nach oben in ihre Zimmer gefunden hatten. Bis nur noch die schweren Schritte des Wirts, der umherschlurfte und die Tische abwischte, den stillen Raum füllten.

Jasper zog seine Taschenuhr hervor.

Beide Zeiger standen auf der Zwölf. Mitternacht.

Ein neuer Tag. Ein weiteres Jahr. Vier Jahre, um ganz genau zu sein.

Vier Jahre war es jetzt her, dass Lydia ihn verlassen hatte. Jeder Tag, der das Vergehen eines weiteren Jahres markiert hatte, war ein dunkler Tag gewesen, dunkler selbst als die Tiefen der persönlichen Hölle, in denen er gefangen war, seit er sie und seinen Sohn in der kalten Wintererde begraben hatte.

Während er so dasaß und in seinen leeren Bierkrug starrte, bemühte er sich verzweifelt, Lydias Gesicht heraufzubeschwören. Nur war es jetzt so, als starrte er auf ihr Gesicht am anderen Ende einer langen, nebelverhangenen Straße. Er konnte nicht mehr die Augen schließen und den Duft wahrnehmen, der ganz und gar ihrer gewesen war. Die Farbe ihrer goldenen Haarsträhnen verblasste jetzt neben den leuchtend braunen Locken, die seine Gedanken heimsuchten.

Und er fühlte sich wie der allerletzte Mistkerl dafür, dass er ihr Leben genommen hatte und nun nicht einmal den Anstand besaß, ihre Erinnerung für immer an erster Stelle in seinen Gedanken zu halten.

Jasper schob den Krug von sich. Der schabte über den abgenutzten Tisch. Er vergrub den Kopf in den Händen.

Verdammt seist du, Katherine, was hast du mit mir gemacht?

Er stand auf, schwankte leicht von zu viel Alkohol, und suchte sich den Weg nach oben in sein Zimmer. Während er einen Fuß vor den anderen setzte, brachten seine Schritte ihn näher und näher zu einer ganz bestimmten Tür.

Jasper blieb davor stehen. Er streckte eine Hand nach dem Türgriff aus und erstarrte. Er ließ den Arm wieder fallen.

Mit einem stummen Fluch streckte er sie erneut danach aus. Er drückte den Griff hinab und schloss die Augen.

Er konnte es nicht.

Seine Selbstsucht hatte seine erste Frau das Leben gekostet. Sosehr sein Körper ihn auch mit dem gottlosen Verlangen quälte, die Klinke hinunterzudrücken, in das Zimmer zu stürmen und Katherine aus den feinen Stoffen zu befreien, die ihren schlanken, aber zugleich vollbusigen Körper umhüllten – er durfte das stille Versprechen, das er gegeben hatte, nicht brechen.

Seine herzogliche Verpflichtung, einen Erben zu zeugen und den Familientitel weiterzugeben, konnte zur Hölle gehen.

Doch ein Bild irrlichterte durch seine verzweifelten Gedanken, ein Bild von Katherine, hochschwanger mit seinem Kind, ein Lächeln auf den Lippen. Er lehnte die Stirn gegen das dicke Holz der Tür und schlug sie immer wieder dagegen. Er würde sich von diesem Traum eines Lebens nicht verführen lassen.

Er machte auf dem Absatz kehrt und ging weiter zu dem leeren, einsamen Zimmer nebenan. Er trat ein, schloss die Tür hinter sich.

Schnell sah er sich in dem trostlosen Raum um. Er betrachtete die unbequem steife Matratze und legte sich in der Kleidung, die er auch für seine Hochzeit getragen hatte, darauf. Blicklos starrte er auf die abblätternde Farbe an der Decke und gestand sich die Wahrheit ein: Er machte sich etwas aus Katherine.

Und dieser Gedanke versetzte ihm einen heillosen Schrecken.

KAPITEL 18

Katherine murmelte erbittert vor sich hin, während sie die Truhe durchwühlte, die ihr am vorherigen Abend heraufgebracht worden war. Sie holte ein zerknittertes, elfenbeinfarbenes Kleid heraus und begann sich anzuziehen. Während sie die Arme nach hinten streckte und versuchte, die Knöpfe an dem dummen, elfenbeinfarbenen Kleidungsstück zu schließen, presste sie die Lippen aufeinander. Ihre Muskeln schmerzten unter den unbequemen Verrenkungen ihres Körpers.

Knöpfe.

Sie wäre froh, wenn sie nie wieder einen dieser verdammten, winzigen Knöpfe sehen müsste. Oder überhaupt irgendeinen Knopf. Nach dem hier hasste sie sie alle mit gleicher Intensität.

Es fühlte sich wie ein sehr kleiner Sieg an, als es ihr gelang, die obersten Knöpfe durch die dazugehörigen Schlaufen zu zwängen. Sie gab ihre Bemühungen auf und lief stattdessen auf und ab.

Er war nicht gekommen. Sie hatte auf dem Bettrand gesessen, angespannt die Tür angestarrt, auf den Augenblick gewartet, in dem er anklopfen würde, eintreten und … und … tun würde, was es war, das ein Bräutigam mit seiner frisch angetrauten Ehefrau in der Hochzeitsnacht tat. Bei dem brüsken Klopfen, kurze Zeit nachdem er gegangen war, war sie aufgesprungen und hatte atemlos die Tür aufgerissen, aber nur die vollbusige Kellnerin, die Jasper angesehen hatte, als wäre sie durstig und er der letzte Tropfen Wasser auf der Welt, hatte davorgestanden.

Während sie die kleine Holzbadewanne füllte, hatte die Frau Katherine immer wieder mit einem spöttischen Blick aus ihren himmelblauen Augen bedacht.

Erst als sie wieder fort war und Katherine sich aus ihren Kleidern geschält hatte, wobei sie drei, vielleicht auch vier Perlmuttknöpfe abriss, setzte sich ein hässlicher, nagender Verdacht in ihrem Kopf fest, packte sie mit tentakelartigen Fingern – die Vorstellung von Jasper und dieser Frau verfestigte sich und wollte nicht verschwinden.

Er würde sie nicht betrügen. Er mochte sie aus reinen Vernunftgründen geheiratet haben, aber er würde sich nicht mit einer anderen Frau einlassen, insbesondere nicht in ihrer Hochzeitsnacht.

Dann waren ihr seine Erinnerungen an seine Eltern wieder eingefallen, und sie hatte sich die hässliche Wahrheit eingestehen müssen: Er hatte nie mit ihr darüber gesprochen, einander treu zu sein.

Sie schüttelte den Kopf, und ihre Schritte beschleunigten sich, erzeugten trotz der weichen Stoffschuhe, die sie anhatte, einen steten Rhythmus, während sie das beengte Zimmer durchmaß.

Bestimmt gab es eine Erklärung dafür, dass er nicht gekommen war. Warum er sie gezwungen hatte, ihn mit jungfräulichem Bangen zu erwarten, bis ihr die Augenlider schwer geworden waren.

Ein Klopfen ertönte an der Tür.

Sie ignorierte es.

Es klopfte noch einmal.

Katherine verhielt mitten im Schritt und funkelte die Tür an.

Die Klinke bewegte sich, und Jasper trat ein. Seine große Gestalt füllte den kleinen Türrahmen fast aus und verlieh ihm das Aussehen eines Riesen, der das Haus eines Feenwesens betrat. »Ich habe geklopft.« Sein Tonfall war mürrisch und unversöhnlich.

Sie senkte den Blick und zählte bis zehn, um sich davon abzuhalten, ihm jedes undamenhafte Wort, das ihr Wortschatz hergab, an den Kopf zu werfen.

Schließlich stemmte sie die Hände in die Hüften. »Ich weiß.«

Er trat ein und musterte mit seinem strengen Herzogsblick das Zimmer. Mit dem Absatz seines Stiefels stieß er die Tür ins Schloss. »Willst du mir etwas sagen, werte Ehefrau?«

Katherine verstärkte den Druck ihrer Hände an den Hüften und fragte, bevor ihre Entschlossenheit sie noch verließ: »Bin ich das?«

Er schnaubte. »Wie bitte?«

»Deine Ehefrau. Bin ich das? Nach dem letzten Abend hätte ich gedacht, dass ich immer noch nur eine Braut bin.« Vor Verlegenheit breitete sich Hitze in ihrem ganzen Körper aus.

Jasper machte einen Schritt auf sie zu.

Wie festgefroren blieb sie an Ort und Stelle stehen. Wenn er sie einschüchtern wollte, konnte er zur Hölle gehen. Mit nur zwei langen Schritten hatte er die Entfernung zwischen ihnen überwunden. Sie reckte das Kinn und funkelte ihn an.

Er packte sie am Unterarm, und sie keuchte auf. »Was hast du …?«

Jasper drehte sie um und begann die Rückseite ihres Kleides zuzuknöpfen. Vermutlich sollte sie etwas Dankbarkeit verspüren, doch seine offenkundig intime Kenntnis der Bekleidung einer Dame machte sie nur noch wütender.

»Wir sollten am Nachmittag ankommen«, erklärte er.

Damit ging er in Richtung Tür. Katherine griff nach ihrem Mantel und eilte ihm nach, erfüllt von der absurden Furcht, er könnte sie im Gasthaus zurücklassen wollen.

An der Tür blieb er so plötzlich stehen, dass Katherine gegen seinen Rücken prallte. Es fühlte sich an, als wäre sie gegen einen Berg gerannt. Alle Luft wich aus ihren Lungen, und sie stolperte.

Mit einer für seine Größe überraschenden Schnelligkeit fuhr Jasper herum und hielt sie fest. Sein Gesicht zeigte noch immer dieselbe unergründliche Maske, die sie inzwischen schon von diesem Mann erwartete, der jetzt ihr Ehemann war. Sie schluckte und hasste, wie ihre Haut unter der Berührung seiner Finger auf ihrem Unterarm brannte. Das durfte nicht sein, solange er in ihrer Gegenwart so herzlos und ungerührt wirkte.

Eine braune Locke fiel ihr ins Gesicht. Sie blies sie fort. »Danke.«

Er nickte kurz und zog die Tür auf. Er trat zur Seite, um den zwei wartenden Bediensteten zu erlauben einzutreten. Die jungen Männer eilten herein und kümmerten sich um die Reisetruhen.

Und während all dessen wartete Jasper auf Katherine. Er bot ihr seinen Arm an. Das frisch verheiratete Paar bewegte sich gezwungen und ungelenk durch das stille Gasthaus. Zu dieser frühen Stunde lagen die meisten Gäste sicherlich noch in ihren Betten.

Nicht Katherine. Sie war auf gewesen und hatte die Sekunden gezählt, während sie darauf gewartet hatte, dass ihr Ehemann zu erscheinen geruhte.

Sie erreichten die Gaststube. Die vollbusige Schankmagd, die Jasper so begehrlich angeschaut hatte, wischte gerade den Fußboden. Sie blickte auf und musterte ihn mit hitziger Intensität.

Katherines Finger verkrampften sich ganz von selbst in den Mantelärmel ihres Ehemanns, während eine hässliche, alles verschlingende Eifersucht von ihr Besitz ergriff. Sie gab Jaspers Arm frei. Nicht zum ersten Mal, seit sie die Sekunden gezählt hatte, fragte sie sich, ob ihr Ehemann dieses dralle Weibsbild aufgesucht hatte. Sie warf einen Seitenblick auf Jasper, doch der schaute sich im Schankraum um, nahm die Anwesenheit der Frau kaum zur Kenntnis.

Erleichterung erfasste Katherine.

Der Wirt eilte herbei. »Ich danke Ihnen, Euer Gnaden. Ich hoffe, alles war zu Ihrer Zufriedenheit?«

Jasper griff in seinen Mantel und zog einen kleinen Beutel voller Münzen hervor, den er dem Gastwirt zuwarf.

Die Augen des Mannes weiteten sich, als hätte man ihm die Krone des Königs überreicht. »Da-danke, Euer Gnaden!«

Jasper wandte sich Katherine zu. »Wir sollten nicht trödeln. Komm.«

Er wartete nicht erst ab, ob sie ihm folgte, sondern ging in Richtung Ausgang. Der Wirt eilte ihm voraus und zog die Tür auf.

Katherine richtete sich ganz gerade auf, als sie sich des Blickes bewusst wurde, der auf ihr ruhte. Sie sah zu der Schankmagd, die solches Interesse an Jasper gezeigt hatte. Ein fast schon hämischer Ausdruck stand in den Augen des Weibsbildes, als wüsste sie ganz genau um Jaspers mangelndes Interesse an Katherine.

Mit verletztem Stolz zog sie den Mantel enger um sich und marschierte hinaus in den Schnee, mit hoch erhobenem Kopf, und weiter zur bereitstehenden Kutsche.

Jasper unterhielt sich mit dem Kutscher. Er hielt inne, als Katherine die Seite des Gefährts erreichte, und hob sie wortlos hinein.

Bei seiner plötzlichen Berührung entwich ihr ein überraschter Aufschrei, und sie begab sich eilig in eine Ecke des geräumigen, schwarz lackierten Gefährts. Sie bemühte sich, das gedämpfte Gespräch zwischen Jasper und dem Kutscher zu belauschen, aber sie sprachen zu leise, als dass sie etwas hätte verstehen können.

Seufzend setzte sie sich auf der Bank zurecht und zog den Vorhang zurück. Eine dicke Reifschicht bedeckte die Glasscheibe, gesprenkelt mit gefrorenen Schneeflocken. Mit einem Finger fuhr sie über eines der sternförmigen Gebilde.

Die Kutsche neigte sich leicht, als ihr Ehemann einstieg.

Er setzte sich ihr gegenüber und schloss die Tür.

Wenige Augenblicke später fuhr die Kutsche mit einem Ruck an, und sie waren unterwegs zu der kalten, dunklen, weitläufigen Burg, in der ihr Ehemann den größten Teil seines Lebens verbracht hatte.

Die Stille hüllte sie beide ein, unangenehm und bedrückend. Nervös biss sich Katherine auf die Innenseite ihrer Wange. In der eisüberzogenen Fensterscheibe spiegelte sich Jaspers Gesicht mit den unbewegten Zügen.

Nie hatte sie ihn große Gefühle ausdrücken sehen. Oh, sie wusste, dass er das früher einmal getan hatte. Für seine Lydia. Ihr Herz zog sich zusammen, und es fühlte sich an, als würde ein Schraubstock das verfluchte Organ zusammendrücken. Seine erste Ehefrau hatte Jasper ganz gewiss nicht in der Hochzeitsnacht links liegen gelassen. Und ganz sicher hatte er ihr eine Zofe erlaubt, die ihr morgens und abends beim Ankleiden und Zurechtmachen geholfen hatte.

Ja, Katherine würde wetten, dass seine erste Hochzeit mit Jubel und viel Lachen begangen worden war und mit einem großartigen Fest.

Ganz anders als seine Hochzeit mit ihr, die eine hastige Angelegenheit gewesen war, nicht einmal des vorbereiteten Festmahls würdig.

Tränen ließen ihre Sicht verschwimmen, und sie blinzelte die Beweise des beschämenden Schmerzes weg. Als sie Jasper gebeten hatte, sie zu heiraten, hatte sie eigentlich nur daran gedacht, dass es sie vor Bertrand und Mutters grässlichen Plänen für ihre Zukunft retten würde. Und so hatte sie auch nicht in Erwägung gezogen, dass sie von Jasper mit solch eisigem Desinteresse bedacht werden würde.

Ihr Haar hatte die Farbe von gesponnenem Gold.

Wütend schob Katherine sich eine schlaffe braune Locke zurück hinters Ohr. Als wollte sie sie verspotten, fiel die Locke ihr wieder ins Gesicht. Sie hasste Locken, genauso sehr, wie sie alles Elfenbeinfarbene und weiße Rüschen verabscheute. Sie erwartete von Jasper nicht, dass er sie liebte. Aber sie hatte erwartet, dass er … *irgendetwas* … fühlen würde, denn er, selbst mit seiner unterkühlten Haltung ihr gegenüber, bedeutete *ihr* inzwischen etwas.

Doch sein Desinteresse in der letzten Nacht sagte klar etwas anderes.

Närrin.

Eine einzelne Träne rollte ihr über die Wange, und sie wischte sie unauffällig fort. Sie würde sich nicht noch weiter beschämen, indem sie sich vor ihm in eine Heulsuse verwandelte.

Eine weitere verfluchte Träne stahl sich unter ihrem Augenlid hervor.

Sie vergrub die Hände in den Falten ihres Mantels, in dem verzweifelten Versuch, jedes Anzeichen von Schwäche zu verbergen. Jasper war kein Mann, der Schwäche respektierte, und bestimmt nicht von der Frau, die jetzt seine Ehefrau war.

Oder Braut. Beschämenderweise und ganz unzweifelhaft war sie noch Jungfrau.

Oh, verdammt. Jetzt strömten die Tränen unaufhaltsam.

Zum ersten Mal war Katherine dankbar für Jaspers komplettes Desinteresse, das ihr zumindest die letzten Reste ihres angegriffenen Stolzes bewahrte.

* * *

Himmel.

Sie weinte.

Jaspers Herz zog sich zusammen, ein klarer Beweis, dass das Organ noch immer schlug.

Wie sie da wie ein Häuflein Elend in der Ecke saß und verzweifelt versuchte, die Tränen vor ihm zu verbergen, schnürte ihm die Kehle zu.

Er würde seinen verfluchten Landbesitz weggeben, wenn er ihr damit Schmerz ersparen könnte … und doch wusste er einfach nicht, was er sagen sollte, um ihren Kummer zu lindern.

Bereute sie ihre Entscheidung, ihn zu heiraten?

Bei dem Gedanken verkrampfte sich sein Inneres. Er konnte ihr keinen Vorwurf daraus machen, wenn sie irgendetwas an dieser Ehe bedauerte. Er war ein kaltherziger, gefühlloser Mistkerl von einem Mann. Wäre er das nicht, wüsste er genau, was er sagen müsste, um sie zu trösten. Er würde sie in die Arme nehmen und ihr beruhigend über den Rücken streicheln, und er würde die stillen Tränen zum Versiegen und sie wieder zum Lachen bringen.

Stattdessen griff er in seinen Rock und zog sein weißes, mit Monogramm versehenes Taschentuch hervor. Er reichte es ihr. »Hier, bitte«, sagte er rau.

Katherine sah weiter aus dem Fenster, aber sie nahm das kleine Stück Stoff und putzte sich lautstark die Nase. Dabei bebten ihre Schultern.

Der Anblick drohte, ihn in den verrückten Herzog zu verwandeln, für den ihn die gute Gesellschaft hielt.

»Was ist, Katherine?« *Ich hätte so vieles anders machen sollen. Ich hätte erlauben sollen, dass deine Zofe mitkommt und dir zu Diensten ist, damit du wenigstens diese Bequemlichkeit hast. Ich hätte dir gestatten sollen zu frühstücken, und das mit dir gemeinsam tun sollen. Ich hätte …*

Dich niemals heiraten dürfen.

Denn der Mann, der Jasper jetzt war, der Mann, zu dem er auf den Tag genau vor vier Jahren geworden war, verdiente sie einfach nicht.

Katherine schüttelte den Kopf. Seine sonst so redselige Ehefrau schwieg.

Er sollte nicht weiter nachbohren. Katherine wollte nicht mit ihm sprechen. Sie wollte sich in ihren Kummer versenken, aber er konnte seine Fragen genauso wenig zurückhalten, wie er sein Herz dazu bringen konnte, aufzuhören zu schlagen.

Jasper lehnte sich vor und berührte sie am Kinn. Sie sträubte sich, aber er drehte sie sanft zu sich herum.

O Gott. Ihre Augen waren abgrundtiefe Seen der Verzweiflung.

Das habe ich dir angetan. Obwohl er gewusst hatte, dass jede Frau, die er in sein Leben lassen würde, Schmerz erfahren müsste, hatte er sie geheiratet.

»Du bist nicht zu mir gekommen«, flüsterte sie.

Er starrte sie an, ließ den Blick über ihr Gesicht wandern.

»Letzte Nacht«, fuhr sie fort. Sie zupfte an dem inzwischen nicht mehr makellos weißen Taschentuch. Jede andere junge Dame hätte den Blick gesenkt, nahm er an. Selbst aus ihren tränenerfüllten Augen sah Katherine ihn an, stolz und mit unnachgiebiger Offenheit. »Ich habe gedacht, dass du vielleicht die Nacht mit dieser … dieser Frau verbracht hast.«

Er brauchte einen Moment, bis die Worte zu ihm durchdrangen. Er runzelte die Stirn. »Mit welcher Frau?«

Katherine fuhr sich mit dem Handrücken über die Augen. »Der vom Gasthaus. Ich habe bemerkt, wie sie dich angesehen hat, und habe gedacht, dass du der Einladung vielleicht gefolgt bist.«

Völlig perplex ließ Jasper sich zurückfallen. Seine Brauen zogen sich entrüstet zusammen. »Du hast geglaubt, ich würde dich in unserer Hochzeitsnacht betrügen?«

Sie zuckte mit den Schultern. »Ich … ich habe nicht gewusst, wie ich mir dein Fortbleiben sonst erklären sollte.«

Er kämpfte darum, die enttäuschte Wut darüber zurückzudrängen, dass sie glauben konnte, er würde ihr untreu sein … und das auch noch in ihrer Hochzeitsnacht. Seine so unschuldige Ehefrau war die einzige Frau, bei der er sich danach sehnte, sie vor seinem hungrigen Blick entblößt zu sehen, sie mit erlesener Zärtlichkeit zu verwöhnen.

Dieser Gedanke sollte ihn viel mehr entsetzen, als er es tat. Stattdessen war er erfüllt von Bildern, wie sie ihre weichen, weißen Schenkel für ihn öffnete und ihn an sich zog, damit er in sie eindringen konnte.

Er sehnte sich danach, den Schwur zu vergessen, den er geleistet hatte, und die Wunder ihres Körpers zu erforschen.

Während die Stille sich in die Länge zog, wandte Katherine den Blick wieder aus dem Fenster.

Jasper legte eine Hand auf ihre und brachte sie dazu, mit dem Zupfen an dem Taschentuch aufzuhören. »Du hast auf mich gewartet?«

Katherine nickte.

Er atmete zischend aus, als ihm die Bedeutung ihres Kummers klar wurde. Sie hatte die Bedingungen des Vertrags, den sie miteinander eingegangen waren, nicht verstanden.

»Katherine«, begann er ruhig. »Als ich unserer Heirat zugestimmt habe, dachte ich, es wäre klar, dass dies eine reine Vernunftehe ist.« Er erinnerte sich an diesen noch nicht lange vergangenen Tag. Bestimmt hatte er dieselben Worte gewählt. Nur … er war nicht deutlich geworden. Wie hätte er einer unschuldigen, jungen Dame gegenüber solche Bedingungen auch unmissverständlich aussprechen sollen? Und da er die Worte nicht ausgesprochen hatte, war Katherine ganz offenbar nicht klar gewesen, dass er sie nicht so zu seiner Ehefrau machen konnte, wie sie es erwartete.

Kleine Falten zeichneten sich auf ihrer Stirn ab. »Ich verstehe das nicht.« Die Worte kamen nur zögernd heraus.

»Unsere Ehe wird nur dem Namen nach bestehen.«

Sie sah ihn an, als hätte sie Mühe, den Sinn seiner Worte zu begreifen. Sie schüttelte den Kopf, blieb aber stumm.

Da Jasper sich gezwungen fühlte, die Stille zu füllen, fuhr er fort: »Ich hatte geglaubt, ich hätte das ganz klar formuliert, Katherine. Ich wollte dich heiraten, um dich vor einer Ehe mit Bertrand Ekstrom zu bewahren. Ich kann, ich *werde* nie wieder eine Ehefrau zu mir ins Bett nehmen. Nie wieder.«

Ihre warmen braunen Augen waren ein Spiegel ihrer Seele, und er konnte jedes einzelne Gefühl in diesen Tiefen erkennen, vom Schock, von der Verletztheit bis zum Schmerz der Demütigung und schließlich zur Ablehnung.

»Ich …« Sie schüttelte den Kopf und versuchte es erneut. »Ich …« Sie schloss den Mund und schüttelte den Kopf ein weiteres Mal. Ihr Blick fiel auf ihren Schoß. »Oje … Das hatte ich so nicht verstanden. Ich habe nicht …« Katherine hob die Hände, und sein Taschentuch flatterte zu Boden. »Ich habe versprochen, dir Kinder zu schenken.«

Er hatte ihr nicht widersprochen, größtenteils weil er geglaubt hatte, seine Absicht einer Ehe nur dem Namen nach wäre ihr klar gewesen. Doch jetzt, bei ihren Worten, stellte Jasper sich ein süßes, rundliches Baby vor, ein Mädchen mit dichten braunen Locken und Katherines bezauberndem Lächeln.

Katherine presste die Finger an ihre Schläfen und massierte sie mit kreisenden Bewegungen.

»Katherine …« Jasper streckte eine Hand nach ihr aus.

Sie schreckte vor ihm zurück, als wäre ihr seine Berührung zuwider. Sie schüttelte den Kopf. »Nicht. Bitte … nicht.«

Sein Kiefer spannte sich, und er machte einen weiteren Versuch, sie in die Arme zu nehmen, aber sie schaute ihn mit flehenden Augen an. »Bitte.«

Diese geknickte, gebrochene Frau vor ihm erkannte er nicht wieder. In diesem Augenblick würde er den Teufel selbst zum Duell herausfordern, wenn das ihr Lächeln zurückbringen würde. Aber er *war* der Teufel. Er nickte abrupt und zog sich auf seine Sitzbank zurück.

Die Kutsche wühlte mit ihren schweren Rädern den Schnee auf, und er schaute aus dem Fenster.

Vor vier Jahren hatte er geglaubt, er würde nie einen größeren Schmerz empfinden können als den um den Verlust von Lydia. Jetzt, wo er Katherine so sah, wie sie sich vor ihm verschloss und todunglücklich war, erkannte er mit einem Schreck, der ihm den Atem raubte, dass er sich geirrt hatte. Es schien, als wäre er nicht nur immer noch in der Lage, großen Schmerz zu verursachen, sondern auch, ihn zu empfinden.

Kapitel 19

Jasper trommelte mit den Fingern auf seinen Oberschenkel. »Wir sind da«, verkündete er kurz angebunden.

Katherine wandte sich zum Fenster und spähte hinaus in die Dunkelheit. Sie kniff die Augen zusammen in dem Versuch, einen Blick auf ihr neues Zuhause zu erhaschen. Kummer presste ihr das Herz ab. *Zuhause*.

Um ein Zuhause zu haben, brauchte man eine Familie, und der Duke of Bainbridge hatte sich sehr klar ausgedrückt: Er hatte nicht die Absicht, sie je als Ehefrau in Betracht zu ziehen. Nicht im wahren Sinne des Wortes. Sie würde niemals Kinder haben. Angesichts dieser grausamen Wahrheit musste sie den Atem anhalten. Sie dachte an Aldoras und Michaels süße Lizzie. Für sie würde es keine Lizzie mit strahlenden Augen geben oder einen Ehemann, der dieses noch namenlose Baby auf den Schultern trug und mit ihm auf Fantasiereisen zu erfundenen Orten aufbrach.

Schmerz breitete sich in ihrem Inneren aus.

Ein Lakai zog die Tür auf. Jasper sprang mit einer geschmeidigen Bewegung hinaus, seine Beine erstaunlich sicher nach fast zehn Stunden in der Enge der Kutsche.

Katherine nahm sich einen Moment, um sich zu sammeln, bevor sie sich ebenfalls ans Aussteigen machte. Jasper hielt ihr eine Hand hin. Sie musterte sie, erfüllt von dem kindischen Verlangen, sie wegzuschlagen. Aber sie war schon sehr lange kein Kind mehr. Katherine akzeptierte seine Hilfe und verließ das Gefährt.

Sie blickte an der eindrucksvollen Fassade von Castle Blackwood empor und erzitterte. Kalt. Dunkel. Weitläufig. Mit den mittelalterlichen Gefechtstürmen war die Burg das alles ganz sicherlich und passte perfekt zu ihrer düsteren Stimmung.

Als Jasper ihr eine Hand auf den Rücken legte, versteifte sie sich. Er passte seine langen Schritte ihren kürzeren an, während sie gemeinsam näher und näher zu diesem neuen Ort gingen, an dem sie den Rest ihrer Tage verbringen würde. Einsam.

Seltsam. Sie war so darauf bedacht gewesen, die Pläne ihrer Mutter für sie und Bertrand Ekstrom zu verhindern, dass sie nicht einmal die Möglichkeit in Betracht gezogen hatte, sie könnte damit eine Verbindung ohne jede Liebe mit einem Mann eingehen, der sie nur als eine Fremde sah, mit der er sein düsteres Heim teilen würde.

Unter ihren dünnen Schuhen knirschte der Schnee. Der Satinstoff war bereits von ihrem Aufenthalt im »Fire and Brimstone« hoffnungslos ruiniert. War es wirklich weniger als einen Tag her, dass ihre Welt komplett aus den Fugen geraten war?

Aus den Augenwinkeln bemerkte sie, wie Jasper mit finsterem Blick ihre Schuhe musterte.

»Du solltest Stiefel tragen, Katherine.«

Sie presste die Lippen aufeinander. »Das würde ich, wenn ich ausreichend Zeit gehabt hätte, mich auf unsere Reise vorzubereiten, Euer Gnaden.«

Sein Kiefer spannte sich, doch er ging nicht weiter auf ihre Äußerung ein. In diesem Augenblick hasste sie ihn für seine Gleichgültigkeit.

Sie stiegen die lange, mit Schnee bedeckte Steintreppe hinauf.

Ein Butler, der ihre Ankunft offensichtlich erwartet hatte, zog die Eingangstüren auf. Der Diener, der mit seinen faltigen Händen und dem schütteren weißen Haar uralt zu sein schien, begrüßte sie. Er verbeugte sich, als sie eintraten. »Euer Gnaden.« Nur kurz richtete sich sein Blick auf Katherine, und gleich darauf hätte sie auch unsichtbar sein können, angesichts der Beachtung, die er ihr schenkte.

Während Jasper mit dem Butler sprach, rieb Katherine sich über die Ärmel ihres Mantels und blickte die gewaltigen Steinwände hinauf, ganz nach oben bis zur Decke. Sie stellte sich die Frauen vor, die früher von den Herren des Hauses in diese abgelegene, einsame Burg verschleppt und gezwungen worden waren, den Rest ihrer Tage hier zuzubringen. Anders als Katherine, die aus freiem Willen hergekommen war, mit dem Traum von …

Etwas so ganz anderem als dem Vertrag, von dem Jasper gesprochen hatte.

»Katherine, das ist Wrinkleton. Wrinkleton, die neue Duchess of Bainbridge.«

Wrinkleton, der Faltenreiche. Nun, das war mal ein passender Name.

»Euer Gnaden«, murmelte er.

Sie neigte den Kopf zum Gruß. »Freut mich, Sie kennenzulernen, Wrinkleton.«

Er verbeugte sich und senkte ehrerbietig den Blick. »Meine herzlichsten Glückwünsche zu Ihrer Heirat. Wenn es irgendetwas gibt, das Sie wünschen, stehe ich Ihnen nur zu gern zu Diensten.«

Oh, wenn Sie für einen lächelnden Ehemann und eine Schar süßer Kinder sorgen könnten, das wäre einfach wunderbar. Ach ja, und eine Tasse heiße Schokolade.

Ihr gelang ein halbherziges Lächeln, und sie entschied sich für ein schlichtes »Danke«. Sie betrachtete die weißen Leinentücher, mit denen die Wandteppiche an den Steinmauern verhängt waren. Sie widerstand dem Drang, hinüberzugehen und die Laken wegzuziehen. Was mochten sie verbergen?

»Erlaube mir, dir dein Zimmer zu zeigen, Katherine.«

Bei Jaspers ruhig ausgesprochenen Worten fuhr sie zu ihm herum. Er wartete nicht einmal ab, ob sie ihm folgte, sondern ging einfach die lange, gewundene Treppe hinauf, die zu ihren Gemächern führte. Für immer. Und ewig. Und ewig …

Noch einmal dankte sie dem Butler, dann eilte sie ihrem Ehemann hinterher. Dem großen, riesigen Dummkopf.

Letzte Nacht hatte er nicht das Zimmer mit ihr geteilt.

Sie stapfte die Stufen hinauf.

Er hatte nicht einmal den Anstand besessen, für eine Zofe für sie zu sorgen.

Sie marschierte weiter, begnügte sich notgedrungen damit, hinter seinem breiten Rücken herzulaufen.

Nein, sie hatte nicht einmal eine … eine …

»Hochzeitsnacht«, murmelte sie vor sich hin.

Jasper drehte sich so schnell herum, dass sie gegen ihn lief.

Sicherlich wäre sie die Stufen hinuntergestürzt, wenn er sie nicht festgehalten hätte. »Pass auf, Katherine«, mahnte er sie, wie eine Gouvernante ein aufsässiges Kind gescholten hätte.

Sie presste die Lippen aufeinander und entwand sich seinem Griff. Schnell ging sie an ihm vorbei und weiter die Treppe hinauf, bis sie im oberen Stockwerk ankam. Es spielte keine Rolle, dass sie nicht wusste, auf welchem der langen Flure ihre Zimmer lagen. Lieber würde sie an jede verfluchte Tür klopfen, als seinen verärgerten Blick zu ertragen.

»Nach rechts, Madam«, sagte er gedehnt hinter ihr. Nur die leiseste Andeutung von Belustigung färbte seine Richtungsanweisung.

Oh, der Dummkopf genießt das auch noch.

Katherine riss die erste Tür auf. Wieder bedeckte frisches, weißes Leinen alle Möbel und Bilder, die das geräumige Zimmer schmückten. Sie schloss die Tür und ging zur nächsten. Ein Salon. Weiter. Sie schloss eine Hand um den Türgriff.

»Nicht.«

Sie drehte sich um.

Wut flammte in seinen Augen auf. »Nicht.«

Sie blickte wieder auf die Tür, ganz erfüllt von dem plötzlichen Verlangen, die Klinke zu drücken, um zu sehen, welche dunklen Geheimnisse hinter dem Holz verborgen lagen.

Stattdessen zog sie die Hand zurück und folgte ihm in trotzigem Schweigen, fragte sich, wie er so widerstreitende Persönlichkeiten in sich vereinen konnte: den feinfühligen Mann, der ihr die letzte Ausgabe von Wordsworths Buch überlassen hatte, und jetzt diesen bedrohlichen Herzog.

Am Ende des Flurs blieb er stehen und riss eine Tür auf. »Deine Zimmer, Katherine.«

Deine Zimmer.

Nicht *unsere* Zimmer.

Natürlich würden sie getrennte Zimmer haben.

Insbesondere, da er keine Absicht hatte, die Ehe tatsächlich zu vollziehen.

Zögernd trat sie ein und drehte eine Runde durch ihre neuen Räume. Die Unterkünfte, die Katherine in den vergangenen Jahren als Zuhause angesehen hatte, waren keine bescheidenen, kleinen Gemächer gewesen, und doch hätte ihr Schlafzimmer mehrmals in dieses gepasst. Mit den prächtigen dunklen Chippendale-Möbeln, vom Himmelbett bis zum Kleiderschrank, hätte ein König oder eine Königin hier gut schlafen können. Doch die dunkelgrünen Brokattapeten und dazu passenden Vorhänge nahmen dem Raum jede Fröhlichkeit.

Jasper zog seine Handschuhe aus und schlug sie gegeneinander. »Ich hoffe, alles ist zu deiner Zufriedenheit.«

»Ohne Zweifel, Euer Gnaden.«

Wie steif und höflich sie miteinander waren.

Er ließ ein zufriedenes Nicken sehen und wandte sich zur Tür.

Die Erkenntnis, dass sie, sobald er das Zimmer verlassen hätte, ganz allein in diesem dunklen, unheimlichen Haus sein würde, erfüllte sie mit plötzlicher Beklemmung. »Du gehst?«

Jasper drehte sich wieder zu ihr um.

Sie zuckte zusammen. Wer hätte ahnen können, dass Scham heftiger brannte als der Stich einer bösartigen Hornisse? »Ich meinte …«

Ich will nicht allein sein.

Ich will eine echte Ehe mit dir.

Ich mache mir etwas aus dir. Sie schloss die Augen. *O Gott, ich bin so eine schreckliche Närrin.*

»Katherine?«

Sie riss die Augen auf. »Also, ich meinte, ich habe gedacht, wir würden zusammen zu Abend essen, oder du würdest mich vielleicht herumführen, oder sogar auch bleiben, damit wir darüber sprechen könnten …« Verzweifelt suchte sie nach Worten.

Er verschränkte die Arme vor seiner breiten Brust. »Über was sprechen könnten, Katherine?«

»Das Wetter«, platzte sie heraus. »Oder vielleicht die Weihnachtsfeierlichkeiten.«

»Es wird keine Feierlichkeiten zu Weihnachten geben.« Die schroffe Ankündigung hallte in dem ansonsten so stillen Raum wider, und das Echo der Worte schien sie zu verhöhnen.

Sie presste die Lippen zusammen und machte ein paar Schritte auf ihn zu. »Du hast mich von meiner Familie entführt, und das zu den Feiertagen.« Sie zeigte mit einem Finger auf ihn, während sie weiter auf ihn zuging. »Du hast mich gezwungen, mein Zuhause, meine Schwestern, meinen Bruder zur Weihnachtszeit zu verlassen. Du hast nicht einmal für eine

Zofe gesorgt.« Wieder stach sie mit dem Finger in die Luft und blieb vor ihm stehen, so nah, dass sie den Kopf zurücklehnen und den Hals verrenken musste, um zu ihm hochzusehen, so nah, dass ihre Füße sich fast berührten. Sie stieß den Finger gegen seine breite Brust. »Du wirst mir *nicht* die Festlichkeiten zu den Feiertagen nehmen. Ist das klar?«

Oh, was würde sie nicht für ein paar Zentimeter mehr geben, damit sie kühn auf ihn hinabblicken könnte, auf ihn mit seiner unmöglich großen Gestalt. Wieder stach sie auf seine Brust ein.

»Und wofür war das, Euer Gnaden?«

»Dafür, so verflucht groß zu sein«, murmelte sie.

Er blinzelte überrascht. »Wie bitte?«

»Für deine Garstigkeit«, korrigierte sie sich, denn das mochte mehr Sinn ergeben für ihr mürrisches Scheusal von einem Ehemann.

Er legte einen Daumen und einen Zeigefinger um sein Kinn und rieb es nachdenklich. »Ich habe gedacht, du hättest gesagt …«

»Da liegst du falsch«, unterbrach sie ihn. Sie kniff die Augen zusammen. »Und du bist vom Thema abgekommen, Jasper. Wir *werden* Weihnachten feiern.«

»Ich feiere nicht …«

»Aber jetzt tust du es, werter Gemahl. Besser, du gewöhnst dich an den Gedanken. Also«, sie marschierte hinüber zur Tür und zog sie auf, »würdest du bitte gehen? Ich habe Dinge, um die ich mich kümmern muss.«

Mit seinem unergründlichen Blick musterte er das kahle Zimmer.

Wenn er die Abwesenheit von Koffern oder anderem materiellen Besitz, der Dinge ausmachte, um die man sich kümmern könnte, auch nur erwähnen würde, bei Gott, dann würde sie ihm eine Ohrfeige geben.

Jasper stand einfach da, die Lippen fest aufeinandergepresst, und ging dann die paar Schritte hinaus auf den Flur, wo er stehen blieb und sich zu ihr umwandte.

Er öffnete den Mund, aber Katherine schloss die Tür. Mit einem befriedigenden Klicken sperrte sie ab.

* * *

Über die Jahre als Duke of Bainbridge hatte Jasper sich an ein gewisses Maß an Respekt, was den Umgang mit ihm anging, gewöhnt. Keine kriecherische Unterwürfigkeit, doch eine entschiedene Achtung, die sich in den Worten und Taten aller gezeigt hatte, die seinen Weg kreuzten, seit er ein Kind in der Wiege gewesen war.

Er wusste, dass er den Sinn für die Zeit verloren hatte, die vergangen war, seit er wie festgefroren dastand und auf die Tür starrte, die seine frischgebackene Ehefrau ihm vor der Nase zugeschlagen hatte.

Und abgeschlossen. Das unverschämte Weibsbild hatte sie auch abgeschlossen.

Da er sich so sehr an den ehrerbietigen Umgang gewöhnt hatte, der seinem Status geschuldet war, war er ziemlich verwirrt und auch ratlos angesichts der Tatsache, dass man ihn in seinem eigenen Haus aus einem Zimmer aussperrte.

Er nahm an, viele seiner Vorgänger als Duke of Bainbridge, die vor langen, langen Jahren in diesen feuchten Mauern gelebt hatten, hätten die Tür einfach eingetreten.

Seine Vorgänger wären sicherlich zu sehr mit ihren Mätressen beschäftigt gewesen, um zu bemerken oder sich darum zu kümmern, dass besagte Tür verschlossen war.

Damit er nicht von einem seiner wenigen Hausangestellten dabei überrascht wurde, wie er wie ein Idiot auf eine Tür starrte, drehte Jasper sich auf dem Absatz um und ging mit entschlossenen Schritten durchs Haus, bis er die Bibliothek erreichte.

Niemand widersetzte sich ihm, doch dieses Frauenzimmer hatte ihm nicht nur getrotzt, sie hatte von ihm verlangt – ihm *befohlen* –, dass er Weihnachten feiern würde.

Jasper trat mit dem Absatz seines Reitstiefels gegen die Tür. Er genoss den Nachhall, während sie in ihrem Rahmen erzitterte.

Sie hatte die Tür vor ihm verschlossen.

Er stürmte zu den Regalen, die vom Boden bis zur Decke reichten, und zog eins von den weißen Laken weg, hinter dem sich die ledergebundenen Bücher verbargen. Es fiel raschelnd herunter, blieb in einem Knäuel liegen. Er schritt darüber hinweg und musterte wütend die Titel der Bücher, die er seit Jahren nicht angerührt hatte.

Er zog eine Sammlung mit Gedichten von Coleridge aus dem Regal und warf sie zu Boden. Das unbeachtet liegen gelassene Laken dämpfte den Aufprall des Buches.

Was hatte sie von ihm erwartet?

Jasper zog eins von Byrons Werken heraus. Er überflog den Titel und ließ es auf den vergessenen Coleridge-Band fallen. In Anbetracht der Wut, die durch seinen unter Spannung stehenden Körper tobte, würde er das romantische Werk Byrons eher verbrennen als lesen.

Sie hatte ganz klar erklärt, dass sie beide eine Vernunftehe eingehen würden, dass sie keine echte Zuneigung für ihn empfand. Er runzelte die Stirn. Beziehungsweise er glaubte nicht, dass sie irgendetwas erwähnt hatte, was Gefühle anging.

Seine Katherine war praktisch und logisch veranlagt, keins von den unbesonnenen, flatterhaften Wesen, wie sie die Salons und Ballsäle in London sonst bevölkerten.

In den zwei Tagen und wenigen Stunden, die sie bislang erst verheiratet waren, hatte sie sich als emotional erwiesen, und er wusste nicht, wie er damit umgehen sollte. Insbesondere nicht nach all den Jahren, die er fernab der Gesellschaft verbracht hatte. Und ganz besonders nicht bei Katherine, dem einen Menschen, dem es gelungen war, die Schutzwälle zu überwinden, die er um sein Herz errichtet hatte.

Er zog die kühle Gleichgültigkeit vor, die er nicht nur dem Leben, sondern auch jedem gegenüber empfunden hatte, der seinen Weg gekreuzt hatte.

Jasper wollte sich nicht darum sorgen müssen, dass er jemandem wehtun könnte, dass jemand verletzt werden könnte, oder auch umgekehrt, dass jemand glücklich sein könnte. Denn alle diese Gefühle verlangten etwas von ihm, und er wollte nichts geben, denn ehrlich gesagt … er hatte nichts mehr zu geben.

Oder zumindest hatte er gedacht, er hätte nichts mehr zu geben – bis er Katherine getroffen hatte.

Langsam und geistesabwesend griff er nach einem weiteren Buch, starrte blicklos auf den Titel.

Sie hatte ihn gezwungen, die beunruhigende und unbequeme Wahrheit zu akzeptieren.

Er machte sich etwas aus ihr.

Irgendwie hatte sie das, wozu er sein Leben seit Lydias Tod gemacht hatte, als Lüge entlarvt.

Wordsworth.

Jasper riss den Arm zurück, um das Buch auf die anderen zu werfen, aber dann erstarrte er. Er ließ die Hand mit dem Buch sinken und musterte den Titel für einen Moment. Für eine Stunde?

Er ging hinüber zu dem von jahrelanger Benutzung abgewetzten Ledersofa und setzte sich mit Wordworths Buch auf dem Schoß.

Vor Lydia hatte er sich für einen vernünftigen Gentleman gehalten. In den Kreisen der guten Gesellschaft hatte er den Ruf eines skrupellosen, gefühllosen Mannes gehabt. Dann hatte Lydia ihm gezeigt, dass Glück möglich war.

Mit ihrem Tod hatte er dann erfahren müssen, dass Glück nichts weiter als eine Illusion war, und so hatte er sich aus der Gesellschaft zurückgezogen und sich in der Einsamkeit seiner Burg vergraben, um seine Wunden zu lecken.

Jetzt hatte Katherine ihm die Augen für die überwältigende Wahrheit geöffnet: Er lebte. Er lebte und spürte immer noch Verlangen und all die anderen Gefühle, die er für immer hatte begraben wollen.

Jasper warf das Buch auf den Haufen der anderen Bücher, wo es offen hinfiel.

Er stützte die Ellbogen auf die Knie und starrte auf den Boden, während er sich die Wahrheit eingestand: Er hasste Katherine nicht, er *konnte* sie gar nicht hassen. Eher … hasste er sich selbst. Denn wie er da so saß, gelang es ihm nicht, Lydias Gesicht heraufzubeschwören. Weder die Farbe ihres Haars noch den Klang ihres Lachens. Nichts.

In seinem Kopf war sie ersetzt worden von einer Frau mit kleinen braunen Locken, einer scharfen Zunge und einem heiseren, tiefen Lachen. Einer Frau, die von seinem Titel gänzlich unbeeindruckt war und ihn bei jeder Gelegenheit herausforderte.

Sein Blick fiel auf die aufgeschlagene Seite.

Und Erwartungen und Ängste, die Hoffnung entfachen
Ein Gewirr, ganz unbewegt!
Und milde Wünsche, lang bezwungen
Bezwungen und doch lang gehegt!

Sie wollte, dass er wieder Weihnachten feierte, und obwohl es ihm wie der schlimmste Verrat an Lydia und seinem ungeborenen Kind vorkam, musste Jasper feststellen, dass es ihm schier unmöglich war, Katherine irgendetwas zu verweigern.

Kapitel 20

Katherine schritt im Kreis durch die große steinerne Eingangshalle, die Hände in die Hüften gestützt. Sie legte den Kopf zur Seite und musterte die weißen Laken, die über den Wandteppichen an den Steinmauern hingen. Sie hatte erwartet, dass die Bediensteten die Laken entfernt hätten, und doch, selbst im Licht des neuen Tages, blieben die schützenden Stoffe an Ort und Stelle.

An ihrer Unterlippe nagend, trat Katherine näher an eins der Laken heran. In dem Zustand, in dem die Burg gegenwärtig war, konnte sie unmöglich die der Weihnachtszeit angemessenen Dekorationen vornehmen. Sie stellte sich auf die Zehenspitzen und reckte sich nach einer Ecke des Lakens.

»Kann ich Ihnen helfen, Euer Gnaden?«

Katherine schrie vor Schreck auf und fuhr herum, entdeckte den Butler hinter sich. Sie legte sich eine Hand auf das rasende Herz. »Nein. Ich wollte nur gerade …«

Er neigte den Kopf.

Katherine presste kurz die Lippen zusammen. »Eigentlich, doch, ja, Wrinkleton, Sie können mir helfen. Ich möchte das abnehmen.« Sie deutete auf das Laken. »Und das.« Sie winkte in Richtung der danebenhängenden Abdeckung. »Und alle weiteren. Wenn Sie so freundlich wären, ein paar Lakaien zu schicken, die mir zur Hand gehen.«

Der Diener blinzelte wie eine Nachteule. »Sie abnehmen?«

Ah, es schien, als hingen sie dort auf Geheiß des Herzogs und nicht nur, weil Jasper in London gewesen war. »Sie abnehmen«, bestätigte sie mit einem Nicken.

Der alte Bedienstete trat unruhig von einem Fuß auf den anderen. Er hielt die Hände vor dem Körper verschränkt und knetete sie beunruhigt. »Seine Gnaden würde …«

»Wollen, dass ich mit der Inneneinrichtung tue, was ich für angemessen halte.« Sie kreuzte die Finger und versteckte sie in den Falten ihres Rocks.

Ein Schweißtropfen formte sich auf Wrinkletons Stirn. Er zog ein Taschentuch hervor und tupfte sie sich ab.

»Wenn Sie zunächst mit dem Herzog sprechen würden, und sicherstellen, dass es ihm recht ist, werde ich Ihnen selbstverständlich helfen, Euer Gnaden. Es ist nur …« Ihm gingen die Worte aus. »Was machen Sie da, Euer Gnaden?«, platzte er heraus und schien in seiner Aufregung ihre Stellung zu vergessen. Oder vielleicht lag es an der Furcht vor seinem Arbeitgeber.

Sie hatte all diesen Unsinn über den Verrückten Herzog vergessen.

»Ich nehme sie selbst ab«, murmelte sie und reckte sich nach dem nächsten Laken.

Genugtuung durchfuhr sie, als ihre Finger den Stoff zu fassen bekamen.

Sie ruckte und zog daran, bis er in einer weißen Wolke zu Boden rauschte.

Zufrieden starrte Katherine darauf, ignorierte, wie der Butler die Augen schloss und den Kopf schüttelte.

»Ich versichere Ihnen, mein Ehemann wird sich nicht beschweren.« Immerhin schien ihr das ein eher geringes Zugeständnis zu sein angesichts der kalten, rein auf Vernunft beruhenden Verbindung, auf der Jasper bestand.

Sie hätte wetten mögen, dass sie den Butler murmeln hörte: »Das werden wir noch sehen.«

Katherine zwang sich zu ihrem gewinnendsten Lächeln und wandte sich wieder ihrer Aufgabe zu. »Werden Sie mir die Lakaien schicken? Oder soll ich …« Ihre Worte erstickten in einem atemlosen Flüstern. »Oh, du meine Güte.«

Die sorgfältig gearbeiteten Stoffe konnten es mit den erlesensten Stickereien im ganzen Königreich aufnehmen. Sie trat vorsichtig näher an das Kunstwerk, studierte das Bild mit schief gelegtem Kopf. Verziert mit einer Kaskade von roten, fuchsiafarbenen und violetten Rosenbüschen, mit einem taubenblauen Himmel voller weißer Wolken, drängte das Bild die Kälte des Winters zurück und rief Gedanken an den Frühling wach.

»Ihre Gnaden hat sie angefertigt.«

Es brauchte einen Moment, bis die Worte des Butlers durch ihre Bewunderung zu ihr vordrangen. Katherine blinzelte überrascht.

Der Butler hüstelte diskret. »Verzeihen Sie, Euer Gnaden.«

Katherine blickte über ihre Schulter. Sie sprach mit sanfter Stimme. »Sie müssen sich für nichts entschuldigen, Wrinkleton.« Die atemberaubende Kunstfertigkeit faszinierte sie erneut.

Die frühere Herzogin hatte dieses Können besessen? Ihr zog sich das Herz zusammen, als sie sich eine glückliche Frau vorstellte, verheiratet mit einem ebenso glücklichen Mann, wie sie miteinander Zeit verbrachten. In ihrer Vorstellung saß Jasper da und las seiner perfekten Herzogin Gedichte vor, während sie die Stickerei fertigstellte.

Sie schluckte reflexartig und verachtete sich selbst, weil sie ihnen nicht einmal das Glück dieses imaginären Moments gönnte.

»Euer Gnaden?«, durchbrach Wrinkleton ihre düsteren Gedanken.

»Dann müssen sie abgehängt werden, Wrinkleton. Alles andere wäre der Erinnerung an die Herzogin nicht angemessen.« Und wenn er ihr nicht helfen wollte, nun, dann würde sie jedes einzelne Laken selbst herunterholen.

Mit einem ganz und gar undamenhaften Hüpfer, mit dem sie sich einen ordentlichen Tadel ihrer Mutter eingehandelt hätte, versuchte Katherine das nächste Tuch zu erreichen. Sie spürte, wie sich ihr jemand näherte und neben ihr stehen blieb.

Sie spähte über die Schulter zu Wrinkleton.

Er räusperte sich. »Dann gestatten Sie bitte, dass ich Ihnen helfe.«

Eine freundliche Zurückweisung lag ihr auf der Zunge bei der Aussicht, dem alten Diener diese Mühe zuzumuten, doch stattdessen nickte sie. Gemeinsam machten sie sich ans Werk, und kurze Zeit später hatten sie die hohe, Achtung gebietende Eingangshalle in ein Blumenmeer verwandelt, das von ihrer Vorgängerin für immer auf den Stoffen festgehalten worden war. »Ich habe nicht mehr viel Zeit«, fuhr Katherine fort und wandte sich dem nächsten Laken zu, »bis Heiligabend.«

Sie trat zurück und betrachtete, was Wrinkleton und sie hier vollbracht hatten. Eine bittersüße Wehmut füllte ihr Herz. Wie seltsam, zu denken, dass diese Meisterwerke von der Frau geschaffen worden waren, die Jaspers Liebe gewonnen hatte, und dass sie hier hängen sollten, vergessen und verloren, von niemandem gesehen.

Sie wanderte hinüber zu der Ecke mit den Rosen. Ein Schauer rann ihr über den Rücken, als sie daran dachte, wie die andere Frau diesen Stoff in Händen gehalten hatte. Es war eine bittere Erinnerung daran, dass Katherine hier nichts weiter als ein Eindringling in dem Haus war, das einst eine echte Ehe, die zwischen Jasper und Lydia, seiner wahren Herzogin, beherbergt hatte.

Ihr Blick wanderte über das Kunstwerk und blieb an den Dornen des fuchsiafarbenen Rosenbusches hängen. Wie fehl am Platz diese Stacheln wirkten. Vielleicht waren sie von der anderen Frau dort aufgestickt worden, um jede Frau, die diese Hallen betrat, davor zu warnen, Zuneigung von dem Herzog zu erwarten.

Die grünlich-schwarzen Dornen verschwammen vor ihren Augen, und erschreckt erkannte Katherine, dass ihr Tränen in den Augen standen und drohten, überzulaufen. Sie blinzelte sie fort. Seit ihr Vater gestorben war und ihr Leben in Trümmer gegangen war, hatte sie keine einzige Träne mehr vergossen. Nun, da sie Jasper Waincourt, den achten Duke of Bainbridge, getroffen hatte, verwandelte der sie in einen wahren Wasserfall.

Ein weißes Taschentuch wurde ihr vors Gesicht gehalten, und sie versteifte sich, nahm Wrinkletons stummes Angebot an. Diskret betupfte sie sich die Augen. Mit einem ruhigen, kontrollierten Atemzug blickte sie den Butler an.

»Also, gibt es nun vielleicht einen Bediensteten, der mir helfen würde?«

* * *

Jasper klopfte mit der Spitze seines Federhalters einen abwesenden Rhythmus auf die Mahagonischreibtischplatte. Das Klacken wirkte ungewöhnlich laut in der Stille des Arbeitszimmers.

Sein Verwalter war schon vor Stunden gegangen.

Er hielt mitten in der Bewegung inne, ließ den Federhalter über der Schreibtischoberfläche verharren.

Vermutlich hatte er das Feingefühl seiner Ehefrau beleidigt, als er seine Erwartungen an ihre Verbindung so unmissverständlich ausgedrückt hatte. Sie war nicht zum Frühstück gekommen und war auch weiterhin verdächtig abwesend geblieben.

Er ließ den Federhalter fallen und lehnte sich auf seinem Stuhl zurück. Das Leder knarzte protestierend.

Es behagte ihm nicht, welche Auswirkungen seine Handlungen für seine Ehefrau hatten. Die Katherine, die er kannte, besaß Unerschrockenheit, ließ sich nicht so leicht unterkriegen, und doch hatte sie sich, seit sie vor achtundvierzig Stunden und einer Handvoll Minuten seine Frau geworden war, in ihren Gemächern eingeschlossen und war nicht mehr herausgekommen.

Und diese ihre Abwesenheit von seinem Leben gefiel ihm nicht.

Besser gesagt, er *hasste* sie.

Sein Blick wanderte zu den großen, bis zum Boden reichenden Fenstern auf der rückwärtigen Wand seines Arbeitszimmers. Der grau-weiße Himmel spiegelte perfekt seine Laune wider.

Er fuhr sich mit einer Hand übers Gesicht.

Auch wenn er keine Ehe im eigentlichen Sinne des Wortes mit seiner energischen Ehefrau wollte, so hatte sie sein gefühlloses Verhalten in den letzten Tagen doch wahrlich nicht verdient. Mit ihrer Abwesenheit brachte sie Gefühle … Gefühle von Schuld in ihm hervor. Und es gefiel ihm nicht, wenn man ihn dazu brachte, sich schuldig zu fühlen. Oder überhaupt *irgendetwas* zu fühlen, was das anging. Mit einem unwilligen Knurren sprang Jasper auf. Er hatte so gut dafür gesorgt, dass er sich von den Gedanken und Gefühlen von allen um ihn herum abschottete.

Dann war Katherine in sein Leben gestolpert, wortwörtlich in ihn hineingestolpert, wenn man an ihr erstes Zusammentreffen auf dem Frostjahrmarkt dachte, und mit diesem einen Zusammentreffen hatte sie seine Welt auf den Kopf gestellt.

Jasper riss die Tür auf und stürmte hinaus. Er marschierte mit festen Schritten auf ihre Zimmer zu.

Er würde ihr nicht länger erlauben, die Gekränkte zu spielen. *Sie* hatte die Vernunftehe vorgeschlagen. In dem Gespräch hatte sie sich rein praktisch gegeben, was alle Aspekte einer möglichen Verbindung zwischen ihnen betraf. Jetzt verhielt sie sich wie die geschädigte Partei eines Abkommens, das sie freiwillig geschlossen hatte.

Seine Schritte waren laut auf dem Boden.

Jasper nahm immer zwei Stufen auf einmal. Schnell überwanden seine langen Schritte die Entfernung zwischen ihnen. Er streckte die Hand nach dem Türgriff zu ihrem Zimmer aus, hielt dann jedoch inne, erinnerte sich seiner Manieren.

Trotz ihrer Unerschrockenheit und ihres herausfordernden Blickes war Katherine immer noch eine unschuldige junge Dame. Wenn er einfach so in ihre Gemächer stürmte, wie die Burgherren früherer Zeiten, dann würde sie sich nur weiter hinter dieser abwehrenden, entrüsteten Haltung verschanzen, die sie sich zugelegt hatte.

Also klopfte er an.

Und klopfte noch einmal an.

Und …

»Zum Teufel«, murmelte er.

Jasper zog an den Ärmeln seines doppelreihigen Rocks. Er war der Duke of Bainbridge, verdammt noch mal. Wieder streckte er die Hand nach der Klinke aus, hielt aber inne und atmete tief durch.

»Katherine?«

Schweigen.

Jasper öffnete die Tür und trat ein.

Sein Blick suchte das Zimmer ab. Das perfekt gemachte Bett zeigte, dass sie bereits vor einiger Zeit aufgestanden war.

Stirnrunzelnd wandte Jasper sich um.

Und fluchte. »Himmel, Wrinkleton, wissen Sie nicht, dass man sich an einen Mann nicht so heranschleicht? Was ist?«

Wrinkleton neigte den Kopf. »Bitte entschuldigen Sie, Euer Gnaden.« Jasper fand allerdings, dass der Butler ganz und gar nicht klang, als wollte er sich entschuldigen. »Aber Ihre Gnaden ist nicht hier.«

»Nicht hier?«, wiederholte Jasper, wissend, dass er wie der letzte Idiot wirken musste.

»Sie ist ausgegangen, Euer Gnaden.«

Ausgegangen.

Ausgegangen?

Bestimmt hatte er den Mann falsch verstanden. Jasper blickte zum Fenster hinaus, und sein Blick verfinsterte sich. Der Schneefall war immer noch heftig. Was fiel seiner Ehefrau ein, sich in diesem Wetter hinauszuwagen?

Dann dachte er an ihre erste, schicksalhafte Begegnung. Sollte er wirklich etwas anderes erwarten von der Frau, die auf Begleitung verzichtet und das Missfallen der Gesellschaft riskiert hatte, nur um den Frostjahrmarkt zu besuchen?

»Ja, das stimmt, Euer Gnaden. Sie ist ausgegangen«, sagte Wrinkleton langsam und jedes Wort überdeutlich betonend.

Jasper betrachtete den langjährigen Diener seiner Familie aus zusammengekniffenen Augen. Der Mann hatte ihn schon gekannt, als er seine Hauslehrer gequält und die Bediensteten mit seinen Streichen zur Verzweiflung getrieben hatte. Normalerweise würde er solch eine Unverschämtheit nicht dulden, bei niemandem … mit Ausnahme von Wrinkleton.

Das Funkeln in den Augen des anderen Mannes verriet, dass er das auch wusste.

»Wann?«, erkundigte sich Jasper kurz angebunden.

Wrinkleton kratzte sich an der Stirn. »Ich glaube, vor einer Stunde oder so, Euer Gnaden.«

»Einer Stunde?«

Jasper machte auf dem Absatz kehrt und eilte durch die Flure, die Treppe hinunter und … kam in der Eingangshalle jäh zum Stehen. Sein Blick fiel auf die Wandteppiche an den Mauern – die enthüllten Stickereien. Ein Aufzucken greller Wut ließ alles vor seinen Augen verschwimmen. Er sah sich suchend nach seinem Butler um. »Wrinkleton, verflucht, was hat das zu bedeuten?«

Die dröhnende Frage hallte von den Wänden wider und durch das Gebäude.

Wrinkleton kam mit seinem langsamen, bedächtigen Gang die Treppe herunter. Ein Lakai hastete herbei und reichte Jasper Mantel und Hut.

Jasper schnappte sich beides, setzte sich den Hut auf.

»Was hat was zu bedeuten, Euer Gnaden?«, erkundigte sich der Butler.

Jasper schloss die Augen und zählte bis zehn, während er zu einem Gott betete, an den er eigentlich nicht mehr glaubte, und um ein Mindestmaß an Geduld mit seinem Diener bat. Er öffnete die Augen. »Die Wandteppiche. Die an den Wänden hängen.«

»Ah, die.« Der leichte Schimmer von Belustigung erschien wieder in Wrinkletons trüben blauen Augen.

»Ja, genau die«, herrschte Jasper ihn an und riss sich dann zusammen. Er verhielt sich wie ein ungehobelter Schuft. Es war kaum die Schuld des anderen Mannes, dass …

»Ihre Gnaden und ich haben heute Vormittag die Laken abgenommen.«

Also war es doch die Schuld des alten Dieners.

Und mehr noch …

Katherines.

»Wo ist sie?«, fragte Jasper barsch und fühlte sich wie ein wildes Tier. Er warf sich den Mantel über die Schultern.

»Sie ist ganz in der Nähe, Euer Gnaden.«

»Ganz in der Nähe?« Er blinzelte. Oh, wie er sich wünschte, ein größerer Schuft zu sein, denn er würde Wrinkleton mit größter Freude auf der Stelle entlassen … wenn er nicht diese verfluchte Zuneigung dem alten Diener gegenüber empfinden würde.

»Ganz in der Nähe«, wiederholte Wrinkleton mit unangemessener Erheiterung. Er ging zur Tür und hielt sie auf. Ein schwacher Windzug wehte einige Flocken in die Halle, wo sie in kleinen Haufen auf dem Boden landeten. »Ich erlaube mir zu vermuten, dass Sie sie irgendwo in der Nähe des anderen Endes der Auffahrt finden werden, auf der kleinen Anhöhe mit dem Immergrün.«

Was zum Teufel machte sie da draußen an diesem gottverlassenen Tag? Ein Windstoß blies ihm Schnee in die Augen. Er wischte ihn weg und trat hinaus, um sich auf die Suche nach seiner Ehefrau zu machen.

Seine Schritte hinterließen Stiefelabdrücke auf der unberührten Schneedecke. Dann musste er mit einem Mal an Katherine denken, wie sie sich mit bebenden Lippen und tieftraurigen Augen in ihrem Zimmer verkroch wie ein verwundetes Tier.

Jasper schnaubte. Er hätte es besser wissen sollen. Katherine mochte geschockt gewesen sein, sogar verletzt wegen des Missverständnisses über die Bedingungen ihres Ehearrangements, aber nicht einmal diese Kränkungen würden ihrem Temperament einen Dämpfer verpassen.

Der Mantel schwang um seine Beine.

Und sie hatte die verdammten Laken abnehmen lassen, die er nach dem Tod seines Sohnes aufzuhängen befohlen hatte. In nicht einmal einem Tag als Herrin des Hauses hatte sie seine sorgfältig geordnete Welt aus den Angeln gehoben und irgendwie auch den loyalen Wrinkleton dazu gebracht, ihren Plänen für Castle Blackwood zu folgen.

Er hatte erwartet, dass ihm der Anblick von Lydias Arbeiten, so kühn in der Eingangshalle entblößt, das Herz zerreißen würde, und doch hatte er sie stattdessen nur mit liebevoller

Erinnerung betrachtet. Nichts von dem überwältigenden Schmerz oder der Erbitterung über seinen Verlust hatte sich in ihm geregt.

In jenem Moment in der Eingangshalle hatte er angesichts der Wandteppiche an nichts davon gedacht. Stattdessen hatte er an Katherine gedacht, wie sie sich seinen Befehlen widersetzte, seinen Haushalt in Aufruhr brachte und, mehr noch, sich in diesem üblen Wetter hinausbegab.

Jasper erstarrte und spähte in die Ferne. Ganz schwach konnte er eine Gestalt erkennen, das Smaragdgrün ihres Mantels ein Leuchtfeuer gegen den reinen, weißen Schnee.

Sein Herz schlug einen seltsamen Rhythmus in seiner Brust, und er machte sich zu ihr auf. Während er die Entfernung zu der kleinen Anhöhe immer weiter verringerte, trug die klare Winterluft den reinen Klang ihres glockenhellen Lachens zu ihm.

Als er Katherine gestern zurückgelassen hatte, war sie gefangen gewesen zwischen verletzter Empörung und verwundeter Traurigkeit von der Art, die ihm den Schlaf raubte. Es hatte ihn all seine Selbstbeherrschung gekostet, nicht die Tür zwischen ihren Zimmern einzutreten und sie in seine Arme zu nehmen … und zum Teufel mit seinen Plänen für eine Vernunftehe.

Jasper beschleunigte seine Schritte, erfüllt von dem Verlangen, den Grund für ihre Freude zu erfahren.

Er marschierte die Anhöhe hinauf und erstarrte.

Ein junger Diener, und zwar ein verflucht gut aussehender, grinste zu Katherine hinab.

Jasper kniff die Augen zu Schlitzen zusammen, als der Kerl etwas zu ihr sagte und ihre Wangen sich röteten.

Bei Gott, er würde ihn umbringen. Von heilloser Wut erfüllt beim Anblick des bewundernden Schimmers in den Augen des Burschen, stürmte Jasper den Rest des Weges hinauf.

Der Diener blickte hoch und sah Jasper. Alle Farbe wich aus seinen Wangen. Er verlagerte das Gewicht der immergrünen Zweige in seinen Armen und deutete eine ungeschickte Verbeugung an.

Jaspers Blick verfinsterte sich.

Der junge Mann schluckte.

Gut. Er sollte Angst haben. Große Angst.

Katherine gehörte ihm.

Katherine versteifte sich und drehte sich zu ihm um. »Du.« So viel gelangweilte Resignation lag in der Äußerung, dass Jasper dem Drang widerstehen musste, die Zähne zu fletschen wie das Biest, das ihm innewohnte. Das Biest, das die Zähne fletschen und den gut aussehenden Lakaien, der es gewagt hatte, Katherine anzusehen, die Anhöhe hinabstoßen wollte.

Jasper schüttelte den Kopf. Was für ein Wahnsinn war das? Er gehörte nicht zu den Männern, die sich zu Eifersuchtsausbrüchen hinreißen ließen. So war er nie gewesen. Bis zu Katherine. Was machte sie aus ihm?

Ohne den Blick von seiner Ehefrau abzuwenden, sagte Jasper zu dem jungen Mann: »Sie dürfen zum Haus zurückkehren.«

Der Diener verbeugte sich nochmals und eilte angesichts von Jaspers tiefem Befehlston mit der Last in seinen Armen davon. Jasper beobachtete ihn aus dem Augenwinkel, bis er aus seinem Blickfeld verschwunden war.

Im Gegensatz zu dem leichten Erröten und dem Lächeln, das sie für den Diener gezeigt hatte, hatte sie für ihn nur ein Stirnrunzeln übrig. »Was soll das alles, Jasper?« Als wollte sie dem zu gut aussehenden Diener folgen, machte sie einen Schritt um ihn herum.

Jasper verstellte ihr den Weg.

Sie machte einen Schritt in die andere Richtung.

Jasper ebenfalls.

Katherine legte den Kopf in den Nacken und funkelte ihn an.

Alle Wut, die in ihm aufgeflackert war beim Anblick von ihr allein mit dem zu gut aussehenden Diener, schwand und machte einem plötzlichen, überwältigenden Verlangen Platz, sie in die Arme zu ziehen und sich wieder mit ihrem nach Minze duftenden Atem vertraut zu machen.

Sie bückte sich und hob einen großen Tannenzweig auf, was ihn nur daran erinnerte, dass es spät am Nachmittag war und sie in diesem Unwetter draußen waren und … und …

Taten, was immer es war, das sie hier taten.

»Was sind das für Dinger?«, fragte er, als sie sich erneut bückte, um den nächsten aufzuheben.

»Das sind Zweige.«

Jasper begann zu zählen … aber sie fuhr fort, ihre Arme mit dem Grünzeug zu beladen. Fluchend beugte er sich vor und befreite sie von ihrer Last. »Ich sehe, dass das Zweige sind, Katherine. Was genau hast du mit ihnen vor?«

Sie verdrehte die Augen. »Nun, ich will aus ihnen eine festliche Tagesdecke für mein Zimmer machen.«

Er runzelte die Stirn. »Was …?«

»Das war Sarkasmus, Euer Gnaden.« Sie seufzte gequält auf. »Halt die mal. Carlisle war so nett, noch ein paar bei dem Baum da hinten aufzuschichten.«

Jasper betrachtete den verführerischen Schwung ihrer Hüften, als sie zu der Stelle lief. Er rief sich zu Ordnung und folgte ihr. »Wer zum Teufel ist Carlisle?«

»Der Diener.« Sie eilte weiter voran. Dann beugte sie sich vor und lud eine weitere Handvoll Zweige auf seine Arme.

Der vertraut werdende rote Nebel verhüllte seine Sicht angesichts der Beiläufigkeit, mit der seine Ehefrau von zu gut aussehenden Dienern sprach. Jasper hatte schon früh gelernt, wie gefährlich es war, attraktive junge Diener anzustellen. Seine Mutter hatte viele von ihnen schamlos in ihr Bett geholt.

»Ich lasse mir keine Hörner aufsetzen.«

Katherine kam zu einem abrupten Halt, sah entrüstet zu ihm hinauf. Sie legte den Kopf bezaubernd auf die Seite. »Wie bitte? Hast du gerade gesagt …?« Sie schüttelte den Kopf. »Ich werde das nicht mal einer Antwort würdigen«, murmelte sie vor sich hin.

Etwas an der nachlässigen Art, mit der sie seine Worte abtat, löste die Anspannung in seiner Brust.

Sie stoppte plötzlich und drehte sich um. »Hier.«

»Umpf.«

Sie schlug ihm einen weiteren Ast gegen die Brust. »Du nimmst die, und ich werde diesen Stapel tragen«, sagte sie und beugte sich hinab, um die letzten Zweige des Immergrüns aufzuheben.

Jasper starrte der kleiner werdenden Gestalt seiner Ehefrau hinterher, als sie sich den Weg die verschneite Anhöhe hinab suchte. »Wo willst du jetzt wieder hin?«

Katherine hielt nicht einmal inne, setzte ihren Weg unbeeindruckt fort. »Zurück zur Burg. Ich habe noch viel zu tun, um Heiligabend vorzubereiten.«

Er atmete tief ein und zählte bis zehn.

Wenn irgendwer ihm noch vor zwei Wochen gesagt hätte, dass er bald mit einem aufreizenden, dickköpfigen kleinen Plagegeist verheiratet sein würde, hätte er demjenigen glatt ins Gesicht gelacht. Er war so entschlossen gewesen, das einsame Leben, das er in den letzten vier Jahren geführt hatte, fortzusetzen. Mehr noch, er hatte dieses Leben willig umarmt. Wenn er niemanden in sein Leben ließ, riskierte er auch nicht, wieder so verletzt zu werden wie bei Lydias Tod.

Erst jetzt, mit diesen Anzeichen von irritierender Verärgerung und ironischer Belustigung, hatte er gemerkt, wie sehr er es vermisste, sich … lebendig zu fühlen.

Jasper machte sich auf den Weg den Hügel hinab. Mit seinen langen Beinen schloss er schnell zu Katherine mit ihren kürzeren Schritten auf.

»Ich habe dir gesagt, dass ich Weihnachten nicht feiere.«

»Und ich habe dir gesagt, dass ich trotzdem vorhabe zu feiern, Jasper. Es scheint, als wären wir in einer Sackgasse.« Sie hielt den Blick in die Ferne gerichtet.

Ihr Tonfall ließ vermuten, dass sie keinerlei Absicht hatte, von ihren Bemühungen abzulassen.

»Meine Ehefrau ist drei Tage vor Heiligabend gestorben.«

Kapitel 21

Katherine blieb jäh stehen, während Jaspers Worte bleischwer in der Luft hingen.

Meine Ehefrau ist drei Tage vor Heiligabend gestorben.

Der Satz ergab so wenig Sinn, da sie doch Jaspers Ehefrau war. Mit der Kraft des stürmischen Winterwindes drangen die Worte auf sie ein.

Er sprach nicht von ihr, sondern von einer anderen. Von einer Frau, die sein Herz besessen und seine Gedanken beherrscht hatte und an die seine Erinnerung noch so stark war, dass er die Einrichtung der Burg mit weißen Laken verhängen ließ, um das Andenken an die wahre Herzogin auszusperren.

Plötzlich ergab seine Erklärung, er würde Weihnachten nicht feiern, einen Sinn. Katherine ließ die Arme sinken, und die Zweige fielen auf die dicke Schneedecke. Und weil sie wirklich nicht wusste, was sie sagen sollte, um diese unbehagliche Stille zwischen ihnen zu füllen, sagte sie: »Oh.«

Mehr nicht, nur … oh. Nicht zum ersten Mal in ihrem Leben wünschte sie sich, Annes Fähigkeit zu haben, solche peinlichen Leerstellen zu überbrücken. Dann wüsste sie, was sie sagen müsste, um den Schmerz ihres Ehemanns zu lindern.

Stattdessen zwang sie sich, zu ihm hochzuschauen.

Jaspers seltsam leerer Blick blieb auf eine Stelle hinter ihr gerichtet. Ihr zog sich die Brust zusammen angesichts seines Leids, das so greifbar war wie eine körperliche Wunde.

Katherines Ehe mit ihm mochte Gegenstand eines formellen Vertrags sein, der seinerseits nicht einmal auf dem winzigsten Anzeichen von Zuneigung beruhte, aber in der Zeit, die sie Jasper inzwischen kannte, hatte sie Gefühle für ihn entwickelt und konnte nicht mit ansehen, wie er litt.

»Es tut mir so leid«, sagte sie leise.

Er zuckte leicht mit den Schultern. Sie dachte, er würde etwas sagen, aber die Worte kamen nicht.

Dann ging ihr die Bedeutung auf … Drei Tage vor Heiligabend.

Ihre Gedanken überschlugen sich.

O Gott. Der Tag, an dem sie von dem Gasthaus aufgebrochen waren, war der Jahrestag des Todes seiner Ehefrau gewesen. An dem Tag, an dem sie sich darüber beklagt hatte, immer noch Jungfrau zu sein, hatte er um die Ehefrau seines Herzens getrauert. Unglücklich schüttelte sie den Kopf, während sie sich so viel von Jaspers Gefühlskälte besser erklären konnte.

»Ich habe geschworen, nicht nur Weihnachten, sondern überhaupt alle Feiertage nicht mehr zu begehen, Katherine. Es schien ein unbedeutendes Opfer für das zu sein, was ich getan habe.«

Katherine vermutete, dass sie der Weihnachtszeit mit bitterster Wut entgegensehen würde, sollte sie einen Verlust wie Jaspers erfahren. Wenn sie ihren Ehemann verlieren würde … Sie schluckte angesichts der quälenden Vorstellung einer Welt ohne Jasper. In dieser kurzen Zeit war er ihr schon so wichtig geworden. Sie betrachtete sein Gesicht. Ein kleiner Muskel zuckte an seinem Auge. »Du hast nichts getan, Jasper. Lydias Tod war nicht deine Schuld.«

Jetzt ließ auch er die Zweige fallen. Mit einem dumpfen Aufprall landeten sie im Schnee. Sein Mund formte sich zu einem leeren Lächeln. »Ich habe sie umgebracht, weil ich die Bainbridge-Erblinie fortsetzen wollte.«

Katherine ging zu ihm und nahm seine Hände. Er versteifte sich, doch selbst durch den Stoff ihrer beider Handschuhe hindurch erwärmte sich ihre Haut unter seiner Berührung. Sie drückte seine Hände. »Es ist unlogisch, dass du dir die Schuld gibst. Natürlich hast du eine Familie mit Lydia gewollt.« Ein schmerzvolles Ziehen erfüllte ihr Herz, als der kurze Traum von einem Baby durch ihren Kopf geisterte. Sie blickte auf ihre sich berührenden Finger. »Du gibst dir die Schuld, weil du sie liebst.« *Selbst jetzt noch.* »Und du würdest alles tun, um sie zurückzuholen, aber auch ein Leben ohne jede Freude wird das nicht vollbringen, Jasper. Das wird dich nur immer wieder an den grausamen Tag ihres Todes erinnern, und die dunklen Tage, die diesem gefolgt sind. Es erlaubt dir nicht, die Jahre der Freude zu feiern, die du als ihr Ehemann erlebt hast, und die Liebe für sie, die du in deinem Herzen trägst.«

Jasper entzog ihr seine Hand und krümmte und streckte die Finger, als hätte ihre Berührung ihn abgestoßen. »Wenn ich sie nicht geschwängert hätte, dann …« Seine Worte endeten in einem rauen Flüstern.

Katherine legte den Kopf in den Nacken und musterte den gräulich weißen Winterhimmel. Schneeflocken tanzten und wirbelten herab, und sie hob einen Finger, um eine Schneeflocke aufzufangen. Eine landete auf ihrem Handschuh und löste sich schnell zu einem Wassertropfen auf. Im einen Moment noch da, schon verschwunden im nächsten. So fein und vergänglich.

Katherine verschränkte die Arme und vergrub sich tiefer in die Falten ihres Mantels. »Du darfst dir nicht die Schuld geben, Jasper.«

* * *

So lange hatte ihn zur Weihnachtszeit nichts als Verzweiflung erfüllt, da sie ein weiteres Jahr ohne Lydia auf dieser Welt bedeutete. Jetzt beherrschte ihn ein noch ganz anderes Schuldgefühl. Irgendwann, seit er Katherine aus der Themse gezogen hatte, war der Schmerz um Lydias Verlust in seinem Herzen schwächer geworden, hatte nachgelassen und war weiter weg.

Katherine sprach, und ihre Worte zogen ihn aus dem dicken Morast der Schuld, durch den er sich gequält hatte. »Weißt du, was, ich hasse London«, verkündete sie.

Jasper hasste London, aber das war nicht immer so gewesen. Es hatte eine Zeit gegeben, da hatte er sich in London zur Saison wohler gefühlt als irgendwo anders.

»Meine Familie hat einen Landsitz in Hertfordshire gehabt. Mutter fand es immer zu ländlich und hat unsere Aufenthalte dort gehasst. Vater hat die Jagd genossen. Und ich«, sie blickte zu ihm hinüber, »ich habe alles davon genossen. Die üppig grüne Hügellandschaft. Prächtige, riesige Bäume, wie gemacht für große Schaukeln. Auf denen habe ich gesessen und Byrons Gedichte gelesen. Sie waren so romantisch und wunderschön, und ich habe sie von Herzen geliebt.« Sie zeichnete ein so ländliches Idyll, dass Jasper diese Erinnerung an leichtere Zeiten mit ihr teilen wollte.

Er erwiderte nichts, versuchte stattdessen ihren zusammenhanglosen Gedankengängen zu folgen.

»Wie ich dir schon erzählt habe, hat Vater alles verspielt.«

Sein Magen zog sich zusammen, wenn er an diesen verschwenderischen Taugenichts von einem Vater mit dessen Missachtung für seine Katherine und ihre Familie dachte.

»Er hat unser Landhaus in Hertfordshire verloren«, sagte sie ruhig. »In der letzten Nacht, die wir in diesem Haus verbracht haben, habe ich mir eins der Messer unserer Köchin genommen und die Initialen meines Namens in den Holzrahmen meiner Schlafzimmertür geritzt.« Ihre Lippen formten sich zu einem bedauernden kleinen Lächeln. »Von dem Moment an, als ich erfuhr, wir würden den Landsitz in Hertfordshire aufgeben müssen, bis zu dem Tag, als wir gingen, um nie zurückzukehren, habe ich geweint.«

Jasper stellte sich seine starke, wunderschöne Katherine vor, wie ihre Schultern unter ihrem Schluchzen bebten, während sie mit einem Messer ihre Initialen in die Schlafzimmertür einritzte. Er schloss die Augen. In der Hölle gab es einen speziellen Ort für feige Mistkerle, die ihre Familien mittellos zurückließen. Und sobald Jasper Katherines Vater in den Tiefen der Hölle träfe, würde er ihn dafür bestrafen, sie jemals zum Weinen gebracht zu haben.

Er lehnte sich vor und strich mit den Fingerknöcheln über die seidige Glätte ihrer Wange.

Seine Berührung schien sie aus der schmerzhaften Erinnerung an diese Momente zu lösen. »Dann haben die Gläubiger alle meine Bücher beschlagnahmt.«

Seine Hand erstarrte mitten in der Bewegung. O Gott, er wollte kein weiteres Wort dieser verfluchten Geschichte hören.

»Sie haben jeden einzelnen Band mitgenommen, und ich habe geschworen, nie, nie wieder Byrons Sonette zu lesen«, erklärte sie. »Nach dem Verlust all unserer persönlichen Habe kamen mir all diese Sonette über Liebe und Unschuld und Reinheit so ungeheuer kindisch vor.«

Katherine lehnte sich in seine Berührung wie ein Kätzchen, das die Wärme seines Besitzers sucht. »Ich habe geschworen, nie wieder ein Buch mit Gedichten zu lesen.«

Jasper verstand das nur zu gut.

»Aber dann begann ich, die Worte zu vermissen. Diese Sonette hatten mich zu so wunderschönen Orten der Liebe und selbst des Verlustes geführt. Ganz egal, wie sehr ich geschworen habe, nie wieder einen Gedichtband in die Hand zu nehmen, mein Herz hat ebenso sehr danach verlangt wie mein Verstand.«

Katherine trat von ihm zurück und ging ein paar Schritte, bis er von der plötzlichen Furcht überwältigt wurde, sie wollte ihn verlassen und er würde nie den Rest ihrer Geschichte erfahren.

Doch sie hielt oben auf der Anhöhe inne und starrte auf die Spielzeuglandschaft unter ihnen. »Ich habe gemeint, wenn ich wieder Gedichte lesen würde, würde das meine Schwäche beweisen und mich an all meinen Schmerz und meine Wut und meinen Groll erinnern. Aber das Herz weiß, was es braucht, Jasper. Ich konnte ebenso wenig darauf verzichten, wie ich das Essen hätte aufgeben können. Ich habe mir nur einen Dichter gestattet.« Katherine streckte sich nach noch einer Schneeflocke. Mühelos fing sie eine zwischen ihren behandschuhten Fingern auf.

Wordsworth.

»Wordsworth«, sagte sie. »Byron und all die anderen romantischen Dichter kamen mir so einfältig vor, aber Wordsworth schien mir echt. Seine Worte sind nicht immer nur voller Hoffnung und Glück.«

Das verstand er, denn genau das hatte Jasper zum Werk dieses Dichters hingezogen.

Nach dieser Geschichte begriff er ihren Wunsch nach der einzigen Ausgabe von Wordsworths Gedichten. Sein Herz schlug schmerzhaft hart in seiner Brust, als er schweigend ihr großes Opfer anerkannte – sie hatte das einzige Exemplar ihm überlassen.

Jasper stand still da und bewunderte ihr fein gezeichnetes Profil.

Als würde sie seinen Blick spüren, wandte Katherine sich ihm zu. »Ich habe meinen Vater dafür gehasst, dass er alles verloren hat, was mir einst so wertvoll war. Ich habe den Verlust all dieses materiellen Besitzes beklagt, aber verstehst du, Jasper, wenn ich keines dieser großen Betrübnisse hätte erleben müssen, hätte ich niemals Wordsworth entdeckt.« Sie zuckte leicht mit den Schultern. »Das scheint vielleicht nur ein geringer Trost zu sein, denn immerhin kann Wordsworth nicht mit Byrons Berühmtheit mithalten, aber das Glück kann man noch immer finden – auf eine andere Art.«

Irgendwann hatten sie aufgehört, über Dichter zu sprechen. Eine tiefere Bedeutung lag in den Worten seiner Ehefrau.

Jasper ließ den Blick über ihre vorwitzige Nase, die vollen Lippen und die katzenartigen braunen Augen gleiten. *O Katherine, hältst du dich dafür? Für einen schwachen Trost? Ein geringer geschätztes Werk?*

Nichts könnte der Wahrheit ferner sein.

Katherine räusperte sich und ging zu dem vergessenen Haufen Zweige. Sie hockte sich in den Schnee und sammelte sie auf. Unaufgefordert kam Jasper zu ihr. Er zögerte.

Sie hielt in ihren Bemühungen inne und blickte aus ihrer niedrigeren Position zu ihm auf.

Jasper ließ sich auf ein Knie hinab. »Warte«, murmelte er und nahm ihr die Last ab. Dann sammelte er schnell die restlichen, verstreut umherliegenden Zweige ein und stand auf.

Katherine fing seinen Blick auf und lächelte ihn an. »Ich habe schon gedacht, du würdest sie hier liegen lassen, bei dem, was ich damit vorhabe.«

Er runzelte die Stirn und funkelte sie aus dem Augenwinkel an. »Ich bin kein Monster, Katherine.« War es das, was seine neue Ehefrau glaubte? Dass er sein Missfallen ausdrücken würde, indem er sie die Last allein tragen ließ?

»Nun, manchmal bist du das.« Ein verschmitztes Leuchten blitzte in ihren Augen auf.

Jaspers Lippen zuckten in Erwiderung darauf. »Ja, ja, das stimmt«, gestand er ein.

In diesem Moment wurde ihm klar, wie gern er auf diesem verschneiten Hügel bleiben würde, nur sie beide und die friedvolle Stille des Winterhimmels. Der Schnee fiel immer weiter, immer heftiger und dichter, und sie würden hier in der Kälte, so fern der Burg, nicht bleiben können. »Wir sollten zurückgehen.« Die Worte kamen ihm nur widerwillig über die Lippen.

Katherine legte die Fingerspitzen auf seinen Unterarm. Unter ihrer zarten Berührung spannten sich seine Muskeln an. Die Reaktion seines Körpers auf ihre Nähe schien ihr gänzlich zu entgehen. Der ungestüme Rausch des Verlangens, das ihn erfasste, das Rasen seines Herzens, das schnelle Heben und Senken seiner Brust. Er begehrte sie. Er begehrte sie mit solch schmerzhafter Verzweiflung, dass es ihn danach verlangte, den Schwur, den er getan hatte, einfach zu vergessen, nur um sie zu der Seinen zu machen.

»Dir ist schon klar, dass ich die Zweige als Weihnachtsschmuck benutzen will?«

»Ich weiß«, erwiderte er gedehnt. Er kannte Katherine inzwischen gut genug, um zu wissen, dass nichts sie von einem einmal gefassten Vorhaben abbringen konnte.

»Und du wirst dich nicht weiter darüber beschweren?« Sie sah ihn mit der Skepsis von jemandem an, der erwartete, auf die eine oder andere Art hereingelegt zu werden.

»Katherine, würde irgendeine Beschwerde meinerseits zu einem anderen Ausgang führen?«

Sie nagte an ihrer Unterlippe. Der Wind spielte mit einer ihrer braunen Locken und ließ sie ihr über ein Auge fallen. Sie blies sie weg. »Nein.«

Er nickte kurz angebunden und verteilte das Gewicht in seinen Armen neu.

»Auch sollte ich dich jetzt wissen lassen, werter Ehemann …« Er hatte bemerkt, dass sie ihn immer so bezeichnete, wenn sie verärgert mit ihm war. »Dass ich beabsichtige, mit einem großen Julscheit im Kamin zu feiern und einem prächtigen Festmahl«, verkündete sie, während sie beide durch den Schnee stapften.

Die britischen Generäle wären gut beraten, seine unerbittliche Ehefrau auf die Franzosen zu hetzen, um Napoleons verrückten Bemühungen um die Weltherrschaft Einhalt zu gebieten. Die bedauernswerten Franzosen wären machtlos gegen Katherines eiserne Entschlossenheit.

In seine eigenen Gedanken verloren, brauchte Jasper einen Moment, bis er bemerkte, dass Katherine nicht länger neben ihm herlief. Er hielt inne und drehte sich um.

Sie stand wie erstarrt in der winterlichen Landschaft.

»Was ist?« Eine plötzliche Ruhe des Wintersturms verlieh seinen Worten die falsche Lautstärke.

»Ich weiß nicht einmal, was du isst.« Ihr warmer Atem vermischte sich mit der Kälte und stand als kleine, weiße Wölkchen vor ihren vollen Lippen.

»Was ich esse?« Ein Zweig fiel ihm herab, und Jasper fluchte. Er beugte sich vor, um ihn aufzuheben. Mit ihren abrupten Themenwechseln würde Katherine ihn noch verrückter machen als den Insassen einer Irrenanstalt.

Sie fuchtelte mit den Armen. »Nun, ich weiß nicht, was deine Lieblingsspeisen sind. Es scheint mir, eine Ehefrau sollte solche Dinge über ihren Ehemann wissen.« Rot überzog ihre Wangen. Sie blickte hinab auf den Schnee und fuhr mit einer Stiefelspitze über eine unberührte Stelle. »Nicht, dass wir eine echte Ehe führen würden, selbstverständlich.«

Das überwältigende Bedürfnis, sie in die Arme zu schließen und ihren Körper zu erkunden, erfüllte ihn. Klug und mutig, wie sie war, unterschied sich Katherine von allen jungen Damen, die er je kennengelernt hatte.

Eine Schneeflocke landete auf ihrer Nasenspitze. Sie starrte darauf, bis ihre Augen schielten.

Er verlagerte die Zweige in seinen Armen und wischte über die kleine feuchte Stelle.

Katherine riss die Augen weit auf. Sie schien von seiner Berührung ebenso überrascht wie er selbst.

Jasper wandte sich ab und ging weiter.

Den Moment, in dem sie wieder an seiner Seite war, erkannte er nicht nur an dem Knirschen des Schnees unter ihren zweckdienlichen Stiefeln, sondern auch an dem intuitiven Gespür, das sein Körper anscheinend für sie entwickelt hatte. Vielleicht rührte das von dem Band her, das entstanden war, weil er sie vor dem sicheren Tod gerettet hatte, oder vielleicht war es etwas mehr, etwas, woran er sich nicht gestatten durfte zu denken.

»Ich mag gebratenes Huhn«, fuhr sie fort, »und gebackenes Kalbsbries. Ich liebe es, wenn man es heiß mit einer Scheibe Zitrone serviert.« Sie krauste die Nase. »Mutter mag keine Zitronen und besteht immer darauf, dass die Köchin das Bries mit Petersilie anrichtet, aber manchmal stellt sie einen Teller davon zur Seite, mit Zitrone, nur für mich, und ich schleiche mich dann spät in der Nacht in die Küche. Natürlich ist das Bries dann längst nicht mehr heiß, aber es ist eine so nette Geste, findest du nicht?«

Er fand, dass seine Frau viel redete. Sehr viel.

»Wenn du für das Weihnachtsessen noch keine Pläne hast …«, fuhr sie fort.

»Habe ich nicht«, erklärte er kurz angebunden.

»Dann wirst du mir vielleicht erlauben, gemeinsam mit der Köchin die Vorbereitungen zu treffen«, sprach sie weiter, als hätte er nichts gesagt.

Sie erreichten den Fuß des Hügels und folgten nun dem Weg, den Jasper entlanggegangen war, als er sich aufgemacht hatte, nach Katherine zu suchen. Eine Lage frischen Schnees hatte alle seine Stiefelabdrücke verdeckt.

»Und natürlich wäre kein Festmahl vollkommen ohne einen hervorragenden Nachtisch.«

»Natürlich.«

Bei seiner trockenen Antwort warf Katherine ihm einen Seitenblick zu. Sie presste die Lippen zusammen und reckte das Kinn ein Stückchen vor als klares Zeichen ihres Missfallens.

Der Wind und das Knirschen des frisch gefallenen Schnees unter ihren Schuhen waren die einzigen Geräusche in dem folgenden Schweigen, und er erkannte, wie allein der Klang ihrer Stimme ihn mit einer fröhlichen Stimmung erfüllte, die er für immer verloren geglaubt hatte. Er bedauerte die Abwesenheit ihrer Worte, die von solchem Enthusiasmus erfüllt gewesen waren.

Sie gingen weiter. Aus der steifen Haltung der Schultern seiner Ehefrau und der Eile ihrer Schritte schloss er, dass er sich ihr Missfallen eingehandelt hatte. Und warum sollte sie nicht verärgert sein? Immer lächelnd und fröhlich, hatte sie sich freiwillig an ihn gebunden, ein unglückliches, kaltes, gefühlloses Scheusal.

Die lange Auffahrt kam in Sicht. Jasper stoppte an ihrem Rand, auch wenn Katherine weiterstapfte. »Schildkrötensuppe.« Seine Stimme hallte zwischen ihnen.

Katherine verlangsamte ihre Schritte, aber ihre Augen blieben nach vorn auf die Burg gerichtet.

»Und gebratene Wachteln. Ich hasse Orangenpudding, aber ich liebe Shrewsbury-Kuchen«, sagte Jasper. Er rückte den Stapel Zweige zurecht, bis das Gewicht besser verteilt war, und klemmte ihn sich unter einen Arm, bevor er wieder weiterging.

Katherine passte sich seinem Tempo an, als er sie einholte. Aus dem Augenwinkel nahm er wahr, dass sie zu ihm hochsah. Er erwartete, dass sie die Stille zwischen ihnen füllte.

Doch da er Katherine nun schon einige Zeit kannte, hätte er wissen sollen, dass sie nie das Erwartete tat.

Sie blieb still.

Sie erreichten die Mitte der Auffahrt, und Katherine legte die Fingerspitzen auf seinen Arm.

Kapitel 22

Er hatte sich nicht zurückgezogen. Das sollte doch schon etwas bedeuten. Natürlich konnte es auch gar nichts bedeuten, was wesentlich wahrscheinlicher war, aber trotzdem, sie hatte die Hand auf seinen Arm gelegt, und obwohl er sich versteifte, hatte er sich nicht aus ihrem Griff befreit.

»Euer Gnaden, ist es das, was Sie sich vorgestellt haben?«

Der Butler Wrinkleton holte sie aus ihren närrischen Gedanken.

Katherine schüttelte den Kopf, um ihn zu klären, und richtete ihre Aufmerksamkeit wieder auf die Arbeiten in der Eingangshalle. Sie folgte der Richtung, in die der Butler mit leicht gekrümmtem Finger wies, hinauf zu den Stechpalmengirlanden, die oben über den Wandteppichen hingen. Katherine lächelte. »Ich denke schon, Wrinkleton. Was meinen Sie?«

Er musterte den Schmuck eine Weile, bevor er langsam nickte.

Katherine griff nach einem Apfel und befestigte ihn sorgfältig an einem immergrünen Zweig. Und sie wollte darüber nachdenken, was als Nächstes auf den Zweig gefügt werden sollte – die Papierblumen, die sie gestern Abend gemacht hatte, oder die kleine Kinderpuppe –, aber selbst für alle Sonette von Wordsworth, gebratenes Hähnchen und gebackenes Kalbsbries zusammen konnte sie doch nicht aufhören, an ihren Ehemann zu denken.

Sie war diese Ehe unter der Illusion eingegangen, dass es für sie beide eine Verbindung aus Vernunftgründen war: Sie würde Mutters Plänen, sie mit dem schrecklichen Bertrand zu verheiraten, entgehen, und Jasper würde in ihr seine Herzogin bekommen, und sie würde tun – sie runzelte die Stirn –, nun, was immer es war, das eine Herzogin tat.

Vermutlich hätte sie über die Sache mit dem Erben und einem zweiten Sohn zur Sicherheit hinausdenken sollen. Denn als er sie darüber informiert hatte, dass er keineswegs beabsichtige, die Ehe mit ihr zu vollziehen, nun, dann hätte sie wenigstens irgendeine Idee gehabt, was das für ihre Zukunft bedeutete.

Sie nahm die kleine Babypuppe und drehte sie in den Händen. Ein Stich durchfuhr ihr Herz, als würde eine kleine Nadel in das hoffnungslose Organ gestochen. So wie es stand, wusste sie nur, dass das nicht in ihrer Zukunft lag. Keine Töchter mit süßen Gesichtern und glatten Haaren und auch keine rebellischen kleinen Jungs.

Mit einem Seufzer legte sie das Kinderspielzeug weg und griff nach der Papierrose. Sie befestigte sie am Zweig.

Aber jetzt wusste sie, dass er Schildkrötensuppe mochte und Orangenpudding hasste, dafür aber Shrewsbury-Kuchen liebte … und er hatte seine Hand nicht weggezogen. Er hatte auch ihre gehalten, was Katherine dazu gezwungen hatte, sich die Wahrheit einzugestehen.

Sie hatte Jasper Waincourt, den achten Duke of Bainbridge, nicht allein aus Vernunftgründen geheiratet.

Sie hatte ihn geheiratet, weil sie irgendwann zwischen dem Frostjahrmarkt, den Wordsworth-Gedichten und dem Gespräch über Essen und Nachtische angefangen hatte, sich etwas aus ihm zu machen. Mit seiner fast schroffen Direktheit und den unerwarteten Aufmerksamkeiten, die er ihr immer wieder gezeigt hatte, war ihr sein Glück immer wichtiger geworden. Für einen Moment schloss sie die Augen und sah das Leid vor sich, das in seinem sonst so harten Blick gestanden hatte, und ihr wurde klar, dass sein Glück ihr mehr bedeutete als ihr eigenes.

Katherine erlaubte sich nicht, über die Gründe nachzudenken. Ihr Verstand wagte sich zwar ein Stück in diese Richtung, scheute jedoch vor näheren Betrachtungen zurück.

»Euer Gnaden?«

Wieder blickte sie von ihrer Arbeit auf, als Wrinkleton auf die Gewinde von Tannenzweigen um das Treppengeländer herum zeigte.

»Das sieht fantastisch aus«, versicherte sie ihm.

Der Diener, der die Tannenzweige aufhängte, hielt inne, lächelte sie an und machte sich daran, den nächsten anzubringen.

Katherine befestigte einen weiteren kleinen roten Apfel an dem Tannenreis und zwang sich, ihre Lage unverklärt und ehrlich zu betrachten. Sie hatte Gefühle für einen Gentleman entwickelt, dessen Herz vor vier Jahren mit dem Tod seiner ersten Ehefrau begraben worden war. Es spielte keine Rolle, dass er ihre Finger fest in seinen gehalten hatte, denn sobald sie die Burg erreicht hatten, war er davongestürmt, als hätte sie die Pest, und in den Tagen seither hatte sie ihn nicht mehr zu Gesicht bekommen.

Was nur bedeuten konnte, dass ihre miteinander verwobenen Hände keinerlei tiefere Bedeutung hatten, bestimmt nur ein Versuch gewesen waren, seine eiskalten Finger zu wärmen.

Ein kleiner Seufzer entrang sich ihr, und sie hielt den geschmückten Mistelkranz, unter dem man sich küssen sollte, hoch. Sie drehte sich um und übergab ihn Wrinkleton, der neben ihr wartete.

Er behandelte den Mistelkranz mit einer Ehrerbietung und einer Sorgfalt, die man sonst nur dem Tafelsilber seines Herrn entgegenbrachte, übergab ihn mit größter Vorsicht einem Lakaien, der herbeigeeilt war.

»Wenn Sie den einfach dort anbringen könnten«, murmelte sie und deutete zu dem Flur, der von der Eingangshalle abging und zu den Hauptwohnbereichen führte.

Während der junge Bedienstete auf die hohe Leiter stieg, um ihn an seinem Platz zu befestigen, besah Katherine sich den geschmückten Kranz mit schräg gelegtem Kopf.

Die einzigen Küsse, die es unter diesem Mistelkranz geben würde, wären die von Bediensteten, die sich heimlich einen Moment füreinander stahlen. Für die Herrin des Hauses würde es keine Küsse geben.

Sie schob alle Traurigkeit von sich und griff nach einem Bündel Stechpalmenzweige.

Da klopfte es laut an der Vordertür, und die roten Beeren glitten ihr aus den Fingern, fielen auf den Tannenzweig, den sie gerade damit schmücken wollte.

Katherine runzelte die Stirn und blickte zur Eingangstür, dann hinüber zu Wrinkleton.

Der alte Butler fuhr sich ratlos über das weiße, schütter werdende Haar, da er sich über die Jahre offenbar an die absolute Abwesenheit von Besuchern gewöhnt hatte.

Das Klopfen endete, sodass Katherine schon meinte, sie hätte es sich nur eingebildet, aber das war keine Erklärung dafür, wenn Wrinkleton doch dasselbe gehört hatte …

Wieder ertönte ein Klopfen.

Das löste Wrinkleton aus seiner Starre, und er eilte mit Schritten, die eher einem jungen Mann angemessen gewesen wären, zur Tür. Er öffnete sie. Die große, beeindruckende Gestalt im Eingang erstarrte, die Hand gerade zu einem weiteren Anklopfen gehoben. Der Gentleman verlagerte das Gewicht eines kleinen Bündels auf seinen Armen.

Katherine starrte zu ihm und riss dann die Augen weit auf, ihr Herz stockte zwischen zwei Atemzügen, angesichts des Anblicks der so geliebten, schlanken Gestalt hinter dem Mann.

Sie schrie auf und rannte über den Steinfußboden. »Aldora!« Ihre Schwester war gerade erst eingetreten, als Katherine schon die Arme um sie schlang.

Aldora erwiderte die Umarmung, und da sie so furchtbar einsam war und sich so sehr nach einem vertrauten Gesicht gesehnt hatte, brach Katherine prompt in Tränen aus. »W-was ma-machst du hier?« Sie heulte los wie ein kleines Kind, das zum ersten Mal hingefallen war.

Aldora lehnte sich ein wenig zurück. Durch die dicken Gläser ihrer Brille musterte sie Katherine finster. »Wie hätten wir nicht kommen können? Nachdem wir in London eingetroffen waren, nur um zu erfahren, dass du verheiratet bist und über die Feiertage entführt wurdest?« Sie schürzte die Lippen und blickte sich mit verhaltener Vorsicht um.

Katherine löste sich aus der Umarmung ihrer Schwester und drehte sich um, um ihren Schwager Michael zu begrüßen.

Er stand mit gerecktem Kinn da, hatte einen harten Ausdruck in den Augen. »Glückwünsche sind wohl angebracht. Ich möchte deinen Ehemann sehen.« Die knappen Worte waren eher ein Befehl als eine Gratulation.

Katherine überlief ein Schauer, und sie dachte, dass die eisige Härte in den Worten ihres Schwagers wohl die meisten Männer in Angst und Schrecken versetzen würde.

»Papa, Schnee, mehr Schnee. Ich sehe mehr Schnee, Papa.«

Michaels eisige Maske schmolz, als er seine Aufmerksamkeit auf Aldoras und seine gerade zwei Jahre alt gewordene Tochter richtete.

Er küsste sie auf ihre braunen Locken. »Es ist zu kalt, Lizzie. Erst ruhen wir uns aus, essen etwas, und dann wird Tante Katherine bestimmt sehr gern mit dir spielen.«

Als Lizzie sie mit ihren unglaublich großen, braunen Augen anblickte, überschlug sich Katherines Herz in ihrer Brust, während sich heftige Sehnsucht in ihr ausbreitete.

Ein Lächeln erstreckte sich bis auf die rundlichen, mit Grübchen versehenen Wangen des Kindes, und Katherine musste schlucken.

Als hätten sie einen eigenen Willen, breiteten ihre Arme sich aus. Lizzie wand sich einen Moment lang in der Umarmung ihres Vaters, bis Michael sie an Katherine übergab.

Katherine hielt sie an ihr Herz gedrückt. Sie presste eine Wange an die braunen Locken und sog den unverwechselbaren Kindergeruch ein. »Oh, süße Lizzie, wie habe ich dich vermisst. Bist du hergekommen, um mich über Weihnachten zu besuchen?«

Lizzie nickte an sie geschmiegt. »Papa sagt Kuchen und Torten.«

Katherine lehnte sich ein wenig zurück und nickte ernsthaft. »Oh, natürlich, Kuchen und Torte für das Weihnachtsfest. Es gibt keinen besseren Schmaus.«

Lizzies Lächeln wurde noch breiter.

Über den Kopf des Kindes hinweg bemerkte Katherine Wrinkleton. Der Diener schwankte leicht von einer Seite zur anderen und blickte sich zaghaft in der großen Eingangshalle um, als fürchtete er, die Burg würde jeden Moment gestürmt werden.

»Wrinkleton, informieren Sie die Haushälterin, dass die besten Gästezimmer vorbereitet werden müssen. Meine Familie wird Weihnachten mit uns verbringen.«

* * *

Jasper starrte auf die ordentlichen Zahlenreihen in seinem Wirtschaftsbuch. Er hatte die ganz rechte Spalte ausgefüllt und dann den Federhalter auf seinen ansonsten makellos aufgeräumten Schreibtisch fallen lassen.

Das lodernde Kaminfeuer knackte und krachte in der Stille. Jasper lehnte sich in dem Ohrensessel zurück und starrte in die tanzenden rötlich-orangen Flammen.

Er war ein verfluchter Feigling.

Seit Katherine und er von dem gemeinsamen Ausflug durch den Schnee zurückgekehrt waren und sie ihre schmale, zerbrechliche Hand in seine große gelegt hatte, trieb ihn eine unerklärliche Panik um. An jenem Tag war er vor ihr geflohen und ging ihr seither aus dem Weg.

Die Mahlzeiten nahm er in der Abgeschlossenheit seiner Gemächer zu sich, kümmerte sich um alle Angelegenheiten seines Anwesens und versuchte mit wachsender Verzweiflung, jeden Gedanken an Katherine und ihre zarten Hände und ihr gewinnendes Lächeln aus seinem Kopf zu verbannen.

Vergebens. Jasper fuhr sich mit dem Handrücken übers Gesicht.

Wenigstens vor sich selbst konnte er ehrlich sein: Er hatte Gefühle für Katherine entwickelt.

Er, der so entschlossen gewesen war, nie wieder etwas für einen anderen Menschen zu empfinden, sich dem Schmerz und dem Leid auszusetzen, die unabdingbar auf zu tief empfundene Gefühle folgten.

Irgendwie war es Katherines Wärme seit jener schicksalhaften Begegnung auf dem Frostjahrmarkt gelungen, in sein kaltes, leeres Wesen einzudringen und sich nach und nach in ihm auszubreiten. Sie hatte ihm wieder beigebracht, zu lächeln, zu necken und geneckt zu werden, und das jagte ihm verfluchte Angst ein.

Jasper schob seinen Sessel zurück und stand auf. Er verschränkte die Hände hinter dem Rücken und ging zum Kamin, starrte nachdenklich in die lodernden Flammen.

Er konnte sich den Wahn nicht erklären, der ihn dazu gebracht hatte, ihr Angebot anzunehmen – das Angebot einer Ehe, einer Vernunftehe. Damals hatte er geglaubt, aus einer Art Mitleid heraus zu handeln, einer Selbstlosigkeit, mit der er einer verzweifelten jungen Frau half, keine Verbindung mit dem Widerling Bertrand Ekstrom eingehen zu müssen. Er hatte Katherine seinen Namen, seinen Schutz bieten wollen, und das wäre alles gewesen, was sie verband.

Er hatte sich nicht gestattet, sich vorzustellen, dasselbe Haus als Ehemann und Ehefrau zu teilen, er hatte nicht daran gedacht, dass nur eine Wand ihre Schlafzimmer voneinander trennte, oder an das unselige Verlangen, durch diese Tür zu stürmen und endlich Anspruch zu erheben auf ihr Herz, ihren Körper und ihre Seele.

So stand er nun feige da, sperrte sich aus, versagte sich Katherines Verlockungen.

Ein Klopfen hallte durch seine Gedanken.

Jasper blinzelte und blickte sich mit gerunzelter Stirn in seinem Arbeitszimmer um.

Nein, er hatte sich das Geräusch nicht eingebildet.

Es verstummte, und er richtete seine Aufmerksamkeit wieder auf das warme Feuer.

Wieder ertönte das Klopfen.

Gefolgt von einem gedämpften Schrei, der die Steinmauern der Burg durchdrang. *Katherine!* Jasper blieb das Herz stehen.

Mit aus Schrecken geborener Schnelligkeit lief er quer durch das Zimmer. Er riss die alte Holztür so heftig auf, dass er sie fast aus den Angeln hob. Er rannte den langen Flur entlang, auf die Eingangshalle zu, aus der der spitze Schrei seiner Ehefrau erklungen war. Jasper hielt nicht inne, um darüber nachzudenken, welches Unheil ihr widerfahren sein könnte. Was …

Er kam taumelnd zum Stehen, und alle Luft entwich seinen Lungen, als hätte Gentleman Jackson ihm einen Schlag direkt in den Solarplexus versetzt.

Unfähig, den Blick abzuwenden, stand er da und starrte auf Katherine, die ein Kind in den Armen hielt.

Jasper schloss die Augen, als sich der Schrecken der Vergangenheit, die Bilder eines nicht länger atmenden, leblosen

Kindes mit diesem Traum von einem rotwangigen, lächelnden Kind vermischten, das Katherine an sich drückte.

Für einen kurzen, winzigen Moment gestattete Jasper sich, diesem zerbrechlichen Traum von mehr mit Katherine nachzuhängen. Er stellte sich Katherine vor, wie sie ihrer beider Kind in sich trug, und das Lächeln auf ihrem Gesicht, während sie beide über Namen für das wunderbare kleine Mädchen redeten, das Katherines leuchtend braune Augen haben würde.

Ein blutroter Fleck breitete sich über dem verführerischen Bild aus und verschlang Katherine. Eine abscheuliche Grimasse verzerrte das großzügige Lächeln, und Jasper kehrte mit einem Ruck in die Gegenwart zurück.

Er riss die Augen auf und starrte auf die Fremden in seiner Eingangshalle.

»Was hat das alles zu bedeuten?«, fragte er scharf.

Wrinkleton und mehrere Diener hasteten zur Seite, während die unbekannte junge Frau und der hochgewachsene Gentleman ihn beide mit Missfallen im Blick ansahen.

»Jasper«, grüßte ihn Katherine mit einem Lächeln. Sie übergab das Kind dem hochgewachsenen Gentleman und eilte an Jaspers Seite. »Ich habe wundervolle Neuigkeiten.« Sie deutete auf die drei Neuankömmlinge. »Meine Schwester Aldora ist hergereist, um die Feiertage mit uns zu verbringen.«

Ein Muskel zuckte in seinem Mundwinkel.

Aldora lächelte und knickste. »Euer Gnaden, es ist mir eine Freude, Ihre Bekanntschaft zu machen.«

»Und das sind ihr Ehemann Lord Michael Knightly und ihre herzallerliebste Tochter Lizzie«, fuhr Katherine fort. »Sie bleiben bis …«

»Nein.«

Katherine blinzelte perplex. Sie rieb sich die Stirn. »Bis zum Dreikönigsfest«, setzte sie den Satz fort. »Ich habe Mrs Marshall

Anweisung gegeben, die besten Gästezimmer vorbereiten zu lassen und ...«

Er räusperte sich. »Kann ich mit dir sprechen, Katherine? Unter vier Augen.« Er konnte nicht dulden, dass man diese kalte Burg mit Menschen und Fröhlichkeit füllte. Zu lange hatte er allein gelebt. Schon Katherines Anwesenheit hier versetzte ihn in Angst und Schrecken.

Katherine berührte ihn am Ärmel, und ihre seelenvollen braunen Augen flehten ihn an. *O Gott, ich kann dir nichts abschlagen.*

Er wandte sich Knightly zu und hielt ihm die Hand hin.

Der andere Mann musterte ihn für einen Moment. Er verlagerte das Gewicht des Kindes in seinen Armen und akzeptierte die ausgestreckte Hand. »Bainbridge.«

Jasper spannte die Kiefermuskeln an. Er wollte nichts sehnlicher, als Katherines Familie wieder aus der Burg zu werfen. Dieses idyllische Familienbild wollte er nicht ansehen müssen.

Nur ...

Katherines Lächeln strahlte heller als der Vollmond in einer Sommernacht, und er wollte verflucht sein, wenn sich dabei nicht seine Brust auf höchst lästige Weise zusammenzog. »Wie wunderbar«, sagte sie, und ihr Blick traf Jaspers.

Mrs Marshall, die Haushälterin, kam in die Eingangshalle. Die ältere, mollige Frau mit grauem Haar und faltigem Gesicht knickste. »Euer Gnaden, die Zimmer für Ihre Gäste sind vorbereitet. Ihr Gepäck ist in die Schlafzimmer gebracht worden. Darf ich sie hinaufführen?«

Katherine nahm die Hand von Jaspers Arm, und mit dem Verlust ihrer Berührung spürte er sofort die Kälte auf seiner Haut. Sie eilte zu ihrer Schwester Aldora und hakte sich bei ihr unter. »Mrs Marshall wird dafür sorgen, dass dir ein heißes Bad eingelassen wird, und du kannst dich ausruhen. Ich werde das Abendessen vorbereiten lassen und ...«

Aldora lachte. »Danke, Kat. Es tut so gut, dich zu sehen.«

Katherine gab ihr einen Kuss auf die Wange.

Mrs Marshall führte das Trio hinauf. Sie hatten den oberen Treppenabsatz erreicht, als der braunhaarige Engel über die Schulter seines Vaters spähte und Jasper zulächelte.

Er prallte zurück, als hätte man ihm ein Messer mit stumpfer Klinge in den Bauch gestoßen. Ihm wurde schwarz vor Augen, und sein Atem beschleunigte sich. Seit dem Tod seines Sohnes hatte er sich jeden Gedanken an ein Kind verboten. Von aller Welt abgeschlossen, zurückgezogen auf Castle Blackwood, war er nie mit echten, lächelnden, unschuldigen Kindern mit rundlichen Grübchenwangen und leuchtenden, großen Augen konfrontiert gewesen. Und er hatte sich nicht gestattet, sich seinen Sohn anders vorzustellen als das blaue, leblose Wesen, das er in den Armen gehalten hatte, während es seinen letzten, qualvollen Atemzug tat.

Bis heute.

Sein Sohn wäre jetzt vier Jahre alt.

O Gott. Das Echo eines Kinderlachens hallte in seinem Kopf wider. Er klammerte sich an den Stoff seiner Jacke, um sich nicht die Ohren zuzuhalten und so den quälenden Klang auszuschließen.

Jetzt sah er dieses leblose Baby als einen Jungen von vier Jahren, wie er auf einem Pony saß und Jasper stolz zuwinkte, während er ihm zur Seite stand, seinen Sohn anleitete, ihn führte.

Unter dem Schmerz dieser Bilder brach er beinahe zusammen.

Schwach merkte er, wie sich Katherines Finger um seine Hand schlossen. »Jasper?«

Er zuckte zusammen. Eine falsche Bewegung würde ihn in tausend Scherben zerspringen lassen.

Er zählte bis zehn. Als sein Atem wieder normal ging, zog er seine Hand zurück. Mit den Handflächen fuhr er sich über die Vorderseite des Rocks.

»Jasper …?«

»In mein Arbeitszimmer, Madam«, brachte er schroff hervor.

Er machte auf dem Absatz kehrt und stürmte schon den Flur entlang, als ihm auffiel, dass seine Ehefrau immer noch auf demselben Fleck in der Eingangshalle stand. Mit einem unwilligen Laut blickte er sich zu ihr um.

Katherine schien sich seines überstrapazierten Geduldsfadens nicht bewusst zu sein. Die Hände in ihre köstlich geschwungenen Hüften gestemmt, stand sie da. »Ich lasse mich nicht wie ein Kind herumkommandieren, Jasper. Ich bin nicht ›Madam‹. Ich heiße Katherine. Wenn du mit mir reden möchtest, dann …« Ihre Worte wurden zu einem Quietschen, und sie wich einen Schritt zurück, als er auf sie zukam.

Seine Wut vertiefte sich noch. »Meinst du, ich würde dir etwas tun?«, fragte er mit rauer Stimme. Er mochte ja ein mieser, unflätiger, ungehobelter Mistkerl sein, aber sicher wusste sie doch, dass er sich eher den Arm abhacken als zulassen würde, dass ihr etwas zustieß?

Sie schüttelte den Kopf.

Er beugte sich zu ihr hinunter, bis sein Atem sich mit ihrem mischte. »Hast du Angst vor mir?«

Die schon so vertrauten Falten erschienen auf ihrer Stirn. »Angst?«, wiederholte sie. Ihre Lippen zuckten. »Vor dir?«

»Du bist einen Schritt zurückgewichen.«

»Weil du mich überrascht hast.«

Ein wenig weitete sich die Enge in seiner Brust, als sie das so offen zugab. Er zwang sich zu einem weiteren Atemzug. »Kommst du mit mir in mein Arbeitszimmer, Katherine?«

Sie nickte und hakte sich bei ihm unter.

Er machte Anstalten, sich von ihr zu lösen, doch sie legte die andere Hand auf den Arm, mit dem sie sich bei ihm untergehakt hatte, und hielt ihn so gefangen.

Während er sie zu seinem Arbeitszimmer führte, brannte seine Haut unter ihrer Berührung und dem Gefühl der absoluten Richtigkeit ihrer Finger auf ihm.

Was hast du mit mir gemacht, Katherine?

KAPITEL 23

Als Katherine das Arbeitszimmer ihres Ehemannes betrat, erwartete sie ein durch und durch maskuliner Raum von beeindruckender Größe, der in tiefen Saphir- und Schwarztönen glänzte und mit Chippendale-Möbeln ausgestattet war. Sie schaute sich um und amüsierte sich bei dem Gedanken, dass das gesamte erste Stockwerk ihres früheren Familienlandhauses in Hertfordshire darin Platz gefunden hätte.

Sie bewunderte die kostbaren Renaissance-Gemälde und die aufwendigen Goldverzierungen an den Wänden, die prächtige Standuhr. Viele Male, öfter, als sie sich zu erinnern vermochte, hatte sie nachts wach gelegen und gefürchtet, ihrer Familie könnte aller Besitz genommen werden, sich geängstigt, dass sie mittellos sein würden, ihren Vater hassend, während ein Stück ihres Besitzes nach dem anderen beschlagnahmt wurde, bis ihnen fast nichts mehr blieb. Allein mit den Reichtümern, die sich in diesem einen Zimmer fanden, hätten sie ganz sicherlich alle Schulden ihres Vaters abzahlen können. Und doch hatte sie sich geweigert, der Verzweiflung anheimzufallen, nachdem ihrer Familie alles genommen worden war.

Wie konnte sie Jasper zeigen, dass seine Vergangenheit nicht seine Zukunft bestimmen musste? Ihm zeigen, dass es neue Tage gab und andere Gründe zum Lächeln und Lachen. Er konnte die Zeit, die er mit Lydia gehabt hatte, lieben und doch auch schätzen, dass er am Leben war.

Sie blickte zu ihm.

Jasper erwiderte ihren Blick geradeheraus, dann ging er steif zur Anrichte hinüber und wählte eine Kristallkaraffe aus.

Er goss mehrere Fingerbreit Brandy in ein Glas, und ihr Magen verkrampfte sich. Nie zuvor hatte sie ihn trinken sehen.

Andererseits, wann hätte sie dazu auch Gelegenheit gehabt?

Sie hatte nicht einmal in Betracht gezogen, dass er Alkohol zu sich nehmen könnte. Oder dass er das regelmäßig oder auch unregelmäßig tun würde.

Als bemerkte er ihr Starren, versteifte sich Jaspers muskulöse Gestalt. »Was?«, knurrte er und nahm einen großen Schluck aus dem Glas.

»Du w-wolltest mich sprechen.« Sie hasste das leichte Zittern in ihrer Stimme und betete, dass ihr Ehemann es nicht bemerkt hatte.

Doch sie hätte inzwischen wissen müssen, wie fein seine Wahrnehmung war.

Sein Stirnrunzeln vertiefte sich. Er stellte sein Glas zur Seite und verschränkte die Arme vor der Brust. »Katherine, ich wollte mit dir über deine …«

»Ich will nicht, dass du trinkst«, platzte sie heraus. Sofort stieg ihr die Hitze in die Wangen. Er zog die Augenbrauen zusammen. Schnell redete sie weiter. »Ich weiß, es geht mich nichts an, ob du trinkst oder nicht, insbesondere da wir nur eine Vernunftehe führen, aber das Trinken lässt einen unvorhersehbar werden und unzuverlässig und …« *Hör auf zu reden, Katherine, hör auf.* »… und ich würde mich viel besser fühlen …« *Nicht, dass es dich kümmert, ob ich mich besser fühle, wenn du keinen hochprozentigen Alkohol trinkst.* »… und wenn es dir nichts ausmacht, würde ich es vorziehen, wenn du nicht trinkst.«

Er sagte so lange Zeit nichts, dass sie schon dachte, er hätte sie vielleicht nicht gehört.

Jasper kam zu ihr herüber und blieb vor ihr stehen. Er fuhr mit den Fingerknöcheln die Linie ihres Kinns nach. »Hat dein Vater das getan? Hat er zu viel getrunken?«

Ihre Haut brannte unter der schmetterlingszarten Liebkosung. Sie schluckte und bekam ein zittriges Nicken zustande.

»Und dann hat er alle Reichtümer und allen Besitz deiner Familie verloren«, sagte Jasper mit einer Sanftheit, die sie nicht an ihm kannte.

Katherine befeuchtete sich die Lippen. Jaspers Blick fiel auf ihren Mund und verweilte dort. »Er hat viel getrunken und noch mehr gespielt. Mutter hat ihr Missfallen nie laut geäußert. Sie hat gesagt, dass stünde einer Ehefrau nicht zu, aber als sie meinen letzten Gedichtband beschlagnahmten, habe ich im Bett gelegen und mich gefragt, ob ein Wort von ihr nicht doch einen Unterschied für uns gemacht hätte.«

Er sah sie an. »Und du würdest es vorziehen, wenn ich von Alkohol Abstand nehme?«

Die Hitze in ihren Wangen wanderte bis zu ihrem Nacken hinunter und noch weiter hinab. Sie hatte keinerlei Recht, Forderungen an einen Mann zu stellen, der sie aus Vernunftgründen geheiratet hatte. Doch … Katherine nickte. »Das würde ich.«

Er sagte nichts. Das stete Ticken der Standuhr betonte die Länge des Schweigens zwischen ihnen.

Sie wandte den Blick ab, und dann lehnte Jasper seine Stirn an ihre. »Also gut, Katherine.«

»Also gut?« Sie legte den Kopf in den Nacken, um ihn anzusehen.

»Also gut«, wiederholte er.

Sie schenkte ihm ein zittriges Lächeln. »Danke, Jasper.« Sie stellte sich auf die Zehenspitzen und küsste ihn auf die Wange. Hastig drehte sie sich um, um ihn seiner Arbeit zu überlassen.

* * *

Fremde hatten seine Burg gestürmt. Stechpalmenzweige und Immergrün hingen jetzt überall in seinem Zuhause. Ein Kind war in einem seiner Gästezimmer.

All das, und seine Ehefrau wollte einfach sein Arbeitszimmer verlassen.

Katherine streckte die Hand nach dem Türgriff aus.

Ja, ja, sie wollte ihn *wirklich* einfach damit alleinlassen.

»Katherine.« Jaspers Stimme hallte von den Wänden wider.

Sie wandte sich zu ihm um. »Ja, Jasper?«

»Ich habe dich hergebracht, weil ich mit dir reden wollte.«

Sie hob einen Finger. »Mich *hergebeten*.«

Er senkte die Augenbrauen.

»Du hast mich hergebeten«, stellte sie klar. »Weißt du noch? Ich lasse mich nicht herumkommandieren.«

»Das würde ich auch nie denken.« König George selbst würde dieser Frau nichts befehlen können.

Sie schürzte ihre vollen, einladenden Lippen, sodass er am liebsten sofort zu ihr gelaufen wäre und sie geküsst hätte.

Sein Blick wanderte von ihrem üppigen, roten Schmollmund zur anmutigen Linie ihres Halses und tiefer hinab, bis er bei den Brüsten stehen blieb, die perfekt in seine Hände passen würden.

Katherine räusperte sich. »Geht es dir gut?«

Nein, du hast mich vor ungestilltem Verlangen in den Wahnsinn getrieben, du wildes Geschöpf.

Jasper verschränkte die Arme vor der Brust. »Ich wollte mit dir über deine Familie sprechen.«

Mehrere Male öffnete und schloss sie den Mund. »Meine Familie?«

Er nickte.

Sie strich sich über ihr geblümtes Kleid, die einzige Geste, die ihre Nervosität angesichts ihres Gesprächs verriet. »Oh.« Sie schaute kurz zur Tür hinüber, als würde sie eine Flucht in Betracht ziehen, und wandte dann alle Aufmerksamkeit wieder ihm zu. »Es ist so wunderbar, dass sie hergekommen sind, nicht wahr?«

Während er weiter schwieg, fuhr sie sich mit der Zunge über die Lippen. Er würde alles Geld in seinen Schatzkammern dafür geben, sie hier in seinem Arbeitszimmer zu nehmen, ihrem Mund mit seinem zu huldigen, all die Geheimnisse ihres Körpers zu erforschen, bis sie vor atemlosem Verlangen aufstöhnen und seinen Namen rufen würde.

»Jasper?«

Er fuhr zusammen und rückte seine tadellos gebundene Krawatte zurecht. »Ich dulde keine Gäste auf Castle Blackwood.«

Sie nickte, als verstünde sie ganz genau, was er meinte. »Ist das alles, Jasper?«, fragte sie.

Er neigte den Kopf, verwirrt von ihrer sofortigen Zustimmung. Er hatte alles Mögliche von seiner energischen Ehefrau erwartet. Dass sie mit dem Fuß aufstampfte, dass diese köstlichen Lippen ihn mit wilden Beschimpfungen überhäuften. »Ist das dann klar?«, hakte er nach. Denn seit er Katherine kannte, hatte er begriffen, dass nichts jemals wirklich klar war.

Katherine nickte, dieses Mal noch nachdrücklicher, wodurch ihr eine braune Locke in die Stirn fiel. »Du hast dich vollkommen klar ausgedrückt. Es darf keine Gäste geben.« Sie strich die Haarsträhne zurück. »Wenn du mich jetzt entschuldigen würdest.« Sie wandte sich Richtung Tür.

Gerade mal zehn Schritte, und sie wäre zur Tür hinaus, fort aus seinem Arbeitszimmer, und er bliebe allein mit seinen finsteren Gedanken und seinem tiefsten Verlangen zurück. Eine seltsame Panik erfüllte seine Brust. »Dann wirst du also mit ihnen sprechen?«, rief er ihr nach, als ihre Hand schon auf dem Türgriff lag.

Katherine fuhr zu ihm herum, die Lippen verzogen. »Mit wem sprechen?«

Jasper schloss die Augen und zählte bis zehn, und da bis zehn zu zählen keinerlei beruhigenden Effekt zu haben schien, wie immer, wenn es um seine Ehefrau ging, schickte er stattdessen eine Bitte um Geduld himmelwärts. »Deiner Schwester und ihrer Familie.« Er öffnete die Augen.

Sie hob eine Hand und trommelte abwesend auf das Türblatt. »Aber worüber denn?«

O Himmel. »Über ihre Abreise«, brachte er schroff hervor. Genug mit diesem verfluchten Gespräch.

Ihre Finger erstarrten, und sie ließ die Hand fallen. Sie machte einen Schritt auf ihn zu. Dann noch einen. Und noch einen. Bis ihre Schuhspitzen einander berührten. Sie sah ihn aus schmalen Schlitzen mit einem Blick an, der jeden anderen Mann in Angst und Schrecken versetzt hätte. »Du verlangst von mir, meine Schwester zu den Feiertagen wegzuschicken?«

Jasper runzelte die Stirn und spähte hinüber zu den Fenstern mit den schweren Vorhängen. »Es schnei… Umpf.« Die Worte wurden ihm geraubt, als Katherine ihn hart gegen die Brust stieß.

»Du würdest verlangen, dass ich sie und die süße Lizzie …«

»Lizzie?«

»Ihre und Michaels Tochter.« Sie ließ nicht nach. »Meine Nichte. Du würdest sie in diesem eisigen, verfluchten Wetter über die Feiertage fortschicken?«

»Nicht jetzt«, lenkte er ein. »Aber nachdem sie sich einen Tag lang oder so erholt haben.« Er senkte die Stimme. »Ich dachte, ich hätte mich klar ausgedrückt, als ich gesagt habe, dass ich hier keine Gäste dulde.«

Katherines Augenbrauen schossen nach oben.

Jasper zupfte an seinem Kragen. Er hatte geglaubt, dass ihn nichts beschämen könnte.

Mit dem nächsten Stoß ihres Fingers zeigte ihm Katherine, wie falsch er damit lag. »Und sie sind keine Gäste, Euer Gnaden.« Sie schienen wieder bei dem ganzen Euer-Gnaden-Zirkus angekommen zu sein. »Sie sind Familie.« Wieder stieß sie ihn. »Und sie bleiben hier. Alle. Gibt es sonst noch etwas, das du besprechen wolltest?«

Jasper schüttelte den Kopf.

Sie warf die Locken zurück. »Schön. Wenn du mich dann entschuldigen würdest.« Und mit aller Anmut und dem Selbstbewusstsein einer Helena von Troja schritt Katherine aus dem Zimmer. Und schlug hinter sich die Tür zu.

Die heftige Bewegung ließ ein Holzscheit im Kamin verrutschen, und das Feuer fauchte und zischte mit einer Heftigkeit, die Katherines Wut gleichkam.

Jasper schüttelte den Kopf. »Nun, ich bin sehr froh, dass wir das besprechen konnten, Euer Gnaden«, murmelte er in die Stille.

Und grinste.

KAPITEL 24

Katherine marschierte durch die Burg und wünschte sich, sie hätte statt der Satinslipper ihre festen, dicken schwarzen Stiefel angezogen, die sie für ihre Ausflüge in den Schnee trug. Denn das leise Geräusch ihrer Schritte in den weichen Stoffschuhen war der Empörung, die in ihr tobte, ganz und gar nicht angemessen.

»Gäste«, murmelte sie vor sich hin.

Ja, der feste Klang der Stiefelabsätze auf dem harten Steinfußboden wäre eindeutig besser.

Eine Hausangestellte spähte um eine Tür herum und musste Katherines finsteren Blick bemerkt haben, denn sie zog sich sofort in das Zimmer zurück, welches auch immer, um das sie sich zuvor gekümmert hatte. Katherine wusste nicht einmal, wie viele Zimmer es in diesem freudlosen, feuchten Gemäuer gab oder welcher Art sie alle waren.

Sie ging schneller. Dazu hatte er sie also gemacht? Zu einer finster dreinblickenden, missmutigen, durch die Gänge hetzenden Herzogin, die ihren Angestellten Angst machte.

Mit einem stillen Fluch fuhr Katherine herum und ging ein paar Schritte zurück. In dem Türdurchgang blieb sie stehen.

Ein Salon.

Sie kräuselte die Nase. Ein ziemlich protziger, goldener Salon.

Ihr Blick fiel auf die Hausangestellte, die eine kleine Porzellanfigur polierte. Die Dienerin schluckte und machte einen tiefen Knicks. »Euer Gnaden«, sagte sie leise.

»Es tut mir leid«, entfuhr es Katherine, bevor sie über die Worte nachdenken konnte.

Die junge Frau erstarrte mitten in ihrem Knicks. »Euer Gnaden?«

Katherine wedelte mit einer Hand durch die Luft. »Dass … dass ich so unwirsch war. Das lag nicht in meiner Absicht.« Das Mädchen legte den Kopf schief. »Unwirsch zu sein, meine ich.«

Der Dienstmagd stand der Mund offen, wie bei den Forellen, die Aldora und sie aus den einst reich bestückten Seen ihres Vaters geangelt hatten. Die Fische gehörten zu den ersten Besitztümern, die für Vaters Spielschulden verschwunden waren.

»Hast du einen schönen Tag …?«

»Mary«, platzte die junge Frau heraus. »Ich heiße Mary.«

Ein Name, der perfekt in die Weihnachtszeit passte. Eine unausgesprochene Erinnerung daran, dass dies eine Zeit voller Freude war, eine Zeit voller Anfänge und von Hoffnung und Geburt. »Was für ein schöner Name.« Katherine lächelte.

Das Dienstmädchen strahlte. »Oh, danke, Euer Gnaden.«

»Lady Katherine«, korrigierte sie. Wenn sie keine Gäste empfangen durfte und ihre Familie hier nicht willkommen war, wäre die Freundschaft mit einer Hausangestellten das Mindeste, was ihr zustand.

»Oh, das könnte ich nicht.« Die junge Frau hob die Hände in geschocktem Protest.

»Natürlich kannst du das. Es ist nur ein Name.« *Und ich bin ohnehin kaum als Ehefrau zu bezeichnen, nicht im eigentlichen Sinne*. Eine Ehe, die nur auf dem Papier bestand und nicht vollzogen worden war, konnte annulliert werden. Nicht einfach so, aber sie konnte doch aufgelöst werden, und … »Natürlich kannst du das«, wiederholte Katherine.

Mary lächelte und knickste erneut.

»Einen schönen Tag noch, Mary.«

»Einen schönen Tag, Euer … Lady Katherine.«

Katherine drehte sich um und ging davon, setzte mit jetzt weniger wütenden Schritten ihren Weg durchs Haus fort.

Sie fuhr mit den Fingern über die Tapete, die aussah wie behauener Naturstein, eine düstere, dunkle Renovierungsarbeit, die irgendwann einmal gemacht worden war, um sich der unheilschwangeren Düsternis von Castle Blackwood anzupassen. Katherine blieb auf dem Gang stehen und strich über das Gewebe mit dem Steinmuster. Wie echt es wirkte, wie sehr es aussah wie die dicken Steinblöcke, aus denen vor vielen, vielen Jahren die Burg errichtet worden war. Und doch … Sie legte eine Hand auf die Mauer, spürte den Gegensatz zwischen dem weichen Gewebe und dem Bild, das es jedem bot, der daran vorüberging.

Aus dem Augenwinkel nahm sie ein weißes Laken wahr, das vor einer Tür hing.

Niemand kam durch diese Flure.

Ich dulde keine Gäste auf Castle Blackwood.

Katherine nahm die Hand von der Mauer und schlang die Arme um sich. Niemand hatte diese Burg besucht, seit ihr Ehemann sich von der Welt zurückgezogen und alles hatte verhängen lassen, alle Türen und Gegenstände, die ihn an das erinnerten, was er verloren hatte.

Plötzlich stieg ein mächtiger, unvernünftiger Abscheu vor diesem ganz und gar reinen, weißen Laken in ihr auf. Sie wäre nur zu froh, nie wieder auch nur einen Hauch von Weiß sehen zu müssen.

Ihre Füße trugen sie vorwärts, hin zu dem Tuch. Sie legte den Kopf in den Nacken und starrte die Abdeckung an. Sie packte das Laken und zog daran. Schwerfällig und mit lautem Geflatter fiel das Tuch zu Boden, verursachte eine sanfte Brise.

Sie blickte sich um, doch auf dem Flur blieb es seltsam still. Wer sollte hier auch sein? Bestimmt nicht Jasper, der würde ihr kaum hinterherlaufen. Und warum auch? Sie bedeutete ihm nichts.

Absolut nichts.

Die Lippen fest zusammengepresst, drückte sie den Türgriff nach unten, erwartete schon, die Tür verschlossen zu finden. Doch sie schwang auf, und Katherine trat ein.

Elfenbeinfarbene Seidentapete mit dicken Goldstreifen bedeckte die Wände der Ahnengalerie. Katherine zögerte, aber eine rätselhafte Kraft bewirkte, dass sie sich tiefer in den Raum wagte.

Mit langsamen Schritten ging sie entlang der Reihen von Lords und Ladys und Kindern, die in diesen heiligen Mauern für immer der Erinnerung anheimgefallen waren. Gemälde aus alter Zeit, von Damen in schlichten, dunklen Gewändern und von Gentlemen mit dicken, sorgsam gepflegten Bärten und ernsten Blicken.

Neben einem hinreißenden Paar mit einem kleinen Jungen zu seinen Füßen blieb Katherine stehen. Das Lächeln auf den roten Lippen der Frau verriet alles, nur keine Freude. Eine ihrer Hände lag auf dem Arm eines vertraut aussehenden Hünen mit breiter Nase und Düsternis in den smaragdgrünen Augen. Eine Hand des Mannes lag besitzergreifend auf der Schulter eines finster dreinblickenden Jungen. Sie trat näher an das Gemälde heran. O Gott. Ihr Herz zog sich zusammen, und sie konzentrierte sich auf die noch jungen, doch schon vage vornehmen Gesichtszüge des Kindes.

Jasper und seine Eltern.

Meine Eltern waren kalte, selbstsüchtige Menschen. Es war eine Verbindung, die sich auf ihrer beider Stellung in der Gesellschaft gründete.

Sie erschauerte, und die Kälte in ihrem Inneren hatte wenig mit der Kühle der dunklen Galerie zu tun, sondern mit Jaspers trauriger Kindheit.

Katherines Vater hatte die Familie dem finanziellen Ruin anheimgegeben. Er hatte sie ohne Hoffnung zurückgelassen und all ihrer weltlichen Besitztümer beraubt. Als junges Mädchen hatte sie die schreckliche Furcht ihrer verzweifelten Umstände kennenlernen müssen. Aber nie hatte es in ihrem oft lauten, üblicherweise chaotischen Haushalt einen Mangel an Liebe gegeben. Katherine hatte eine enge Bindung mit ihrer Zwillingsschwester Anne und eine tief empfundene Liebe zu Aldora und ihrem jüngeren Bruder Benedict. Selbst Mutter, mit ihrem gesellschaftlichen Ehrgeiz und all den Plänen für ihre Kinder, hatte ihren Töchtern und ihrem Sohn über die Jahre stets Zuneigung gezeigt.

Das alles war so anders als die Welt, die ein begabter Maler auf dieser Leinwand intuitiv für immer eingefangen hatte. Ein Künstler, der präzise die Verbitterung, die Einsamkeit, die Verletzlichkeit eines Jungen auf die Leinwand gebannt hatte, der damals nicht älter als neun oder zehn Jahre gewesen sein konnte.

Sie schloss die Augen.

Oh, Jasper. Ist es da ein Wunder, dass du diese harte Schale um dich hast?

Unfähig, diese Erinnerung an seine Vergangenheit weiter zu betrachten, drehte Katherine sich um und wollte gehen, als ihr Blick auf ein weiteres dieser weißen Laken fiel.

Sie zögerte kurz, doch konnte sie ebenso wenig gehen, ohne das Laken zu entfernen, wie sie Aldora an den Feiertagen vor die Tür zu setzen vermochte.

Gleich gegenüber der Darstellung von Jaspers unglücklicher Familie hing ein abgedecktes Gemälde. Katherine legte den endlos scheinenden Weg zu diesem Laken zurück und zog es vorsichtig von dem Mahagoniholzrahmen, in den schmale Goldstreifen eingelassen waren.

Das Herz schlug ihr heftig in der Brust, und nach einem schaudernden Atemzug blieb ihr die Luft weg.

Bei allem Unglück und Gift in dem Bild, das seine Eltern darstellte, fing dieses Gemälde das genaue Gegenteil ein: Freude, bedingungslose Liebe, Gelassenheit.

Die goldene Schönheit hatte ihre langen, eleganten Finger auf Jaspers Arm gelegt, sie ruhten auf dem saphirblauen Jackenärmel. Doch dieser Jasper, dieser Jasper war so ganz und gar nicht der zynische Junge von neun oder zehn Jahren. Sein sanfter, liebevoller Blick blieb für immer auf das perfekte, herzförmige Gesicht seiner Ehefrau gerichtet. Die Frau – nein, *Lydia* blickte mit solch tief empfundener Liebe zu Jasper auf, dass Katherine sich wie ein rücksichtsloser Eindringling fühlte. Es war, als hätte der Künstler sich in einem intimen Moment angeschlichen und diesen auf ewig auf der Leinwand festgehalten. Die versunkenen Blicke zeigten zwei, die ein Geheimnis teilten, in das niemand von den bloßen Sterblichen, die das Bild betrachteten, eingeweiht war.

Katherine rieb sich die Brust, wollte den merkwürdigen Knoten lösen, der sich dort geformt hatte. Doch ihre Bemühungen blieben erfolglos.

Dieser Moment, das war der Grund, aus dem Jasper sie und den Rest der Welt mit eisiger Verachtung betrachtete. Das war der Grund, warum er finster dreinblickte und wütete und wie ein verwundetes Tier nach allem in seiner Umgebung schnappte. Denn wie konnte man diese … diese Glückseligkeit erfahren haben und überleben, nachdem sie einem so grausam genommen worden war?

Katherine bückte sich und hob das dicke, erschreckend schwere weiße Tuch auf, erfüllt von einem ganz und gar selbstsüchtigen und schrecklichen Drang, die Abdeckung wieder über den Mahagonirahmen zu werfen.

Denn dann müsste sie das Bild nicht länger ansehen und wissen, warum Jasper sie niemals lieben würde, niemals lieben könnte.

Tränen stiegen ihr in die Augen, und sie blinzelte diese Zeichen der Verzweiflung fort, beschämt von der Tiefe ihrer eigenen Abscheulichkeit. Mit dem Wissen, wie furchtbar und falsch das Gefühl war, sah sie zu Lydia hinauf, der wahren Duchess of Bainbridge, während bittere Eifersucht in ihr aufflammte auf diese Frau, die Jaspers Herz besaß.

Das schnelle Pochen ihres Herzens ebbte ab. Katherine blinzelte und machte stolpernd einen Schritt rückwärts. »Nein«, flüsterte sie in die Stille. Ihr Herz nahm sein heftiges Pochen wieder auf und wurde immer schneller, schlug in einem stetig hämmernden Rhythmus, bis sie die Hände auf die Ohren legte, um das laute Pochen zu dämpfen, das durch ihr Gehirn hallte. »Nein«, flüsterte sie wieder und schüttelte den Kopf.

Es konnte nicht sein. Denn falls es wahr wäre, würde es sie gründlicher zerstören, als die eisigen Wasser der Themse es je gekonnt hätten …

Ihre Augen schlossen sich. Eine einzelne dicke Träne drängte sich unter einem geschlossenen Augenlid hervor.

Ich liebe ihn.

Die Träne brannte sich über ihre Wange. Sie wischte sie fort, doch die nächste nahm ihren Platz ein, und die nächste und dann wieder die nächste.

Sie hatte sich in einen Mann verliebt, dessen Herz für immer einer anderen gehörte – einer Frau ohne lächerliche braune Locken und langweilige braune Augen. Einer Frau, deren Schönheit die großen Dichter wie Wordsworth und Byron inspiriert hätte, sie für alle Ewigkeit in den Versen ihrer Sonette zu ehren.

Und Katherine? Nun, sie würde nie mehr sein als … als … was immer sie war. Ihre Atemzüge kamen nur noch stoßweise.

Ich kann das nicht ertragen. Mit einem tiefen, keuchenden Aufschluchzen drehte sie sich auf dem Absatz um und floh durch die Tür.

Alle Luft entwich ihr, als sie gegen eine Mauer prallte.

Sie stolperte rückwärts, fand keinen Halt und landete auf dem Gesäß. Schmerz schoss von dort ihre Wirbelsäule hinauf.

Die verfluchten Tränen rollten weiter, als sie mit verschleierter Sicht hoch zu Jaspers düsterem Gesicht blickte.

Er ragte über ihr auf, eine große, riesige, unbeugsame Eiche von einem Mann. »Katherine?« Er hielt ihr eine Hand hin. »Was ist …?« Sie griff nach ihm, gerade als er die Hand fallen ließ und seine Worte erstarben.

Katherine schluckte und rappelte sich ungeschickt auf. Sie folgte Jaspers Blick entlang der Ahnengalerie. Mit der Intensität seines Starrens drohte er, ein Loch in die dünne Leinwand zu brennen. Dann senkte sich sein Blick allmählich … auf das verfluchte weiße Tuch. Ihr drehte sich der Magen um.

»Jasper, ich …«

Voller Wut schwang sein Blick zurück zu ihr. »Was machst du hier drin? Ich habe befohlen, diesen Raum zu verschließen.«

Das Bild des lächelnden, liebevollen Jasper blitzte in ihrem Kopf auf. Sie musste nicht einmal zurück auf das Gemälde schauen, es hatte sich ihr für immer eingebrannt. Wie anders als das Gift, das aus der Schwärze seiner Augen zu dringen schien, während er sie musterte.

Katherine hob das Kinn ein wenig. »Ich weiß, Jasper. Ich habe die Abdeckung entfernt.«

»Warum?«

Ja, warum nur?

Sie hatte wirklich keine angemessene Antwort für ihn … oder für sich selbst. Jasper zog ein Leben vor, das in der Vergangenheit verankert war. Er hatte sie geheiratet, hielt aber daran fest, dass sie eine höfliche, doch unterkühlte Beziehung führten. Ungewollt fiel ihr Blick auf den achten Duke of Bainbridge mit seinen spöttisch verzogenen Lippen und den stahlharten Augen, und sie fragte sich, ob so ihre Zukunft aussehen sollte.

Nur …

Ihr Blick glitt hinab zu dem ernst dreinschauenden jungen Jasper, sich dessen bewusst, dass es keine kleinen Jungen oder Mädchen für sie geben würde, weder ernste noch lächelnde.

»Ich werde nicht in einem Museum leben, Jasper«, sagte sie schließlich. Sie deutete auf die Porträts, die mit so großer Sorgfalt in der Galerie aufgehängt worden waren. »Du hast deinen Angestellten befohlen, Wandteppiche und Gemälde zu verhängen. Du verschließt Türen und lässt Eingänge mit Tüchern verhüllen.« Sie schüttelte den Kopf und wollte ihn begreifen machen. »Das ist keine Art zu leben, Jasper. Du hast überlebt, auch wenn du mit Lydia die Plätze tauschen wolltest. Du lebst, und sie ist …«

»Schweig«, fuhr er sie an.

»Tot«, zwang sie sich fortzufahren.

Eine eisige Kälte strömte von ihrem wie erstarrt dastehenden Ehemann aus, eine Kälte, die es mit der des sich zusammenbrauenden Schneesturms draußen hinter den dicken Fensterscheiben aufnehmen konnte.

Ihr wurde die schmerzliche Direktheit dieses einen Wortes klar, und sie streckte eine Hand nach ihm aus. »Du hast überlebt«, wiederholte sie. *Und auch ich bin lebendig.* »Also lebe, Jasper«, beendete sie etwas lahm den Satz. Sie wünschte sich, über die Worte der großen Dichter zu verfügen, denn dann könnte sie ihren Ehemann vielleicht aus den Schatten der Verzweiflung befreien.

Jasper senkte den Blick. »Dann sag mir, wofür soll ich leben, Katherine?« Sie hätte so schwerhörig wie eine uralte Witwe sein müssen, um den Anflug von Hohn in seiner Frage nicht wahrzunehmen.

»Ich würde sagen, lebe für dich«, antwortete sie und neigte leicht den Kopf, um ihm in die Augen zu sehen. Jaspers Glück würde nie untrennbar mit dem ihren verbunden sein können, so wie es zwischen ihm und seiner ersten Ehefrau gewesen war.

Der Jasper, der in dem Gemälde festgehalten war, schien nach ihr zu rufen, und sie drehte sich danach um. »Ich will, dass du so sein kannst.« Ihre leise gesprochenen Worte füllten die Ahnengalerie.

Er zuckte zusammen, als wäre er geschlagen worden. Er schüttelte den Kopf. Einmal. Zweimal, und dann noch einmal. »Dieser Mann kann ich nie wieder sein, Katherine. Je schneller du das begreifst, desto eher können wir mit unser beider Leben fortfahren.«

Ein Stück ihres Herzens brach und löste sich auf. Das war alles, was er sich für sie beide vorstellte: ein Dasein, in dem sie nebeneinander ihre Leben fristeten.

Katherine nickte ruckartig. »Wenn du mich dann entschuldigst? Ich überlasse dich deinen Angelegenheiten.« Bevor sie noch etwas vollkommen Dummes tat, wie sich ihm in die Arme zu werfen und sich mit den Worten von Liebe zu erniedrigen, die ihr auf der Zunge lagen, knickste sie und verließ mit hoch erhobenem Kopf den Raum.

Kapitel 25

Katherine saß auf der weich gepolsterten Fensterbank, von der aus man über die Landschaft hinter Castle Blackwood schaute. Die Landschaft unter der dicken, unberührten Schneedecke erinnerte sie an ihre Kindheit, als sie die verschneiten Hügel in Hertfordshire hinuntergerannt und gerollt war, die seltenen Male, wenn es nicht nur geschneit hatte, sondern der Schnee auch noch liegen geblieben war.

»Du erdrückst mich, Kat.«

Sie lockerte ihren Griff um Lizzie und hauchte ihr einen Kuss auf die Wange. »Tut mir leid, Liebes.« Sie rieb ihr Kinn über die weichen Locken. »Du bist einfach so unglaublich süß, ich könnte dich verschlingen wie den Weihnachtspudding unserer Köchin.« Sie bedeckte die Wangen des kleinen Mädchens mit Küssen, bis Lizzie nach Luft schnappte.

Katherine gab nach und schaute mit einem Lächeln wieder nach draußen.

»Darf ich mich zu dir setzen?«

Sie blickte über ihre Schulter und lächelte. »Natürlich, Aldora.«

Ihre Schwester kam zu ihr und blieb vor der Fensterbank stehen. Über dem Drahtgestell ihrer Brille hob sie eine Augenbraue. »Hast du vor, den ganzen Tag lang aus dem Fenster zu starren? Oder willst du mir erzählen, was passiert ist?«

Wenn sie ehrlich war, so würde Katherine es tatsächlich vorziehen, weiter aus dem Fenster zu blicken, statt das wohl unvermeidliche Gespräch zu führen, auf dem ihre Schwester bestand. Mit Lizzie in den Armen drehte sie sich um und stellte das kleine Mädchen auf die Füße.

Lizzie blieb einen Moment unsicher stehen, dann setzte sie sich vor die Füße ihrer Mutter. Aldora beugte sich zu ihr hinab und gab ihr eine kleine Puppe mit goldenen Locken und einem langen Kleid mit Blumenmuster. Lizzie griff danach und ließ die Puppe über den Boden tanzen.

Die perfekten goldenen Locken der Puppe erinnerten Katherine an Lydias wundervolle weizenblonde Haarpracht, mit der sie auf dem Gemälde neben Jasper verewigt war.

»Kat«, hakte Aldora nach.

Katherine seufzte und schaute auf ihre Zehen. »Was willst du von mir hören?«

Wollte ihre Schwester über das zufällige Treffen von Jasper und ihr auf dem Frostjahrmarkt sprechen? Über ihre Vernunftehe? Die mangelnde Beachtung ihres Ehemanns für sie?

»Ich würde gern alles von Anfang an hören«, sagte Aldora sanft.

Katherine schluckte und hob den Blick. Und da es keinen besseren Anfang gab, sagte sie: »Er hat mich gerettet.« Die Sekunden wurden zu Minuten, die auch zu Stunden hätten werden können. Sie verlor jedes Gefühl für die Zeit, während sie alles erzählte, von der einzigen Ausgabe von Wordsworth bis zu ihrem unerhörten Heiratsantrag.

Irgendwann nahm Aldora ihre Tochter in die Arme und wiegte sie in den Schlaf.

Katherine musterte das schlummernde Kind. Die Gefühle schnürten ihr die Kehle zu. »Ich führe eine Vernunftehe,

Aldora.« Sie machte eine hilflose Handbewegung. »Das ist, was ich ihm vorgeschlagen habe …«

»Aber es ist nicht, was du dir wünschst«, fiel Aldora ihr ruhig ins Wort. Mit der freien Hand schob sie sich die Brille höher auf die Nase.

Katherine schüttelte den Kopf. »Nein. Das ist nicht, was ich will.«

Ich will kleine Mädchen, die mit Puppen spielen und in meinen Armen schlafen. Ich will ein lächelndes Porträt von mir und einem Mann, der mich anschaut, als gäbe es keine Schönere als mich. Nicht mit irgendeinem Mann. Jasper. Ich will Jasper.

Aldora bearbeitete ihre Unterlippe mit den Zähnen. »Ich hätte mir so sehr eine Liebesheirat für dich gewünscht, Katherine.«

Sie *hätte*, wie unbeabsichtigt auch immer diese Wortwahl gewesen sein mochte.

»Mit einem Mann, der auch dich geliebt hätte«, fuhr Aldora fort.

Katherine sprang auf und begann, auf und ab zu laufen. »Den Luxus von Geduld konnte ich mir nicht leisten, was eine Heirat anging. Mutter …«

»Hätte nicht mit Onkel über Heiratspläne gesprochen, ohne dass Michael davon gewusst hätte.« Aldora stand auf und trug Lizzie hinüber zu einem prächtigen, goldbezogenen Sofa. Sie legte das kleine Mädchen darauf und streichelte ihr mit einer Hand über den Rücken, als sie sich rührte.

Das Gewicht dieser Wahrheit drückte Katherine nieder. Innerlich musste sie sich eingestehen, dass die Worte ihrer Schwester stimmten. Mutter hätte sie mit Bertrand verheiratet, aber nicht ohne Michaels Zustimmung zu dieser Verbindung. Immerhin hatte Michael sie alle vor dem sicheren Ruin bewahrt, und da er der Bruder des Marquis of St. James war, ordnete Mutter sich seinen Wünschen unter.

Als der Atem der schlafenden Lizzie wieder ruhig ging, wandte Aldora sich erneut Katherine zu. Sie kam zu ihr und legte ihr eine beruhigende Hand auf die Schulter, ließ sie in ihren hektischen Bewegungen innehalten. »Ich glaube, deine Entscheidung, den Herzog zu heiraten, hat noch andere Gründe als deine Angst vor einer Heirat mit Bertrand.« Sie verzog das Gesicht. »Nicht, dass der Gedanke, den grässlichen Bertrand zu heiraten, nicht Grund genug wäre. Aber du hättest jeden heiraten können, Kat.«

Ein ganz und gar nicht damenhaftes Schnauben entrang sich ihr. »Ich weiß, was ich bin, Aldora. Ich bin keine große Schönheit.« Das war eine Tatsache, mit der sie sich schon als kleines Mädchen, kaum älter als Lizzie, abgefunden hatte. Es gab große Schönheiten …

Und die anderen.

Katherine fiel in die Kategorie *Die anderen.*

Aldora hatte einen rebellischen Zug um die Lippen. »Rede nicht so abfällig von dir. Du bist absolut hinreißend.«

Als die liebende ältere Schwester fand sie Katherine natürlich schön – auch wenn der Rest der Welt das nicht tat.

Katherine verdrehte die Augen Richtung Zimmerdecke. »Ich habe braunes Haar.«

Ihre Schwester verschränkte die Arme vor der Brust und zog eine *braune* Augenbraue hoch.

»Zu hoffnungslos engen Locken eingedreht«, fuhr Katherine fort. Sie deutete auf Aldora. »Du hast schon lange keine kleinen braunen Locken mehr gehabt.«

»Das ist einer der vielen Vorzüge vom Eheleben«, murmelte Aldora. »Die Befreiung von Mutters eher, äh … *fragwürdigem* Modediktat.« Sie schüttelte den Kopf und lenkte das Gespräch zurück auf den Kern der Sache. »Ich möchte, dass du glücklich bist, Katherine.«

»Ich *bin* glücklich.«

Skeptisch blickte Aldora sie durch ihre dicken Brillengläser hindurch an.

»Nun, vielleicht nicht rundum glücklich. Nicht auf die Art wie du und Michael. Eher auf eine … eine …« Weniger liebende, weniger idyllische Art. »Weniger vorhersehbare Weise«, entschied sie schließlich.

»Glaubst du, er könnte je die Hand gegen dich erheben?«

»Nein.« Die Antwort brach förmlich aus Katherine heraus. Sie schüttelte den Kopf. »Er würde mich nie verletzen.« Sie legte sich eine Hand aufs Herz. Mancher Schmerz war größer als eine körperliche Verletzung.

»Du liebst ihn«, stellte Aldora leise fest.

Katherine ließ die Hand an ihre Seite fallen. Sie musste schwer schlucken und wandte sich von dem Mitleid ab, das sich in den braunen, warmherzigen Augen ihrer Schwester zeigte. »Ich … ich …« Sie vergrub das Gesicht in den Händen und schüttelte den Kopf. »Ich liebe ihn«, gestand sie in einem Atemzug. »Es ist der Gipfel der Dummheit, und er ist oft ungehobelt und unhöflich.« Doch dann gab es da noch den Shrewsbury-Kuchen und die Wordsworth-Buch-Momente, wenn er sich als so viel mehr erwies als die unnachgiebige Person, die er ihr und der Welt vorspielte.

»Aber du liebst ihn trotzdem.« Nur eine, die um die wahre Liebe wusste, konnte das so sagen wie Aldora jetzt.

Katherine bekam ein Nicken zustande. Sie schlang sich die Arme fest um die Taille. »Doch er wird mich niemals lieben können«, flüsterte sie.

»Natürlich kann er das.« Aldora sprach mit der Arroganz der ältesten Schwester.

Wieder stand Katherine Lydias lächelndes Gesicht vor Augen. Traurigkeit überwältigte sie. Über die tiefsten, schmerzvollsten Geheimnisse, die ihr Ehemann in sich verbarg, konnte sie nicht reden. »Das kann er nicht.« Lydia würde immer da sein, genauso wie das Baby, das er verloren hatte.

Aldora musste die Wahrheit in Katherines kurzer Äußerung gehört haben, denn sie musterte das Gesicht ihrer Schwester mit langsamem, prüfendem Blick. Dann kam sie zu ihr und schloss sie in die Arme, so wie sie es auch früher getan hatte, wenn Katherine sich als kleines Mädchen beim Toben rund um das Haus in Hertfordshire ein Knie aufgeschlagen hatte.

Katherine nahm die Wärme und die Unterstützung an, die sie so verzweifelt vermisst hatte, seit dem Tag, an dem sie geheiratet und die Reise nach Castle Blackwood angetreten hatte.

Ihre Schwester strich ihr mit einer Hand über den Hinterkopf. »Komm schon. Heute ist Heiligabend. An so einem Tag ist kein Platz für Traurigkeit.«

Katherine gab ihr Bestes, um ein Lächeln aufzusetzen. »Ich sollte mit der Köchin sprechen und schauen, wie die Essensvorbereitungen vorangehen.«

Aldora gab ihr einen Kuss auf die Wange und ging zum Sofa zurück, auf dem Lizzie friedlich schlummerte.

Während Katherine hinausging, fragte sie sich, ob sie jemals so selig unschuldig und unberührt vom Schmerz in der Welt gewesen war wie ihre kleine Nichte. Sie machte sich auf den Weg über die steinernen Flure, und der rote Teppich des Korridors dämpfte ihre Schritte. Sie ging immer weiter, bis sie die vor Kurzem geschmückte Eingangshalle erreichte.

Sie blieb stehen, um das Werk zu betrachten, das sie, Wrinkleton und die Diener vollbracht hatten. Üppige, grüne Kränze, geschmückt mit roten Stechpalmenbeeren und Immergrün, hellten den freudlosen Raum auf. Ihr Blick glitt hinauf zu der hohen Decke, zu dem Mistelkranz, den sie mit Äpfeln, Papierblumen und der kleinen Puppe verziert hatte.

Bevor Aldora mit ihrer Familie die Burg wieder verließ und nach London zurückkehrte, würde Katherine einen der Diener anweisen, das Arrangement herunterzuholen und die Puppe abzunehmen. Lizzie würde sie lieben.

»Katherine«, ertönte unvermittelt ein tiefer Bariton in ihrem Rücken.

Vor Schreck schrie sie auf und fuhr herum. Die schon gewohnte Hitze stieg ihr in die Wangen. Ihr Ehemann stand hinter ihr. »Entschuldige, ich habe dich nicht gehört«, murmelte sie.

Mit seinen langen Beinen eilte Jasper zu ihr. Er berührte ihr Kinn, schwieg aber ansonsten.

Sie schloss die Augen. Welches Spiel trieb er mit ihr? Konnte er denn nicht sehen, dass allein seine Gegenwart sie zutiefst aufwühlte? »Was willst du, Jasper?« Sie wollte nicht weitermachen wie bisher, mit seinen harschen Ausbrüchen und ihrem Weglaufen.

Jaspers Hand verharrte, aber er nahm sie nicht weg. »Es sieht wunderschön aus, Katherine.«

»Was?«, platzte sie heraus.

Mit einem weiten Bogen deutete er auf die weihnachtlich geschmückte Halle.

»Oh.« Sie spielte mit dem Stoff ihres Kleides. »Ich hätte nicht gedacht, dass du das überhaupt bemerkst.«

* * *

Ich bemerke alles und jedes, was dich betrifft, Katherine.

Seit diesem nicht allzu lang zurückliegenden Tag, als ihr hoher, verzweifelter Schrei an seine Ohren gedrungen war, hatte er eine feine Wahrnehmung für seine Ehefrau entwickelt.

Ihm war nur zu bewusst, dass seine schroffen Worte in der Ahnengalerie sie verletzt hatten.

Als sie jetzt vor ihm stand, mit einer ganz untypischen Vorsicht in ihren sonst so fröhlichen Augen, dachte er über die Veränderung nach, die ihre kurze Ehe bei seiner Frau ausgelöst hatte. Er hatte geglaubt, mit einem einsamen Leben zufrieden zu sein, vergraben in seiner Burg. Vor Katherine hatte er die Wahrheit nicht erkannt: Er war nicht zufrieden gewesen, eher hatte er sich versteckt, hatte an seinem Schmerz als einer Art Buße festgehalten.

Innerhalb weniger Tage hatte sie die schützenden weißen Tücher in der Burg heruntergerissen und wieder etwas Freude in diese kalten, feuchten Mauern gebracht.

Katherine wollte um ihn herumgehen. »Wenn du mich entschuldigen würdest«, murmelte sie. »Ich sollte mit der Köchin über das heutige Abendessen sprechen.«

Jasper folgte ihrer Bewegung, versperrte ihr den Fluchtweg.

Sie runzelte die Stirn und ging einen Schritt nach links. Wieder ließ Jasper sie nicht passieren.

Fragend blickte Katherine zu ihm hoch. »Jasper, was soll das? In der Ahnengalerie hast du dich doch ganz klar ausgedrückt. Du willst nichts von mir.«

Oh, wie sehr sich seine so hoffnungslos verführerische Ehefrau da irrte. Er wollte so vieles von ihr. Mehr, als er verdiente. Mehr, als er geglaubt hatte, fühlen zu können.

»Du stehst unter dem Mistelzweig«, bemerkte er mit rauer, heiserer Stimme.

Katherine senkte den Kopf.

Jasper legte ihr eine Hand um den Nacken. Ganz sanft bewegte er ihren Kopf, bis sie den Mistelzweig über ihnen beiden sehen konnte. »*Wir* stehen unter dem Mistelzweig«, korrigierte er sich.

Ihr Blick blieb an dem Kranz hängen, und sie schluckte. »Ich verstehe nicht«, flüsterte sie.

Jasper beugte sich hinab und legte seine Lippen auf ihren schnell schlagenden Puls.

Sie schloss die Augen. Jasper fuhr mit der Zungenspitze bis hinauf zu ihrem Mundwinkel. Er platzierte einen Kuss auf ihrem Sirenenmund und fuhr fort, küsste ihre Wange, die

Spitze ihrer vorwitzigen Nase, ihre fantastisch langen, dichten braunen Wimpern.

»Was machst du da?« Ihre Stimme brach mit einem atemlosen Aufstöhnen.

»Sag mir, ich soll aufhören, Katherine. Sag es mir, und ich höre sofort auf und gehe.« *Es wird mich umbringen, aber ich werde es tun, weil ich dir gegenüber hilflos bin und dir nichts abschlagen kann.*

Katherine hob die Hand, legte sie an seinen Kiefer. Sie strich mit den Knöcheln ihrer Finger über seine Haut. Ein Muskel an seinem Augenwinkel zuckte. Sie begegnete seinem Blick mit der Kühnheit einer viel älteren Frau. »Ich will nicht, dass du aufhörst, Jasper.«

Ich bin verloren.

Jasper hob sie auf seine Arme und trug sie die weite, gewundene Treppe hinauf, den langen Flur entlang und verfluchte dabei im Geiste die gewaltigen Ausmaße des Gemäuers. Ihre hastigen Atemzüge mischten sich mit seinen rauen, unterlegten das Geräusch seiner Schritte. Er öffnete die Tür zu ihrem Schlafzimmer und trat sie hinter ihnen so fest zu, dass der Türrahmen erzitterte.

Mit schnellen Schritten ging Jasper zum Himmelbett und setzte sie auf der grünen gewebten Decke ab. Katherine rutschte zur Mitte der Matratze. Ihre Röcke schoben sich über ihre Knöchel hinauf und immer höher, gaben den Blick frei auf wohlgeformte Waden, die sie als hervorragende Reiterin auswiesen. Er wurde hart, als er sich vorstellte, wie sich diese Beine um seine Hüften schlangen, ihn antrieben.

Sie neigte den Kopf, und eine braune Locke fiel ihr über die Wange. »Jasper?« Nur das. Sein Name, ein atemloser Seufzer, der von unschuldigem Begehren zeugte.

Ein tiefes Stöhnen entrang sich seiner Brust. Er schlüpfte aus seinem Rock und befreite sich von seinem Hemd. Er warf beides zur Seite.

Katherines Augen, von der Farbe von feinstem französischen Brandy, weiteten sich. O Gott, er sollte langsamer vorgehen. Sie war unschuldig, völlig unerfahren in der körperlichen Liebe.

Und er hatte noch nie zuvor ein solch überwältigendes, brennendes Verlangen danach gespürt, eine Frau zu der Seinen zu machen.

Seit dem Moment, in dem er sie in der Kutsche an sich gedrückt hatte, nachdem er sie an jenem schicksalhaften Tag gerettet hatte, kämpfte er gegen diesen Hunger an, redete sich ein, dass sein Verlangen nur aus all den Jahren herrührte, die er ohne Frau gewesen war.

Doch als er ihre zierliche Figur auf dem Bett studierte, die Ellbogen hinter sich aufgestützt und ihre Lippen geschwollen, konnte Jasper sich der Wahrheit nicht länger verschließen: Er wollte Katherine. Sie allein. Nur sie. Für immer.

Er würde es dem Schrecken dieser Realität erlauben, in sein Bewusstsein zu dringen, nachdem er sie zu der Seinen gemacht hatte.

Jasper zog seine Stiefel aus, erst den einen, dann den anderen, während sein Blick auf Katherine geheftet blieb.

Sie folgte jeder seiner Bewegungen. Ihre Wangen röteten sich, was ihr gut stand. Er warf die schwarz glänzenden Reitstiefel auf den jetzt zerknitterten Rock auf dem Boden und zögerte am Rand des Bettes.

Tu das nicht.

Deine Ehe ist nur eine Vernunftehe.

Dein Herz ist tot.

Das ist Betrug an Lydia.

Aber …

Es fühlte sich nicht so an.

Als er sich neben Katherine aufs Bett legte, erfasste ihn ein Gefühl von absoluter Richtigkeit.

Katherine richtete sich auf und kniete sich neben ihn. »Jasper«, flüsterte sie.

Er richtete sich ebenfalls auf. »Ja, Katherine?«

Sie blinzelte unsicher. Ihr Blick fiel auf seine Brust. Die leichte Röte in ihren Wangen vertiefte sich zu einem flammenden Rot. »Ich w-weiß nicht«, stammelte sie. »Ich weiß nicht, was ich sagen wollte. Es ist nur …«

Mit einem Kuss brachte er sie zum Schweigen.

Ihr Körper spannte sich in seiner Umarmung an, und dann strichen ihre schlanken Arme über seinen Rücken, hinauf zu seinem Nacken. Sie neigte den Kopf und gewährte ihm besseren Zugang zu ihrem Mund. Er ließ seine Zunge hineingleiten. Gleichzeitig arbeitete er sich die lange Reihe von Knöpfen an der Rückseite ihres Kleides entlang. Einer sprang ab. Mit einem unterdrückten Fluch löste er seinen Mund von ihrem.

Katherine keuchte protestierend.

Er drehte sie um, küsste die entblößte Haut ihres Nackens und fuhr damit fort, die unmöglich kleinen Knöpfe zu öffnen. Er fluchte erneut, als ein weiterer absprang.

»Ich will dich nie wieder in einem Kleid mit Knöpfen sehen«, erklärte er mit rauer Stimme und zog vorsichtig an dem Stoff. Winzige Perlmuttknöpfe regneten auf das Bett hinab und rollten über den Fußboden. Sanft befreite er sie aus dem Kleid, entblößte ihren nur noch mit einem Unterkleid verhüllten Körper.

Jasper stöhnte. Er schloss die Augen und zählte bis zehn, betete zu einem Gott, an den er nicht länger glaubte, um Geduld, damit er dieses zarte Unterkleid nicht zerreißen und sie besteigen würde wie ein wildes Tier.

»Geht es dir gut, Jasper?« Tastende Finger legten sich auf seinen Unterarm. Die Muskeln zuckten unter ihrer sanften Berührung.

Er öffnete die Augen und zog sie mit einem verzweifelten Stöhnen an sich, bevor er sie auf die Matratze bettete und ihr das Unterkleid abstreifte. Achtlos warf er es auf den Boden zu seinen Sachen.

Rosa.

Die Spitzen ihrer perfekt geformten Brüste hatten eine zartrosa Färbung. Jasper schloss die Lippen um eine der Knospen.

Katherine keuchte auf. Er dachte, sie würde sich in jungfräulicher Sittsamkeit zurückziehen. Aber nicht seine Katherine. Er hätte wissen müssen, wie anders als jede andere seine Katherine war. Sie schob die Finger in sein Haar und hielt ihn eng an sich. »Oh, Jasper, das fühlt sich wundervoll an«, stöhnte sie.

Ihre Worte schürten seine Glut. Er zog sich zurück und befreite sich aus seiner Hose, kickte sie zu Boden und wandte seine Aufmerksamkeit der Spitze ihrer anderen Brust zu. Er umschloss die Knospe mit den Fingern und rollte das zarte Fleisch sanft, bis Katherines Augen sich weiteten und sie sich unruhig unter ihm wand.

Ein Knurrlaut stieg seine Kehle empor, und er schob eine Hand zwischen ihre Beine. Ganz zart strich er über ihre braunen Locken, wagte sich weiter vor. Er stöhnte, als er ihre honigzarte Hitze spürte.

Er drang mit einem Finger in sie ein, und sie keuchte auf. »Jasper.« Er antwortete, indem er einen zweiten Finger in sie schob.

Seine Ehefrau umklammerte seine Hand mit beiden Beinen und wölbte sich seiner Liebkosung entgegen.

Jeder rationale Gedanke verließ ihn. Schweiß stand ihm auf der Stirn, während er um die in vier Jahren hart erarbeitete Selbstbeherrschung rang.

Er schob sich auf Katherine und spreizte ihr mit einem Knie die Beine. Auf die Ellbogen gestützt, drückte er sein hartes Glied gegen sie, hielt sich ganz still über ihr.

O Gott. Ich verliere die Kontrolle. Ich begehre dich schon so lange, Katherine.

»Jasper«, stöhnte sie und hob sich ihm entgegen.

»Vergib mir«, flüsterte er.

Er stieß in sie. Wärme umschloss ihn, lockte ihn tiefer, bis er sich auf immer in ihr verlieren wollte.

Katherine schrie auf, und ihr Gesicht verzog sich schmerzhaft.

Er erstarrte, zwang sich, still zu halten, obwohl er mit jeder Faser seines Wesens tiefer in sie stoßen wollte, wieder und wieder, bis er sich schließlich in sie ergoss …

Ein Aufstöhnen entrang sich ihm.

»Jasper, geht es d-dir gut?«

Er lachte leise angesichts ihrer atemlosen Besorgnis. Er füllte sie voll aus, dehnte sie, und sie machte sich Sorgen um ihn?

Jasper drückte ihr einen Kuss auf die Schläfe. Und begann sich zu bewegen.

Ihre Augen weiteten sich, und sie nahm die Unterlippe zwischen die Zähne. Er hielt sich an diesem Bild fest, konzentrierte sich auf alles andere, nur nicht auf ihr feuchtes Innerstes, während er sich vor- und zurückbewegte. Hinein und hinaus.

Es war zu lange her.

Er beschleunigte den Rhythmus. Katherine passte sich seinen schnellen Stößen an, reckte sich ihm entgegen. Mit den Fingernägeln fuhr sie ihm über den Rücken, während sie ihn weiter antrieb.

»Ich kann nicht länger warten, Katherine«, keuchte er. »Ich …« O Gott. Er musste warten … Nur …

Katherine riss die Augen weit auf, und ihr gesamter Körper versteifte sich in seiner Umarmung. »O Gott«, schrie sie, und dann pulsierten ihre inneren Muskeln unter der Macht ihres Höhepunktes. Ihr Körper zitterte, während sie kam, ihn tiefer in sich zog.

Er wollte nicht …

Er durfte seinen Samen nicht …

Nicht … wieder.

Jasper verspannte sich und ergoss sich in sie. Sein heißer Samen füllte sie, und mit einem heiseren Schrei warf er den Kopf zurück.

Er brach über ihr zusammen, stützte sich mit den Ellbogen ab, um sie nicht zu erdrücken.

Als der gedankenlose, befriedigte Zustand abebbte und sein Atem wieder einen normalen Rhythmus annahm, rollte er von Katherine hinunter. Die Ungeheuerlichkeit dessen, was er getan hatte, der Fehler, den er gemacht hatte, drang in seine Glückseligkeit, bis mit Entsetzen gepaarter Schrecken die süßen Gefühle verdrängte, die er in Katherines jungfräulicher Hitze erfahren hatte.

Gerade jetzt konnte sein Samen in ihr Frucht bringen und sie schließlich töten.

Übelkeit drehte ihm den Magen um.

Katherine rollte sich neben ihm zusammen, und er zuckte zurück, als sie ihn auf den Bizeps küsste. »Ich liebe dich, Jasper«, flüsterte sie.

Sein Herz schlug langsamer und langsamer und kam zum Halt, als ihre Worte die Hoffnung weckten, von der er nicht gewusst hatte, dass er sie in sich trug.

Nein, er konnte nicht … Sie konnte nicht …

Liebe zerstörte.

Sosehr es ihn auch danach verlangte, selbstsüchtig zu sein und mit gierigen Händen nach all dem zu greifen, was sie ihm anbot, er durfte nicht der sein, der Katherines Strahlen auslöschte. Es würde ihn vernichten, noch mehr, als ihn Lydias Tod vernichtet hatte.

O Gott, was habe ich getan?

KAPITEL 26

Katherine steckte den Löffel in den kleinen Plumpudding und genoss den Festtagsnachtisch. Sie lehnte sich in ihrem Stuhl zurück und fühlte sich von dem Feuer, das im Kamin loderte, wunderbar gewärmt.

Lange beobachtete sie ihre Schwester und Michael. Die beiden blickten einander an, als wäre sonst niemand im Raum, so wie Jasper seine Ehefrau auf dem vor Glück strahlenden Gemälde ansah. Seltsam, wie dieser Gedanke sie noch am Morgen mit Schmerz erfüllt hatte, und nun, nach dem Liebesakt mit Jasper, der so kurz zurücklag, fühlte sie nichts außer dieser … dieser Erfüllung.

Sie liebte ihn.

Es spielte keine Rolle, dass er die Worte nicht erwidert hatte. Denn er hatte seinen Schwur einer Vernunftehe aufgegeben und sie in jedem Sinne des Wortes zu seiner Ehefrau gemacht.

Hitze stieg ihr den Nacken hinauf und legte sich auf ihre Wangen. Sie spähte zur Seite zu ihrem Ehemann.

So wie er da in seinem tiefschwarzen Rock und dem perfekt gebundenen, weißen Halstuch am Kopf des Tisches saß, würde man angesichts des harten Glanzes seiner Augen und des unergründlichen Gesichtsausdrucks niemals annehmen, dass er noch vor Kurzem mit ihr … mit ihr …

Sie fächelte sich das Gesicht. Mit ihr geschlafen hatte.

Ich bin keine Jungfrau mehr.

Sie lächelte. Mit Ausnahme eines leichten Brennens zwischen ihren Beinen gab es kaum noch Beweise für Jaspers Leidenschaft.

»Ich muss sagen, ich bin überrascht vom Menü heute Abend«, rief Aldora vom anderen Ende des Tisches herüber und riss damit Katherine unsanft in die Gegenwart zurück.

Katherine runzelte die Stirn. »Hat es dir nicht geschmeckt?« Den gesamten vorigen Morgen hatte sie mit der Köchin zusammen das Essen für den Weihnachtsabend geplant.

Aldora winkte ab. »Ich weiß nur, dass du dir noch nie etwas aus gebratenen Wachteln gemacht hast.«

Ihr fiel die leichte Anspannung in Jaspers Schultern auf, das einzige Zeichen dafür, dass er der Unterhaltung beim Supper heute überhaupt gefolgt war. Bis auf diese fast unmerkliche Anspannung schien er ihrer Familie gegenüber völlig gleichgültig zu sein, ebenso wie dem Festmahl und ... Katherine selbst.

»Es war alles ganz hervorragend«, mischte Michael sich ein.

Aldora runzelte die Stirn. »Natürlich, das Essen hätte nicht besser sein können. Die Köchin hat ganz wunderbare Arbeit geleistet. Ich wollte nur ausdrücken, dass ich immer geglaubt habe, du verabscheust gebrat...«

Katherine schüttelte den Kopf, bat ihre Schwester stumm zu schweigen.

Aldoras Augen weiteten sich leicht, und dann presste sie die Lippen aufeinander. Sie nahm ihren Löffel auf und stach ihn in ihre Tasse mit Plumpudding.

Lizzie schob sich von ihrem Stuhl.

»Lizzie«, mahnte Michael.

Das kleine Mädchen ignorierte ihn und wanderte am Tisch entlang.

Katherine hielt den Atem an, als Lizzie neben der Armlehne von Jaspers Stuhl stehen blieb.

Er hob sein Glas und trank einen Schluck Rotwein. Sein Kiefer wirkte leicht verkrampft.

»Bär«, flüsterte Lizzie.

Sein Stuhl schabte über den Holzfußboden, als wäre er nur einen Augenblick davon entfernt, aufzuspringen und aus dem Zimmer zu flüchten, als wären ihm alle Höllenhunde auf den Fersen. Ein Muskel an Jaspers Auge zuckte.

Lizzie griff nach seiner freien Hand und zog daran. »Bär«, sagte sie, etwas lauter dieses Mal.

»Lizzie, komm her«, rief Aldora sie und warf dabei einen entschuldigenden Blick in Jaspers Richtung, der während aller Worte stoisch schwieg.

Schließlich sah er Lizzie an.

Sie zeigte mit dem Finger auf seinen Teller. »Ich esse deinen Kuchen.«

Jaspers Blick verfinsterte sich, und Katherine wollte sich schon erheben und zu dem Mädchen gehen. Doch Jasper griff nach seinem Shrewsbury-Kuchen und händigte ihn Lizzie aus.

Die nahm den zuckersüßen Nachtisch mit einem breiten Grinsen entgegen. »Danke schön«, sagte sie und krabbelte Jasper auf den Schoß.

Aldora keuchte entsetzt auf. »Das tut mir furchtbar leid, Euer Gnaden.« Sie stand auf und eilte zu Jasper, um ihre Tochter zu sich zu nehmen, aber Lizzie schmiegte sich an Jaspers Brust und verteilte weiße Kuchenkrümel auf seinem makellosen schwarzen Rock. Aldora blickte fragend zwischen Michael und Katherine hin und her und sah dann wieder zu Jasper. »Lizzie, komm her.«

Das kleine Mädchen nahm noch einen Bissen von dem Shrewsbury-Kuchen. Sie schüttelte störrisch den Kopf, und eine braune Locke fiel ihr vor ein Auge. »Nein. Bär«, beharrte sie.

Jasper saß so steif da, als hätte er sich in Stein verwandelt. Er hob eine Hand, hielt sie in der Luft über Lizzie, und Katherine glaubte, er wollte das Mädchen an Aldora übergeben.

Dann ließ er die Hand auf Lizzies braune Locken sinken und streichelte sie unbeholfen.

Der letzte kleine Teil ihres ungeschützten Herzens gab auf und flog Jasper zu.

Lizzie grinste mit einem Mund voll Kuchen. »Bär«, wiederholte sie.

* * *

Jasper gemahnte sich selbst daran zu atmen. Er zählte bis zehn. Als sich das als wirkungslos erwies, zählte er noch einmal bis zehn. Und noch einmal.

Er krümmte die Zehen in seinen Stiefeln, um sich davon abzuhalten, das Mädchen von seinem Schoß zu pflücken und aus dem Raum zu rennen wie ein Mann, der dem Tollhaus entsprungen war. Doch war es nicht das, was er war? Der Verrückte Herzog.

Wie sonst sollte er sich den inneren Aufruhr erklären, den so ein kleines Kind bei ihm auslöste?

Das Mädchen … Lizzie machte ihm seinen Verlust erneut schmerzlich bewusst. Für einen Moment schloss er die Augen und wollte Lydias Gesicht heraufbeschwören.

Doch es gelang ihm nicht.

Er spannte die Kiefermuskeln an und ließ sie wieder locker und akzeptierte die erschütternde Wahrheit: Katherine hatte sich in jeden seiner Gedanken eingenistet und die Erinnerungen vertrieben, die ihm die teuersten gewesen waren.

Innerhalb von nur zwei Wochen hatte er mit seinem Schwur gebrochen, unverheiratet und enthaltsam zu bleiben. Und jetzt, nachdem er erst vor Kurzem seinen Samen in Katherine ergossen hatte, nahm er an einem Weihnachtsessen teil.

Katherine fing seinen Blick auf und lächelte. Sie führte einen Löffel Plumpudding an die Lippen. Ihr Mund schloss sich um den kleinen Bissen. Ein winziger Rest blieb an ihrer vollen Unterlippe hängen. Er wollte zu ihr hinübergehen und ihn wegküssen. Da leckte sie ihn mit der Zungenspitze fort.

Kleine, kuchenverschmierte Finger zupften an Jaspers Rockaufschlägen, forderten seine Aufmerksamkeit.

»Bär?«

Er schluckte und blickte zu dem Mädchen hinab. »Ja?«

Das kleine Kind besaß den Mut und die Kühnheit seiner Tante, denn es grinste ihn an. »Sing.«

Eher würde er sich den rechten Arm abhacken, als vor den beiden Fremden und seiner hinreißenden Ehefrau zu singen.

Er schüttelte den Kopf. »Nein.«

Ihre Unterlippe bebte. »S-sing.«

Er betrachtete sie finster. »Nein«, sagte er mit mehr Nachdruck.

Tränen sammelten sich in den so vertraut wirkenden braunen Augen. Ein Bild überwältigte ihn. Katherine als kleines Mädchen, wie ihr die gleiche braune Locke vor den weit aufgerissenen, unschuldig dreinblickenden Augen hing. Seine Gedanken fühlten sich ganz taub an vor Verlangen nach dem Traum, für den Lizzie stand.

»B-bitte, Bär«, wisperte sie mit zittriger Stimme.

Oh, um der Liebe Christi willen und all seiner verdammten Heiligen.

»*Lord R, der liebte das Glücksspiel,*
er spielte die ganze Zeit,
setzt' all sein Hab und Gut zum Schluss
und verlor es an Lord Mayd.«

Als er sein leicht schief gesungenes Liedchen beendete, senkte sich ungemütliches Schweigen über den Tisch. Das kleine Mädchen klatschte begeistert Beifall für seinen unbeholfenen Versuch. In dem tiefen Schweigen wurde Jasper die Ungeheuerlichkeit dessen bewusst, was er da gerade für die kleine Lizzie zum Besten gegeben hatte.

Mein Vater war ein Taugenichts. Tag und Nacht hat er an den Spieltischen verbracht und getrunken und alles verspielt, was nicht zum Erbteil gehörte.

Teufel, verdammt, nicht mal das bekam er richtig hin.

Er machte Anstalten, Lizzie auf den Boden zu stellen, aber sie zupfte an seinem Arm.

»Noch mal. Noch mal«, drängte sie.

Aldora eilte hinzu, und Jasper war nie glücklicher gewesen, jemanden an seiner Seite zu sehen. Er übergab das kleine Bündel in ihre wartenden Arme. »Euer Gnaden«, murmelte sie, den Blick abgewandt.

Jasper sprang auf. Er machte eine tiefe Verbeugung. »Ich wünsche einen guten Abend«, murmelte er. Darauf achtgebend, Katherines Blick auszuweichen, machte er auf dem Absatz kehrt und verließ das Zimmer.

Er schaffte es gerade mal bis zum Ende des Flurs, bevor er Katherines eilige Schritte hinter sich hörte.

Jasper fluchte und ging schneller.

»Jasper?« Sein Name kam ihr leicht atemlos über die Lippen, weil sie sich so beeilte.

Ihr leiser Ruf hallte über den gesamten Flur, wurde von den Steinwänden zurückgeworfen. Er zwang sich anzuhalten.

Katherine kam neben ihm zum Stehen. Ihre Augen musterten sein Gesicht. »Geht es dir gut, Jasper?«

Du hast meine ganze Welt auf den Kopf gestellt, Katherine. Nein, mir geht es nicht gut.

»Natürlich«, entgegnete er ruhig. Er wollte gehen, doch sie berührte ihn am Ärmel.

Die Zartheit der Geste erinnerte ihn an all die verruchten Dinge, die sie erst heute Morgen miteinander getan hatten. Ein Mal war nicht genug gewesen.

Er schluckte hart.

Es würde genügen müssen.

»Du siehst aber gar nicht gut aus«, platzte sie heraus. Sie biss sich leicht auf die Unterlippe, wie sie es so oft tat, und wieder regten sich bei ihm Körper und Geist bei der Erinnerung an ihren Mund auf seinem, die seidige Weichheit ihrer Brüste, die köstlichen rosa Spitzen erregt von seinen Liebkosungen.

Er stöhnte. Sie würde noch sein Tod sein.

»Jasper …«

»Nein, mir geht es nicht gut.« Die Worte brachen aus ihm heraus. Bedienstete konnten in der Nähe sein, ihre Familie saß immer noch beim Nachtisch im Speisesalon am Ende des Flurs. Diese Realitäten hätten ausreichen sollen.

Stattdessen begann er, auf dem schmalen Streifen des roten Teppichs auf und ab zu laufen. Er fuhr sich mit einer Hand durch die Haare. »Du hast die Köchin angewiesen, gebratene Wachteln zu machen.«

Sie blinzelte. »Ich dachte, du magst gebratene Wachteln.«

Jasper hielt inne. »Aber du nicht.« Er hatte das nicht einmal gewusst. Aber sie hatte sich genug aus ihm gemacht, um ihn nach seinen Lieblingsspeisen zu fragen, und hatte dann dafür gesorgt, dass die Köchin sie fürs Weihnachtsessen vorbereitete, auch wenn sie selbst sie verabscheute.

Katherine legte ihm vorsichtig eine Hand auf die Schulter und brachte ihn damit dazu, sein hektisches Auf und Ab wieder aufzunehmen. »Worum geht es hier, Jasper?«, hakte sie so sanft nach, dass sich alles in ihm zusammenzog.

»Ich habe dieses verdammte Liedchen geträllert«, spuckte er aus.

Verstehen leuchtete in ihren Augen auf. Doch er verdiente ihre Verzeihung nicht. »Ist schon g…«

Er brachte sie mit einem Blick zum Schweigen. »Sag nicht, es sei schon gut«, unterbrach er sie barsch. »Es ist nicht gut. Dein Vater hat den Besitz und alle Sicherheiten deiner Familie verspielt, und ich habe ein verdammtes Liedchen darüber gesungen.«

Katherine hob die Hände, in dem Versuch, ihn zum Stehenbleiben zu bewegen.

Er ignorierte sie.

»Es war nur ein Lied.« Katherines Mundwinkel zuckten kaum merklich. Er vermutete, sie könnte lächeln. »Eine etwas zweifelhafte Wahl vielleicht, für ein Kind.«

Jede andere Frau hätte Feuer gespuckt, ihn mit ätzenden Worten und brennenden Blicken bedacht. Sie sollte wütend sein, und er verdiente jegliche Entrüstung.

Doch Katherines Lippen verzogen sich schließlich zu einem Lächeln, brachten das kleine Grübchen auf ihrer rechten Wange zum Vorschein. Und das war noch so eine verdammte Sache. Bis zu diesem Moment hatte er das Grübchen nicht einmal bemerkt. Wie hatte ihm diese wunderschöne kleine Einkerbung auf ihrer rechten Wange entgehen können?

Jasper lief wieder auf und ab. »Ich habe nicht mal an das Kind gedacht«, murmelte er.

Katherine blinzelte überrascht. »Wie bitte?«

Er fuhr mit einer Hand durch die Luft. »Das Kind. Lizzie. Ich habe nicht ein einziges verdammtes Lied für ein Kind gewusst. Es ist mir nicht mal in den Sinn gekommen, bis eben gerade, wie unglaublich unpassend dieses Stück ist.«

Wäre sein Sohn nicht gestorben, dann hätte Jasper sich mit Kindern bestens ausgekannt. Ganz sicher hätte er gewusst, wofür sich ein zwei oder drei Jahre altes Kind interessierte und mit welchen Liedern man es beruhigen und zum Lächeln bringen konnte. »Ich habe einem Kind ein verfluchtes Kneipenlied vorgesungen.« Er schüttelte den Kopf.

Katherine stellte sich ihm in den Weg, sodass er gezwungen war, sie entweder umzurennen, um sie herumzugehen oder stehen zu bleiben.

Er blieb stehen.

Sie legte ihm die Hände auf die Brust. Sein Herz regte sich. »Sie hat dein Lied geliebt.«

»Es war unangemessen.«

Sie nickte und legte ihm einen Finger auf die Lippen, brachte ihn zum Schweigen. »Es hat ihr gefallen, Jasper. Du hast sie zum Lächeln gebracht. Spielt es da eine Rolle, wie oder warum? Es ist nur wichtig, dass du es getan hast.« Sie legte eine Hand auf seine Wange. Er umfing ihr Handgelenk und zog es an seinen Mund, platzierte die Lippen über ihrem wild schlagenden Puls.

»Jasper?«

»Ja, Katherine?«, flüsterte er an ihrem Handgelenk.

Sie kicherte. »Das kitzelt.«

Er antwortete mit einem weiteren Kuss auf die empfindsame Stelle. Sie gab ihm spielerisch einen Klaps. »H-hör auf«, befahl sie. »Jasper?«

Er seufzte und lehnte sich zurück. »Ja?«

»Können wir nach oben gehen?«

Er verengte die Augen. »Nach oben?«

Sie befeuchtete die Lippen. »Äh, ja.« Sie fuhr mit der Spitze ihres elfenbeinfarbenen Stoffschuhs über den Boden. Hatte seine Ehefrau auch Schuhe in irgendeiner anderen Farbe? Er stellte sie sich in skandalös roten Seidenslippern vor. Stellte sich vor, wie er sie ihr auszog, zur Seite warf und ihr dann die Strümpfe hinabrollte, langsam, Zentimeter für quälenden … »Ich habe gehofft, also, ich wollte sagen, mir vorgestellt …« Sie runzelte die Stirn. »Nun, vorgestellt ist vielleicht nicht das richtige Wort.«

»Katherine?«

»Ja?«

»Raus damit.«

Ihre Augen weiteten sich. »Oh, äh, ja, natürlich. Ich will die Nacht mit dir verbringen.« Ihre Wangen wurden so leuchtend rot, dass sie dem Teppich Konkurrenz machten, nur noch weiter betont durch ihr Abendkleid aus Satin mit den lächerlichen Rüschen entlang des Ausschnitts.

Hatte sie gerade gesagt …?

»Ich weiß, das ist nicht gerade üblich. Eheleute, die sich das Schlafzimmer teilen. Mutter und Vater haben das nie getan.« Sie verzog das Gesicht. »Nicht, dass ich mir vorstellen möchte, wie sich Mutter und Vater ein Zimmer teilen. Es ist nur …« Ihre Worte gingen in einem leisen Aufschrei unter, als er sie auf seine Arme hob.

»Was hast du …?«

»Katherine?«

»Ja?«

Jasper verlagerte sie in seinen Armen, sodass ihr Busen sich gegen seine Brust drückte. »Wirst du still sein?«

»Äh, ja, natürlich.« Sie spähte um seine Schulter herum. »Jasper?«

Er seufzte. Den manchmal so liebenswerten, doch in diesem Fall ihn zur Verzweiflung treibenden Eigenschaften seiner Ehefrau würde er neben dem Ausdruck »energisch« noch »redselig« hinzufügen müssen. »Ja, Katherine?« Er drückte seine Lippen auf die Stelle hinter ihrem Ohr.

Sie kicherte und schlug ihm leicht auf die Brust. »Das k-kitzelt«, brachte sie zwischen atemlosen Lachern hervor.

Und »kitzelig«. Er konnte »kitzelig« seiner wachsenden Liste von Erkenntnissen über Katherine Waincourt, die Duchess of Bainbridge, hinzufügen.

»Du hast gerade gesagt?«, flüsterte er an ihrem Hals.

Sie brach wieder in Gelächter aus. »Jemand wird uns zweifellos hören oder sehen.«

»Zweifellos«, sagte er mit einem sardonischen Lächeln.

Katherine schlug ihn wieder auf die Brust. Er ächzte. Für jemand so Kleinen war sie ganz schön stark. »Es würde sich nicht gehören, hier für einen Skandal zu sorgen.«

Amüsiert schüttelte Jasper den Kopf. »Katherine, du bist meine Ehefrau. Es wird keinen Skandal geben.« Und wenn ein Bediensteter dumm genug sein sollte, ihnen über den Weg zu laufen, würde er den verdammten Idioten entlassen.

»Mir gefällt dieser finstere Blick nicht.« Katherine runzelte die Stirn.

Es schien, als würde auch sie ihn unterdessen kennen. Jasper ignorierte sie und trug sie die lange gewundene Treppe hinauf und den Flur entlang.

An seiner Zimmertür hielt er einen Moment inne. Seit langer Zeit hatte niemand außer ihm mehr diese Gemächer betreten. Nicht einmal Lydia hatte Zugang dazu gehabt. Stattdessen hatte Jasper sie besucht, und anschließend hatte sie des Anstands wegen darauf bestanden, dass er in seinem Zimmer schlief.

Jasper drückte die Tür auf und trug Katherine hinein.

Kapitel 27

So mussten sich einfache Sterbliche fühlen, wenn sie die Drachenhöhle betraten, mutmaßte Katherine. Sie schob diesen lächerlichen Gedanken beiseite, als Jasper sie zu seinem großen Himmelbett trug und sie in die Mitte der weichen Federmatratze fallen ließ.

Ein leises Ächzen entschlüpfte ihr. Sie richtete sich auf die Ellbogen auf und betrachtete ihren Ehemann.

Jasper zog seinen Rock aus und warf ihn achtlos auf den Boden. Dann ließ er die schwarze Weste und das Hemd folgen. Ihr Mund wurde trocken, als er nach den Verschlüssen seiner eng anliegenden Hose griff.

Er richtete seine Aufmerksamkeit auf sie.

O Gott, ich werde nie genug von ihm bekommen.

Dann setzte er sich mit der unendlichen Sanftheit, die sie nun von ihm kannte, auf den Rand des Bettes. Er streckte die Arme aus, und Katherine kletterte auf seinen Schoß.

Sie umschloss sein Gesicht mit beiden Händen. »Ich liebe dich, Jasper.« Hoffentlich hörte er, wie ernst es ihr mit diesem Bekenntnis war. »Ich …«

Er küsste sie, bis jede Vernunft unter der Magie des Kusses dahinschwand. Er schob ihr das Kleid hoch über die Knöchel, die Waden, immer höher, und schließlich über die Hüften. Die kühle Nachtluft strich über ihre Haut, doch die Wärme seines Kusses hielt dagegen. Seine erfahrenen Hände bewegten sich zur Rückseite ihres Kleids.

Er hielt inne. »Ich dachte, ich hätte gesagt, keine Knöpfe.« Den rau gesprochenen Befehl unterstrich er mit wohlüberlegten Küssen auf ihre Augenlider, Ohrläppchen, Mundwinkel.

Katherine stöhnte und beugte sich zurück. »Ich habe keine anderen Kleider«, brachte sie heraus.

Er half ihr, sich umzudrehen, und konzentrierte sich ganz auf das Öffnen der Perlmuttknöpfe, fädelte jeden einzelnen sorgfältig durch die kleinen Schlaufen entlang der Rückseite ihres Kleids.

O Gott, ihr war noch nie zuvor bewusst gewesen, wie sehr sie Knöpfe hasste.

»Bitte«, flüsterte er und schob das lächerliche elfenbeinfarbene Satinkleid weiter hinunter. Es fiel ihr über die Hüften, und Katherine trat es von sich weg.

Als Nächstes widmete sich Jasper ihrem Unterkleid und dem Mieder, entkleidete sie schnell und legte sie vor seinen heißen Blicken bloß.

Vermutlich sollte sie unter seinem feurigen Blick irgendeine mädchenhafte Scham fühlen. Aber alles, was sie verspürte, war Hunger nach mehr. Nach ihm.

»Was hast du mit mir gemacht, Katherine?«, stöhnte er.

Ihre Körper berührten sich, ihrer weich und gerundet, seiner hart und muskelbepackt.

Jasper schob eine Hand zwischen ihre Körper und streichelte sie. »Du bist so schön, Katherine. Du hast mich jeden Schwur, jedes Gelübde, das ich abgelegt habe, vergessen lassen. Ich bin dir gegenüber machtlos.«

Seine aufreizenden Worte hüllten sie ein. Sie presste die Beine um seine Hand, und als er mit dem Daumen auf ihre empfindsamste Stelle drückte, entfuhr ihr ein wildes Aufstöhnen. Ihre Schenkel öffneten sich, als hätten sie einen eigenen Willen. Ihr Kopf fiel zurück. »Ich liebe dich«, wiederholte sie.

Ihre Worte schienen ihn in einen Rausch zu versetzen. Er presste die Lippen auf ihre, seine Zunge forderte Einlass, und sie begegnete ihm mit gleicher kühner, fast schon wilder Leidenschaft, während seine Hand sie weiterhin erregte.

Seine Finger liebkosten sie, und sie hob ihm die Hüften entgegen, kämpfte darum, die Augen zu öffnen.

Er ließ den Kuss enden, und sie stöhnte protestierend, bedauerte den Verlust.

»Du bist so wunderschön«, brachte Jasper rau hervor. Er schob einen Finger in sie.

Bei seinen Worten schlossen sich ihre Augen wieder, und er fuhr fort, sie zu liebkosen. Diesen Worten, wenn sie so ausgesprochen wurden, heiser vor Leidenschaft, vermochte sie zu glauben.

»Gefällt dir das, Katherine? Wenn es dir gefällt, werde ich dir mehr geben, als du dir je erträumt hast.«

Mehr als diesen explosiven Sturm, der sie durchtoste?

»Ja«, stieß sie hervor. »Ja, bitte.« Er neckte ihren empfindsamsten Punkt, und sie biss sich auf die Unterlippe. »Oh, Himmel. Es gefällt mir, Jasper. Bitte«, flehte sie. Diese leidenschaftliche Folter würde sie nicht überstehen, wie sehr sie seine Aufmerksamkeiten auch genoss.

Jasper bettete sie auf die Matratze und bedeckte sie mit seinem Körper.

Zentimeter für Zentimeter drang er in sie ein. Schweißtropfen bildeten sich auf seiner Stirn.

Hitze füllte sie unter dem hungrigen Verlangen, das sich in seinen grünen Augen spiegelte.

Jaspers Atem ging schwer, und er stieß tief in sie hinein.

Katherine schrie auf, und er begann sich zu bewegen. Sie hob und senkte die Hüften, glich sich dem steten Rhythmus seiner Stöße an.

Ich liebe dich. Ich liebe dich. Ich liebe dich.

Katherine wusste nicht, ob die Worte die Luft um sie herum erfüllten oder ob sie nur in ihrem Kopf widerhallten.

Aber sie liebte ihn.

Wieder stieß er in sie hinein.

Liebte ihn mit einer Innigkeit, die sie erschreckte.

Er zog sich zurück.

Und ihr Herz würde ihm gehören.

Er sank tief in sie.

Für immer.

Ihr Körper versteifte sich, und dann kam sie in einem Schauer aus den aufglühenden Farben des Feuerwerks in Vauxhall, das sie einmal gesehen hatte.

Unter ihren Händen spannten sich Jaspers Muskeln an. Sein Gesicht verzog sich zu einem Ausdruck zwischen Freude und Qual, und dann ergoss er sich in ihr, während sie um ihn herum pulsierte. Er stützte sich über ihr ab, bis er wieder normal atmete, und dann rollte er sich von ihr.

Ein befriedigtes Lächeln breitete sich auf ihrem Gesicht aus, und sie schmiegte sich an die Seite ihres Ehemanns.

Einen Moment lang zögerte Jaspers Arm über ihr, doch dann zog er sie eng an sich.

Begleitet vom Knistern der Glut im Kamin und vom Heulen des kalten Winterwindes hinter den Fenstern glitt Katherine in den Schlaf.

* * *

Ein tiefes Brummen drang in Katherines noch schläfriges Bewusstsein. Ihre Lider zuckten, und sie öffnete die Augen. Sie gähnte und blinzelte den dicken Nebel des Schlafes fort.

Sie versuchte, das Dämmerlicht im Raum zu durchdringen und etwas zu erkennen.

Ein weiteres Brummen, wie von einem Bären, ließ sie zur Seite blicken.

Ihr Blick fiel auf ihren Ehemann, der ausgestreckt auf dem Rücken lag, einen kräftigen Arm über die Stirn drapiert, die Lippen im Schlaf entspannt.

Sie drehte sich auf die Seite und musterte ihn. Wie ungeschützt, wie unkompliziert er wirkte, wenn ihm die Härte der Wachsamkeit genommen war.

Er bewegte sich, zog ihre Aufmerksamkeit auf seine breite, muskulöse Brust, bedeckt mit federweichen dunklen Locken. Sie zögerte, dann liebkoste sie die zarten Härchen. Sie zuckte zusammen, als ihm ein Schnarchen entwich.

Katherine legte sich wieder hin. Sie musste das lächerlichste Grinsen der Welt auf den Lippen haben, aber sie hatte seit dem Morgen, als Jasper sie zu seiner Ehefrau in jedem Sinne des Wortes gemacht hatte, nicht mehr aufhören können zu lächeln.

Und er hatte sie wieder geliebt.

In all ihren neunzehn Jahren hatte sie solche Freude nicht kennengelernt.

Ich liebe ihn.

Ihr Lächeln verschwand. Diese so wichtigen Worte hatte Jasper nicht erwidert. Lydia würde immer zwischen ihnen stehen. Sein Herz würde auf ewig seiner ersten, wunderschönen Ehefrau gehören, diesem Inbegriff einer Frau, die so meisterhafte Wandteppiche angefertigt hatte, die noch immer die Mauern der Burg schmückten.

Aber vielleicht – sie drehte sich wieder auf die Seite und musterte ihn –, vielleicht war wenigstens ein winziges Stück seines Herzens lebendig geblieben, und dieses winzige Stück könnte eines Tages ihr gehören.

Jasper bewegte sich, aber seine gleichmäßigen, tiefen Atemzüge verrieten, dass er noch schlief.

Ihr Blick heftete sich auf ein kleines Stückchen Stoff, das unter dem Kopfkissen hervorschaute. Hellgrün wie Minzblätter, wirkte der Stoff irgendwie vertraut. Sie zögerte. Ihr Blick wanderte zwischen Jaspers geschlossenen Augenlidern und der Andeutung von Grün hin und her.

Mutter war stets an Katherines unstillbarer Neugier verzweifelt. Das ganze Gerede von »Neugier ist der Katze Tod«.

Katherine schob sich näher ans Kopfende des riesigen Himmelbetts. Den Atem anhaltend, um sicherzugehen, dass er immer noch schlief, hob sie eine Ecke seines Kissens an.

Und erstarrte.

Ihr Herzschlag dröhnte ihr in den Ohren. Sie schob die Ecke des Kissens weiter hoch und griff nach dem vertrauten, lang vergessenen Retikül, von dem sie gedacht hatte, sie würde es nie wiedersehen. Sie hielt es mit zitternden Fingern fest, und während ihr das Herz drängend in der Brust schlug, füllte das laute Pochen ihre Ohren, verwirrte ihre Gedanken.

Warum …?

Was …?

Wie konnte das sein?

Sie öffnete die kleine Tasche, und ihr stockte der Atem.

Der Herzanhänger schimmerte zu ihr herauf.

Das Herz eines Herzogs.

Er hatte ihr Retikül gefunden.

Katherine runzelte die Stirn.

Und er hatte das kleine Ding aufbewahrt.

Warum sollte er …?

»Was machst du da?«

Bei der barschen Frage rutschte ihr die Tasche aus den Händen.

Ihr Kopf fuhr herum, und sie begegnete Jaspers wütendem Blick.

Sie schluckte hart angesichts der brennenden Wut in den Untiefen seiner dunklen Augen.

»J-Jasper«, stammelte sie.

* * *

Jasper starrte entsetzt auf die verfluchte grüne Tasche, die Guilford ihm vor einer gefühlten Ewigkeit übergeben hatte.

Hitze stieg in seinem Nacken auf.

»J-Jasper, du hast mein Retikül.«

Ja, er hatte ihre verdammte Tasche behalten. Er verachtete sich wegen dieser Schwäche, die ihn dazu gebracht hatte, an dem Tand festzuhalten und – er erschauerte – damit unter dem Kopfkissen zu schlafen.

»Warum hast du mein Retikül?« Katherine blickte von Jasper zu dem zerknitterten grünen Stoffbeutel.

Er schwang die Beine über die Bettkante und fühlte sich wie ein wildes Biest.

»Jasper, ich habe dich gefragt …«

Er fuhr herum. »Ich habe dich gehört«, erwiderte er scharf und bückte sich nach seiner Hose. Er hätte sie nie mit in seine Zimmer nehmen dürfen. Er hätte sie niemals lieben dürfen. Oder seinen Samen in sie ergießen. Oder …

Mit einem Knurren steckte er einen Fuß in ein Hosenbein und zog den Stoff hoch.

Er erkannte sich nicht mehr in diesem … diesem schwachen Geschöpf, in das Katherine ihn verwandelt hatte.

Er steckte auch das zweite Bein in die Hose und zerrte sie hoch.

Sein Leben war gut gewesen, bis sie gekommen war. Er war es zufrieden gewesen, sich in dem Unglück zu verkriechen, das er selbst heraufbeschworen hatte. Er war sicher gewesen und beschützt, und dann, mit dem Krachen zu dünnen Eises, war sie plötzlich da gewesen und hatte seine Welt auf den Kopf gestellt.

»Gehst du irgendwo hin?« Ein verzweifelter Ton lag in ihrer Frage.

Er hob sein weißes Batisthemd auf und zog es sich über den Kopf.

In diesem Moment hasste er Katherine dafür, dass sie ihn dazu gebracht hatte, wieder zu leben und sich der Gefahr auszusetzen, etwas für jemanden zu empfinden. Zu leben war so verflucht hart und unsicher.

Er griff nach seinem Rock.

Katherine kletterte über die Bettkante, in all ihrer nackten Herrlichkeit. »Ich verstehe nicht, warum du nicht mit mir sprichst.« Braune Locken hingen über ihren zarten weißen Schultern und legten sich über ihre Brüste. Die rosa Spitze einer perfekt geformten Rundung lugte zwischen den Strähnen hervor, ihr verführerisches Bild verspottete seine stahlharte Entschlossenheit.

Jasper drehte sich zur Tür, aber Katherine eilte um ihn herum und stellte sich vor ihn. Sie stemmte sich die Hände in die Hüften und verengte die Augen. »Geht es hier um das Retikül?«

Hier ging es um alles.

»Denn ich weiß nicht, warum du es behalten hast.« Ihre weichen, sanft gesprochenen Worte flossen über ihn, bis seine Finger sich danach sehnten, die kurze Distanz zwischen ihnen zu überbrücken, sie wieder in die Arme zu schließen und sie erneut zu lieben. »Aber ich muss einfach glauben, dass es etwas zu bedeuten hat, Jasper.«

Ihre Unterstellung tötete sein Begehren schneller als ein Sprung in einen eiskalten See.

Er schüttelte den Kopf. »Da nimmst du das Falsche an. Es bedeutet nichts.« Er wollte um sie herumgehen.

Sie folgte seiner Bewegung. »Warum hast du es dann aufbewahrt?«, verlangte sie zu wissen. »Warum, wenn …?« Ihre Frage endete in einem Aufkeuchen, als er sie an sich zog.

Er senkte den Kopf, bis ihre Nasen beinahe aneinanderstießen. »Es bedeutet nichts. Verstehst du, Katherine? Nichts.«

Die meisten Frauen wären angesichts seiner eiskalten Wut zurückgeschreckt. Katherine warf den Kopf zurück wie eine spartanische Prinzessin. »Wenn es nichts bedeuten würde, hättest du sie mir zurückgegeben. Oder du hättest sie an jenem Tag einfach zurückgelassen an der …«

»Ich habe deine verfluchte Tasche nicht gefunden. Das war Guilford«, fuhr er sie an und gab sie so schnell frei, dass sie einen Schritt rückwärtstaumelte.

Sie richtete sich auf. Röte überzog ihre Wangen. »Oh.« Ihr Blick glitt für einen Moment zur Seite.

Und Jasper verachtete sich selbst für die Unsicherheit, die er in ihren sonst so lebhaften, warmen braunen Augen entdeckte. Denn die Wahrheit war, dass Guilford den Beutel zwar gefunden hatte, aber Jasper hatte ihn behalten, aus Gründen, die er nicht kannte und über die er sich nicht zwingen wollte, nachzudenken.

Ihr Blick kehrte zu ihm zurück. »Du musst mich nicht wegstoßen«, sagte sie sanft. »Ich liebe dich.«

Jaspers ganzer Körper erstarrte. O Gott.

Das konnte er nicht ertragen. Er konnte nicht nach ihrer Liebe verlangen. Konnte sie nicht wollen. Sie würde ihn auf eine Art zerstören, wie es nicht einmal Lydia vermocht hatte.

Mit einem Atemzug zwang er sich zur Ruhe und straffte die Schultern. »Katherine, unsere Ehe ist eine Vernunftehe. Das habe ich dir schon zuvor gesagt. Ich habe meine Ehefrau geliebt, und sie ist tot. Da ist nichts, was ich dir noch geben könnte, und ich will ganz sicher nicht deine Liebe.«

Katherine erbleichte und zuckte zurück, als hätte er sie geschlagen. Der Anblick ihres Schmerzes traf ihn härter als ein Peitschenhieb auf den Rücken.

Der Wind wütete vor den Fensterscheiben, die Geister schmähten ihn.

Katherine nickte zitternd. »Du musst deine Zimmer nicht verlassen.« Eine schockierende Stärke lag in ihrer Stimme. Sie nahm sich ein Laken und wickelte es um ihre schlanke Gestalt. »Ich w-werde gehen.« Dieses Mal brach ihr die Stimme, und in ihm zog sich alles zusammen.

Katherine marschierte zurück zur Tür, majestätischer als jede Königin.

Er wollte nach ihr greifen. Sie aufhalten. Um Vergebung bitten.

Sie öffnete die Tür. Hinter ihr schloss sie sich mit einem sanften, entschiedenen Klicken.

Also tat er nichts von all diesen Dingen.

Er war ein verfluchter Mistkerl.

Kapitel 28

Katherine musterte die vertraute Ausgabe von Wordworths neuesten Gedichten, um die Jasper und sie sich gestritten hatten. Sie blätterte durch die jetzt viel gelesenen Seiten, schluckte gegen den dummen Kloß in ihrem Hals an.

Sie hatte keine Tränen mehr, die sie noch wegen Jasper vergießen könnte. Es klopfte an der Tür, und das Geräusch schreckte sie aus ihrer Träumerei. »Herein«, rief sie leise.

Die Tür öffnete sich. Aldora blieb zögernd auf der Schwelle stehen. Ihr Blick wanderte von Katherine zu dem kleinen Koffer, der am Fußende des Bettes stand.

Katherine reichte das Buch Mary, die sich ihr bereitwillig als Zofe zur Verfügung gestellt hatte.

Mary packte das Buch in den Koffer und schaute sich um. »Ist das alles, Euer … Lady Katherine?«

Die unausgesprochene Frage galt dem Berg an elfenbeinfarbenen und weißen Satinkleidern auf der Mitte des Bettes. Für den Rest ihrer Tage wollte Katherine nie wieder ein weißes Kleid sehen. »Ich brauche nichts weiter, Mary. Mach damit, was immer du möchtest.«

Mary nickte und knickste.

Aldora trat ins Zimmer.

»Das ist dann alles, Mary«, sagte Katherine und entließ die junge Dienerin.

Die Zofe senkte den Kopf und deutete einen weiteren Knicks an, ehe sie aus dem Zimmer eilte.

»Bist du dir sicher, dass du von hier fortwillst?«, fragte Aldora, nachdem die Tür mit einem Klicken ins Schloss gefallen war. »Er ist dein *Ehemann*, Katherine.«

Die sanfte Ermahnung ließ Tränen in ihren Augen aufsteigen. Sie wischte sie weg. »Pah, dumme Tränen«, murmelte sie.

Aldora reichte ihr ein Taschentuch.

Katherine nahm es und schnäuzte sich laut in den weißen Stoff, der Michaels Initialen trug. Sie dachte an die grausamen Worte, die Jasper ihr am Abend zuvor entgegengeschleudert hatte, die umso grausamer waren, weil sie der Wahrheit entsprachen. »Wir führen eine Vernunftehe, Aldora. Ich habe ihn geheiratet, um einer Verbindung mit Bertrand zu entgehen, und er hat mich geheiratet …« Aus Gründen, die sie immer noch nicht voll und ganz verstand. »Ich bin ihm nur lästig. Er wird dankbar sein, wenn ich weg bin.« Ihr Herz zog sich zusammen. Sie liebte ihn. Würde ihn immer lieben.

Aldora nahm ihre Hände. »Ich glaube, er empfindet etwas für dich.« Sie drückte Katherines Finger. »Der Herzog kommt mir nicht wie jemand vor, der etwas gegen seinen Willen tut. Er hat dich aus gutem Grund geheiratet.«

Katherine lenkte das Gespräch auf ein wesentlich ungefährlicheres Thema. »Wenn du von deinen Reisen zu erschöpft bist und lieber noch warten und erst morgen aufbrechen willst …«

Aldora seufzte. »Michael hat die Kutsche schon vorbereiten lassen. Obwohl ich mir nicht vorgestellt habe, dass wir Weihnachten auf der Straße nach London verbringen würden.«

Das hatte sich auch Katherine anders vorgestellt.

Wieder ließen Tränen ihr die Sicht verschwimmen. Sie putzte sich nochmals lautstark die Nase mit dem Taschentuch.

»Weiß er es?«, fragte Aldora sanft.

Sie schüttelte den Kopf. »Ich werde mit ihm sprechen. Sicherlich wird er erleichtert sein.«

»Kein Gentleman mag es, von der Ehefrau verlassen zu werden«, merkte Aldora mit trockenem Humor an.

Der Anflug eines Schuldgefühls regte sich in Katherine, doch sie schob ihn beiseite. Jasper hätte nicht klarer ausdrücken können, was er von ihrer Ehe hielt.

Und sie selbst? Nun, sie musste feststellen, dass sie ein größerer Feigling war, als sie jemals für möglich gehalten hatte, denn sie konnte nicht länger dieselben Räume mit Jasper und dem Geist teilen, der für immer sein Herz gefangen halten würde. Der Schmerz unerwiderter Liebe würde sie langsam, aber unerbittlich zerstören, bis sie ebenso nur noch eine leere Hülle wäre, wie Jasper es nach dem Tod seiner Ehefrau geworden war.

Ihr Blick richtete sich auf das Retikül ganz oben auf dem Berg aus weißen und elfenbeinfarbenen Kleidern. Sie griff nach der zierlichen Tasche und machte Anstalten, sie im Koffer zu verstauen. Etwas ließ sie innehalten. Sie platzierte sie wieder auf dem Berg aus weißem Stoff.

»Michael hat gesagt, wenn du entschlossen bist, mit uns nach London zu kommen, wäre es das Beste, wenn wir noch in dieser Stunde aufbrächen.«

Katherine nickte.

Ihre Schwester öffnete den Mund, als wollte sie noch etwas sagen, doch dann schüttelte sie nur traurig den Kopf und verließ das Zimmer.

Einen langen Augenblick starrte Katherine auf die geschlossene Tür.

Noch in dieser Stunde würde sie gehen. Nicht einmal eine ganze Woche hatte sie in dieser Burg verbracht, und doch fühlte sie sich ebenso wie ihr Zuhause an wie das Landhaus ihrer Kindheit in Hertfordshire.

Noch in dieser Stunde würde sie gehen, und Jasper würde bleiben und sein einsames Dasein fortführen, in das er sich seit Lydias Tod vor vier Jahren zurückgezogen hatte.

Sie rieb sich über die Brust in dem Versuch, den dumpfen Schmerz zu lindern, dort, wo ihr Herz schlug.

Mit einem Seufzer ging Katherine zur Tür.

Je schneller sie die Verabschiedung hinter sich brachte, desto eher konnte sie versuchen, die Scherben ihres gebrochenen Herzens wieder zusammenzufügen und erneut zu leben.

* * *

Ein Klopfen ertönte an der Tür zu Jaspers Arbeitszimmer.

Er runzelte die Stirn und hob den Blick von dem Wirtschaftsbuch. »Herein«, knurrte er und versenkte sich wieder in die ordentlichen Reihen der Zahlen. »Was gibt es, Wrinkleton?«, fragte er knapp. Sein Diener wusste, dass er Jaspers Arbeitszimmer besser nicht ohne guten Grund betrat.

Und über die Jahre hatte Jasper es mehr als klar gemacht – es gab keine guten Gründe.

Bei dem leisen Räuspern vom Eingang her ruckte sein Kopf hoch. Die Arme hinter dem Rücken, stand Katherine da, lehnte mit der Schulter am Türrahmen. »Jasper«, sagte sie ruhig.

Tinte tropfte aus seinem Federhalter, und er schaute abgelenkt auf die jetzt ruinierten Zahlenreihen, dann zurück zu seiner Ehefrau. Er ließ den Federhalter fallen und erhob sich. »Katherine.«

Ihm drehte sich der Magen um. Seit gestern Abend, seit sie nur in ein weißes Laken gehüllt aus seinem Zimmer marschiert war, hatte er sie nicht mehr gesehen. Er hatte sich selbst damit gequält, an die Wand gelehnt dazusitzen, die ihre Zimmer voneinander trennte, während der bittere Klang ihrer Tränen zu ihm drang, bis aus den lauten, keuchenden Schluchzern zittrige kleine Seufzer wurden, die schließlich auch verstummten und so zeigten, dass sie eingeschlafen war.

Nicht so Jasper.

Am Ende hatte die Angst vor seiner Liebe zu ihr ihn erstarren lassen.

Wie festgewurzelt hatte er an der Tür gestanden, hatte auf die goldene Uhr auf dem Kaminsims gestarrt, deren lautes Ticken die Minuten des anbrechenden Morgens zählte, einen neuen Tag ankündigte.

Katherine nagte an ihrer Unterlippe, wie sie es so oft tat. Sie verlagerte ihr Gewicht, blieb jedoch auf der Schwelle stehen, als wollte sie sich den Fluchtweg offen halten, sollte er auch nur ein falsches Wort von sich geben.

»Was gibt …«

»Ich gehe weg«, platzte sie heraus.

Er blinzelte überrascht, sicher, dass er sich verhört hatte.

»Ich gehe weg«, wiederholte sie, dieses Mal nachdrücklicher. Ihr Blick wanderte zu einem Punkt über seinen Schultern. »Michael hat die Kutsche bereit machen lassen. Ich … wir brechen noch in dieser Stunde auf.«

Jaspers ganzer Körper erstarrte. Er fürchtete, wenn er sich bewegte, würde er in Millionen winzige Fragmente von Nichts zersplittern. »Weg«, wiederholte er, und das Wort klang in seinen Ohren hohl.

Katherine trat von der Tür fort und kam zu ihm. »Ich bin dir unendlich dankbar für alles, Jasper«, sagte sie sanft. »Du hast mich geheiratet, obwohl du es weder musstest noch wolltest.«

O Gott, aber ich wollte. Ich wollte dich heiraten, Katherine. Es ist nur das, was nach der Hochzeit kam, wovor ich mich fürchtete.

Er kämpfte um die Worte, die ihm als jüngerem Mann so leichtgefallen wären. Er hätte um die schönen, blumigen Schmeicheleien gewusst, die zärtlichen Komplimente, die sie an seiner Seite gehalten hätten. Doch die vier Jahre, die er in der Hölle zugebracht hatte, hatten ihm die Fähigkeit dazu geraubt.

Er ließ sich auf seinen Stuhl zurückfallen.

Hastig fuhr Katherine fort. »Ich kann dir niemals vergelten, was du für mich getan hast.« Ein wehmütiges Lächeln umspielte ihre Lippen, sodass er sich fragen musste, welche Geheimnisse sich hinter diesem Ausdruck verbargen. »Ich danke dir.«

Sie dankte ihm? Dankte ihm, als hätte er ihr über eine Pfütze hinweggeholfen oder einen Schirm über sie gehalten, um sie vor der Sonne zu schützen?

Alles in ihm drehte und verkrampfte sich vor Schmerz. »Was, wenn ich sage, ich will nicht, dass du gehst?«

Bei der rau hervorgestoßenen Frage zuckte Katherine zusammen, und in diesem Moment wusste er, sie würde sich umdrehen, aus der Tür und aus seinem Leben verschwinden. *O Gott, wenn mein Herz tot ist, was ist dann dieser scharfe, spitze Schmerz, der an dem Muskel reißt?*

»Ach, Jasper. Das hier ist dein Zuhause, und ich bin nur ein Eindringling.«

Du bist kein Eindringling. Du bist meine Ehefrau.

Sag ihr das, du verfluchter Idiot. Sag es ihr, bevor sie verschwindet.

Er öffnete den Mund.

Sie neigte den Kopf, als würde sie auf die unausgesprochenen Worte warten, die er nicht herausbringen konnte. Traurig schüttelte sie den Kopf.

Jasper sprang so schnell auf, dass er seinen Stuhl umwarf. »Wo willst du hin?«

Katherine blickte kurz auf den umgefallenen Stuhl. Dann wieder zu ihm. Sie hob die Schultern leicht an und ließ sie wieder sinken. »Ich habe gedacht, ich könnte mich vielleicht in deinem Stadthaus in London einrichten.« Zartes Rosa überzog ihre Wangen. »Das heißt, wenn du mir erlaubst, mich dort niederzulassen. Ich würde lieber nicht zu meiner Mutter zurück …«

»Es gehört dir«, stieß er heiser hervor und ging um den Schreibtisch herum. *Es gehört alles dir, Katherine.*

»Danke.«

Er blieb vor ihr stehen. Sie war so förmlich. So übertrieben höflich. Wie konnten sie beide so stoisch ruhig bleiben, während sie davon sprachen, dass sie nicht nur aus der Tür, sondern aus seinem Leben gehen wollte?

»Gibt es sonst noch etwas, das du brauchst?« Die distanziert ausgesprochene Frage hätte auch von einem Fremden kommen können.

Sie schüttelte den Kopf. »Nein, Jasper.« Einen Augenblick lang betrachtete sie ihre Hände, dann überwand sie die kurze Entfernung zwischen ihnen. Sie stellte sich auf die Zehenspitzen und drückte die Lippen auf seine.

Er schloss die Augen und wollte für immer diesen Geruch von Geißblatt und Zitronen behalten, der sie umgab. »Ich … ich …« *Liebe dich. Sag mir, dass du mich liebst, Katherine, so wenig ich das auch verdiene.* »Sei glücklich, Jasper«, flüsterte sie und löste sich von ihm.

Sie machte einen Knicks und verschwand aus seinem Arbeitszimmer. Aus seinem Leben.

Jasper starrte auf die Tür. Er schluckte.

Wie sollte er jemals wieder glücklich sein, wenn sie den letzten Grund mit sich genommen hatte, der ihm für seine Existenz auf dieser Welt geblieben war?

Er schlenderte hinüber zu den Vorhängen vor den Fenstern und zog den schweren Brokatstoff zur Seite. Er spähte auf die schneebedeckte Auffahrt hinunter, über die Diener hin und her eilten, Kisten und Koffer von Katherines Familie schleppten.

Wie festgefroren verharrte er dort, wartete auf den Moment, in dem Katherine das Gefährt besteigen würde.

Er wartete so lange, bis er sich selbst einreden konnte, er hätte sich das ganze höllische Gespräch nur eingebildet.

Dann tauchte sie auf. Der grüne Musselinmantel leuchtete förmlich vor dem grellweißen Himmel. Er hatte sie so gut kennengelernt, dass er jede Nuance ihrer Körperhaltung deuten konnte. Sie versteifte sich, als wüsste sie, dass er sie beobachtete. Ihr Kinn hob sich ein Stückchen, und dann schob sie ihre Kapuze hoch, beraubte ihn des Anblicks ihrer üppigen braunen Lockenpracht und ihrer warmen braunen Augen.

Jasper lehnte die Stirn gegen die Wand und drehte den Kopf langsam von einer Seite zur anderen.

Geh nicht.

Bitte geh nicht.

Die Stille des kühlen Wintertages verstärkte jedes Geräusch, und er registrierte den Moment, in dem sich die Tür der Kutsche öffnete und wieder schloss.

Er riss die Augen auf und eilte ans Fenster zurück, sah gerade noch, wie der Lakai ihr in die Kutsche half.

Er verschlang den Anblick ihres zarten Rückens, die stolze Haltung ihres Nackens und würdigte jeden letzten Eindruck von ihr, bis die Tür sich schloss und Michael Knightlys schwarz lackierte Kutsche sich mit einem Ruck in Bewegung setzte.

Jasper drückte den Kopf an die Fensterscheibe und starrte dem sich langsam bewegenden Gefährt hinterher, bis es nicht mehr war als ein dunkler, undeutlicher Fleck am Horizont.

Wieder blieb er zurück. Allein.

Die Mauern, die er um sein Herz errichtet und an denen Katherine gerüttelt hatte, seit er sie aus der Themse gezogen hatte, richteten sich wieder auf, umschlossen den verwundeten Muskel, der in seiner Brust schlug. Er umarmte den Schmerz, nährte den bitteren Groll, der ihn durchfuhr.

Mit stählerner Entschlossenheit zog er die Vorhänge zu.

Lange genug hatte er nur in der Vergangenheit gelebt, seiner Ehefrau hinterhergetrauert.

Katherine war gegangen.

Jetzt war es an der Zeit, nach vorne zu blicken.

Teil II

Frühling 1815

»Was macht, dass auf die Wiesenblumen blühn?
Frei sind die wunderschönen Blümchen und
von Kelch bis Fuß in ihrer Freiheit kühn!.«

William Wordsworth

KAPITEL 29

Im Herzen, wo solch Furcht hat Platz genommen,
zwar als willkommener Besuch, es fehlt
doch was: Der Liebe reine Freude, die
von Klängen ausgelöst, vom Hauch der Luft,
von stillen Blicken glücklicher Geschöpfe,
herfließend auch vom allumfassenden
Gesicht des Erde und des Himmels.

Katherine blickte von den Seiten ihres Buches hoch und versuchte, ein Niesen zurückzuhalten. Der angenehme Duft von Mädesüß und Phlox in diesem Winkel vom Hyde Park kitzelte sie in der Nase.

»Hatschi!«

Ein weißes Taschentuch erschien über den Seiten ihres Buchs.

Sie nahm das makellose Leinenstück. »Hatschi!«, nieste sie hinein. »Dank…« Katherine blinzelte, als das unerwartete Auftauchen eines geheimnisvollen Taschentuchs zu ihr durchdrang.

Sie fuhr auf der schmiedeeisernen Bank herum.

»Euer Gnaden«, grüßte sie die allmählich vertraut werdende Stimme des Earl of Stanhope.

Sie verdrehte die Augen und ließ das Buch zuschnappen. »Lord Stanhope.«

Der große, unglaublich gut aussehende Draufgänger nahm neben ihr Platz. »Henry«, korrigierte er sie.

Katherine seufzte und rutschte von ihm weg. »Diese Bank ist nicht für zwei gemacht, Harry.« Sie gab ihm das benutzte Leinentuch zurück.

Achtlos steckte er es in die Tasche seines Rocks. Seine Lippen formten ein kleines Lächeln. »Sie wissen doch, dass ich es hasse, wenn Sie mich Harry nennen.«

Dessen war sie sich bewusst, und genau deswegen tat sie es.

Sein Lächeln verriet, dass er das sehr wohl wusste. »Warum kommen Sie immer wieder hierher? Sie können nicht einmal die Fülle der Düfte dieses verfluchten Parks ertragen.«

Katherine schlug ihm leicht auf den Arm. »Ich liebe es hier.« Diese Oase voller Blumen war ihre Zuflucht geworden vor der von Falschheit und Unfreundlichkeit glitzernden Welt der guten Gesellschaft.

Der andere Grund, der, von dem sie nicht sprechen konnte, nicht einmal mit diesem Mann, der sich zu ihrem einzigen Freund entwickelt hatte, war, dass die Anlage hier sie an die prächtigen Wandteppiche von Castle Blackwood erinnerte. Selbst wenn die ergreifende Schönheit sie an Jasper und seine Liebe, Lydia, denken ließ, würde sie doch auch diese zerbrechliche Erinnerung an ihre Zeit dort willkommen heißen.

Harry tippte gegen ihre Nase. »Warum so melancholisch, Kat?«

Sie schüttelte den Kopf. »Es ist nichts«, versicherte sie ihm.

In geselligem Schweigen saßen sie nebeneinander und starrten auf den tiefroten Ball, der sich über den Horizont erhob und die Gärten um sie herum in ein weiches, orangefarbenes und rotes Licht tauchte. Lila und rosa Wolken glitten über den

Himmel, eher zu schwebenden Engelchen passend als zum dreckigen London.

Es war ihr Geburtstag. Sie fühlte sich viel älter als ihre gerade mal zwanzig Jahre. Das Herz so hilflos und hoffnungslos gebrochen zu bekommen konnte eine Lady altern lassen. Tränen ließen ihr die Sicht verschwimmen.

Das Taschentuch tauchte wieder auf. »Betrachten Sie es als Geburtstagsgeschenk«, murmelte Stanhope.

Sie nahm es mit einem schwachen Lächeln an und wischte sich diskret über die Augen. Die schmerzliche Sehnsucht nach Jasper war in all diesen Monaten in London nicht weniger geworden.

Er war ihr nicht gefolgt. In einem kleinen Teil ihres Herzens hatte sie gehofft, sie würde ihm etwas bedeuten und er würde ihr nicht erlauben, einfach zu verschwinden.

Wie hoffnungslos naiv sie gewesen war. Ein Mensch hatte nun einmal nur ein Herz zu verschenken. Jaspers gehörte Lydia. Und Katherines? Nun, ihres gehörte Jasper, jetzt und für immer.

»Wie beabsichtigen wir zu feiern?« Harry legte seinen muskulösen Arm auf die Rückenlehne hinter ihr.

»Gar nicht«, murmelte sie.

»Himmel, Sie sind heute aber wahrlich schlechter Laune, nicht wahr?«

Sie nickte. »Ja.«

Aus dem Augenwinkel bemerkte sie das Grinsen auf seinen Lippen. »Der Herzog?«

In den Monaten, seit sie Harry Falston, den sechsten Earl of Stanhope, zum ersten Mal getroffen hatte, hatten sie sich so gut kennengelernt, dass sie oft wussten, was der andere gerade dachte.

Er trommelte mit den Fingerspitzen auf die Rückenlehne der Bank.

Katherine atmete tief durch, sog den süßen Duft von Rosen in voller Blüte ein. »Hatschi!«

Harry seufzte und zog ein neues, sauberes Leinentuch hervor. Er reichte ihr den mit Monogramm bestickten Stoff. »Behalten Sie es«, sagte er. »Solange Sie darauf bestehen, hierherzukommen, muss ich wohl einen unerschöpflichen Vorrat an Taschentüchern mit mir herumtragen. Mein Kammerdiener wird immer verstimmter wegen ihres geheimnisvollen Verschwindens.«

Ihr gelang ein Lächeln. »Sie sind zu gut zu mir, Harry.«

Er schnaubte und streckte die langen Beine aus. »Erwähnen Sie das bitte nicht in der Gesellschaft, sonst zerstören Sie noch meinen sorgsam aufgebauten Ruf.«

Katherine lehnte sich in ihrem Sitz zurück. Sie zupfte an den Rändern von Harrys Taschentuch. Sie beide gaben vielleicht ein schönes Paar ab. Sie, die Duchess of Bainbridge, deren Ehe für die gute Gesellschaft ein Mysterium blieb, und Harry, der reuelose Draufgänger, der sich die Missbilligung jeder vornehmen Dame eingehandelt hatte.

Der Beginn ihrer Freundschaft war eine eher schmähliche Begegnung gewesen. Während einer Soiree hatte sich Katherine für einen Moment nach draußen geflüchtet. Harry war ihr gefolgt und hatte ihr einen unanständigen Antrag gemacht. Sie hatte ihm einen Hieb auf die Nase verpasst.

Danach hatte er sich zu ihrem Beschützer vor all den Gentlemen aufgeschwungen, die fälschlicherweise annahmen, die Abwesenheit ihres Ehemannes machte Katherine zu leichter Beute für eine verbotene Affäre.

Wenn jemand aus der guten Gesellschaft sie zu dieser ungewöhnlichen Stunde zusammen sähe, würde das vermutlich einen üblen Skandal verursachen, vermutete sie.

Harry brach das Schweigen zwischen ihnen. »Ich nehme an, wenn ich ein wirklich guter Freund wäre, würde ich vorschlagen, dass Sie in Bainbridges kalte, dunkle Burg zurückkehren und sich mit dem Mistkerl aussöhnen, der Sie gar nicht verdient.«

Katherine faltete die Hände in ihrem Schoß und starrte stumm auf die verflochtenen Finger.

»Aber ich bin kein guter Freund. Ich bin ein Schurke und hoffe immer noch, dass Sie Ihren elenden Ehemann vergessen und ...«

»Harry«, unterbrach sie ihn entschlossen mit finsterem Blick. Es spielte keine Rolle, dass er scherzte. Jede Erwähnung von Jasper war für sie wie Salz auf einer offenen Wunde.

Harry erhob sich und stellte sich vor sie. »Sie glauben, ich scherze, Kat.«

Sie schüttelte den Kopf, wollte, dass er aufhörte, brauchte es, dass er aufhörte. Mit Ausnahme ihrer Schwester war Harry zu dem einen Menschen geworden, dessen Gesellschaft sie mochte. Als jemand, der weder sich selbst noch irgendetwas anderes ernst nahm, bot er den perfekten Gegensatz zu Jaspers düsterem Wesen und, mehr noch, half ihr zu vergessen, wenn auch immer nur für ein paar kurze Momente, wie nah sie daran gewesen war, alles im Leben zu haben, wovon sie zuvor nicht einmal geahnt hatte, dass sie es brauchte.

Er streckte eine Hand nach ihr aus. »Kat ...«

Das Wiehern eines Pferdes übertönte, was immer Harry hatte sagen wollen.

Katherine spähte den kiesbestreuten Reitweg entlang, und beim Anblick des näher kommenden Reiters schlug ihr das Herz wie wild in der Brust.

Sie stand auf. Ihre rosafarbenen Röcke raschelten um ihre Füße herum, als der Marquis of Guilford kurz vor ihr seine Stute zum Stehen brachte. Er stieg ab.

Harry runzelte die Stirn angesichts des unerwarteten Eindringlings. »Guilford«, sagte er gedehnt. Er deutete eine knappe Verbeugung an.

Jaspers Freund und einsamer Zeuge ihrer Hochzeit ignorierte den anderen Mann. Ernst blickte er auf Katherine.

Ihr zog sich das Herz zusammen, da sie sich nur durch die bloße Anwesenheit des Freundes Jasper näher fühlte. Schon drängte sich ihr die Frage nach seinem Befinden auf, doch Guilford sprach, bevor sie die Worte über die Lippen bringen konnte.

»Euer Gnaden«, grüßte er kurz angebunden und drückte damit nur zu deutlich seine Missbilligung für Katherines Begleiter aus.

»Mylord.« Noch als sie knickste, verzogen sich ihre Lippen. Sie würde sich keine Schuldgefühle dafür einreden lassen, dass sie mit Harry befreundet war. Mit dem draufgängerischen Earl hatte sich nichts Unschickliches zugetragen, noch würde es das jemals tun. Katherine mochte einsam sein und an gebrochenem Herzen leiden, doch nur ein Mann konnte die Leere füllen, die Jaspers Desinteresse hinterlassen hatte – und dieser Mann war nun einmal ihr dickschädeliger, unnahbarer Ehemann selbst.

Harry blickte zwischen ihnen hin und her. Die ungewöhnliche Härte in seinen Augen zeigte, dass er die unterschwellige Spannung zwischen Katherine und dem Marquis bemerkt hatte.

»Ich hoffe, Sie verbringen eine angenehme Zeit in London, Lady Katherine«, sagte Guilford und ignorierte Harry komplett.

»Eine sehr angenehme«, log sie ihm ins Gesicht.

Harry schnaubte und legte eine Hand auf den Mund, tat so, als müsste er husten. Sie warf ihm einen Seitenblick zu, wusste, dass er die Lüge durchschaut hatte.

Guilford sah hinüber zu dem anderen Mann. Missbilligend verzog er den Mund. Als er sich wieder Katherine zuwandte, nickte er kurz. »Ich wünsche Ihnen noch einen angenehmen Tag, Lady Katherine.« Er drehte sich auf dem Absatz um und ging zu seinem Pferd.

Panik breitete sich in ihrer Brust aus. Lord Guilford stellte die letzte, zerbrechliche Verbindung zu Jasper dar.

Sie eilte ihm nach. Harrys Taschentuch flatterte vergessen zu Boden.

»Mylord«, rief sie, gerade als er nach den Zügeln seines Pferdes griff.

Er versteifte sich und drehte sich wieder zu ihr um. »Euer Gnaden?«

Stolpernd kam sie vor ihm zum Stehen. Sie befeuchtete sich die Lippen und sah sich im leeren Park um. »Mein Ehemann«, flüsterte sie.

Er runzelte die Stirn. »Lady Katherine?«

»Wie geht es ihm?« Sie flehte ihn mit ihrem Blick um eine Antwort an. Jasper beherrschte jeden ihrer Gedanken. Sie sehnte sich nach nur einem Wort über den Mann, der für immer ihr Herz besitzen würde.

Guilfords Blick verfinsterte sich, und er sah über ihre Schulter hinweg in die Ferne. Angesichts der eisigen Ablehnung in seinen sonst so freundlich dreinschauenden Augen nahm sie an, dass Harry irgendwo hinter ihr stand. »Es geht ihm … wie immer«, sagte Guilford schließlich, als er Katherine wieder ansah.

Ein trauriges Lächeln trat auf ihre Lippen. »Das sagt so gut wie nichts, Mylord.«

Guilford verschränkte die Arme vor der Brust. »Und was wollen Sie, dass ich sage, Euer Gnaden? Welche Worte wollen Sie hören?«

Seine wütende Ablehnung hätte nicht deutlicher sein können, wenn er auf sein Pferd gestiegen und durch den Hyde Park geritten wäre, während er ihr verächtliche Worte zurief.

»Ich …« Sie stockte. Die gesamte gute Gesellschaft nahm irrtümlicherweise an, sie hätte mit Harry eine Affäre. In den Klatschspalten wurde darüber wieder und wieder berichtet, als wäre das Gerücht köstlicher als ein Eis von Gunter's. Wie sollte man bei Lord Stanhopes Ruf als reueloser Draufgänger auch etwas anderes annehmen? »Ich …« Sie konnte so eine intime Angelegenheit nicht mit Lord Guilford besprechen. »Wenn Sie ihn sehen, sagen Sie ihm, dass ich nach ihm gefragt habe?«

Guilford musterte ihr Gesicht und nickte dann. »Wie Sie wünschen. Gibt es sonst noch etwas, Lady Katherine?«

Sagen Sie ihm, dass ich ihn liebe. Ich habe nie damit aufgehört, noch werde ich das jemals tun. Mein Herz gehört ihm und wird auf ewig ihm gehören. Sagen Sie ihm, er soll zu mir kommen. Sagen Sie ihm, ohne ihn ist mein Leben leer.

»Nein, das ist alles, Mylord. Danke«, erklärte sie stattdessen.

Guilford nickte erneut. Er schwang ein Bein über die kastanienbraune Stute, und Panik stieg in ihrer Brust auf. Sie ging einen Schritt auf ihn zu. »Mylord, geht es ihm … gut?«

Der Marquis nahm die Zügel in die andere Hand und schloss die Beine um die Flanken seines Pferdes, in dem offensichtlichen Versuch, das rennfreudige Tier noch zurückzuhalten. Es tänzelte ein paar Schritte rückwärts. Lord Guilford senkte die Stimme. »Es ist meine Überzeugung, Euer Gnaden, dass es Bainbridge in Ihrer Abwesenheit nicht gut geht.«

Ihr Herz schlug hart. Beschwörend hob sie eine Hand, obwohl Lord Guilford ihr nicht geben konnte, wonach sie sich sehnte. Allein Jasper wiederzusehen würde ihre gequälte Seele beruhigen.

Guilford fuhr fort, als hätte er ihre unausgesprochene Frage gehört. »Er war sehr …« Er hielt inne, als suchte er nach den passenden Worten. »Unwirsch. Wütend. Wütender als sonst«, fügte er auf ihren pointierten Blick hin an. Der Hauch eines Lächelns lag auf seinen Lippen.

Für einen Moment schloss sie die Augen. Dann zwang sie sich, sie wieder zu öffnen. »Danke.«

Er neigte den Kopf und trieb sein Pferd vorwärts.

Nur undeutlich nahm sie wahr, dass Harry sich neben sie stellte.

»Was sollte das denn?«, murmelte er und starrte der sich schnell entfernenden Gestalt des Marquis hinterher.

Sie schüttelte den Kopf. »Nichts.« Es war ihr unmöglich, von Jaspers Freundschaft mit dem Marquis zu erzählen und der Einschätzung des Marquis von Japsers Zustand.

Harry streckte ihr einen Arm hin. »Schließen Sie sich mir für einen Spaziergang an, Euer Gnaden?«

»Äh, ich glaube, ich möchte einfach nur hier sitzen, Harry.«

Er blickte sie zweifelnd an. »Sind Sie sicher?«

Sie nickte.

Mit einem Seufzer zog er ein drittes Taschentuch hervor. »Ganz, wie Sie wünschen, Madam.«

Katherine nahm es entgegen. »Danke, Harry«, sagte sie leise und meinte so viel mehr als nur das kleine Stückchen Stoff.

Harry schlug sich gegen die Seite. »Sie ziehen Ihre eigene Gesellschaft vor, nicht wahr, Kat?«

Er hatte sie in den vergangenen Monaten wirklich gut kennengelernt. Das hieß, sie hatten einander gut kennengelernt. Beide konnten sie die Sätze des jeweils anderen beenden. Was die gute Gesellschaft anging, waren sie derselben Meinung: Sie verabscheuten beide die klatschsüchtigen Heuchler der Hauptstadt.

Und sie kannten und respektierten einander, sodass sie nicht zu tief in die Fragen nach den Dämonen eindrangen, die sie beide insgeheim quälten.

Sie lächelte schwach zu ihm hoch.

»Sie wissen, dass er Sie nicht verdie…«

»Still«, rügte sie ihn. Niemand, nicht ihre Zwillingsschwester, weder Aldora noch Michael und auch nicht Harry, wusste, welche Art Mann ihr Ehemann war. Jasper setzte das eigene Leben aufs Spiel, um eine Fremde aus dem Wasser zu ziehen. Er gab die einzige Ausgabe eines Gedichtbandes einer aufreizenden jungen Dame, obwohl das Buch die einzige Freude verkörperte, die ihm im Leben noch geblieben war. Er sang kleinen Kindern Kneipenlieder vor. Es war Jasper, der mehr verdiente – Jasper, der mehr gehabt *hatte*, mit seiner Ehefrau Lydia.

Katherine würde nie mehr als ein blasser Schatten sein im Vergleich zum überirdischen Glanz der Perfektion der anderen Frau.

Harry nahm ihre Hand und hob sie an den Mund, berührte ihre Knöchel mit den Lippen.

Nachdem er sich verabschiedet hatte, kehrte sie zu der nur allzu vertraut gewordenen schmiedeeisernen Bank inmitten der Blumenbeete zurück und dachte über Guilfords Erscheinen nach. Und mehr noch über seine Enthüllungen über Jasper.

Solange sie Jasper kannte, hatte sie ihn stets unwirsch, schroff und stur erlebt. Sicherlich hatte die Verschlimmerung dieses Zustands, die von Guilford behauptet wurde, nichts mit ihrem Verschwinden aus Jaspers Leben zu tun. Nein, er hatte ganz bestimmt wieder den normalen Rhythmus der tröstlichen, einsamen Existenz aufgenommen, in die er sich seit Lydias Tod verkrochen hatte, seit nunmehr vier … jetzt vier Jahren und vier Monaten.

Aber was, wenn er dich doch vermisst?, flüsterte eine Stimme am Rande ihres Bewusstseins. *Was, wenn er dasselbe Bedauern über dein Weggehen empfindet wie du darüber, ihn verlassen zu haben?*

Katherine nahm Wordsworths Buch wieder auf und blätterte die inzwischen so vertrauten Seiten durch. Bei einem bekannten Vers hielt sie inne.

Ganz oft er wünschte sich, die Winde sollten
wüten, wenn still sie waren. Närrischer
weitaus als noch vordem er liebte nun
Gewitterstürme in der Nacht – den Kampf
und die Geräusche in der Finsternis.
Verstandesmäßig und abstrakt betrachtet
er wünscht sich Ruhe und, indem er oft
es doch nicht schafft, den Frieden, den er braucht,
zu finden, er studiert des Lichts Gesetze
inmitten des Getös von Sturzbächen,
wo die aus hohler Kluft in klare Luft
hinauf die Nebelschwade schicken, die,
getroffen von der Sonne, variiert
des Regenbogens Farben. Doch umsonst:
Vergeblich alle andern Mittel auch,
mit denen seines Herzens Fieber er
bestrebt war abzumildern.

Sie war ein Feigling der schlimmsten Sorte, so wie sie ihn verlassen hatte. Damals war es ihr vorgekommen, als hinge ihr Überleben davon ab, sich von Jaspers Gleichgültigkeit zu entfernen.

Schnell hatte sie erkannt, dass, egal wie weit sie von ihm weg war, egal wie lange die Trennung andauerte, ihr Überleben unerheblich war. Ob es Jasper nun gefiel oder nicht … sie gehörte zu ihm.

Kapitel 30

Jasper starrte auf ein nur allzu vertrautes weißes Laken, das die Tür verdeckte. Er verschränkte die Hände hinter dem Rücken und musterte weiterhin das dicke, frische weiße Leinen, hinter dem sich das hölzerne Türblatt und die kunstvoll gearbeitete Klinke verbarg.

Jeden Tag stand er auf und ging an dieser verfluchten Tür vorbei und quälte sich mit dem ungerührt herabhängenden, dicken weißen Laken.

Fluchend riss er es herunter. Er drückte die Klinke herunter und stieß die Tür so hart auf, dass sie gegen die Wand knallte.

Eine unheimliche Stille füllte das Zimmer.

Jasper zögerte einen Moment, und dann, nach vier Monaten, fünf Tagen und einer Handvoll Stunden, seit Katherine in Michael Knightlys Kutsche gestiegen war, betrat er das Zimmer seiner Ehefrau.

Ich liebe dich, Jasper. Das Echo ihrer geflüsterten Worte hing wie ein Geist in den Wänden und schien doch so wirklich, dass er jeden Moment erwartete, in ihr lächelndes Gesicht und ihre warmen braunen Augen zu sehen.

Schweigende Leere verspottete seine lächerliche Sehnsucht.

Mit einem Fluch drehte er sich auf dem Absatz um und machte einen Schritt Richtung Tür, doch dann trieb ein Hauch von Geißblattduft durch den dunklen Raum und füllte seine Sinne mit der berauschenden Erinnerung daran, wie nah sein Leben dem Zustand der Vollkommenheit gewesen war.

Er kniff die Augen zu und zwang die Erinnerungen an sie beiseite. Katherine mit schreckgeweitetem Blick, als er sie aus dem Fluss gezogen hatte. Katherines keckes Lächeln, mit dem sie die letzte Ausgabe von Wordsworths Buch an sich nahm. Katherine, wie sie die kleine Lizzie an ihre Brust drückte.

O Gott, ich ertrage das nicht. Jasper zwang seine Augen auf und rieb sich die Stelle auf seiner Brust, direkt über seinem Herzen.

Nach dem Verlust von Lydia und seinem Sohn hatte Jasper gedacht, er würde sich nie von diesem Abgrund der Verzweiflung erholen. Er hatte sein Herz für tot gehalten.

Ein hohles, freudloses Lachen stieg aus seiner Brust auf und hallte von den Wänden wider. Wie passend, dass er erst nach Katherines Verschwinden gemerkt hatte, dass er doch noch zur Liebe fähig war. Nein, nicht zur Liebe zu einfach irgendwem … sondern zu seiner unmöglich dickköpfigen, leidenschaftlichen Ehefrau.

Jasper ging weiter in das Zimmer. Er hatte der Dienerschaft befohlen, es zu verschließen, allen den Zutritt verboten. Angelockt von dem breiten Himmelbett, auf dem sie sich das erste Mal geliebt hatten, ließ er sich auf dem Rand der Matratze nieder, den Blick auf den Berg aus elfenbeinfarbenen und weißen rüschenverzierten Röcken gerichtet.

Also, ich hasse Locken. Und Kleider immer nur in Elfenbein und mit zu viel Spitze. Mutter besteht darauf, dass ich sie trage, weil es einer Debütantin angemessen ist. Es wäre so schön, kräftige Farben zu tragen …

Jasper griff nach einem der Kleider und zog es an seine Brust. Er schloss die Augen und vergrub das Gesicht in der glatten Seide der sittsamen Spitzenkreation. Ihr süßer, köstlicher Duft, nach dem er sich seit Monaten verzehrte, erfüllte seine Sinne, berauschender als das stärkste Aphrodisiakum. Betäubend wie Opium weckte der Geruch in ihm eine unstillbare Sehnsucht nach ihr.

Jasper ließ das Kleid so eilig los, dass es ihm aus den Fingern glitt und zu Boden fiel.

Was zum Teufel war los mit ihm? Er führte sich auf wie ein liebeskranker Jüngling. Sie hatte ihn verlassen. Sie hatte den Entschluss gefasst, dass sie ein Leben ohne ihn einem Leben mit ihm vorzog.

Fluchend sprang er auf. Die plötzliche Bewegung brachte den Berg aus weißen und elfenbeinfarbenen Kleidern ins Wanken.

Ein einsames grünes Ding kam zum Vorschein, wie ein Fleckchen Erde, das unter einer Schneedecke hervorblitzte. Jasper schnappte sich die Tasche. Er ließ sie von einer Hand zur anderen wandern, holte schließlich mit einem Arm weit aus und wollte das Ding unwillig quer durchs Zimmer schleudern.

Dann erstarrte er.

Wieder schloss er die Augen und atmete tief ein. Nicht mal die Heftigkeit seiner Wut hatte ihn vor der Tiefe der Liebe geschützt, die er für Katherine empfand. Zitternd atmete er aus.

Er ging zu den Fenstern hinüber und spähte hinaus auf das sonnenbeschienene Land. Das üppige Grün der Hügellandschaft und das lautstarke Lärmen der Vögel bildeten einen so starken Kontrast zu der eisigen Welt, in der Katherine und er die kurze Zeit miteinander verbracht hatten.

Er zog an der Kordel des Retiküls und spähte hinein. Sein Herz setzte einen Schlag aus.

Sie hatte den kleinen Herzanhänger herausgenommen, auf dem er geschlafen hatte, seit Guilford ihm das Ding vor einer

Ewigkeit gebracht hatte. Schmerzliches Bedauern zog alles in ihm zusammen. Er griff in das Täschchen und nahm ein Stückchen Papier heraus.

Er kannte den Inhalt der Tasche gut genug, um zu wissen, dass der zusammengefaltete Zettel neu war.

Mit zitternden Fingern faltete er ihn auf.

Liebster Jasper,

inzwischen kennst Du die schlimmsten Wahrheiten über mich. Ich bin ein Feigling. Du hast einen Feigling geheiratet. Ich habe mir eingeredet, dass mein Angebot an jenem verschneiten Tag im Hyde Park aus reiner Verzweiflung geboren war und nur den Versuch darstellte, einer Ehe mit Bertrand Ekstrom zu entrinnen. Jetzt kann ich so ehrlich zu mir sein, und auch zu Dir, wenigstens auf diesem Blatt Papier, endlich zuzugeben, dass mein Angebot nichts mit dem grässlichen Mann zu tun hatte, sondern allein mit Dir.
Ich liebe Dich. Verzweifelt und von ganzem Herzen, wie ich fürchte. Und ich weiß jetzt, dass Du mich niemals wirst lieben können, woran Dich keine Schuld trifft. Dein Herz wird für immer Deiner Lydia gehören, und wenn ich in Castle Blackwood bleiben würde, hätte ich ständig diese wahre Liebe vor Augen, ebenso wie den Abgrund meiner Verzweiflung, weil Du die tiefen Gefühle, die ich im Herzen trage, nicht erwidern kannst. Und das könnte ich nicht ertragen.
Ich wünsche Dir Glück.
Ich liebe Dich.

Für immer die Deine
Katherine

Jaspers Kehle schnürte sich zu. Er schloss die Finger um das Stückchen Papier, bis er es knisternd zusammenknüllte. Panisch lockerte er den Griff sogleich wieder und glättete unbeholfen das kostbare Pergament.

Betäubt an Körper und Seele verließ Jasper das Zimmer, wanderte durch den langen Flur, die Treppe hinab und in die einst verschlossene Galerie.

Er betrat den Raum voller Gemälde, schritt an den verbitterten Gesichtern seiner Eltern und seines jüngeren Selbst vorbei und ging bewusst zu einer ganz bestimmten Leinwand hinüber.

Er blieb stehen und starrte hinauf zu dem lächelnden Paar, erkannte sich nicht in dem jungenhaften Gentleman mit dem sorgenfreien Glanz im Blick.

»Ich …« Jasper hielt inne und schaute sich um, versicherte sich, dass er wirklich allein war. Er richtete seine Aufmerksamkeit wieder auf Lydias goldenes Antlitz. »Ich hatte nicht vor, dich zu vergessen, Lydia«, sagte er schließlich in die Stille.

Das Paar lächelte weiter beinahe schon gütig auf ihn hinunter.

»Ich wollte dein Andenken und meine Liebe zu dir ehren, indem ich mich vor aller Welt verschlossen habe.« Er atmete zitternd ein. »Ich habe nicht gedacht, dass ich je wieder lieben könnte.« Er streckte seine Hände aus, zeigte Katherines Brief und ihr Retikül als stille Erklärung. »Ich habe eine Frau getroffen. Ich habe das nicht beabsichtigt.« Und doch, wenn es nicht geschehen wäre, würde Katherines lebloser Körper jetzt für immer auf dem Grund der Themse ruhen. Ein Schauer rann über seinen Körper und ließ ihn erstarren angesichts des schieren Grauens einer solchen Tragödie. »Und ich liebe sie, Lydia.« Tränen verzerrten seine Sicht. »Ich kann ohne sie nicht weitermachen.« Jetzt rannen ihm die Tränen über die Wangen, und er ließ sie ohne Scham laufen. »Ich muss mich von dir verabschieden, Lydia. Denn wenn ich mich nicht verabschiede, kann ich niemals frei sein. Und ich muss frei sein.« Er steckte Katherines Sachen in seinen Rock, nahe bei seinem Herzen. »Also ruhe in Frieden, Lydia.«

Jasper wusste nicht, was er erwartete. Aber in genau diesem Moment fiel ein Sonnenstrahl durch die Fensterscheiben und tauchte Lydias Lächeln in ein Meer aus Licht, in einer Art himmlischem Segen. Eine Absolution für die Schuld, die auf ihm lastete. In diesem Lächeln zeigte sich eine Frau, die niemals gewollt hätte, dass er sich für den Verlust ihres Lebens strafte.

Dann verschwand das Sonnenlicht, verdunkelt von einer Wolke.

Jasper blinzelte und wischte sich über die tränenfeuchten Wangen.

»Euer Gnaden?«

Er erstarrte, sein ganzer Körper spannte sich bei Wrinkletons plötzlichem Auftauchen.

»Ja, Wrinkleton«, sagte er mit dem Rücken zu dem Mann, unwillig, den Diener seine Gefühlswallung sehen zu lassen.

Wrinkleton räusperte sich. »Der Marquis of Guilford ist vor Kurzem angekommen. Ich habe mir erlaubt, ihn in Ihr Arbeitszimmer zu führen. Er sagt, eine wichtige Angelegenheit habe ihn hierhergeführt.«

Jasper runzelte die Stirn und drehte sich um. Er nickte und murmelte seinen Dank.

Er konnte sich nicht vorstellen, was für eine wichtige Angelegenheit Guilford auf dem Höhepunkt der Saison aus London hergeführt hatte – mit Ausnahme einer einzigen Person.

Mit rasendem Herzen eilte Jasper durch die Burg zu seinem Arbeitszimmer.

Sich bewusst, wie lächerlich seine besorgten Gedanken waren, blieb Jasper vor der Tür stehen und fuhr sich mit den Händen glättend über den Rock.

Er betrat das Arbeitszimmer.

Guilford stand bei der Kommode mit den Spirituosen und schenkte sich ein Glas Brandy ein. Er blickte mit einem kleinen Lächeln für Jasper auf. »Schön, dich zu sehen, Bainbridge.« Er sprach über den Rand seines Glases hinweg. »Ich hoffe, es macht dir nichts aus, dass ich mich an deinem Alkohol bediene.« Schweigen. »Du siehst grauenhaft aus.«

Jasper lächelte, und Guilford verschluckte sich an seinem Brandy. »Bei Gott, hast du gerade gelächelt?«

Jaspers Lächeln wurde noch breiter, und er ging zu seinem Schreibtisch. Er lehnte sich mit der Hüfte an die Kante, verschränkte die Arme vor der Brust. »Habe ich.«

Guilford schüttelte den Kopf und nahm noch einen Schluck. Er deutete auf Jaspers Kristallkaraffen. »Einen Drink?«

Jasper lachte leise darüber, wie sein Freund sich hier so selbstverständlich als Gastgeber aufführte. Er lehnte das Angebot mit einer Handbewegung ab. *Mein Vater war ein Taugenichts. Tag und Nacht hat er an den Spieltischen verbracht und getrunken und alles verspielt, was nicht zum Erbteil gehörte.*

Selbst in den dunkelsten Tagen seit Katherines Abreise, als er sich nach der Betäubung gesehnt hatte, die der Alkohol bot, hatte er sich keinen Drink genehmigt – nicht wenn er sich ständig mit dem Gedanken an all das quälte, was Katherine wegen der Trunk- und Spielsucht ihres Vaters erlitten hatte.

Jasper bedeutete Guilford, Platz zu nehmen. »Was führt dich aus London hierher?« *Hast du Nachricht von meiner Ehefrau?*

Etwas an der zögerlichen Art, wie Guilford von ihm wegblickte, ließ Jasper wünschen, er hätte dem Trinken nicht abgeschworen. Er richtete sich auf und setzte sich hinter seinen großen Schreibtisch.

»Ich habe deine Frau gesehen«, sagte Guilford, nachdem er Platz genommen hatte, gab freiwillig die Information, was es

Jasper ersparte, nachzufragen und die Tiefe seiner Gefühle für Katherine zu offenbaren.

Er legte die Fingerspitzen aneinander, um ihr Zittern zu verbergen. »Oh?« Sein Herz raste vor verzweifeltem Verlangen, dass sein Freund jedes Detail verriet, das er von Katherine wusste.

Guilford hob eine Schulter in einem viel zu lässigen Zucken. »Sie ist zum Gesprächsthema der guten Gesellschaft geworden.«

Alles in Jasper zog sich zusammen. Sie hatte schon immer eine Schönheit besessen, die über die rein körperlichen Aspekte hinausging, die Art, die von tief innen kam und nach außen schien wie ein ätherisches Strahlen, das sonst Engeln und dergleichen vorbehalten war.

Guilford zog eine zusammengefaltete Zeitung aus seinem Rock und legte sie auf die Mahagonischreibtischplatte.

Jaspers Blick fiel auf die Ausgabe der *Times*.

»Sie behaupten, sie hätte sich einen Liebhaber genommen.«

Unter der unerwarteten Aussage Guilfords zuckte Jasper zusammen. Alle Luft wich aus seinen Lungen. O Gott, Guilford hätte genauso gut das mittelalterliche Breitschwert von der Wand nehmen und es Jasper ins Herz rammen können. Er schüttelte den Kopf.

Lügen. Alles Lügen. Katherine war nicht fähig zu solchem Betrug und Verrat. Sie würde ihn nicht betrügen. Sie liebte ihn.

Doch du hast diese Gefühle von Liebe nie erwidert. Sie hat sich vor dir erniedrigt, und du hast sie bei jeder Gelegenheit verspottet und verhöhnt, bis du sie vertrieben hast.

Warum sollte sie treu geblieben sein?

»Und was sagst du dazu?« Seine Frage kam voller Wut heraus, mit derselben harschen Bitterkeit, die er seit Lydias Tod tief in sich getragen hatte. Ihm stockte der Atem, während er voller Angst und Anspannung auf die Antwort wartete.

Guilford runzelte die Stirn. »Ich sage, wenn du dir wirklich etwas aus ihr machst, sieh zu, dass du nach London kommst.«

Jasper knurrte. »Wer ist er?« Er strafte sich mit der grausamen Vorstellung von Katherines herrlichem, nacktem Körper, ausgestreckt zur Bewunderung durch irgendeinem namenlosen, gesichtslosen Mistkerl.

Ihm drehte sich der Magen um, bis er glaubte, er müsse dessen Inhalt herauswürgen.

Guilford rutschte unruhig auf seinem Stuhl umher. »Der Earl of Stanhope.« Er nippte an seinem Brandy. »Du hast dich längere Zeit nicht in der Gesellschaft blicken lassen.« Er machte eine vage Handbewegung. »Es gibt da einen Skandal in der Vergangenheit des Mannes. Er ist so etwas wie ein Schurke. Missbilligend beäugt von den Damen der besten Gesellschaft, während die berüchtigtsten Witwen ihm nachlaufen.«

Und Stanhope hatte ein lüsternes Auge auf Katherine geworfen.

Jasper hob den Federhalter von seinem Schreibtisch auf, um seine Finger zu beschäftigen, nahm ihn von einer Hand in die andere. Das, oder sich auf sein Pferd schwingen, nach London reiten und dieselben Hände dazu benutzen, den gesichtslosen Mistkerl blutig zu schlagen.

Nein, du hast sie aufgegeben. Du hast sie gehen lassen, quälte ihn eine höhnische Stimme in seinem Kopf.

Sie hatte ihm ihre Liebe geschenkt, ihr Herz anvertraut, und er hatte nicht den Mut gefunden, ihr zu sagen, was sie zu hören verdiente, die Worte, die in ihm brannten, auszusprechen.

»Glaubst du, dass sie eine Affäre mit ihm hat?« Jasper verzog das Gesicht. Noch während er die Worte aussprach, wies er sie von sich. Katherine besaß mehr Ehre und Anstand als die meisten Gentlemen. Zu dem Betrug seiner Eltern wäre sie gar nicht fähig.

Guilford zuckte lässig mit einer Schulter. »Ich glaube, Stanhope ist zu allem entschlossen. Und sie ist einsam.«

Wie konnte sein Freund so gelassen sein, wo Jasper kurz vor dem Wahnsinn stand?

Die Antwort trug wenig dazu bei, den Sturm, der in ihm tobte, zu beruhigen. Er wollte seinen Schreibtisch umwerfen, aus dem Zimmer stürmen und den Earl of Stanhope zur Strecke bringen, dafür, dass er etwas begehrte, das ihm gehörte.

»Hast du …«, er hielt inne, »die beiden zusammen gesehen?«

Guilford sah kurz zur Seite. »Das habe ich«, sagte er schließlich.

Der Federhalter zerbrach in Jaspers Händen.

»Ich bin ihnen im Hyde Park begegnet«, fuhr Guilford fort.

Der Hyde Park gehörte Katherine und Jasper. Es war der Ort, an dem sie in der Stille des Schnees ihre Bewunderung für Wordsworths Gedichte geteilt hatten. Es war der Ort, an dem Katherine ihn gebeten hatte, sie zu heiraten, und mit erschreckender Offenheit von gemeinsamen Kindern gesprochen hatte.

Und jetzt war es der Ort, den sie zusammen mit dem Earl of Stanhope aufsuchte.

Guilford lehnte sich in seinem Stuhl zurück und kreuzte die Füße. »Was wirst du tun?«

Jasper spannte die Kiefermuskeln an. »Ich werde nach London fahren.«

Stanhope und Katherine sollten sich besser in Acht nehmen …

Der Verrückte Herzog beabsichtigte, um seine Frau zu kämpfen.

KAPITEL 31

London

Katherine hielt ein Glas mit Champagner in einer Hand und genoss einen der kleinen Vorzüge, die es mit sich brachte, eine verheiratete Frau zu sein. Sie verabscheute Ratafia genauso, wie sie elfenbeinfarbenen und weißen Satin verabscheute.

»Du weißt, wie sehr du Mutter heute Abend mit deinem Kleid schockiert hast«, wisperte eine Stimme dicht an ihrem Ohr.

Katherine fuhr herum, um ihre Schwester Anne zu begrüßen. Ein Lächeln lag auf Annes Lippen, die Andeutung von Grübchen verriet ihr Vergnügen. »Anne.«

Anne betrachtete sehnsüchtig das Champagnerglas. »Ich würde eine meiner Hände dafür geben, wenn ich nie mehr Ratafia und dafür Champagner trinken dürfte.«

Katherine schnaubte und stellte ihr Glas auf dem Tablett eines Bediensteten ab. »Sieh nur zu, dass du nicht die Hand hergibst, die du brauchst, um Gläser zu halten, das würde sonst ganz sicher deinen Genuss verderben.«

Anne seufzte und nahm den letzten Schluck ihres Getränks. Sie stellte das leere Glas auf demselben Tablett ab. »Du weißt, dass Mutter dich mit verkniffenen Lippen beobachtet?«

Ja, sie hatte den charakteristischen Ausdruck des Missfallens ihrer Mutter schon bemerkt, als sie Lord und Lady Harrisons Ballsaal betreten hatte.

Anne blickte sich um und beugte sich dann nah zu ihr. »Ich finde, du siehst wundervoll aus, Katherine.«

Sie lächelte. »Als meine Zwillingsschwester musst du das ja sagen.«

Ihre Schwester verdrehte die Augen. »Kaum. Hast du immer noch nicht gemerkt, dass ich nichts von dem tue, was ich tun sollte?« Doch, die Jahre hatten Katherine diese Tatsache über ihre eigensinnige und fantasievolle Schwester gelehrt.

Trübselig spähte Anne auf ihre elfenbeinfarbenen Röcke, verziert mit Spitzen und Rüschen. »Ich bin entschieden zu alt für all diese Rüschen.«

Einen Moment lang musterte Katherine ihre Schwester. Während elfenbeinfarbene und weiße Stoffe ihre eintönigen braunen Locken matt hatten werden lassen, brachten dieselben Farben Annes goldene Schönheit nur umso mehr zum Strahlen. Anne war das Sinnbild der perfekten englischen Lady. »Du bist wunderschön«, stellte Katherine ohne jede Spur von Missgunst fest. Als Zwillinge verband sie ein einzigartiges, unverbrüchliches Band. Sie konnte Anne ihre Schönheit nicht neiden. Niemals.

Anne zupfte an ihren Röcken und deutete einen Knicks an. »Die perfekte anständige englische Miss, nicht wahr?« Sie seufzte. »Ich würde selbst den verbotenen Champagner gegen deine saphirblauen Röcke tauschen.«

Sie warf einen Blick auf ihre Abendrobe, entworfen von Madame LeBlanc, der begehrtesten französischen Modemacherin Londons, und strich mit den Händen über die Vorderseite ihres leuchtend blauen Kleides mit den gefältelten Einsätzen.

Nachdem sie Castle Blackwood verlassen hatte, war Katherine zu einer erschütternden, wenn auch traurigen Erkenntnis gekommen. Sie würde keine Kinder haben. Und sie würde auch keinen Ehemann haben, mit dem sie am Kamin sitzen und Gedichte lesen würde. Aber sie konnte ihr saphirblaues Kleid haben.

Am Ende hatte sie Jasper verloren, aber sie hatte das Kleid.

Und das musste genügen.

Anne hakte sich bei ihr ein. »Was für ein Glück du hast«, seufzte sie und drückte Katherines Arm.

Katherine wurde es eng in der Brust. Sie hatte einen Ehemann, der einen Geist liebte. Sie würde niemals eigene Kinder haben. Ihr Herz würde für immer Jasper gehören, ob ihr das nun gefiel oder nicht. Ironisch verzog sie die Lippen. Was für ein Glück, wahrlich.

Sie fasste hinauf an ihren Hals und spielte mit der Kette mit dem Herzanhänger. Das Schloss klickte, und die Kette glitt in ihre Hand.

»Was hast du …?«

Sie hielt Anne die Kette hin. »Hier«, sagte sie leise. Sie brauchte das dumme Schmuckstück nicht länger, es erinnerte sie nur an das Herz, das sie niemals besitzen würde. Aber ihre unschuldige, fantasievolle Schwester glaubte immer noch daran, und daher sollte Anne die einzige Besitzerin des Anhängers sein.

Anne starrte darauf, bevor sie vorsichtig die Finger danach ausstreckte. Dann zog sie die Hand wieder zurück. »Du musst noch immer das Herz deines Herzogs gewinnen, Katherine. Ich kann …«

»Nimm es«, beharrte Katherine. Anne konnte sie wenigstens von dieser kleinen Mahnung an das, was sie nie haben würde, befreien.

Die Hand ihrer Schwester schloss sich um das kostbare Andenken. Schweigend blickte sie auf das Schmuckstück hinab, ein sehnsüchtiges Lächeln auf den Lippen. Sie schaute auf … und sogleich schwand das Lächeln, und ihre Lippen verzogen sich.

Katherine folgte ihrem missbilligenden Blick zu Harry, dem Earl of Stanhope.

Leise murmelte Anne: »Ich weiß nicht, warum du dich mit diesem Mann abgibst. Mutter hat recht, was ihn angeht.« Sie zog eine Grimasse. »Und du weißt genau, wie sehr ich es hasse, zuzugeben, dass Mutter mit irgendwas recht hat.«

Aus der kurzen Entfernung zwischen ihnen fing Harry ihren Blick auf und schenkte Katherine ein spitzbübisches Zwinkern.

Sie schüttelte den Kopf. Was war er doch für ein unglaublicher Schwerenöter.

»Jetzt zwinkert er dir auch noch zu, auf einem Ball«, murmelte Anne. »Was bildet der sich ein, du bist eine verheiratete Frau.«

»Er ist ein Freund«, rügte Katherine sanft.

»Dieser Mann kann keine ehrenhaften Absichten haben, Kat«, wisperte ihre Schwester. »Er ist abscheulich und grob und entsetzlich herablassend und flegelhaft und …«

»Wer ist dieses Musterexemplar von Mann, über das Sie und Ihre Schwester da sprechen, Euer Gnaden?«

Anne schrie auf und riss ihren Arm von Katherines weg. Röte überzog ihre Wangen, während sie Harry anfunkelte. Sie warf die Locken zurück und ignorierte ihn ansonsten. *Und hinterlistig*, formte sie mit den Lippen in Katherines Richtung, bevor sie mit einem letzten Blick auf Harry davonrauschte.

»Was für ein liebreizendes Wesen«, bemerkte Harry mit trockenem Humor. Er nahm Katherines Hand und beugte sich darüber.

Sie bedachte ihn mit einem strafenden Blick. »Benehmen Sie sich, Harry. Sie ist meine Schwester. Und sie liebt mich.« Sie zog ihre Hand zurück.

Harry winkte einen vorbeikommenden Lakai heran und fasste nach einem Glas Champagner. Er nahm einen tiefen Schluck und beobachtete die Tänzer, die die Schritte eines lebhaften schottischen Tanzes ausführten. »Es sieht so aus, als hätten wir auch heute Abend das Missfallen der Gesellschaft erregt.« Es klang nicht so, als bedauerte er das.

Katherine folgte seinem Blick zu den gestrengen Damen, die auf Harry und sie herabschauten.

»Sollen wir winken und lächeln?«, schlug Harry vor.

Sie schlug ihn auf den Arm. »Sie werden nichts dergleichen tun.«

Er seufzte. »Sie sind so eine Spielverderberin, Kat.«

Sie legte keinen Wert darauf, dass ihr Name in allen Klatschkolumnen auftauchte, wie es geschehen war, seit sie in der guten Gesellschaft als verheiratete Frau auftrat. Man hatte über ihre schnelle und geheime Hochzeit mit dem Duke of Bainbridge spekuliert. Dann gab es den Klatsch über ihr Erscheinen in Abwesenheit ihres Ehemannes. Danach waren die Schurken mit ihren üblen Absichten aufgetaucht.

Harry hatte bei ihnen für eine kurze Zeit mitgespielt, bevor er ihr Vertrauter und schließlich ihr Beschützer vor den wollüstigen Gentlemen wurde, die einen Platz in ihrem Bett wollten.

Katherine sah sich in der Menge um. Ein seltsam unruhiges Gefühl hatte sie überkommen.

»Suchen Sie nach jemand Bestimmtem, süße Kat?«

»Seien Sie still«, rügte sie ihn und bewegte dabei kaum die Lippen. »Und nicht so ungeschickt.«

Er stolperte einen Schritt rückwärts, die Hand auf die Brust gepresst. »Sie kränken mich, Euer Gnaden. Als Nächstes bringen Sie noch dieselben Beleidigungen vor wie Ihre Schwester.«

Ihre Lippen zuckten in geistesabwesendem Amüsement.

Das Orchester beendete den schottischen Tanz unter dem höflichen Applaus der Tänzer, die gerade die Runde beendet hatten, und begann, zum verbotenen Walzer aufzuspielen.

Harry bot ihr seinen Arm an. »Ein Walzer, Kat?«

Ein seltsames Summen legte sich über die auch sonst schon laute Menge der Gäste. Desinteressiert blickte sie zu den Anwesenden hinüber, die auf die Mitte des Raumes starrten, und legte eine Hand auf Harrys Arm. Das Summen schwoll an, als würde eine Million Honigbienen in dem opulent ausgestatteten Ballsaal umherschwärmen.

Die Menge teilte sich für Harry und sie, während er sie auf die sich schnell füllende Tanzfläche geleitete. Die ganze Zeit über sahen die anwesenden Gäste sie an, kicherten hinter vorgehaltenen Händen und blickten dann zum Eingang des Saals.

Unruhe erfüllte Katherine, und sie schaute sich um, doch war es ihr unmöglich, zu erspähen, was die gute Gesellschaft so in Aufregung versetzte.

Katherine legte eine Hand auf Harrys Schulter, als er seine Finger auf ihrer Taille platzierte.

Er grinste zu ihr hinunter. »Scheint, als hätten wir mehr Aufmerksamkeit als üblich ...« Seine Worte erstarben, sein Lächeln verzog sich zu einer geraden, unergründlichen Linie.

Sie runzelte die Stirn. »Was ist los, Harry?«

Sein harter Blick aus haselnussbraunen Augen blieb auf den Eingang gerichtet.

»Harry?« Sie drehte sich in seinen Armen, versuchte zu erkennen, was seine Aufmerksamkeit gefangen hielt. »Was ist ...?« Sie blinzelte. Ihre Hände fielen kraftlos zu beiden Seiten herab, während sie einen Schritt von Harry wegstolperte.

Ihr Herz zog sich schmerzhaft zusammen.

Jasper.

So lange hatte sie von ihm geträumt. Ihn in ihren einsamsten Nächten in ihren Träumen heraufbeschworen, nur um in einem kalten Bett aufzuwachen. Und jetzt, mit all ihrem verzweifelten Verlangen, hatte ihre Fantasie ihn heraufbeschworen.

Das Wispern der Menge drang schließlich zu ihr durch.

Der Verrückte Herzog.

Seine Ehefrau …

Earl of Stanhope.

Nur, wenn der stoische, grimmig dreinblickende Teufel nichts weiter als Fantasiegebilde war, wieso bemerkten dann alle um sie herum ebenfalls sein Erscheinen?

Katherine schwankte. Sie wäre mitten in ein tanzendes Paar hineingestolpert, wenn Harry nicht nach ihr gegriffen hätte.

Geschocktes Aufkeuchen, entzückt ob seines kühnen Umgangs mit ihr, füllte den Saal.

Katherine ignorierte das alles. Sie verließ die Tanzfläche, Harry vollkommen vergessen, und blieb wie erstarrt neben einer von Lady Harrisons riesigen dorischen Säulen stehen, versuchte ihren viel zu schnell gehenden Atem zu beruhigen. Sie verschränkte die Hände hinter dem Rücken und lehnte sich Halt suchend an die Säule.

Sein unerbittlicher, wütender smaragdgrüner Blick suchte die Menge ab, und dann – denn nach allem, was zwischen ihnen geschehen war, würde es seit jenem schicksalhaften Tag auf dem Frostjahrmarkt immer dieses untrennbare Band der Anziehung zwischen ihnen geben – fand sein Blick sie.

Ihre Blicke versanken ineinander. Die rundliche Gastgeberin erschien an Jaspers Seite. Sie öffnete den Mund, um etwas zu sagen, doch Jasper machte schon den ersten Schritt nach vorn, ließ die ältere Frau zurück, die mit offenem Mund dastand wie ein Fisch auf dem Trockenen.

O Gott, er ist hier.

Warum ist er hier?

Es konnte nicht ihretwegen sein.

Eine Hand zuckte zu ihrer Brust, während sie sich bemühte, ihr schnell schlagendes Herz zu beruhigen.

Die Menge teilte sich für Jasper. Die Gäste glitten zur Seite, um ihm den Weg über den Marmorboden des Ballsaals frei zu machen, hinüber zu Katherine. Er gab eine beeindruckende

Figur ab. Deutlich über eins achtzig groß und sehr muskulös, passte seine Gestalt mit den breiten Schultern besser zu einem Mann, der körperliche Arbeit verrichtete, und nicht zu einem Herzog, der mit seinem Titel nur einen Schritt vom Königshaus entfernt war.

Schließlich stand er vor ihr.

Sie schluckte hart und legte den Kopf in den Nacken. Ihre Augen musterten die harten, markanten Linien seines Gesichts. Seit Michaels Kutsche sie von Castle Blackwood fortgetragen hatte, hatte sie sich mit diesem Traum gequält, in dem Jasper zu ihr gekommen war. In allen ihren wunderbarsten Träumen kam er, brachte sie aus London fort und gestand ihr seine Liebe. Doch im kalten Licht der Wirklichkeit wusste sie, wie unwahrscheinlich es war, dass sie ihren Ehemann jemals wiedersah – nicht angesichts seiner Liebe zu Lydia.

Und da sie nie gewagt hatte zu glauben, dass er wirklich nach London kommen würde, hatte sie keine Worte für ihn, für diesen Mann, dessen Leben ihr mehr bedeutete als ihr eigenes.

Sie schluckte und schluckte erneut, während sein unnachgiebiger, feuriger Blick über ihr Gesicht glitt und dann tiefer. Er hielt bei ihrem gewagten Ausschnitt inne und wanderte dann wieder zu ihrem Gesicht. »Katherine«, sagte er, und seine Stimme klang ebenso rau wie an jenem Tag, als er sie aus der Themse gerettet hatte.

Seine Worte brachten sie zu diesem höllischen Tag zurück, jenem Tag, der ihn in ihr Leben geführt hatte, wofür sie diesen Sturz liebend gerne noch einmal in Kauf nehmen würde.

»Jasper«, flüsterte sie.

* * *

Jaspers Nacken brannte unter all den unverschämten Blicken, die auf Katherine und ihn gerichtet waren. Er ignorierte das Flüstern über den Verrückten Herzog. Die gesamte gute Gesellschaft konnte zum Teufel gehen. Sie spielten alle keine Rolle.

Niemand von ihnen.

Niemand …

Außer ihr.

Er machte sich wieder mit jeder geliebten Linie ihres herzförmigen Gesichts vertraut. Er betrachtete ihr glänzendes braunes Haar, mit diamantbesetzten Kämmen, die einzelne Haarsträhnen geschickt zurückhielten, zu einer kunstvollen Frisur arrangiert. Zwei Strähnen lagen lose über ihrer rechten Schulter, lenkten seine Aufmerksamkeit kurz auf ihren Busen. Sein Herz fühlte sich wie in einem Schraubstock an, als er den Verlust der braunen Locken bedauerte. Verschwunden war die junge Dame in elfenbeinfarbenen Kleidern mit zu vielen Rüschen. An ihrer Stelle stand diese gewagt gekleidete Sirene mit ihren großzügigen Kurven und der schlanken Taille.

Jaspers Haut prickelte unter dem plötzlichen Bewusstsein von Blicken, die auf ihn gerichtet waren. Er versteifte sich und schaute über Katherines Schultern. Und entdeckte einen großen, ihm unbekannten Gentleman. Und Jasper wusste es.

Er wusste, mit all der Intuition eines Mannes, der seine Ehefrau hoffnungslos liebte, dass der goldhaarige Adonis mit dem hartherzigen Ausdruck in den Augen, der sich so nah bei ihr hielt, kein anderer war als Lord Stanhope.

Jasper ballte die Hände zu Fäusten. Mit einem Knurren nahm er Katherine bei der Hand und zog sie vorwärts. Sein kühnes Vorgehen rief erschrockenes Aufkeuchen und lauter werdendes Geflüster hervor.

Katherine zog überrascht die Luft ein und stolperte beinahe. Er stützte sie und führte sie weiter.

»Jasper, was machst du da?«, flüsterte sie.

Er biss die Zähne zusammen, unwillig, diese Auseinandersetzung jetzt zu führen. Nicht hier. Nicht vor der versammelten Gesellschaft.

Nicht vor Stanhope.

»Würdest du bitte langsamer gehen?«, bat sie ihn.

Jasper fluchte, was ihm weiteres aufgeregtes Flüstern und weit aufgerissene Augen einhandelte. Aber er verlangsamte seine Schritte. Sie gingen die lange Treppe hinauf, durch den Flur und hinaus ins Foyer.

Als sie all den neugierigen Blicken der Gesellschaft entkommen waren, blieb Katherine stehen. Ihre Augenbrauen zogen sich zusammen. »Jasper, was ist mit dir los?«

Er atmete tief ein. »Komm mit mir, Katherine.« Er machte wirklich eine ziemliche Szene, und sie brauchte wirklich ihren Mantel … aber er musste weg aus dieser überfüllten Hölle. Seine Kehle schnürte sich zusammen, machte das Atmen unmöglich, und er fürchtete, er würde an all dieser auf ihn gerichteten Aufmerksamkeit ersticken.

Sie verzog fragend die Lippen und verschränkte die Arme vor der Brust.

Einen Moment lang schloss er die Augen, dann öffnete er sie wieder und sah sie, wie sie da vor ihm stand, eine Augenbraue hochmütig hochgezogen. Jasper versuchte es erneut. »Katherine, würdest du bitte mit mir mitkommen?« *Komm, geh mit mir fort.*

Sie zögerte einen Augenblick. Und diesen unglaublich kurzen Moment lang hegte er den Verdacht, sie würde seine Bitte ablehnen. Sein Atem beschleunigte sich. Dann nickte sie langsam und begab sich zu Lord und Lady Harrisons Vordertür.

Dieses Mal beeilte sich Jasper, seine Ehefrau einzuholen. Sie ging auf seine Kutsche zu und akzeptierte die Hand des danebenstehenden Bediensteten, der ihr beim Einsteigen half.

Jasper starrte den jungen Mann an, der es gewagt hatte, sie zu berühren.

Der Lakai wurde so weiß wie seine gepuderte Perücke und eilte davon.

Jasper sprang in die Kutsche. Er hatte Mühe, seine Augen dem Dämmerlicht im Inneren anzupassen. Als es ihm gelang, fiel sein Blick auf Katherine, die sich in der hintersten Ecke zurückgezogen hatte. Ein unergründlicher Ausdruck lag auf dem Gesicht, das ihn bis in seine Träume verfolgt hatte.

Mit einem Ruck fuhren sie los. Und immer noch saßen sie beide schweigend da.

Seit sie aus seinem Leben verschwunden war, hatte er an keine andere gedacht. Nach Guilfords Besuch auf Castle Blackwood hatte Jasper befohlen, ihm ein Pferd zu satteln, und er war geritten, als wäre der Teufel selbst hinter ihm her. Er hatte sein armes Pferd angetrieben, dass dem Tier der Schaum vorm Maul gestanden hatte.

Auf seinem wahnsinnigen Ritt nach London hatte er überlegt, was er Katherine sagen würde. Er würde ihr seine Liebe gestehen und sie anflehen, mit ihm zurückzukommen. Er hatte sich vorgestellt, dass ihm hübsche Komplimente einfallen und er süße Verse zitieren würde, um sie davon zu überzeugen, dass sie ein Leben mit ihm wollte.

Stattdessen musste er, bei seinem Stadthaus angekommen, feststellen, dass sie nicht da war. Und der Schrecken angesichts der Vorstellung von ihr mit Stanhope war bei seiner überraschenden Ankunft in London nur umso realer geworden. Rasende Eifersucht hatte ihn erfasst, bis er durch die Straßen Londons hatte streifen und jede Tür hatte aufreißen wollen, bis er Stanhope finden würde und den Feind vernichten konnte.

Jasper knirschte mit den Zähnen. »Hast du dir einen Liebhaber genommen?« Er zuckte zusammen. Die harte, wütende Anschuldigung würde Katherine kaum davon überzeugen, ihre

Gefühle für Stanhope zu vergessen und zurück nach Castle Blackwood zu kommen.

Katherine zog die Augenbrauen zusammen. Sie lehnte sich vor, und der Duft nach Geißblatt, so sehr der ihre, erfüllte alle seine Sinne. »Wie bitte?« Kühle Wut unterlegte die kurz angebundenen Worte.

Jasper griff in die Tasche seines Rocks und zog den Artikel hervor, den er sorgfältig aus der *Times* herausgetrennt hatte. Er hielt ihn ihr hin.

Katherine zögerte, bevor sie die Zeitungsseite annahm und sie überflog. Ihre Augen wurden schmal. Dann knüllte sie das Papier zu einem Ball zusammen und warf ihn ihm gegen die Brust. Sie legte sich eine Hand aufs Herz. »Das glaubst du von mir?«

Jasper blickte auf die zerknüllten Worte hinab, die ihn zu dem Verrückten Herzog gemacht hatten, der uneingeladen auf einen Ball gestürmt war und seine Ehefrau aus dem Saal gezerrt hatte, mitten unter all den neugierigen Blicken. »Ich … Uff«, stöhnte er, als sie ihm einen Finger gegen die Brust stieß.

»Ich bin nicht deine Mutter.« Ihre Worte waren flach und ausdruckslos.

»Stanhope?« Er zwang den Namen des Mistkerls über seine plötzlich trockenen Lippen.

Katherine musste etwas in seinen Augen gesehen haben, denn ihr Mund wurde weich, und sie schüttelte langsam, traurig den Kopf. »O Jasper«, sagte sie. »Harry ist ein Freund. Mehr nicht.«

Harry.

Sie sprach von Stanhope mit seinem Vornamen.

»Gentlemen freunden sich nicht mit verheirateten Damen an«, beharrte er.

»Dieser schon«, erwiderte sie. »Als ich verzweifelt einen Freund gebraucht habe.« Sie verschränkte die Arme vor der

Brust, als müsste sie sich wärmen. »Bist du deswegen gekommen? Um zu überprüfen, ob ich dir untreu geworden bin? Das bin ich nicht.« Ihr Blick fiel aufs Fenster, und sie zog den Samtvorhang zur Seite, um hinaus auf die Straßen zu schauen, die sie passierten. »Wenn du deswegen gekommen bist, dann lass dir versichern, dass ich keinen Liebhaber genommen habe. Noch habe ich die Absicht, das zu tun. Du kannst mich also zum Stadthaus bringen und nach Castle Blackwood zurückkehren.«

Der Magen drehte sich ihm um. »Ist es das, was du willst, Katherine? Dass ich verschwinde?«

Wenn sie Ja sagte, würde ihn das vernichten.

Katherine ließ den Vorhang los, und er fiel wieder an seinen Platz zurück. Mit einem traurigen Lächeln wandte sie sich ihm zu. »Weißt du, was seltsam ist?« Sie wartete keine Antwort ab, sondern fuhr fort: »Seit dem Frostjahrmarkt, seit wir uns das erste Mal begegnet sind, habe ich dich gut kennengelernt, meine manches Mal, dich besser zu kennen als mich selbst. Ich weiß, wie du die Zähne zusammenbeißt und die Kiefermuskeln anspannst, wenn dich etwas verärgert. Ich weiß, du verachtest jede Zurschaustellung von Gefühlen.« Unglücklich schüttelte sie den Kopf. »Doch du kennst mich so wenig. Du liest etwas in den Klatschspalten und hältst mich für nicht besser als deine Eltern.«

»Nein«, brach es aus ihm heraus. Katherine könnte gar nicht weiter von der Wahrheit entfernt liegen. Er wusste nur zu gut, dass sie ganz und gar nicht war wie seine giftige Mutter und sein niederträchtiger Vater.

Fast schon flehentlich hob Katherine die Hände, und es drohte ihn entzweizureißen, wie seine stolze Katherine sich so vor ihm erniedrigte. »Warum bist du dann gekommen, Jasper?«

»Weil ich ein verfluchter Idiot bin.«

KAPITEL 32

Bei Jaspers Worten brach ihr das Herz. Ihr Ehemann hielt sich für einen verfluchten Idioten, weil er zu ihr gekommen war.

Die Kutsche blieb schaukelnd stehen, und sie zuckte zusammen, als sie begriff, dass sie bei ihrem … seinem … ihrem gemeinsamen Stadthaus waren.

Es klopfte an der Tür, und sie griff nach der Klinke.

Jaspers große, nackte Hand legte sich über ihre.

Erregung durchflutete sie, als sie sich an seine Berührungen erinnerte, und sie schloss die Augen, während Sehnsucht in ihr aufwallte.

»Katherine«, sagte er heiser. Er riss seine Hand zurück, und ihr wurde kühl bei diesem Verlust von seiner Haut auf ihrer. Er fuhr sich durch die Haare. »Ich verpfusche das hier gewaltig. Was sich natürlich damit erklären lässt, dass ich ein riesengroßer Mistkerl bin. Ich habe dich gehen lassen«, sagte er und hielt ihren Blick mit seinem fest. »Ich habe dich gehen lassen, weil ich mir nicht gestattet habe, die Wahrheit zu akzeptieren.«

Katherine neigte den Kopf. Ihr Herz schlug langsamer und ging dann in einen viel zu schnellen Rhythmus über. »Und die ist, Jasper?«, flüsterte sie.

Der Diener klopfte an die Tür. »Nicht jetzt.« Jaspers lauter Befehl hallte von den Wänden der Kutsche wider. Er wandte sich erneut Katherine zu. »Du hast mich in Angst und Schrecken versetzt. Von dem Moment an, in dem deine Hand meine berührt hat, als ich dich aus der Themse gezogen habe, sind unsere Leben unentrinnbar miteinander verflochten gewesen, und doch habe ich dagegen angekämpft.« Er atmete tief ein, als wäre er eine weite Strecke gerannt. »Ich konnte mir nicht gestatten zu glauben, dass ich etwas für dich empfand, denn ich konnte den Gedanken nicht ertragen, dich zu verlieren.«

Wie er Lydia verloren hatte.

Und dann hatte sie ihn auch verlassen. O Gott, wie hatte sie ihn nur verlassen können? Auch wenn es nur der Versuch gewesen war, sich selbst zu schützen, so hatte sie doch diesen großen Schmerz über ihn gebracht.

»Jasper«, stieß sie gebrochen hervor. »Ich hätte dich niemals verlassen dürfen.« Sie hätte bleiben und um ihn kämpfen sollen, selbst wenn sie mit einem Geist um Jaspers Herz hätte ringen müssen.

Er musste etwas in ihren Augen gesehen haben, denn er streckte eine Hand nach ihr aus, umfasste ihre Wange und zog sie zu sich. »Du hast geglaubt, ich wäre unfähig, dich zu lieben, wegen Lydia, aber …« Für einen Moment schloss er die Augen. Als er sie wieder öffnete, zog sich ihr Herz zusammen angesichts der unverhüllten Gefühle darin. »Doch die Wahrheit ist, Katherine, du hattest mein Herz seit dem Moment, in dem deine durchnässten Locken an der Wasseroberfläche der Themse aufgetaucht sind.« Er beugte sich vor und legte seine Stirn an ihre. »An jenem Tag habe ich dich gerettet. Aber in Wahrheit …«, er schüttelte sanft den Kopf, »in Wahrheit hast du mich gerettet.« Seine Worte drangen auf sie ein, und die Gefühle schnürten ihr die Kehle zu. »Du hast mich wieder fühlen und träumen und lieben gelehrt.«

Tränen füllten ihre Augen, bis sein geliebtes Gesicht vor ihrem Blick verschwamm. Sie blinzelte die verdammten Tropfen weg.

Dann wurden ihr seine Worte erst richtig bewusst.

Liebe.

Wieder erklang das Klopfen an der Tür der Kutsche.

»Um Himmels willen, Mann, ich habe gesagt, nicht jetzt«, rief Jasper. Er schaute zu Katherine. »Mit meiner Weigerung, dich in mein Leben zu lassen und dich zu lieben, so wie du es verdienst, habe ich dich vertrieben. Ich bitte dich, vergiss Stanhope. Vergiss Kleider in leuchtenden Farben. Vergiss es. Vergiss das alles, und komm zurück zu mir. Bitte. Ich liebe dich, Katherine.«

Der kleine Muskel an seinem Augenwinkel zuckte und verriet, wie viel diese Rede Jasper gekostet hatte.

Die Liebe zu ihm durchströmte sie stark und mächtig.

»Katherine …«

Sie lehnte sich vor und küsste ihn. Ihre Lippen trafen seine in dem schmerzlich süßen Zusammentreffen zweier Liebender, die einander endlich gefunden hatten. Katherine zog sich zurück. Sie drückte einen Kuss auf seinen Augenwinkel, wo noch immer der kleine Muskel zuckte.

»Ohne dich bedeutet mir all das nichts, Jasper. Die Kleider nicht. Und auch nicht die geistlosen Vergnügungen.«

»Und Stanhope?«, fragte er mit rauer Stimme.

Sie schüttelte den Kopf. »War immer nur und wird immer nur ein Freund sein.« Sie legte ihm zwei Finger auf den Mund. »Du bist alles, was ich will. Alles, was ich brauche. Ich werde alles, was ich habe, für dich aufgeben, alles, was ich bin. Ich liebe dich.«

Er schluckte. »Und du wirst mich nie wieder verlassen.«

Katherine wusste, dass er von mehr sprach als ihrem Weggehen. Sie fuhr mit einem Finger über seine Lippen. »Und ich werde dich nie wieder verlassen«, schwor sie.

»O Katherine«, flüsterte er und zog sie sanft auf seinen Schoß, schloss sie in die Arme.

Und dort, geschützt vor neugierigen Augen, als Jasper sie in die Arme nahm, erkannte Katherine, wie sehr sich Aldora und ihre Freundinnen geirrt hatten.

Sie brauchte nicht das Herz eines Herzogs.

Sie brauchte nur das Herz *dieses* Herzogs.

EPILOG

Hertfordshire
Neun Monate später

Ein nicht enden wollender Schrei drang durch die Wände des bescheidenen Landhauses.

Jasper hockte auf der Kante seines Stuhls, den Kopf in den Händen vergraben. Sie hätten in London bleiben sollen. Doch Katherine hatte darauf bestanden, die letzten Tage ihrer Schwangerschaft in Hertfordshire zu verbringen.

Jasper fluchte und wünschte sich, er hätte niemals das Landhaus gekauft, das ihr Vater verspielt hatte, denn dann wären sie in London, wo es ganz sicherlich bessere Hebammen gab als …

»Ahh, Gott!«

Er presste die Hände auf seine Augen und bekämpfte den Drang, seinen nicht existierenden Mageninhalt hervorzuwürgen.

Eine Hand legte sich auf seinen Arm. »Sie wird das gut überstehen, Bainbridge.«

Jaspers Blick richtete sich verärgert auf seinen Schwager Lord Michael Knightly, und er war drauf und dran, dem anderen Mann zu sagen, was er von diesen leeren Worten hielt.

Knightly öffnete schon den Mund, um weiterzureden, als Katherines kehliger Schrei durch die Tür drang.

Jasper sprang auf und begann auf dem dünnen Teppich, der den Holzfußboden bedeckte, auf und ab zu laufen.

Seit sieben langen Stunden lag Katherine in den Wehen, um ihr gemeinsames Kind auf die Welt zu bringen. Alle seine schlimmsten Albträume, die ihn verfolgt, gequält, gefoltert hatten, lebten mit jedem Stöhnen, mit jedem ihrer Schreie, jedem Keuchen neu auf, bis er fürchtete, verrückt zu werden.

Er hätte sie nie anfassen dürfen. Sein Samen war Gift.

Wenn sie starb, würde er nicht weiterleben können. Es würde ihn zerstören.

Knightly legte ihm eine beruhigende Hand auf den Arm. »Sie ist eine starke Frau. Ich verspreche Ihnen, es wird alles gut gehen.«

Knightly sprach als ein Mann, dessen Ehefrau erst Lizzie problemlos zur Welt gebracht hatte und dann vor Kurzem ihr zweites Kind, einen pausbäckigen Jungen mit dichten schwarzen Locken. Er kannte den Schmerz nicht, wenn man seine Ehefrau hielt, die …

»Um Gottes willen«, zischte Jasper und schritt auf die Zimmertür zu.

Wieder zerriss ein Schrei die Stille des Hauses, gerade als er die Klinke hinunterdrückte.

Der dicke, ergraute Arzt stand neben Katherines Mutter und Aldora. Das Trio starrte ihn geschockt an, als er plötzlich auf der Schwelle stand.

Es war der Arzt, der sprach. »Euer Gnaden, Sie sollten nicht …«

Er funkelte den älteren Mann an, bis der schwieg. Er würde ganz sicher nicht mehr von Katherines Seite weichen.

»Raus hier«, befahl er allen Anwesenden. Sie blickten einander an.

»Ist schon gut«, ließ sich eine viel zu schwache Stimme vom Bett her vernehmen.

Sein Blick suchte Katherines, und das Herz blieb ihm fast stehen. Nur vage bekam er mit, wie der verfluchte Quacksalber und die Countess hinausgingen. Dann schloss sich die Tür.

Katherines Haar hing ihr in feuchten Strähnen über die Schultern bis hinab zur Taille, während ihre Wangen von der Anstrengung der Geburt gerötet waren.

»Was machst du hier?« Sie sprach mit viel mehr Ruhe, als er für möglich gehalten hätte, angesichts des Schmerzes, den er zuvor in ihren Schreien gehört hatte.

Dann verzog sich ihr Gesicht, und sie atmete tief ein, stieß sie langsam wieder aus.

Er eilte an ihr Bett und zeigte mit einem Finger auf sie. »Ich verbiete dir zu sterben, Katherine. Hörst du mich? Ich verbiete es. Du hast versprochen, mich nie zu verlassen.«

Sie biss sich auf die Unterlippe, während eine weitere schmerzliche Wehe sie durchlief. Mit langsamen, tiefen Atemzügen gewann sie die Fassung zurück. »Ich werde dich nicht verlassen, Jasper. Ich bin zu eigensinnig zum Sterben.«

Er dachte daran, wie er sie vor über einem Jahr aus der Themse gezogen hatte. Nein, es gab wirklich keine stärkere Frau als seine Katherine.

Er sank neben ihrem Bett auf die Knie und nahm ihre Hand. »Versprich es mir, Katherine. Ich … ich brauche dein Versprechen.«

Sie berührte ihn mit der freien Hand am Kopf. »Ich werde nicht sterben«, erklärte sie mit so viel Überzeugung, dass er es wagte, ihr zu glauben. Sie schloss die Augen und packte seine Hand.

Er zuckte unter der Stärke ihres Griffs zusammen.

»Jasper?«

»Ja, Katherine?«

»Schickst du bitte nach meiner Mutter und Aldora? Ich glaube, das Baby kommt.«

Alles in ihm zog sich zusammen, und er sprang so schnell auf, dass er fast rückwärts hingefallen wäre. Er fing sich und rannte zur Tür, stieß gegen einen Beistelltisch aus Rosenholz.

Dann riss er die Tür auf.

Der Arzt stürmte herein, hatte eindeutig und richtigerweise angenommen, dass man ihn brauchen würde.

»Es sollte nicht mehr lange dauern, Euer Gnaden«, versicherte er Jasper, während Katherines Mutter und Aldora sich an ihre Plätze an ihrem Bett begaben. »Wenn Sie vielleicht draußen …«

»Nein«, stieß Jasper hervor. »Ich gehe nirgendwohin.«

Und das tat er auch nicht. Er blieb während der nächsten halben Stunde da, während Katherine in den Wehen lag und ihrer beider Kind auf die Welt brachte. Er blieb, als ihre Stimme von ihren lauten Schreien heiser wurde.

Und er blieb, als sein Sohn wütend brüllend auf die Welt kam, rund wie ein Cherub und mit einem Schopf brauner Locken.

Und später, als niemand außer Katherine, Jasper und ihrem gemeinsamen Baby mehr da war, lag er neben seiner Ehefrau und musterte den Jungen mit dem schläfrigen Blick und den runden Wangen, der seinen Finger umklammerte.

Katherine beugte sich zu Jasper und neigte den Kopf, schaute ihn aus müden, aber zufrieden strahlenden Augen an.

»Bist du glücklich?«, flüsterte sie.

Jasper lächelte. Zum ersten Mal seit, wie es schien, ewigen Zeiten … »Das bin ich.«

Nachwort

In den Jahren zwischen 1309 bis 1814 fror die Themse dreiundzwanzigmal zu, in einer Epoche, die als die »Kleine Eiszeit« bekannt ist. Während dieser Kleinen Eiszeit fanden die Frostjahrmärkte statt, eine Art Mischung aus Weihnachtsmarkt und Zirkus. Man konnte Essen und Trinken kaufen, Tee wie Kaffee, doch Alkohol war wohl das meistverkaufte Getränk auf dem Frostjahrmarkt. Zusätzlich gab es auf dem Eis Bowling, Stierhatz, Rodeln und andere Aktivitäten.

Von dem Frostjahrmarkt profitierten auch die englischen Händler und Verkäufer, die von der Themse abhängig waren, um Waren und Vorräte zu transportieren. Da man auf dem gefrorenen Fluss keine Waren verschiffen konnte, durften die englischen Händler ein Stück davon mieten und dort ihre Waren verkaufen.

Im Februar 1814 berichtete die *Times*, dass während dieses Frostjahrmarkts an den Stellen mit dem dünnen Eis niemand sein Leben verloren habe, dass aber mehrere Menschen ins Wasser gefallen seien, als das Eis einbrach.

Lady Katherine Adamson, wenn auch eine rein fiktive Figur, ist als eine der Personen gedacht, die gerade noch rechtzeitig aus dem eisigen Wasser gerettet wurden.

Danksagung

An Ms Julia Quinn

Danke für den Vorabdruck, den ich vor all diesen Jahren bekommen habe. Er hat mich durch wenigstens einen langen Tag der Bettruhe gebracht. Und danke für die kollegiale Unterstützung.

Printed in Poland
by Amazon Fulfillment
Poland Sp. z o.o., Wrocław

69097455R10216